U0591434

"马克思主义文学批评的中国形态研究"系列丛书

主编　胡亚敏

中国早期马克思主义文学批评形态研究

ZHONGGUO ZAOQI MAKESIZHUYI WENXUE PIPING XINGTAI YANJIU

魏天无　著

人民出版社

责任编辑：陈建萍
封面设计：周方亚

图书在版编目（CIP）数据

中国早期马克思主义文学批评形态研究 / 魏天无 著 . — 北京：人民出版社，2020.11
（“马克思主义文学批评的中国形态研究”系列丛书 / 胡亚敏主编）
ISBN 978 - 7 - 01 - 021584 - 6

I. ①中… II. ①魏… III. ①中国文学 - 现代文学 - 文学评论
IV. ① I206.6

中国版本图书馆 CIP 数据核字（2019）第 274837 号

中国早期马克思主义文学批评形态研究
ZHONGGUO ZAOQI MAKESIZHUYI WENXUE PIPING XINGTAI YANJIU

魏天无 著

人民出版社 出版发行
（100706 北京市东城区隆福寺街 99 号）

中煤（北京）印务有限公司印刷 新华书店经销

2020 年 11 月第 1 版 2020 年 11 月北京第 1 次印刷
开本：710 毫米 ×1000 毫米 1/16 印张：17.75
字数：281 千字

ISBN 978 - 7 - 01 - 021584 - 6 定价：88.00 元

邮购地址 100706 北京市东城区隆福寺街 99 号
人民东方图书销售中心 电话（010）65250042 65289539

总　序

“马克思主义文学批评的中国形态研究”丛书从2011年国家社会科学基金重大项目立项到2019年交付人民出版社，历时八年，若从2009年提出这一构想算起，则有十年之久，时间或许还更早。之所以提出建构马克思主义文学批评的中国形态（以下简称“中国形态”），是因为处于转型期的当代中国在文学和文化建设上有不少问题需要研究，这些问题不可能完全从经典马克思主义那里找到现成答案，也不可能仅靠异域的西方马克思主义文学批评来应对。中国马克思主义文学批评必须建构自己的话语体系，才能有效地面对和研究中国当代的文学现象，也才可能在与西方马克思主义文学批评家的对话中具有话语权。立项以来，课题组主持召开了以“马克思主义文学批评的中国形态研究”为主题的两次国际学术研讨会和一次国内学术研讨会，以及若干小型专题研讨会，发表了77篇学术论文。2018年5月，“马克思主义文学批评的中国形态研究”重大项目顺利结项。2019年2月，“马克思主义文学批评的中国形态研究”系列丛书获2019年度国家出版基金资助。

一

建构一种既有鲜明特色又具有普遍意义的中国形态是一项十分艰巨的任务。作为首席专家，我在申报这一重大项目时，与课题组成员商议，初步确定从四个方向入手，即探讨经典马克思主义文学批评范式，梳理和辨析马克思主义文学批评中国形态的历史进程，考察中国马克思主义文学批评在西方的传播和对西方学者的影响，探究和提炼马克思主义文学批评中国形态的理论特质。这四个方向既有各自的研究领域和重点，又以中国形态为聚焦点，构成一个相对完整的有机整体。经过这些年的艰苦努力，这一构想基本得以实现。呈现在读者面前的这套丛书共6部，分别为《马克思主义文学批评范式研究》(孙文宪著)、《走向资本批判视域的经典马克思主义文学批评》(万娜著)、《马克思主义文学批评中国形态的历史进程》(黄念然著)、《中国早期马克思主义文学批评形态研究》(魏天无著)、《“毛泽东主义”与阿尔都塞》(颜芳著)、《马克思主义文学批评中国形态的当代建构》(胡亚敏著)。

经典马克思主义文学批评范式研究旨在为中国形态提供理论根据。这一研究方向完成了两部著作。孙文宪的《马克思主义文学批评范式研究》从马克思恩格斯的文学批评与其哲学、政治经济学之间的互文关系以及围绕“艺术生产”所形成的话语特点等，阐述马克思主义文学批评作为一种自成系统的、有别于其他批评理论的文学研究范式所具有的性质、特点与功能。万娜的《走向资本批判视域的经典马克思主义文学批评》则通过细读马克思的四部与政治经济学密切相关的著作，从政治经济学这一特殊视域来研究马克思的一些新的理论或概念的发展脉络，以及这些变化与马克思主义文学批评的内在联系。

中国形态的历史研究重在考察和总结中国形态的历史经验。黄念然的《马克思主义文学批评中国形态的历史进程》和魏天无的《中国早期马克思主义文学批评形态研究》分别从史论结合和个案分析两方面展开。前者将中国形态的发展分为三个阶段，即中国形态的发生和毛泽东文艺思想的形成（近现代之交至新中国成立）、中国形态的发展与变异（1949年至“文革”结束）和新时期以来中国形态的建构实践，总结了中国形态在不同阶段的基本特征及得失。该书既纵向梳理了中国形态的历史风貌，又横向对马克思主义文学批评中国化的复杂态势作了整合，从历史和逻辑两方面对中国形态的发展史作了比较全面的描述。后者是对早期中国马克思主义文学批评家的个案研究，该书选择了七位有代表性的批评家，从文学批评形态入手，深度解读了这些批评家的批评理念和批评实践，通过这些鲜活的个案展示中国马克思主义文学批评萌芽阶段的状况以及形成具有中国特色文学批评形态的过程。

中国形态与西方关系这一方向的成果为颜芳的《“毛泽东主义”与阿尔都塞》，该书采用比较文学流变研究视野，探讨以毛泽东同志为主要代表的中国共产党人的哲学、文化和文艺思想对西方思想家的影响。她将研究对象集中在毛泽东思想与阿尔都塞的理论建构之间的关系上，厘清毛泽东的辩证法和意识形态思想如何通过跨文化的“理论旅行”参与生成了阿尔都塞的相关理论的过程，并逐一辨析阿尔都塞的辩证法和意识形态中的相关术语、范畴和理论对毛泽东思想的阐释、误读及创造性转化，为理解中国形态的理论特征提供了来自西方批评家的视角与参照。

中国形态的理论成果为胡亚敏的《马克思主义文学批评中国形态的当代建构》。该书致力于建构中国形态的理论特质，提炼和阐发了人民、民族、政治、实践等多个标志性的核心概念，并对当代社会出现的一些亟待解决的时代课题如文学与高科技、文学与资本、文学批评的价值判断等作了深入探讨，提出了一些有价值的观点和策略。这些具有中国特色的范畴和打上时代印记的问题各有侧重又互相交织，构成中国形态区别于其他形态的显著特征。

本套丛书的作者全部为华中师范大学文艺学教研室教师。华中师范大学有研究马克思主义文学批评的传统。1978 年 12 月，华中师范大学与中国社会科学院、中国人民大学联合率先成立“全国马列文论研究会”，华中师范大学为驻会单位。经过几十年的建设和几代人的努力，马克思主义文学批评已成为华中师范大学文艺学学科的主攻方向，并逐步形成了一支富于开拓和协作精神的学术团队。教研室的老师们虽有各自的研究方向和理论兴趣，但整个团队有长期合作的经验，大家能够齐心协力地投入到马克思主义文学批评的研究和教学中。这种投入起初也许出于承诺和责任，如今则成为一种理论自觉，因为老师们在研究中逐步认识到马克思主义文学批评具有其他文学批评所不具备的优势。马克思主义的历史视野和辩证精神为全面考察文学的产生、存在和发展提供了先进的理论指南，使文学研究真正成为一门科学；并且马克思主义是从超越资本主义生产方式的高度研究资本主义的，它所具有的革命性和批判性在当今世界仍具有阐释的有效性和现实的针对性；特别是马克思恩格斯所揭示的历史发展的必然规律和人类社会远景，成为激励大家前行的精神力量。

二

本套丛书对马克思主义文学批评的中国形态作了富有开拓性的总结和建构，在研究范式、研究方法和研究思路上有新的探索，产生了一批具有理论深度和现实针对性的研究成果，彰显了中国马克思主义文学批评的特色和理论贡献。本套丛书不仅是对中国形态的概括总结，而且是对世界马克思主义文学批评的丰富。

提出建构中国形态是本书的开拓性尝试。这里“形态”不是模式，不是一种固定或可以套用的样式，而是一种具有整体性和创造性的开放类型。“马克思主义文学批评的中国形态”作为一个特有的概念，之所以不同于俄苏或西方马克思主义文学批评，也就在于“中国形态”本身是一种具有区别性特征的整体性构架。这种整体性表现为即使研究某一个或两个问题，都直接影响或关联到整个形态系统。也就是说，中国形态的建构既不是孤立的分门别类研究，又不是形态内部各部分的相加，而是以整体性的面貌出现的。这种整体性又与差异性相关，中国形态的整体性是一种具有原创性的差异研究。在这一点上，“中国形态”的研究特色与阿尔都塞提出的“问题域”比较接近。阿尔都塞曾说，马克思与黑格尔、费尔巴哈的区别不是继承或扬弃的问题，而是由于“问题域”不同而形成的整体的差异性。并且，中国形态是生成性的或者说是建构性的，它始终处于不断发现和不断实践的过程中。将中国形态作为新的问题意识和研究对象，是这套丛书的重要特色之一。

本套丛书在研究视野和研究方法上也有一些新的开拓。经典马克思主义文学批评具有鲜明的意识形态性和多学科性。在研究中，《马克思主义文学批评范式研究》一书努力摆脱用现有的或西方的文学理论来解读马克思主义文学批评的思路，另辟蹊径，强调经典马克思主义文学批评具有自身的文学观念、理论基础和研究对象，并且主张文学活动与社会政治、经济体制的关系应成为文学批评关注的重要内容。该书在经典马克思主义研究上还作了跨学科的尝试，即将经典马克思主义文学批评纳入哲学、美学、政治经济学、社会学等知识背景中，为经典马克思主义文学批评的理论阐释搭建了一个视野开阔的知识平台。当然，这种探索仅仅是起步，在研究后期我们越来越强烈地意识到，还需要进一步加强对经典马克思主义文学批评与其他学科相关性和有机性的研究。《走向资本批判视域的经典马克思主义文学批评》一书力图避免以往在引用马克思恩格斯观点时忽视其思想是发展的这一事实，将经典马克思主义文学批评还原为一个动态的、历史建构性的、逐步成熟的过程。该书在文本细读的基础上，重新阐释了经典马克思主义文学批评与马克思政治经济学中的“劳动”“生产”“分工”等概念的关系。例如，书中具体分析了“劳动”这一概念的内涵在马克思政治经济学语境中的发展脉络，以及这些变化对马克思主义文学批评性质的影响。把握经典马克思主义的思想发展也是今后我们在经典马克思主义研究中需要注意的又一重要方面。

中国形态作为一个正在形成的批评模式，有责任向世界推出一批有自身理论特色的概念和话题。《马克思主义文学批评中国形态的当代建构》一书承担了这一任务，提炼和阐发了一些具有中国特色的批评概念。“人民”就是一个被中国形态注入了新质的概念。人民作为中国革命和建设中的阶级集合体，不是一个抽象的同质符号，而是由千千万万真实的个人组成的历史主体，“以人民为中心”成为中国形态的鲜明特点。该书对“民族”概念作了重新阐释：英语 Chinese Nation 对应的是统一的多民族的“中华民族”；中国形态的“民族”是一个历史范畴，民族的核心是文化，民族认同和民族精神是民族维度的核心尺度。该书还将“政治”概念从阶级延伸到作为人的解放的“政治”，并在政治与审美的关系上作了超越批评的外在和内在疆域的探索。“实践”作为唯物史观的核心范畴，在中国形态中被置于十分重要的位置，中国形态的实践观更注重从主体方面去把握实践，理想的实践活动是主体的超越性和历史的规定性的矛盾统一。该书还对当今文化和文学建设中出现的问题作了创造性的思考。在文学与科技的关系上，该书指出了高科技对文学创作的革命性影响和科技的意识形态建构功能；对市场经济条件下文学的性质进行重新定位，指出文学不仅具有审美属性和意识形态性，而且具有商品属性，文学的精神品格在艺术生产中具有优先权；针对当今文学创作和批评的价值判断缺失或失范问题，该书以马克思的社会理想为基础重建价值体系，提出考察作品应以是否有利于人的全面发展作为价值判断的根本准绳。

本套丛书在史料发掘、清理和辨析上也有新的特点和收获，具体包括两个方面：一是对马克思主义文学批评在中国的传播、论争、著作出版等史实作了梳理、辨析和拓展；二是有关毛泽东哲学、文化和文艺思想对西方思想界的影响的资料收集。《马克思主义文学批评中国形态的历史进程》对马克思主义文学批评在中国早期的传播与译介、对现代文学社团关于马克思主义文艺理论的著述、对文艺民族形式论争和延安时期文学社团成立等事件的梳理和总结，均为中国马克思主义文学批评研究提供了有价值的史料参考。《中国早期马克思主义文学批评形态研究》通过研读批评文本，辨析、澄清马克思主义批评家与其他批评家在历次文艺论争中立场、观点的分歧，探讨文艺与政治、文艺与现实、文艺与阶级性、文艺与大众、文艺的内容与形式等马克思主义批评中的重大理论问题，为当代中国马克思主义文学批评的创新发展提供了历史镜鉴。有关毛泽东思想对西方影响的史料收集是丛书的又一个亮点。《毛泽东思想与阿尔都塞》通过收集阿尔都塞历年公开出版物中涉及毛泽东著作的史实，证明阿尔都塞对毛泽东及其著作的关注和接受不是个别作品和个别时期的现象，而是纵贯其三十多年学术写作生涯，是一种持续的、密切的和深度的关注和接受。该书还尝试厘清阿尔都塞在重建辩证唯物主义和历史唯物主义的若干范畴时对毛泽东思想所作的吸收和转化等。

三

中国形态的建设既是一项具有学术开创意义的研究，又是一个不断建构的过程，或者说是一个不断探讨和发展的领域。提出一个新的研究领域和范式固然不容易，而真正作出有重要学术价值的思想成果更是需要付出异常艰苦的努力。今后我们将在研究思路和方法上作进一步调整，从经典文本再出发，探讨经典马克思主义与当代中国文学批评之间的内在联系，并逐步形成对西方马克思主义文学批评的超越。

从整体的和发展的观点研究经典作家的文本，是我们正在做并且准备继续做的工作。我们将会重返经典文本，将马克思主义文学批评置于马克思的整个理论体系中，以求更为完整准确地把握经典马克思主义文学批评的特质和内涵。马克思首先是一位革命家，他对文艺的关注是与他对无产阶级革命的思考紧密联系在一起的，他的文学批评是其革命活动的一个组成部分。马克思恩格斯关于文学艺术的论述多夹杂在有关社会问题的评述中，与他们所从事的哲学、政治经济学、历史学等学科的研究交织在一起，并且马克思恩格斯的批评理论和实践多散见于不同文稿、笔记或书信中。因此，只有回到经典文本的初始语境，以跨学科的视野作综合研究，才能避免对经典马克思主义文学批评理解上的片面和疏漏。同时，整体研究又需要与经典作家的理论发展联系起来。我们面对的是一个在崎岖山路上不断攀登和探索的马克思，他的理论兴趣在不同阶段随着研究的需要不断转移，其思想观念也有所改变和发展。马克思关于文学批评的观念也经历了一个发展的过程，其中既有范式的转换，又有认识的深化。并且有关马克思的著述也处于不断发现、更新和变动之中，《马克思恩格斯全集》第二版的编辑和出版就充分说明了这一点。因此，我们需要在马克思的整个知识语境和思想发展历程中把握马克思主义经典文本群的丰富内涵和思维轨迹。

经典文本语境的研究还需要扩展到文本产生的写作环境和文化传统中。深入了解经典作家写作的那个时代的社会性质和特点，包括当时的现实状况和工人阶级运动、马克思的个人际遇以及马克思与同时代人的关系等，将会更加深切地体会和理解经典作家提出问题的缘由和针对性。不仅如此，经典马克思主义植根于西方文化传统之中，马克思的博士论文《德谟克利特的自然哲学和伊壁鸠鲁的自然哲学的差别》研究的就是德谟克利特和伊壁鸠鲁这两位著名的古希腊学者。我们在考察经典马克思主义的理论来源时，应该从19世纪德国古典哲学、英国古典政治经济学和法国空想社会主义的基础上延伸，把马克思主义文学批评的思想来源与“两希”（古希伯来文明与古希腊文明）以来的西方文化传统联系起来，辨析整个西方文化传统对马克思的浸润和马克思对这些思想文化的批判和吸收。简言之，只有把马克思的思想置于西方文化和历史的长河中考察，才有助于更加全面地把握经典马克思主义文学批评深邃的理论内涵。

关于中国形态与经典马克思主义的关系问题，是下一步有待认真思考的又一问题。21世纪的今天不同于20世纪，更不同于19世纪，由于文化传统和时代的差异，中国马克思主义文学批评不可能完全复制19世纪的经典马克思主义，但也绝不是像西方有些学者所说的那样，毛泽东的理论是对马克思主义的一种"偏离"(Divergence)①。一方面，中国形态始终保持着与经典马克思主义在精神上和血脉上的内在联系；另一方面，又不能把马克思主义视为一种固定的体系，正如詹姆逊所说，那些将马克思主义作为永恒不变的观念系统的看法是对马克思主义的误解，"在它凝固为体系的那一刻便歪曲了它"②。

理论的发展和突破需要反思。马克思本人就是在对黑格尔、费尔巴哈、欧文、亚当·斯密等人的理论的吸收和反思基础上形成和提出自己的观点的，并且马克思也有对自身理论的反思。马克思主义诞生一百多年来，西方马克思主义的诸多理论观点也多是在反思经典马克思主义的过程中展开的，如他们反对照搬第二国际、第三国际的一些理论，根据西方社会的发展和需要提出一些独树一帜的观点，包括总体性理论、意识形态理论、文化工业理论、交往理论、异化理论、新感性和晚期资本主义等。尽管西方马克思主义的有些观点有偏颇之处，但这些学者针对西方社会问题提出的理论和对策，无疑延续并强化了马克思主义的生命力。中国形态同样需要有一种反思的态度，根据中国国情对经典马克思主义文学批评的一些观念或概念有所调整和发展，同时也需要从中国立场反思西方马克思主义文学批评，辨析和批判西方马克思主义对经典马克思主义的重构和遮蔽，并在对西方马克思主义的反思中逐步彰显中国特色。

理论的价值在于在场，批评应该对现实发言。中国形态将在反思的基础上，努力运用马克思主义的立场方法研究当代社会和文化中的新问题，并作出引领时代的新阐发，形成具有自身理论特质的体系和观点。卢卡奇在《历史与阶级意识》一书中明确表示，马克思主义不是一个现成的能够应用于一切场合的公式，而是方法。即使现代的研究完全驳倒了马克思的全部命题，"每个严肃的'正统'马克思主义者仍然可以毫无保留地接受所有这种新结

---

① Catherine Lynch, "Chinese Marxism", *Encyclopedia of Modern Political Thought* (Volume 1), Gregory Claeys (ed.), Los Angeles & London: CQ Press, 2013, p.130.

② [美] 弗雷德里克·詹姆逊：《语言的牢笼　马克思主义与形式》，钱佼汝、李自修译，百花洲文艺出版社 2010 年版，第 306 页。

论，放弃马克思的所有全部论点，而无须片刻放弃他的马克思主义正统”①。“正统”绝不是坚持马克思所得出的每一个个别结论，而在于方法。在新的历史条件下，中国形态将随着社会的发展和时代的变化不断调整和产生新的理论、新的范畴，以回应时代之问。而这种对马克思主义的发展才是对马克思主义的最好坚持。

最后想说的是，一路走来，要感谢的人很多。感谢全国社科规划办和评审专家的信任，感谢鉴定会上九位学者的肯定和鞭策，感谢人民出版社和国家出版基金规划管理办公室的大力支持。所有这一切我们都铭记在心，唯有以在马克思主义文学批评研究的道路上继续前行，来表达我们的谢意和敬意！

胡亚敏

2019 年 6 月 6 日于华大家园

2019 年 6 月 30 日（二稿）

① ［匈］卢卡奇：《历史与阶级意识》，杜章智等译，商务印书馆 2009 年版，第 47—48 页。

目　录

“中国经验”与马克思主义文学批评的中国形态（代序）

若干年来，有关“中国经验”的讨论成为理论批评界的热门话题。有学者认为，“中国经验”的提出是抵抗无孔不入的全球化的一大策略，是文学创作与批评向本土与传统文化回归的信号。也有学者认为，它是马克思主义中国化的最新理论表述，是中国文学文化自信并自立于世界的表现，因而成为全球化中的一大“亮点”。还有一些学者则表达了对“中国经验”这一概念的无所不包以及隐含其中的某种自我封闭意识的忧虑。本著主要从建构马克思主义文学批评的中国形态的角度，探讨“中国经验”与此种中国形态之间的关系。这首先要从当前中国马克思主义文学批评存在的问题说起。

问题：“中国经验”是中国人的经验吗？

中国形态的马克思主义文学批评的产生，如果以20世纪30年代革命文艺运动为标志①，已历九十年，所取得的成绩有目共睹；但其存在的问题，在多元共生、众声喧哗的时代语境中，也愈发凸显。这些问题的存在，很大

① 程正民、童庆炳在《“20世纪马克思主义文艺理论国别研究”》总序中说：“中国形态的马克思主义文艺理论的发展是同中国革命和建设的发展同步的，它产生在以鲁迅为代表的30年代的革命文艺运动中，40年代毛泽东《延座讲话》则标志着它的形成。”见童庆炳主编：《20世纪中国马克思主义文艺理论研究》，北京大学出版社2012年版，“总序”第4页。

程度上阻碍了中国马克思主义文学批评同俄苏马克思主义文学批评、西方马克思主义文学批评，以及其他形态文学批评的对话与交流。

中国马克思主义文学批评的总体问题，体现在批评中的本质论与思维惯性的难以祛除，其中包括预设东西方的差异，一味强调西方学者对中国语境、国情的隔膜、误读，由此倾向于认为“中国经验”只有身在“现场”的中国批评家才能阐释，其阐释也具有某种先在的权威性。这里说的“预设”，是指持这种观点的中国批评家很少明确说明西方学者的哪些论著、观点存在着隔膜、误读，以及原因何在，只是先验地断定“外国人不了解中国人”，自然也不了解中国的国情。德国学者顾彬曾经谈到他对“只有中国人才能了解中国”的不解。他认为：“要理解，必须先和被理解的东西之间有距离。只是在某事向我客观地显示的时候，我才能对它进行反思。”“否认西方人有权根据西方的材料以形成他们自己关于这个‘中央帝国’的理解，却坚持要他们使用中国术语和思想倾向，就是完全荒谬的。”① 他在另一篇文章《我看当代德国哲学》中介绍说，德国哲学家阿佩尔发现，人作为会说话的有生命之物，生存在一种交流对话的共同体中，因此也生存在一种世界性的进行论证、论辩的共同体中。② 故此，所谓“中国经验”应当建立在东西方交流对话的共同体中，而不是一味排斥与中国“有距离”的西方学者的有益主张；特别是，不能以这种排斥的姿态来标榜自我认识的“正宗”和“纯粹”。无论从一般哲学上还是从语言诠释学上来说，一个封闭在“我”之中的人，是无法认识“我”究竟是什么的，就像德国哲学家卡尔·雅斯贝尔斯所说的，“如果我只是我自己，我就得荒芜”。雅斯贝尔斯把“交往”视为他的哲学的基本词汇，认为只有在人之间才有交往，真正的交往就是在对话中形成的人与人的“共同体”。③

就文学批评领域而言，全部的文学批评工作可以看作是对话；参与对话的双方或多方应当抱有共同的信念，即相信通过这种方式可以寻求到真理。这一真理存在于文本之中，也存在于文本与现实的复杂关系之中。在法国

① ［德］顾彬：《“只有中国人理解中国”?》，王祖哲译，《读书》2006 年第 7 期。

② ［德］顾彬：《我看当代德国哲学》，《读书》2011 年第 2 期。

③ 参见［德］汉斯·萨尼尔：《雅斯贝尔斯》，张继武、倪梁康译，生活·读书·新知三联书店 1988 年版，第 159—160 页。

学者、批评家托多洛夫那里，批评是对话，也即多种声音的汇合与交织；并且，他将“真理”视为参与对话者为自己设定的一个目标，一种调节对话有效进行的原则或机制，而不是唾手可得的某种凝固的存在物。他认为：

> 教条批评获得了批评家的独白；内在批评（以及相对主义批评）达到了作家的独白；不过是多种内在分析算术相加的纯多元论批评使几种声音并存，但却缺乏听众：好几个主体在同时表达，却没有人注意到他们之间的分歧所在。如果我们接受共同探索真理的原则，就已经在实践对话批评了。①

在中国现代文学批评中占主导地位的马克思主义文学批评，历史上曾陷入过教条主义的困境；在当代文学批评的历史进程中，它也屡屡遭到同样的指摘。反思其中的原因，除了人们经常提到的不顾中国文学实情照搬马克思主义经典，以寻章摘句为能事，也因为一些批评主体缺乏对话的意愿和动力，往往在不经意间使文学批评沦为托多洛夫所说的“批评家的独白”。苏联及东欧社会主义国家的巨变，很大程度上加剧了马克思主义批评家势单力薄之感，进而强化了他们面对各种批评形态风起云涌之时的防御性心态：前述的对东西方差异的“预设”，可以视为这种防御性心态的表征。

巴西学者特奥托尼奥·多斯桑托斯认为，“目前中国的经验是对马克思主义创新的一次挑战，不管是对中国本身的模式而言，还是对国际上多种不同模式而言都是如此”。根据对“中国经验”与马克思主义理论构想之间关系的观察和思考，他得出的结论是：“中国经验给予我们在更深程度上重新思考马克思主义的空间，而且是沿着马克思、恩格斯最初设想的方向。这并非是一个凝固不变的理论原则，而是一个科学的、文化的并且总是大胆开放的政治探索。”② 中国在政治领域中对马克思主义理论的开放的、富有建设性的探索与实验，并没有在中国文学批评领域中得到应有的回应；相反，开放

① ［法］茨维坦·托多洛夫：《批评的批评》，王东亮等译，生活·读书·新知三联书店 1988 年版，第 177 页。

② ［巴西］特奥托尼奥·多斯桑托斯：《马克思主义理论构想与中国经验》，陶文昭、邹积铭等译，《教学与研究》2005 年第 10 期。

性与对话性成为中国学者、批评家公认的西方马克思主义文学批评最基本、最重要的特征。

中国马克思主义文学批评第二个方面的问题，是惯性的研究思路、陈旧的话语方式等。在文学批评实践中，则体现为批评观点、批评对象和研究问题的无意义重复，批评思路的自相矛盾，以及在运用马克思主义理论时的榫卯不接、圆凿方枘。这些情况在其他领域同样存在，但低水平的重复，牵强附会，自说自话，在马克思主义文学批评中显得比较醒目，很大程度上影响了它的说服力和感染力。当然，也有部分学者提出了一些新的思路和观点。如王巍认为，马克思主义中国化包含中国经验的马克思主义化，即“马克思主义的中国化同时又是中国经验的马克思主义化”。而提出这一观点的目的，除了继续深化中国化的理论和实践探索，也是为了“解决马克思主义在中国创新发展的基本路径及其生命力、创造力和感召力的问题”。①

这里不妨以被称为“新马克思主义”的法兰克福学派代表人物赫伯特·马尔库塞为例，谈谈理论与批评的发展与创新问题。20 世纪以来，西方对极权主义的批判理论大体有三种：第一种是政治 / 社会批判理论，以德国自由主义者汉娜·阿伦特为代表。她研究的主要对象是纳粹德国，批判的是政治极权主义。第二种是文化批判理论，其代表人物众多，马尔库塞是其中影响深远的一位。他研究的主要对象是美国，批判的是技术理性的极权主义。第三种则是后现代语境下的消费主义批判，典型代表是法国的让·波德里亚，他批判的是市场理性的极权主义。三位不同国度的学者都先后将批判矛头指向极权主义，但各自批判的领域、对象不同，也都创建了富有特色的理论范畴和形态方法，形成了一整套批评术语。其中，马尔库塞借鉴包括马克思异化学说在内的各种思想理论资源，提出“深度的异化”或“异化的‘内化’”（唯异化非异化）的观点。他对发达工业社会作为“单向度社会”，以及人向“单向度的人”蜕变的描述、分析与批判，确实发人深省。虽然马尔库塞出于对各种社会制度的绝望，把替代的希望寄托在审美乌托邦上，使得人们对其“新马克思主义”者的身份颇为质疑，但在如何确定理论范畴、问题域和研究对象，并采用与之相应的批评方法等问题上，仍然值得中国马克思主义

① 王巍：《应重视中国经验的马克思主义化》，《学习时报》2013 年 2 月 4 日。

文学批评家思考和借鉴。

中国马克思主义文学批评的第三个问题是，21世纪以来，中国马克思主义批评家一方面不满于喧闹的“去马克思主义文学批评”的状况；另一方面自身又缺少批评实绩的支撑。前者如张炯指出的，“当前确实存在一股反对和贬低马克思主义的思潮，从国外一直刮到国内。这股思潮的代表人物的时髦说法叫做‘消解主流意识形态’或‘消解官方权力话语’，代之以所谓‘非主流意识形态’或‘民间话语’”。他因此疾呼坚决予以反击。① 马克思主义在中国处于意识形态主导地位毋庸置疑；而由于历史沉痛的经验教训，人们对“附庸”或“服从”于主导意识形态的文学批评抱以怀疑甚或不屑的态度，虽说过于情绪化，却是可以理解的。不过，具体问题具体分析是马克思主义基本原则之一。各种“去马克思主义”批评话语之所以大行其道，除因文艺生态的多元化需求之外，也与其各自有比较明确的问题域和问题意识，并形成一定的批评形态有关。当代马克思主义批评家如果不能像早期马克思主义批评家一样拿出充足的、具有说服力的批评文本，则“反对和贬低”之声难以抑制。

反思：让“中国经验”在中国形态中沉淀

造成上述几方面问题的主要原因，有意识形态和体制的制约而导致的思维模式、话语方式的掣肘，也有马克思主义研究资料方面的局限，当然最主要的还是文学批评主体创造性才能的缺失。政治、经济、文化等方面的“中国经验”的探索和总结，需要文学批评主体在建构、完善马克思主义文学批评中国形态中，使之沉淀下来；换言之，“中国经验”与中国形态的建构是互为一体、同步展开的：没有成熟的中国形态，所谓“中国经验”无以呈现，也就无法与其他批评形态形成对话与交流；反之，没有对“中国经验”的敏锐洞察，中国形态将只会成为无水之源，空中楼阁。具体而言：

① 张炯：《马克思主义与中国文学研究》，《海南师范大学学报》（社会科学版）2009年第1期。

首先，马克思主义文学批评的“中国经验”，包括“中国经验”的马克思主义化，需要在中国语境中发现新问题，在时代语境下审视旧问题。胡亚敏认为，“马克思主义文论的理论创新不可能完全在抽象的理论层面完成，马克思主义本身就是一个实践性很强的科学，它是在思考和回应无产阶级革命中的一些问题中产生的。每个时代总有属于它自己的问题，理论的生命力就在于回答当代社会的问题”①。由此她提出，在中国经济快速发展、全球化趋势加速的今天，如何清楚地认识和应对科学技术与消费主义对中国文化文学的影响，互联网时代的文学如何应对高科技的影响，如何在艺术规律和市场规律之间实现发展文化产业与保持艺术精神的矛盾统一，当代艺术生产如何实现文学体制和制度的创新，马克思主义文学批评如何在消费社会中发挥引领作用②，这些问题，既是中国形态的马克思主义文学批评需要应对的新课题，也是我们从中发现、阐明“中国经验”的途径。

其次，从批评范式的角度，重新审视马克思主义文学批评的中国形态。中国形态的提出并非始自今日；不过，以往人们一般还是在“中国化”的意指上使用这一概念，将它视为“中国化”的另一种表述方式。也就是说，这种意义上的中国形态接续的仍然是历史维度的研究传统，所考察的核心问题也依然是为何以及如何将马克思主义基本原理同中国实践相结合。而从批评范式角度重新审视中国形态，则要求我们既要重视理论与实践相结合这一历史维度，更需要反思形形色色的马克思主义文学批评与马克思主义思想之间的关系。孙文宪因此提出，在研讨中国形态时，至少需要有两个测度：“其一是考察对马克思主义理论的运用是否注意到中国文学活动的特殊性；继而是需要反思，当我们把中国文学的特殊性作为运用马克思主义的出发点时，这种意向或预设会在多大程度上影响对马克思主义理论本身的理解。”而第二个测度或许更为重要。③

“范式”一词源自美国科学哲学家托马斯·库恩，指的是一个“科学共

---

① 胡亚敏：《马克思主义文论研究的学术规范和理论创新》，《文艺报》2010 年 1 月 4 日。

② 参见郝日虹：《探寻马克思主义文学批评“中国形态”的当代构建》，《中国社会科学报》2012 年 10 月 31 日。

③ 孙文宪：《试析马克思主义批评与其中国形态的关系》，《华中学术》第三辑，华中师范大学出版社 2011 年版，第 12 页。

同体”内部成员所共有的“信念、价值、技术等等构成的整体”①。它是包括研究模式在内的一整套知识系统，并为后者提供学理背景。孙文宪认为，用范式来界说马克思主义文学批评，目的在于明确它“是在马克思主义的论域中，以自己的问题意识来展开关于文学问题的探讨。因此，能否在马克思主义的学理基础上提出文学问题，在马克思主义的问题域中理解和阐释各种文学现象，才是判断文学批评是否具有马克思主义属性的唯一标准”②。以范式而不是以寻章摘句方式来判断文学批评的马克思主义属性，可以很好地避免文学批评史上频繁出现的，对马克思主义理论的教条式、实用式的批评策略，也可以纠正既往“中国化”研究中积习已久的一些研究套路。更重要的是，“范式”一词内含的对知识系统的学理要求，将使中国形态的探讨集中在建立自己的理论范畴、问题域、理念、方法等批评学理层面上，由此带动中国马克思主义文学批评的“向内转”。这里的“向内转”既是指倡导“回到马克思”，亦即回到马克思主义特定的知识系统内部；也是指“回到批评”，亦即回到文学批评的学理内部。③

最后，上述两个方面也提醒我们，除去理论的探索和争鸣，中国马克思主义文学批评家需要更多地介入批评写作，去面对纷繁复杂的文艺现象和文艺创作，特别是对处于热点、焦点中的文艺现象和作品，发表自己的意见。理论自身固然有其创造力，但理论由于“空转”导致自身影响力的降低也是一个事实。中国的当下现实及其文艺生态，事实上为马克思主义文学批评提供了很大的施展空间。

即以21世纪“底层写作”中的“打工诗歌”为例，围绕这样一种在深圳、东莞等经济发达地区由流水线上的打工青年所写的文本样态，究竟是诗

---

① [美]托马斯·库恩：《科学革命的结构》，金吾伦、胡新和译，北京大学出版社2003年版，第157页。

② 孙文宪：《范式与马克思主义文学批评的中国形态》，《华中学术》第四辑，华中师范大学出版社2011年版，第12页。

③ 有关马克思主义文学批评中国形态的理论探讨，除引文外，另可参阅胡亚敏：《马克思主义文学批评中国形态的内涵探略》，《华中学术》第四辑，华中师范大学出版社2011年版；胡亚敏：《马克思主义文学批评“中国形态”三问》，《华中学术》第五辑，华中师范大学出版社2012年版；孙文宪：《回到马克思：研究马克思主义文学批评中国形态的理论前提》，《华中学术》第五辑，华中师范大学出版社2012年版。

还是“非诗”的争议从没有平息过。与这些打工者有着相同经历的批评家认为，它是“一种接近生活原态的写作，把底层生命的真实存在不加修饰地传达出来”，“如果从先锋诗歌的‘艺术’角度去解读，打工诗人的诗歌在语言和结构上都有不少问题，但那种发乎心性的真情实感，那种源自本真状态的致命的忧伤感，以及那种不计成败的投入精神，真让人惊心动魄”。① 也有大学学者如北京大学刘东教授建议大家都去读一读“打工诗歌”，“先别去琢磨别的，单是他们独特的写作活动本身，就足以刺激我们麻木的心灵：还另有一些完全相同和完全平等的生命，就在我们很近的地方活生生地活着——不仅在生理延续的层面上活着，而且在生命尊严的意义上活着；不仅在抽象的人口统计中活着，而且在独特的人生体验中活着！”② 另有一些学者从自己的文学观念出发，认为这些写作之所以成为社会热点事件，是因为其中掺杂了太多的社会伦理因素，有“题材决定论”嫌疑，因此觉得“有必要提出‘诗歌伦理’来申明诗歌艺术的合法性与正当性”。按照这种观点，写作者的“伦理态度、伦理价值关怀不应该表现在人云亦云的热情和具有轰动效应的题材上，而应该体现在遵循诗歌自身的逻辑，在自己能够发挥作用的领域勤奋工作，将现实的各种挑战（包括对底层民众的关注）整合于文学性价值的准则规范和文学的表现力之中”。③ 实际上，后者中的“诗歌伦理”“诗歌自身的逻辑”“文学性价值的准则规范”等都是特定历史语境中某种文学观念的体现，却被有意无意当作颠扑不破的真理来衡量和评判一切文学作品，尤其是那些“异己”的作品。正如英国马克思主义理论家、批评家特雷·伊格尔顿指出的，“如果说，文学是一种具有确定不变之价值的作品，以某些共同的内在特性为其标志，那么，这种意义上的文学并不存在”，“‘文学’意味着某种相反的东西：它是人们出于某种理由而赋予其高度价值的任何一种作品”。④ 中国马克思主义批评家可以运用经典马克思主义以及西方马克思主义理论资源，介入其中，并以具体的批评写作去检验或“发明”理论，去应对前沿文

① 柳冬妩：《打工：一个沧桑的词》，《天涯》2006 年第 2 期。

② 刘东：《贱民的歌唱》，《读书》2005 年第 12 期。

③ 钱文亮：《伦理与诗歌伦理》，《新诗评论》2005 年第 2 辑，北京大学出版社 2005 年版。

④ ［英］特雷·伊格尔顿：《二十世纪西方文学理论》，伍晓明译，陕西师范大学出版社 1986 年版，第 12—13、10 页。

学现象的挑战，去积淀文学的和批评的“中国经验”。近年来在“打工诗歌”基础上出现的所谓“工人诗歌”，同样值得马克思主义批评家关注。

实践性和批判性是马克思主义相互关联的两个特征，其中也内含着马克思主义在实践中的自我批判与反思。作为一种对马克思主义文学批评的新的“综合性”研究，对中国形态的研讨也应当既反思已有的“中国化”及其“中国经验”研究的不足，也理应对这种“综合性”研究中可能出现的问题保持自我批判精神，以推动中国马克思主义文学批评的创新与发展。而这种“综合性”研究需要梳理、总结早期马克思主义文学批评家在译介、运用马克思主义理论，探索和建构马克思主义文学批评中国形态的经验和教训。这是本著的写作主旨所在。

第一章　陈独秀："文学革命论""文学本义论"与文学实用说

陈独秀作为中国早期马克思主义理论学说的译介者、接受者和传播者，在不同时期，受到马克思主义理论的影响，由自发的社会主义者而非自觉的马克思主义者，成为马克思主义革命家。有关陈独秀在马克思主义理论中国化进程中的作用及其贡献，学者多有阐述。至于陈独秀的文学批评与马克思主义文学批评之间是否存在密切联系，学界存有争议。本著认为，尽管确实很少见到陈独秀直接引用马克思恩格斯的言论来阐述其文学批评观，不过，基于他的文学思想与他在政治、经济、历史、文化等方面的见解密不可分，他把文学视为改造现实、提升民智、传播新知的重要手段；也基于他更加推崇马克思的"实际活动的精神"①，并不主张在学说里打转，我们仍然可以在他的文学批评实践中看到马克思主义文学批评的影响，以及他在"世界的文学"格局中，面对中国传统文学和近代文学现状所采取的批评立场和方式。自觉或不自觉地接受马克思主义文学批评的立场和观点，同时又葆有个人对文学之为文学的认知，这种略显"混杂"的状况，正是中国早期马克思主义文学批评的基本特征之一。这一特征同样体现在陈独秀发表《文学革命论》（1917）前后的文学批评活动中。

① 陈独秀：《马克思的两大精神》，见任建树主编：《陈独秀著作选编》第二卷，上海人民出版社 2014 年版，第 454 页。

一、“文学革命论”：取“写实”而弃“空想”

陈独秀的文学批评，影响最卓著者当属《文学革命论》。文章开篇即说明“革命”之含义在“革故鼎新”而非“朝代鼎革”，它是“今日庄严灿烂之欧洲”的原动力：

> 欧语所谓革命者，为革故鼎新之义，与中土所谓朝代鼎革，绝不相类；故自文艺复兴以来，政治界有革命，宗教界亦有革命，伦理道德亦有革命，文学艺术，亦莫不有革命，莫不因革命而新兴而进化。近代欧洲革命史，直可谓之革命史。①

以此文为本，认为陈独秀早期的文学批评将政治与文学合为一体，并持有文学进化论的观念，是准的之论。陈独秀认为，政治界虽经三次革命而黑暗如故，其原因小部分在虎头蛇尾，大部分则是“盘踞吾人精神界根深底固之伦理道德文学艺术诸端，莫不黑幕层张，垢污深积，并此虎头蛇尾之革命而未有焉。此单独政治革命所以于吾之社会，不生若何变化，不收若何效果也”。又说，贵族文学、古典文学、山林文学这三种文学，“盖与吾阿谀夸张虚伪迂阔之国民性，互为因果。今欲革新政治，势不得不革新盘踞于运用此政治者之精神界之文学。使吾人不张目以观世界社会文学之趋势，及时代之精神，日夜埋首故纸堆中，所目注心营者，不越帝王，权贵，鬼怪，神仙，与夫个人之穷通利达，以此而求革新文学，革新政治，是缚手足而敌孟贲也”②。文学与政治、与伦理道德本不可分割，更不用说论者所处的内忧外患的时代。而且，在陈独秀那里，文学与政治的合一，并非要求文学成为政治的号角或急先锋，成为政治革命的载体，而是强调政治革命与文学革命应当

---

① 陈独秀：《文学革命论》，见任建树主编：《陈独秀著作选编》第一卷，上海人民出版社2014年版，第289页。

② 陈独秀：《文学革命论》，见任建树主编：《陈独秀著作选编》第一卷，上海人民出版社2014年版，第289、291页。

同步进行；或者说，三种文学的藏污纳垢、不思进取，是国民精神深处故步自封、自我麻木的表征，是"文如其人"的最形象证明。陈独秀看重的是文学革命对政治革命的巨大推动作用，是着眼于文学所具有的唤醒沉睡民众的作用；在文学与政治的关系上，他所秉持的是文学效用论而不是文学依附论。

《文学革命论》最引人注目也最引人争议的是"革命军三大主义"：

> 曰，推倒雕琢的阿谀的贵族文学，建设平易的抒情的国民文学；曰，推倒陈腐的铺张的古典文学，建设新鲜的立诚的写实文学；曰，推倒迂晦的艰涩的山林文学，建设明了的通俗的社会文学。①

作者虽然从《国风》《楚辞》始，至"桐城派""西江派"止，简略梳理、评述文学史概况，但"贵族文学""古典文学""山林文学"三者并非对应于文学史的某个阶段，彼此间也看不出有截然的分界线，作者亦同时使用"新贵族文学""贵族古典文学"的说法，在断然的排斥中不免有意气用事的成分。至于作者所赞叹的"近代文学之粲然可观者"元明剧本、明清小说，以及"盖代文豪若马东篱。若施耐庵，若曹雪芹诸人"，属于他所属意建设的三种文学中的哪一种，亦无细说。作者排斥三种文学的理由虽然各不相同，但他也概括了其"公同之缺点"，即"所谓宇宙，所谓人生，所谓社会，举非其构思所及"，又说，"求夫目无古人，赤裸裸的抒情写世，所谓代表时代之文豪者，不独全国无其人，而且举世无此想"。② 因此，作者提出的建设三种革命性文学的核心，是"新鲜的立诚的写实文学"。它既是"平易的抒情的国民文学"出现的基础，也可以看作"明了的通俗的社会文学"达至的途径。如果考察《文学革命论》发表前后作者的文学主张，可以说，"写实"是其批评理论的关键词。

---

① 陈独秀：《文学革命论》，见任建树主编：《陈独秀著作选编》第一卷，上海人民出版社2014年版，第289页。

② 陈独秀：《文学革命论》，见任建树主编：《陈独秀著作选编》第一卷，上海人民出版社2014年版，第291、290页。

最早在创办《青年杂志》时，陈独秀在第一卷第一号发表《敬告青年》(1915）一文，对青年提出六大希望，其第五条为“实利的而非虚文的”，寄望于青年在社会生活中取“实利”而弃“虚文”。他指出：“一切虚文空想之无裨于现实生活者，吐弃殆尽。当代大哲，若德意志之倭根（R.Eucken)，若法兰西之柏格森，虽不以现时物质文明为美备，咸揭橥生活（英文曰 Life，德文曰 Leben，法文曰 La vie）问题，为立言之的。”何谓“虚文”？“若事之无利于个人或社会现实生活者，皆虚文也，诳人之事也。”①“以现时物质文明为美备”，“揭橥生活”，以激发青年向先进的欧美学习，改革中国现实的激情，这种政治思想上的主张，是陈独秀要求文艺直面现实，并以“写实”揭示现实的重要原因。在同一年发表的《今日之教育方针》(1915）中，陈独秀将现实主义视为近世欧洲之时代精神，“见之文学美术者，曰写实主义，曰自然主义。一切思想行为，莫不植基于现实生活之上”②。写实主义与自然主义是此一时代精神在文学艺术上的折射，虽有不同的命名，但其基本特征是“植基于现实生活之上”。同样是同年发表的《现代欧洲文艺史谭》(1915）中，他具体介绍欧洲文艺思想之变迁，谈及自然主义时说：“此派文艺家所信之真理，凡属自然现象，莫不有艺术之价值，梦想理想之人生，不若取夫世事人情，诚实描写之有以发挥真美也。”③在这里，陈独秀首次将欧美文艺中的自然主义与理想主义对举，已有扬前者而抑后者之意。而前者最可宝贵的品质是“诚实描写”，具有“发挥真美”的艺术功能，而不是让人沉浸在虚幻的梦想中。

《文学革命论》中提出的“革命军三大主义”，固然只是针对陈独秀眼中积重难返的贵族古典文学的弊端而言，作为镜鉴的则是欧美自文艺复兴以来的近代文学的辉煌灿烂。而欧美近代文学之可观、可叹，写实主义、自然主义的盛行功莫大焉。更为重要的是，文艺作为社会意识形态之一种，无法脱

---

① 陈独秀：《敬告青年》，见任建树主编：《陈独秀著作选编》第一卷，上海人民出版社 2014 年版，第 162 页。

② 陈独秀：《今日之教育方针》，见任建树主编：《陈独秀著作选编》第一卷，上海人民出版社 2014 年版，第 172 页。

③ 陈独秀：《现代欧洲文艺史谭》，见任建树主编：《陈独秀著作选编》第一卷，上海人民出版社 2014 年版，第 182 页。

离整个社会的进化，也无法与自然科学、哲学的演进趋势相脱离。从欧洲近代社会制度的破坏、经济基础的变革、生产关系的变更来认识文艺的新动向①，把文艺置于"时代精神"的范畴内，陈独秀早期的批评理论，已具有不自觉的马克思主义理论色彩。而以欧洲文艺史为参照，他更清楚地看到、也更痛切地感受到传统中国文艺的弊病：

欧文中古典主义，乃模拟古代文体，语必典雅，援引希腊、罗马神话，以眩赡富，堆砌成篇，了无真意。吾国之文，举有此病，骈文尤尔。诗人拟古，画家仿古，亦复如此。理想主义，视此较有活气，不为古人所囿。然或悬拟人格，或描写神圣，脱离现实，梦入想像之黄金世界，写实主义自然主义乃与自然科学实证哲学同时进步。此乃人类思想由虚入实之一贯精神也。②

也就是说，倡导"新鲜的立诚的写实文学"，并非为成为革命军而别树一帜，而是人类思想"由虚入实"的一贯精神的体现，正是此种精神推动着社会革命。建设一新社会，需要建设一新文学；与其说新文学是为新社会服务的，不如说新文学是新社会召唤出来的，也是"一代有一代的文学"③合乎情理的要求。在《答程师葛（德、智、体）》（1916）中，陈独秀将写实主义、自然主义定位在"朴实无华之文学"，认为其自有"精深伟大处"，不必在贵族古典文学前自惭形秽：

士之浮华无学，正文弊之结果。浮词夸语，重为世害；以精深伟大之文学救之，不若以朴实无华之文学救之也。即以文学自身而论，世界潮流，固已弃空想而取实际；若吾华文学，以离实凭虚之

① 参见《青年杂志》第一卷第一号与《敬告青年》同时发表的陈独秀文章《法兰西人与近世文明》。

② 陈独秀：《答张永言（文学—人口）》（1916），见任建树主编：《陈独秀著作选编》第一卷，上海人民出版社 2014 年版，第 205 页。

③ 陈独秀：《三答钱玄同（文字符号与小说）》（1917），见任建树主编：《陈独秀著作选编》第一卷，上海人民出版社 2014 年版，第 378 页。

结果，堕入剽窃浮词之末路，非趋重写实主义无以救之。写实派文学、美术，自有其精深伟大处，恐犹非空想派之精深伟大所可比拟。①

“弃空想而取实际”是世界文学之潮流，中国文学现状则与此背道而驰，“离实凭虚”，唯有“写实主义”可以挽救，后者的精深伟大之处就在“发挥真美”。在胡适于《新青年》发表《文学改良刍议》之前，陈独秀去信提及“文学改革”的迫切性，指出改革的方向是“写实诗文”：

文学改革，为吾国目前切要之事。此非戏言，更非空言，如何如何？《青年》文艺栏意在改革文艺，而实无办法。吾国无写实诗文以为模范，译西文又未能直接唤起国人写实主义之观念，此事务求足下赐以所作写实文字，切实作一改良文学论文，寄登《青年》，均所至盼。②

他热盼胡适能从写作和理论两面，推动“写实主义”在中土的落地生根，其中体现的正是他不尚“空说”而尚“实际活动”的马克思主义精神。其拳拳之心，溢于言表。

简言之，取“写实”而弃“空想”，是陈独秀从社会变革出发，亦是以“世界文学”格局观照中国文艺传统和现状的结果。“写实”一词指向最大限度地贴近现实生活，表现世事人情；“空想”一词则是“浮华旧梦”的代名词，指创作者远离社会现实，堕入拟古、仿古的泥淖。“空想”使人意志消沉，不愿、不敢或不屑看取眼前正在发生的一切，进而阻碍整个社会变革的发生和完成。“写实”的文学主张，无疑契合了马克思主义理论中鲜明的现实性和批判性特征：直面现实的文学才会产生批判现实的巨大力量；同样，对现实的批判须以对现实的如实观察和摹写为前提。数年后，陈独秀在《马克思

---

① 陈独秀：《答程师葛（德、智、体）》（1916），见任建树主编：《陈独秀著作选编》第一卷，上海人民出版社2014年版，第225页。

② 陈独秀：《致胡适信》（1916），见任建树主编：《陈独秀著作选编》第一卷，上海人民出版社2014年版，第247页。

的两大精神》(1922) 中，指出马克思以欧洲近代的自然科学归纳法来研究社会科学，所以被称为"科学的社会主义"，与"空想的社会主义"不同。① 不妨说，陈独秀的取"写实"而弃"空想"的文学主张，与他此后认识和接受的马克思主义的理论方法之间，有着不谋而合之处。

二、"文学本义论"："文"与"言"合一

文学为政治服务，乃至将文学与政治合一，确实是马克思主义理论中国化进程中屡屡出现的问题，学者著家对此多有认真而严谨的反思。陈独秀早期的取"写实"而弃"空想"的文学主张，与他的政治理念和抱负可谓浑融一体，或者说，是他实现社会革命的重要途径。不过，一方面，"政治"在陈独秀那里是一广义、宽泛的概念：变革社会、启迪民智以国富民强，是当时最大的政治；另一方面，文学为政治服务，并不必然意味着文学成为政治的附庸乃至载体，两者的"合一"也只是在世界潮流、时代精神上的步调一致，并不意味着文学被一时一刻的政治任务所盘踞。陈独秀在《文学革命论》中排斥贵族文学，是因其"藻饰依他，失独立自尊之气象"，排斥古典文学是因其"铺张堆砌，失抒情写实之旨"。② 他激烈抨击韩昌黎变古之后的归、方、刘、姚等人，认为他们"既非创造才，胸中又无物，其伎俩惟在仿古欺人，直无一字有存在之价值，虽著作等身，与其时之社会文明进化无丝毫关系"③。倘若因政治的一时一地的狭隘需求而迫使文学屈从，则文学同样有"藻饰依他"之虞，同样无法获得"独立自尊之气象"，也就失去了独立存在之价值。用今人的话说，文学为政治服务有它自己的方式。

① 陈独秀：《马克思的两大精神》，见任建树主编：《陈独秀著作选编》第二卷，上海人民出版社 2014 年版，第 453 页。

② 陈独秀：《文学革命论》，见任建树主编：《陈独秀著作选编》第一卷，上海人民出版社 2014 年版，第 291 页。

③ 陈独秀：《文学革命论》，见任建树主编：《陈独秀著作选编》第一卷，上海人民出版社 2014 年版，第 290 页。

陈独秀的担心并非没有道理。在与胡适关于文学革命的通信中，他对胡适所提“八事”，不赞同者有二，其一是“须言之有物”：

> 鄙意欲救国文浮夸空泛之弊，只第六项“不作无病之呻吟”一语足矣。若专求“言之有物”，其流弊将毋同于“文以载道”之说？以文学为手段为器械，必附他物以生存。窃以为文学之作品，与应用文字作用不同。其美感与伎俩，所谓文学美术自身独立存在之价值，是否可以轻轻抹杀，岂无研究之余地？况乎自然派文学，义在如实描写社会，不许别有寄托，自堕理障。盖写实主义与理想主义不同也以此。①

陈独秀之所以不赞同，除了此点与“不作无病之呻吟”相重复，更因为若“专求”于此，恐重蹈“文以载道”之覆辙，文学因之变为“载道”的手段或器械，而抹杀了“自身独立存在之价值”。针对此诘难，胡适在公开发表的《文学改良刍议》中，专做解释：

> 吾所谓“物”，非古人所谓“文以载道”之说也。吾所谓“物”，约有二事：
>
> （一）情感……情感者，文学之灵魂。文学而无情感，如人之无魂，木偶而已，行尸走肉而已（今人所谓“美感”者，亦情感之一也）。
>
> （二）思想　吾所谓“思想”，盖兼见地、识力、理想三者而言之。思想不必皆赖文学而传，而文学以有思想而益贵；思想亦以有文学的价值而益贵也……②

胡适以情与思作为文学之质，来挽救“文胜之害”所导致的“文学之衰

---

① 陈独秀：《答胡适之（文学革命）》（1916），见任建树主编：《陈独秀著作选编》第一卷，上海人民出版社 2014 年版，第 241—242 页。

② 胡适：《文学改良刍议》，《新青年》第二卷第五号，1917 年 1 月 1 日。

微"，与中国传统文学思想是一脉相承的，并非新见。这些论说固然是针对文学现实的，但很难说有鲜明的时代感。

从文学本义论的角度，陈独秀提出"文言合一"的观点。当然，这里说的"文学本义论"，并没有后来西方现代理论中文学自足论的含义，但涉及的也是文学语言问题。此语言问题，与文学的"写实"，与其发挥激浊扬清、唤醒国民心智的功用，紧密相连。在陈独秀那里，"文学革命论"与"文学本义论"并行不悖，甚或可视为两位一体。何以如此？因为倡导本义论在当时情况下，即为革命论，亦即，他希冀文学摆脱"载道"的长久羁绊，回归本义；回归本义的另一层意思，即"文言一致"。在《答曾毅（文学革命）》(1917) 中，陈独秀说，道即理即物，亦即思想内容，此乃对道的广义解释，他极其赞同，"惟古人所倡文以载道之'道'，实谓天经地义神圣不可非议之孔道，故文章家必依附六经以自矜重，此'道'字之狭义的解释，其流弊去八股家之所谓代圣贤立言也不远矣"①。又说：

> "言之有物"一语，其流弊虽视"文以载道"之说为轻，然不善解之，学者易于执指遗月，失文学之本义也。
>
> 何谓文学之本义耶？窃以为文以代语而已。达意状物，为其本义。文学之文，特其描写美妙动人者耳。其本义原非为载道有物而设，更无所谓限制作用，及正当的条件也。状物达意之外，倘加以他种作用，附以别项条件，则文学之为物，其自身独立存在之价值，不已破坏无余乎？故不独代圣贤立言为八股文之陋习，即载道与否，有物与否，亦非文学根本作用存在与否之理由。②
>
> 鄙意今日之通俗文学，亦不必急切限以今语。唯今后语求近于文，文求近于语，使日赴"文言一致"之途，较为妥适易行。③

① 陈独秀：《答曾毅（文学革命）》(1917)，见任建树主编：《陈独秀著作选编》第一卷，上海人民出版社 2014 年版，第 328 页。

② 陈独秀：《答曾毅（文学革命）》(1917)，见任建树主编：《陈独秀著作选编》第一卷，上海人民出版社 2014 年版，第 328 页。

③ 陈独秀：《答曾毅（文学革命）》(1917)，见任建树主编：《陈独秀著作选编》第一卷，上海人民出版社 2014 年版，第 328—329 页。

陈独秀倡导文学本义，用意仍在破除“文以载道”之陋习，此点非常明确，且被当作文学革命的核心。在上述通信中，文学本义被定位在“达物状意”，文学之“文”则被诠释为“特其描写美妙动人者耳”，这已接近俄国形式主义文论所谈“文学性”问题，指向的都是文学语言的特殊性，而不是在文学语言之外，别求他项以作限制条件。文学革命即是文学解放，文学解放即意味着解除所有束缚在文学本义之上的各种限制。“文言一致”的重要性和紧迫性，在陈独秀心中，已经到了不容讨论，更不容置疑的地步。文学是否要改良，他认为可以容纳异己，自由讨论，“独至改良中国文学，当以白话为文学正宗之说，其是非甚明，必不容反对者有讨论之余地。其故何哉？盖以吾国文化，倘已至文言一致地步，则以国语为文，达意状物，岂非天经地义，尚有何种疑义必待讨论乎？”①

陈独秀的“文言一致”观念，与胡适所提“八事”中的最后一项“不避俗语俗字”相吻合；胡适说的是“不避”或“宜采用”俗语俗字，我们亦不可把陈独秀所言“以白话文为文学之正宗”里的“白话”，理解为“专用”俗语俗字，它是“文言一致”的产物。在《三答钱玄同（文字符号与小说）》（1917）中，陈独秀认为中国小说有两大毛病，一是描写淫态，过于显露；二是过贪冗长：

> 吾人赏识近代文学，只因为他文章和材料，都和现在社会接近些，不过短中取长罢了。若是把元明以来的词曲小说，当做吾人理想的新文学，那就大错了。不但吾人现在的语言思想和元、明、清的人不同，而且一代有一代的文学，钞袭老文章，算得什么文学呢！②

今人有今人的语言思想，也就有今人一代的新文学。如果今人的语言思想可以称为“文言一致”，它是怎样达成的呢？

……既然是取“文言一致”的方针，就要多多夹入稍稍通行的文雅字眼，

---

① 陈独秀：《再答胡适之（文学革命）》（1917），见任建树主编：《陈独秀著作选编》第一卷，上海人民出版社2014年版，第338页。

② 陈独秀：《三答钱玄同（文字符号与小说）》（1917），见任建树主编：《陈独秀著作选编》第一卷，上海人民出版社2014年版，第378页。

才和纯然白话不同。俗话中常用的文话(像岂有此理、无愧于心、无可奈何、人生如梦、万事皆空等类)，更是应当尽量采用。必定要"文求近于语，语求近于文"，然后才能做到"文言一致"的地步。①

也就是说，它是通行的文雅字眼与俗语俗字的某种结合，是文与语的相互趋近而不是决然排斥。

陈独秀的文学本义论，就其语言观而言，接近西方形式主义文论的观点，注重语言文字自身区别于非文学——在他那里主要是指应用文——语言文字的特性，与马克思主义文论中的形式观并无直接联系。也因此，陈独秀文学批评中的强调文学与政治、与中国社会现实的紧密关联这一面，被后人不断放大；而其要求文学与"道"，与其他外物撇开干系的论点，则不为人所注意。须知，他的文学本义论并未导致西方现代文论中的"客观说"，而是与他极为重视文学的功能密不可分：倘若"文言一致"，文学将能更好地关注现实，从而吸引读者，感染读者，最大限度发挥它在政治、文化、经济、伦理道德等多个领域中的革命作用。因此，陈独秀的文学本义论导向的是他批评理论中的"实用说"。

三、批评标准论：自足与实用并行

陈独秀的文学本义论中所包含的"自足"含义，与西方现代文论中的"客观说"有明显差异。按照艾布拉姆斯的看法，"客观说""原则上把艺术品从所有这些外界参照物中孤立出来看待，把它当作一个由各部分按其内在联系而构成的自足体来分析，并只根据作品存在方式的内在标准来评判它"②。与之相反，陈独秀始终将文艺作品放在时代环境、时代精神，放在世界文学中，放在与读者的关系中来考察，遵循的是马克思主义文学批评的基本原

① 陈独秀：《三答钱玄同（文字符号与小说）》(1917)，见任建树主编：《陈独秀著作选编》第一卷，上海人民出版社 2014 年版，第 378—379 页。

② ［美］M. H. 艾布拉姆斯：《镜与灯：浪漫主义文论及批评传统》，郦稚牛等译，北京大学出版社 1989 年版，第 31 页。

则。“旧文学，旧政治，旧伦理，本是一家眷属，固不得去此而取彼；欲谋改革，乃畏阻力而牵就之，此东方人之思想，此改革数十年而毫无进步之最大原因也。”①

如前所述，陈独秀在强调文学自身独立存在的价值时内含的“自足”观点，只是为了对抗“载道”观及其各种可能的变体。也不妨说，文学本义论，文学只为自身而存在这种观念，是为了把文学从亦步亦趋模仿古人、剽窃浮词、艰深晦涩的牢笼中解放出来，以便让它敞开胸怀拥抱现实，拥抱读者。质言之，文学自足观最终导向的是，让文学能够更好地、为更为广泛意义上的社会变革的政治诉求服务。这可谓中国早期马克思主义文学批评的特色之一。

在批评标准上，陈独秀的“文言一致”虽然指向的是创作者的语言方式，但更多考虑的是读者的接受与理解，因此可称为实用主义批评，即以欣赏者为中心的批评理论。M.H. 艾布拉姆斯认为：“……这种理论把艺术品主要视为达到某种目的的手段，从事某件事情的工具，并常常根据能否达到既定目的来判断其价值。”②自然，实用主义思想不仅是陈独秀，也是当时不少革命家的主导思想。陈独秀在《〈新青年〉宣言》（1919）中毫不避讳地指出：

> 我们相信政治、道德、科学、艺术、宗教、教育，都应该以现在及将来社会生活进步的实际需要为中心。
>
> 我们因为要创造新时代新社会生活进步所需要的文学道德，便不得不抛弃因袭的文学道德中不适用的部分。③

文学实用论只是其思想体系中的有机组成部分，不能割裂出来讨论；而抛弃旧文学，则是因为它们已“不适用”。

---

① 陈独秀：《答易宗夔（论〈新青年〉之主张）》（1918），见任建树主编：《陈独秀著作选编》第一卷，上海人民出版社2014年版，第438页。

② ［美］M. H. 艾布拉姆斯：《镜与灯：浪漫主义文论及批评传统》，郦稚牛等译，北京大学出版社1989年版，第13页。

③ 陈独秀：《〈新青年〉宣言》（1919），见任建树主编：《陈独秀著作选编》第二卷，上海人民出版社2014年版，第131页。

专就文艺领域来说，陈独秀很早意识到民智开启与文学之关系。他在1904年创办《安徽俗话报》时提到，民众若想学点学问，通些时事，买几种报在家看看，有事半功倍之效，"但是现在各种日报旬报，虽然出得不少，却都是深文奥义，满纸的之乎也者矣焉哉字眼，没有多读书的人，那里能狗[够]看得懂呢？这样说起来，只有用最浅近最好懂的俗话，写在纸上，做成一种俗话报，才算是项好的法子"。《安徽俗话报》的文章共分十三门，与文学相关的有两门："第八门小说，无非说些人情世故、佳人才子、英雄好汉，大家请看包管比水浒、红楼、西厢、封神、七侠五义、再生缘、天雨花还要有趣哩。""第九门诗词，找些有趣的试[诗]歌词曲，大家看得高兴起来，拿着琵琵[琶]弦子唱唱，到比十杯酒、麻城歌、鲜花调、梳妆台好听多了。"① 用最浅近最好懂的俗话写成作品，既有趣，是一种全新的尝试，也能让普通民众看得懂，看得高兴，而起心智上的潜移默化之功。因此之故，陈独秀对文人一向瞧不起的属于俗文学的戏曲，也非常重视。他说：

> 我们中国人这些下贱性质，那一样不是受了戏曲的教训，深信不疑呢！依我说起来，戏馆子是众人的大学堂，戏子是众人大教师，世上人都是他们教训出来的。②

戏曲所具有的"教训"之功，事关社会上的每一个人，也事关一国风俗的大体，因此，陈独秀并不认为戏子身份、地位卑贱。他说：

> 世上人的贵贱，应当在品行善恶上分别，原不在执业高低，况且只有我中国，把唱戏当作贱业，不许和他人平等。西洋各国，是把戏子和文人学士，一样看待。因为唱戏一事，与一国的风俗教化，大有关系，万不能不当一件正经事做，那好把戏子看贱了呢。
>
> 按戏曲分为梆子、二黄、西皮三种曲调，南北通行，已非一

① 陈独秀：《开办〈安徽俗话报〉的缘故》（1904），见任建树主编：《陈独秀著作选编》第一卷，上海人民出版社2014年版，第18、20页。

② 陈独秀：《论戏曲》（1904），见任建树主编：《陈独秀著作选编》第一卷，上海人民出版社2014年版，第82页。

日，若是声色俱佳，极其容易感人。①

正是由于戏曲有着广泛的民众基础，流传既久，具备“声色俱佳，极其容易感人”的特质，他提出了改良戏曲的几点建议。一是“多多的新排有益风化的戏”，把中国一班大英雄的事迹，排出新戏，“要做得忠孝义烈，唱得激昂慷慨，真是于世道人心，大有益处”。二是“可采用西法”。三是“不唱神仙鬼怪的戏”。四是“不可唱淫戏”。五是“除去富贵功名的俗套”。② 他为戏曲鼓与呼，更深的用意在于借助戏曲这一为民众所喜闻乐见的形式，在改良中使之发挥开人智慧，并最终通过开通社会风气而实现维新的大业：

> 现在国势危机，内地风气，还是不开。各处维新的志士设出多少开通风气的法子，像那开办学堂虽好，可惜教人甚少，见效太缓。做小说、开报馆，容易开人智慧，但是认不得字的人，还是得不着益处。我看惟有戏曲改良，多唱些暗对时势开通风气的新戏，无论高下三等人，看看都可以感动，便是聋子也看得见，瞎子也听得见，这不是开通风气第一方便法门吗？……我很盼望内地各处的戏馆，也排些开通民智的新戏唱起来，看戏的人都受他的感化，变成了有血性、有知识的好人，方不愧为我所说的世界上第一大教育家哩！③

不过，在《文学革命论》发表之前，陈独秀并未提出“文言一致”的主张，也没有自觉地将“文学之文”与“应用文之文”区分开来的意识，他的批评标准是较为纯粹的实用主义。通俗小说、诗词和戏曲，因其使用俚语俗语，

① 陈独秀：《论戏曲》（1904），见任建树主编：《陈独秀著作选编》第一卷，上海人民出版社2014年版，第82、83页。

② 陈独秀：《论戏曲》（1904），见任建树主编：《陈独秀著作选编》第一卷，上海人民出版社2014年版，第83—84页。

③ 陈独秀：《论戏曲》（1904），见任建树主编：《陈独秀著作选编》第一卷，上海人民出版社2014年版，第84—85页。

易于接受，读报、看戏的人受其感化，"变成了有血性、有知识的好人"，因此可以起到一般教育所起不到的作用，应当提升其地位，并加以改良。在《文学革命论》刊布之后，陈独秀将"实用"观与其"写实（实写）"观，亦即将文学作品的接受效果与创作者的创作方法，关联在一起："实用"要求创作者更加贴近社会实际生活，贴近读者；而"写实（实写）"才会感化读者，推动读者参与社会变革。在面对《文学革命论》引发的各种争议和商榷意见时，他回答说：

> 若古典主义之弊，乃至有意用典及模拟古人，以为非如此则不高尚优美，隽永妍妙，以如是陈陈相因之文体，如何能代表文化？如何能改造社会，革新思想耶？西洋近代文学，喜以剧本，小说，实写当时之社会，古典实无所用之。实写社会，即近代文学家之大理想大本领。实写以外，别无所谓理想，别无所谓有物也。①
>
> 仆对于吾国之近代文学，本不满足，然方之前世，觉其内容与社会实际生活，日渐接近，斯为可贵耳。国人恶习，鄙夷戏曲小说为不足齿数，是以贤者不为，其道日卑，此种风气，倘不转移，文学界决无进步之可言。②

"写实（实写）"成为文艺创作的不二法则。它之所以高于"空想"的文学，不是因为艺术技巧上的高超、别具一格，而是因为它有益于读者，进而有益于国家、社会。而"写实（实写）"本身，既是对创作题材 / 内容的要求，它所运用的"文言一致"的语言方式，亦可视为贴近社会现实（民众当运用俗雅结合的语言）的表现。如此，作为创作目的或理想所提出的"写实（实写）"，指向的是创作成果所具有的接受效应（有用）；文学本体论，就此演绎为文学工具或手段论——文学是服务于社会变革这一总体目标的。马克思主义文学批评虽然要求辩证对待文艺作品的内容与形式，但始终强调内容

① 陈独秀：《答陈丹崖（新文学）》（1917），见任建树主编：《陈独秀著作选编》第一卷，上海人民出版社 2014 年版，第 295 页。

② 陈独秀：《答钱玄同（文学改良）》（1917），见任建树主编：《陈独秀著作选编》第一卷，上海人民出版社 2014 年版，第 304 页。

对形式的决定意义。特雷·伊格尔顿认为，这种辩证观念“反对两种对立的观点。一方面，它抨击形式主义流派（本世纪20年代的俄国形式主义是其缩影）；这一流派认为，内容仅仅是形式的一种作用……另一方面，它也批评了‘庸俗马克思主义’的观念，即认为艺术形式仅仅是外加在动乱的历史内容上的一种技巧”①。陈独秀在文学批评标准上，认为文学的自足论与实用论，或者，本体论与工具论，互为一体且相互转化，可以视为马克思主义文学批评在内容与形式关系上辩证观念的一种体现，也是早期马克思主义文学批评的中国形态的具体呈现。

四、批评方法论：文学与历史分界

陈独秀早期的文学批评理论，除在《论戏曲》《现代欧洲文艺史谭》《文学革命论》等几篇文章中有比较集中的表述，主要散布在书信往来、演说等中。他也少有对当世文艺新作的评论文章。在为上海亚东图书馆出版的新式标点本《水浒》《儒林外史》《红楼梦》等的新叙中，他借评价中国古典名著，谈及文学的技术、文学与历史的不同，并涉及批评方法问题。

在《〈水浒〉新叙》（1920）中，陈独秀认为：“文学的特性重在技术，并不甚重在理想。理想本是哲学家的事，文学家的使命，并不是创造理想；是用妙美的文学技术，描写时代的理想，供给人类高等的享乐。”② 他将“技术”与“理想”对举，有别于此前常常以“写实”来摒弃“空想”；“写实”与“空想”皆可看作文学家的使命，只不过随着社会进化和时代发展，后者已不适用于现实。而“技术”与“理想”，一属于文学家，一属于哲学家；后者的使命是“创造理想”，前者的任务是“描写时代的理想”，这种描写是一种特殊技术。结合《水浒传》，他指出：“在文学的技术上论起来，《水浒传》

① ［英］特里·伊格尔顿：《马克思主义与文学批评》，文宝译，人民文学出版社1980年版，第27页。

② 陈独秀：《〈水浒〉新叙》（1920），见任建树主编：《陈独秀著作选编》第二卷，上海人民出版社2014年版，第240页。

的长处，乃是描写个性十分深刻，这正是文学史上最重要的。中国戏剧的缺点，第一就是没有这种技术。"①

在《〈儒林外史〉新叙》（1920）中，他继续标举"写实"的重要性，认为小说在"刻画人情"方面具有不可取代的优势："中国文学有一层短处，就是：尚主观的'无病而呻'的多，知客观的'刻画人情'的少。《儒林外史》之所以难能可贵，就在于他不是主观的、理想的——是客观的、写实的。这是中国文学书里很难得的一部章回小说。"他并举若干例子说明小说是如何反映当时的社会情形、各类人物的形象，以及平民的生活情状的。"国人往往鄙视小说，这种心理，若不改变，是文学界的一大妨碍。"鄙视小说的心理既妨碍文学的革命——朝着紧贴时代风貌、民情民意的方向挺进——也妨碍国人对小说在感染人心、教化民众上的实用效果的理解。他抄录之前《新青年》上的几句话作为文章的结尾："喜欢文学的人，对于历代的小说——无论什么小说——都应该切实研究一番。"②

小说与历史的区别，是陈独秀在《〈红楼梦〉（我以为用〈石头记〉好些）新叙》（1921）中着重论及的，也由此引出有关文学批评方法的见解。他对比了中土小说与西洋小说，认为两者虽起源不同，但都意在善述故事，小说和历史本没有什么区别。到了近代，西洋小说受实证科学的方法影响，专重善写人情，善述故事一面则划归历史范围。但中国的小说家与历史家没有分工，小说仍然兼有文学和历史的作用。这一方面减少小说的趣味，一方面又减少历史的正确性，结果是两败俱伤。由此出发，他指出《石头记》作者"善述故事和善写人情两种本领都有；但是他那种善述故事的本领，不但不能得读者人人之欢迎，并且还有人觉得琐屑可厌；因为我们到底是把他当作小说读的人多，把他当作史材研究的人少"③。前此在《三答钱玄同（文字符号与小说）》信中，他已批评中国小说的毛病之一是过于贪冗长，指责"《金瓶

① 陈独秀：《〈水浒〉新叙》（1920），见任建树主编：《陈独秀著作选编》第二卷，上海人民出版社 2014 年版，第 240 页。

② 陈独秀：《〈儒林外史〉新叙》（1920），见任建树主编：《陈独秀著作选编》第二卷，上海人民出版社 2014 年版，第 289、290 页。

③ 陈独秀：《〈红楼梦〉（我以为用〈石头记〉好些）新叙》（1921），见任建树主编：《陈独秀著作选编》第二卷，上海人民出版社 2014 年版，第 374 页。

梅》、《红楼梦》细细说那饮食，衣服，装饰，摆设，实在讨厌”①。“细细说”之所以没有被归入陈独秀赞扬《水浒传》时所言“客观的、写实的”范畴内，反而令他生厌，关键在于小说家误把小说当作历史材料来处理，失却了小说的本义：“善写人情”而不是“善述故事”。“今后我们应当觉悟，我们领略《石头记》应该领略他的善写人情，不应该领略他的善述故事；今后我们更应当觉悟，我们做小说的人，只应该做善写人情的小说，不应该做善述故事的小说。”②当然，在马克思主义批评理论看来，小说中有关饮食、衣物、装饰、摆设等的描写，一方面是社会环境的折射，一方面也是人物活动其中的具体生活场景的体现，同时还可能揭示人物的阶级属性、性格爱好、审美趣味等方面的信息。陈独秀由于专注于文学与历史的区分以彰显前者的独特性，并未从更高的视野中看到文学也是社会历史的组成部分；文学固然不是历史材料的堆砌，但对追求“客观的、写实的”小说家来说，不可能离开历史材料而存在。

也正是基于文学与历史的分界，陈独秀从侧面提到文学批评方法：

> 什么诲淫不诲淫，固然不是文学的批评法；拿什么理想，什么主义，什么哲学思想来批评《石头记》，也失了批评文学作品底旨趣；至于考证《石头记》是指何代何人底事迹，这也是把《石头记》当作善述故事的历史，不是把他当作善写人情的小说。③

他所认可的批评方法，是能够揭示“文学作品底旨趣”，而不是用先入为主的理论来套住作品，让作品变为理论的附庸或实验品。具体来说，第一，要把小说与历史区分开来，让其各司其职。第二，在作品中应该领略“人情”而不是“故事”。在此处，“故事”不是指后来的“情节”——小说

---

① 陈独秀：《三答钱玄同（文字符号与小说）》（1917），见任建树主编：《陈独秀著作选编》第一卷，上海人民出版社 2014 年版，第 378 页。

② 陈独秀：《〈红楼梦〉（我以为用〈石头记〉好些）新叙》（1921），见任建树主编：《陈独秀著作选编》第二卷，上海人民出版社 2014 年版，第 374—375 页。

③ 陈独秀：《〈红楼梦〉（我以为用〈石头记〉好些）新叙》（1921），见任建树主编：《陈独秀著作选编》第二卷，上海人民出版社 2014 年版，第 375 页。

必备之要素——而是指与历史相关的“史材”，即各种历史材料的罗列、堆砌。材料可以由历史家去搜集、甄别，人情则需要小说家的实际观察和想象。因此，评价历史的标准是“正确”，而评价小说的标准则是形象和生动——趣味。陈独秀在《〈儒林外史〉新叙》中曾感叹：“看了这部书的，试回头想一想：当时的社会情形是怎么样的？当时的翰林、秀才、斗方名士是怎么样的？当时的平民又是怎么样的？——那一件事不是历历如在目前？那一个人不是维妙维肖？”① 第三，也是最重要的一点，文学有其“技术”，正如历史一样。陈独秀使用“技术”一词有让文学回归本义之意，但其重点不在强调小说的文体形式，而是指他心目中对文学的界定，这也是他极力促成白话文成为正宗文学的原因，即“能充分表现真的意思及情”②；就小说而言，集中体现在“善写人情”上。同时，也只有“善写人情”的作品，才能引起读者的强烈共鸣，达到“在人类心理上有普遍性的美感”③。

陈独秀的马克思主义文学批评，并非对马克思主义理论的直接演绎，更不是对相关言论的附会。他一方面接受马克思主义理论的影响，在世界文学格局中，要求文学尽其所能地贴近现实，发挥其现实性和批判性功能，特别注重文学在启迪人心、开化社会风气的实际功能；另一方面，他也秉持个人对文学之为文学的本义的认识，力图在文学与政治之间找到恰如其分的结合点。总体上，陈独秀的身份更像是一位文学革命家而不是文学批评理论家，不过，他顺应世界文学发展潮流而倡导“客观的、写实的”文学，他对通俗文学如戏曲、章回小说的实用功能的重视，影响着后继者如瞿秋白等人。遗憾的是，陈独秀对文学本义，包括对文学的“自足”“技术”的认识，本是出于对“文学革命”，实则也是社会革命的考量，却逐渐湮没在鼓吹“革命文学”乃至“政治文学”的浪潮中。

---

① 陈独秀：《〈儒林外史〉新叙》(1920)，见任建树主编：《陈独秀著作选编》第二卷，上海人民出版社2014年版，第289页。

② 陈独秀：《我们为甚么要做白话文？——在武昌文华大学讲演底大纲》(1920)，见任建树主编：《陈独秀著作选编》第二卷，上海人民出版社2014年版，第193页。

③ 陈独秀：《我们为甚么要做白话文？——在武昌文华大学讲演底大纲》(1920)，见任建树主编：《陈独秀著作选编》第二卷，上海人民出版社2014年版，第193页。

第二章　李大钊：文明“差异”论、“美在调和”论与文学“崇今”论

李大钊被认为是中国最早的自觉的马克思主义者，也是最早将马克思主义学说与中国实践相结合的理论家和批评家。他不仅在《俄国革命之远因近因》(1917)、《俄国大革命之影响》(1917)、《法俄革命之比较观》(1918)等文章中向国人介绍俄国革命的必然到来，以及这场革命对世界政治格局所产生的重大影响，而且在《庶民的胜利》(1918)、《Bolshevism 的胜利》(1918) 等文章中，认为“一七八九年的法国革命，是十九世纪中各国革命的先声。一九一七年的俄国革命，是二十世纪中世界革命的先声”[①]。他明确指出，Bolshevism 的胜利这件功业，“与其说是威尔逊（Wilson）等的功业，毋宁说是列宁（Lenin）、陀罗慈基（Trotsky）、郭冷苔（Collontay）的功业；是列卜涅西（Liebknecht）、夏蝶曼（Scheidemann）的功业；是马客士（Marx）的功业”[②]。

发表于 1919 年的长文《我的马克思主义观》，较为全面、深入地介绍马克思主义学说，标志着李大钊已成为坚定的马克思主义者。该文上篇首先介绍马克思的经济学思想，梳理个人主义经济学、社会主义经济学和人道主义经济学三大派系，指出“马克思是社会主义经济学的鼻祖，现在正是社会主义经济学改造世界的新纪元，‘马克思主义’在经济思想史上的地位如何重要，也就可以知道了”。他将马克思的社会主义理论分为三大部分，即：历

① 李大钊：《庶民的胜利》，见中国李大钊研究会编注：《李大钊全集》第二卷，人民出版社 2006 年版，第 255—256 页。

② 李大钊：《Bolshevism 的胜利》，见中国李大钊研究会编注：《李大钊全集》第二卷，人民出版社 2006 年版，第 259 页。

史论或称社会组织进化论，经济论或资本主义的经济论，政策论或称社会主义运动论。将此三大理论如一根金线般串联起来的，是“阶级竞争说”。他分别对历史唯物论者的唯物史观与马克思独特的唯物史观做了阐述，指出后者的唯物史观有两个要点：其一是关于人类文化的经验的说明；其二即社会组织进化论。[①]对于“阶级竞争说”，李大钊也做了专门介绍，并对有关这些学说的评论予以再评述。该文下篇则依次概述“余工余值说”“平均利润率论”，以及“资本说”。李大钊指出：“凡物发达之极，他的发展的境界，就是他的灭亡的途径。资本主义趋于自灭，也是自然之势，也是不可免之数了。”[②]

有学者认为，李大钊与陈独秀在接受马克思主义的路径上不大一样，前者“先是认识到俄国十月革命的重要性，然后才推及其所根据之理论的重要性”[③]。与后者相同的是，李大钊也很少有专门论述文学和文学批评理论的文章，他的文学观和文学批评观主要体现在他出于研究法国、俄国革命成因及其特征的目的，而推介的各国文学的当前状况，以及在马克思主义社会整体论思想指导下，对文化文学的现实面貌与社会功能的理解和认识。因此，他的文学批评理论中，必然打上了经典马克思主义文艺理论的烙印。就文学批评领域而言，李大钊与陈独秀之间的差异也不容忽视：虽然二人同处中华民族内忧外患的历史转折时刻，也都因此强调文学的社会功能，但陈独秀是激进的“文学革命论”者，李大钊则较为温和，并未明确提出类似陈独秀的文学革命“三大主义”的主张，也没有将新旧文学完全对立起来。这自然与李大钊所持的东西方文明“差异”论、“美在调和论”有密切关系。

---

① 参见李大钊：《我的马克思主义观》，见中国李大钊研究会编注：《李大钊全集》第三卷，人民出版社 2006 年版，第 18—19、27 页。

② 李大钊：《我的马克思主义观》，见中国李大钊研究会编注：《李大钊全集》第三卷，人民出版社 2006 年版，第 50 页。

③ 童庆炳主编：《20 世纪中国马克思主义文艺理论研究》，北京大学出版社 2012 年版，第 58 页。

一、文明“差异”论与“第三新文明”的生成

凡“差异”论者，皆有“整体”论作为前提或背景。易言之，认为东西方文明存在差异，是以承认世界文明是一个不可分割、相互影响也交互作用的整体，有其发展运动规律为潜在观念的。世界文明如此，文化（习俗）、哲学与美学、文艺莫不如此。如果说，早期李大钊是从东西方文化存在交流与碰撞的历史事实出发，来论述其整体中的差异，那么，在自觉、主动接受热情弘扬马克思主义学说之后，他是在马克思的唯物史观和社会主义运动论（社会主义民主主义）的视野中，看待上述问题的。当然，在不同的问题域中，由于所针对的对象、视点和侧重点不同，他的观点和立场并非完全一致，甚至存在相互抵牾的地方。这是可以理解的。

李大钊的文明“差异”论，集中体现在《动的生活与静的生活》（1917）、《东西文明之根本异点》（1918）二文中。前文中，他说：

> 吾人于东西之文明，发见一绝异之特质，即动的与静的而已矣。东方文明之特质，全为静的；西方文明之特质，全为动的。文明与生活，盖相为因果者。惟其有动的文明，所以有动的生活；惟其有静的生活，所以有静的文明。故东方之生活为静的生活，西方之生活为动的生活。①

认为“动的”与“静的”是东西方文明的“绝异之特质”，尽管是对两种文明概貌的总括，仍会给人以偏激印象。不过，李大钊论述的重心是在阐明“文明与生活，盖相为因果者”，也就是，特定的文明特质，将导致特定的人的生活状态。“静的”文明已造成中国人不思进取、得过且过，及至麻木冷漠、以自杀而自弃于世的恶果，这是他深以为忧的。在“动的”与“静的”

① 李大钊：《动的生活与静的生活》，见中国李大钊研究会编注：《李大钊全集》第二卷，人民出版社 2006 年版，第 96 页。

这样一个简单的二元对立中，必然会出现等级区分，即“动的”是好的、值得提倡的，“静的”是坏的、需要打破的；打破的方式即是引进西方文明“动的”精神，因为今日之世界正是一个“动的世界”：

> 吾人认定于今日动的世界之中，非创造一种动的生活，不足以自存。吾人又认定于静的文明之上，而欲创造一种动的生活，非依绝大之努力不足以有成。故甚希望吾沈毅有为坚忍不挠之青年，出而肩此“钜任”。俾我国家由静的国家变而为动的国家，我民族由静的民族变而为动的民族，我之文明由静的文明变而为动的文明，我之生活由静的生活变而为动的生活；勿令动的国家、动的民族、动的文明、动的生活，为白皙人种所专有，以应兹世变，当此潮流。[①]

李大钊对“动的生活”的倡导和向往，不仅是因为它更符合当今世界潮流，而且关乎国人能否“自存”于世界之林，不被隔绝在外。但是，在二元对立中虽然存有抑此扬彼、非此即彼的惯性思维，并可能导致对两种文明的简单判断，李大钊却并没有要以“动的文明”来完全否定“静的文明”、以前者取代后者的意思，而是主张“于静的文明之上……创造一种动的生活”。这为他主张“美在调和”留下伏笔。当然，这也出于他对东方传统文明的复杂性有充分的认识。正因为东方“静的文明”有着深厚传统，积习已久，李大钊才将“变而为”的“钜任”，交付给今日“沈毅有为坚忍不挠之青年”。

在《东西文明之根本异点》中，除进一步申述“东西文明有根本不同之点，即东洋文明主静，西洋文明主动是也”[②]，李大钊摒弃将东西方文明看作二元对立的思想，明确阐述两者之间的辩证关系，并在“差异”论基础上，提出文明“调和”论：

> 东洋文明与西洋文明，实为世界进步之二大机轴，正如车之两

---

① 李大钊：《动的生活与静的生活》，见中国李大钊研究会编注：《李大钊全集》第二卷，人民出版社 2006 年版，第 97 页。

② 李大钊：《东西文明之根本异点》，见中国李大钊研究会编注：《李大钊全集》第二卷，人民出版社 2006 年版，第 211 页。

轮、鸟之双翼，缺一不可。而此二大精神之自身，又必须时时调和、时时融会，以创造新生命，而演进于无疆，由今言之，东洋文明既衰颓于静止之中，而西洋文明又疲命于物质之下，为救世界之危机，非有第三新文明之崛起，不足以渡此危崖。俄罗斯之文明，诚足以当媒介东西之任，而东西文明真正之调和，则终非二种文明本身之觉醒，万不为功。所谓本身之觉醒者，即在东洋文明，宜竭力打破其静的世界观，以容纳西洋之动的世界观；在西洋文明，宜斟酌抑止其物质的生活，以容纳东洋之精神的生活而已。①

以“车之两轮、鸟之双翼”为喻说明东西文明缺一不可，此后在李大钊的文章中多次出现，这与他此前在两种文明间抑此扬彼的观念已大不相同；更为不同的是，他不但进一步表明东方文明的危机在“衰颓于静止之中”，而且也指出西方文明同样有危机，即“疲命于物质之下”。李大钊首次提出“第三新文明”的概念，并认为俄罗斯文明“足以当媒介东西之任”，一方面是因为他看到俄罗斯革命背后的、有着深广传统的“动的”精神的激活，以及其携带的摧枯拉朽的力量；一方面也可能因为俄罗斯地处欧亚两洲，兼具东西方文明精神。这实际上表明，李大钊所期盼的能够拯救世界危机的“第三新文明”，是东西方文明“动的世界观”与“静的世界观”的相互涵纳，“时时调和、时时融会”，而不再是变东方文明之“静”而为西方文明之“动”的单向过程。当然，东西方文明调和的功业，亦即“第三新文明”的形成，如他所确信的那样，“必至二种文明本身各有激［彻］底之觉悟，而以异派之所长补本身之所短，世界新文明始有焕扬光采发育完成之一日。……愚惟希望为亚洲文化中心之吾民族，对于此等世界的责任，有所觉悟、有所努力而已”②。

李大钊关于东西方文明的“差异”论和“调和”论，应当放在五四前后发生的东西方文化大论战的现代思想史背景之下来审视；并且，他的上述思

① 李大钊：《东西文明之根本异点》，见中国李大钊研究会编注：《李大钊全集》第二卷，人民出版社 2006 年版，第 214 页。

② 李大钊：《东西文明之根本异点》，见中国李大钊研究会编注：《李大钊全集》第二卷，人民出版社 2006 年版，第 223 页。

想是建立在对东西方传统社会生活方式和经济结构的认知上的。[①] 对此已多有学者阐述。需要指出的是，虽然同为中国早期马克思主义者，同样认为东方文明已陷入危机之中，必须向西方文明学习，同样驳斥当时复古派如杜亚泉等人的言论，李大钊和陈独秀的立场并不完全一致。陈独秀最早在《东西民族根本思想之差异》（1915）一文中，认为“东西洋民族不同，而根本思想亦各成一系，若南北之不相并，水火之不相容也”[②]。数年后他又在《今日中国之政治问题》（1918）一文中，延续着上文中武断的、不容分辩的语气：

> 无论政治学术道德文章，西洋的法子和中国的法子，绝对是两样。断断不可调和牵就的。这两样孰好孰歹，是另外一个问题，现在不必议论；但或是仍旧用中国的老法子，或是改用西洋的新法子，这个国是，不可不首先决定。若是决计守旧，一切都应该采用中国的老法子……若是决计革新，一切都应该采用西洋的新法子，不必拿什么国粹，什么国情的鬼话来捣乱。[③]

很显然，在对待东西方民族及其文明上，陈独秀持典型的非此即彼的二元对立方式，要么是“西洋的新法子”，要么是“中国的老法子”，绝无“第三条道路”可走，甚至这种念头本身都有可能被视为“国粹”或“国情”的表征。而这种“政治学术道德文章”的立场的抉择，被他上升到“国是”的高度；此“国是”决定了他的“文学革命论”的立场和态度。“打倒”一种文学与“建设”另一种文学，实际上是陈独秀政治立场在文学领域里的投射。李大钊提出“第三种新文明”这种调和或融会的思想，使他很自然地以“调和之美”为美的最高境界。

---

① 李大钊认为，造成东西方文明之间差异的根源是复杂的，除地理环境、文化背景不同，“而其最要之点，则在东西民族之祖先，其生活之依据不同。东方之生计以农业为主，西方之生计以商业为主”。参见李大钊：《动的生活与静的生活》，见中国李大钊研究会编注：《李大钊全集》第二卷，人民出版社 2006 年版，第 96 页。

② 陈独秀：《东西民族根本思想之差异》，见任建树主编：《陈独秀著作选编》第一卷，上海人民出版社 2014 年版，第 193 页。

③ 陈独秀：《今日中国之政治问题》，见任建树主编：《陈独秀著作选编》第一卷，上海人民出版社 2014 年版，第 418—419 页。

二、“美在调和”论与民族习性的涵育

若从哲学上溯源，李大钊的“美在调和”论来自《周易·系辞》和老子的天道演化、生生不息的思想。他在《甲寅》复刊为日刊时说：

> 大易之道，太极生两仪，两仪生四象，四象生八卦。老氏之说，一生二,二生三,三生万物。是知宇宙进化之理，由浑而之画，由一而之杂，乃为一定不变之律。因之宇宙间，循此律以为生存者，其运命之嬗蜕，亦遂莫不由固定而趋于流动，由简单而趋于频繁，由迟滞而趋于迅捷，由恒久而趋于短促，此即向上之机，进化之象也。
>
> ……今日之世界进化，其蜕演之度，可谓流动矣，频繁矣，迅捷矣，短促矣。①

天道演化在由静止而转为流变，流变的趋势和特征是由简至繁，由缓至快，由长至短。宇宙万物，莫不循此定律而获新生。李大钊所推崇的西方文明“动的精神”，实际上已蕴含在中国古代哲学思想中。

当然，李大钊所论“宇宙进化之理”，吸收了被译介给国人并产生巨大影响的赫胥黎的“天演论”思想。严复在所译赫胥黎《天演论》卷上导言《广义第二》的按语中，曾引斯宾塞尔对“天演”的界说：“天演者，翕以聚质，辟以散力。方其用事也，物由纯而之杂，由流而之凝，由浑而之画，质力杂糅，相剂为变者也。”并解释说：“所谓质力杂糅，相剂为变者也，亦天演最要之义，不可忽而漏之也。”② 李大钊上文所言宇宙进化的“由浑而之画，由一而之杂”，“由固定而趋于流动”，取自斯宾塞尔的“由纯而之杂，由流而

---

① 李大钊：《〈甲寅〉之新生命》，见中国李大钊研究会编注：《李大钊全集》第一卷，人民出版社 2006 年版，第 239 页。

② ［英］赫胥黎：《天演论·导言二广义》，严复译，商务印书馆 1981 年版，第 6、7 页。

之凝，由浑而之画”的说法。而严复认为“天演论”最核心的思想，即“质力杂糅，相剂为变”，可以视为李大钊倡导“调和”论的理论来源。

宇宙永在演进，万物在流动而非静止中相互碰撞、激荡，不同的，甚至异质的事物在“杂糅”“相剂”中产生裂变，形成富有活力的新生命。因之，美的根源在于调和。李大钊在《调和之美》（1917）中说：

> 人莫不爱美，故人咸宜爱调和。盖美者，调和之产物，而调和者，美之母也。
>
> 宇宙间一切美尚之性品，美满之境遇，罔不由异样殊态相调和、相配称之间荡而出者。……饮食、男女如是，宇宙一切事物罔不如是。故爱美者，当先爱调和。①

他在《调和之法则》（1917）中重申：

> 是美者，调和之子，而调和者，美之母也。故爱美者当先爱调和。②

万物之美或境遇之美满，产生于“异样殊态相调和、相配称”，也就是说，单一、静止者不为美，杂色、流动者方有美的存在。并且，异质的事物在流动中不是以力之强弱为依凭，一方吞并或吞噬另一方，而是在杂糅、相剂中，在“间荡”的状态里，诞生出全新的事物样态。因此，调和的目的在于促成美，而不是挫去异质事物各自的“异殊”；调和也不是牺牲之义，既不“丧我”亦不“媚人”，而是“人”“我”共存。在谈及调和的目的时，李大钊针对常见的误解明确指出：

> 盖调和之目的，在存我而不在媚人，亦在容人而不在毁我。

---

① 李大钊：《调和之美》，见中国李大钊研究会编注：《李大钊全集》第一卷，人民出版社2006年版，第241页。

② 李大钊：《调和之法则》，见中国李大钊研究会编注：《李大钊全集》第二卷，人民出版社2006年版，第26页。

自他两存之事，非牺牲自我之事。抗行竞进之事，非敷衍粉饰之事。不幸此种绝美之名辞，一为吾懦弱颓废之民族所用，遂而淮橘北枳，迁地弗良，取以为逆流降下之梯航，以便其姑息苟安之劣性，而遂其突梯滑稽之俗癖，斯诚非昌言调和者初意之所及料也矣。……调和之义，苟或误解，即邻于牺牲，而暗合其牺牲自我之心理，结果适以助强有力者之张目，驯至权利、人格、财产、生命、真理、正义之信仰，乃无往而不可以牺牲，而专制之势成，此皆伪调和之说误之也。余爱两存之调和，余故排斥自毁之调和。余爱竞立之调和，余否认牺牲之调和。①

这里所论调和的法则，已超越在美学范畴内来界说何者为美，而涉及不同民族、文化何以自处的问题。这是因为，李大钊将调和视为宇宙进化的普遍法则，“宇宙万象，成于对抗。又因对抗，而有流转。由是新旧代谢、推嬗以至于无穷，而天地之大化成矣”②。凡顺应此种法则者即为美，而爱美为人之天性，故爱美者当爱调和；民族、文化乃至政治，亦须昌言调和。学者董学文认为，李大钊提出的“调和”论，不是美学上的折中主义，而是美学上对立统一原则的初步表述，是为新文化的存在寻求美学上的根据。③ 李大钊之所以澄清调和之真义，痛恨“伪调和”，正是因为新文化运动、新国体与新政体的建立遭遇重重障碍；专制主义挟余威以“调和”之名行“牺牲”之实。《辟伪调和》(1917) 一文虽是谈论政治，但他依然强调调和与“伪调和”之不同：前者为“两存之事”，后者为“自毁之事”：

盖调和者两存之事非自毁之事，两存则新旧相与蜕嬗而群体进化，自毁则新旧相与腐化而群体衰亡。故自毁之调和，为伪调和。

① 李大钊：《调和之法则》，见中国李大钊研究会编注：《李大钊全集》第二卷，人民出版社 2006 年版，第 27、28 页。

② 李大钊：《辟伪调和》，见中国李大钊研究会编注：《李大钊全集》第二卷，人民出版社 2006 年版，第 156 页。

③ 董学文：《李大钊的文学思想》，2006 年 10 月 30 日，见 http://cpc.people.com.cn/GB/69112/71148/71165/4972590.html。

抑调和者，直接之事，非间接之事。直接则知存人即所以存我，彼此易与以诚；间接则以双方鹬蚌，局外反成渔父。故间接之调和亦为伪调和，二者均在吾人排斥之列。①

李大钊着眼于“新旧相与蜕嬗而群体进化”，其“调和”论的初衷自然不是局限在美学问题的探讨，实则服务于他的政治信念和文化理想，并期盼以此推动政治和文化的复兴。就政治层面而言，他不但对“进步派”与“保守派”的划分标准提出质疑，而且从“调和”论出发，认为两者不应成鹬蚌相争之势。“盖进化之道，非纯恃保守，亦非纯恃进步；非专赖乎新，亦非专赖乎旧。试观社会或政治上之种种企图，问有徒谋改进而毫不顾固有之秩序而有改进之成功者乎？问有徒守固陋而不稍加改良而能永存者乎？历史所诏，欲兴其一，二者必当共起。”② 在文化层面上，同样有新旧之争，亦有彼此为敌、剑拔弩张，以致“伪调和”甚嚣尘上。反映在时代精神上，则是“阴谋”与“诈伪”成为国人普遍习性。“盖一时代有一时代之精神倾向，凡于其时代各方面之行动，无不在其精神倾向范围之中。时尚阴谋则人人习于阴谋，时尚诈伪则人人染于诈伪。”③

从“美在调和”论出发，李大钊深感美育对于感化民族习性的重要性，以及从事美育工作的方家在此中所肩负的责任。倘若“懦弱颓废”的民族习性不改，则无论是政治革命还是新文化运动，几无成功之可能。李大钊在《美与高》（1917）中说：

余闻一国民族性之习成，其与以莫大之影响者，有二大端，即“境遇”与“教育”是也。“境遇”属乎自然，“教育”基于人为。纵有其“境遇”而无“教育”焉，以涵育感化之，使其民族尽

① 李大钊：《辟伪调和》，见中国李大钊研究会编注：《李大钊全集》第二卷，人民出版社2006年版，第155—156页。

② 李大钊：《辟伪调和》，见中国李大钊研究会编注：《李大钊全集》第二卷，人民出版社2006年版，第159页。

③ 李大钊：《辟伪调和》，见中国李大钊研究会编注：《李大钊全集》第二卷，人民出版社2006年版，第166页。

量以发挥其天秉之灵能，则其特性必将湮没而不彰，久且沦丧以尽矣。①

“境遇”固然重要，但若无“教育”的“涵育感化”，民族的特性不仅不能被发掘，而且将沦丧殆尽。而民族之特性，有南北之差异，同样是“两存”而不能“自毁”：

……旷达之象，远迈之趣，固已于不识不知之间，神化于吾民族之性质之襟怀矣。是则吾民族特性，依自然感化之理考之，则南富于“美”，北富于“高”。今而湮没不彰者，殆教育感化之力有未及，非江山之负吾人，实吾人之负此江山耳。嗟呼！吾其为“美”之民族乎？“高”之民族乎？抑为“美”而“高”之民族乎？此则今之教育家、文学家、美术家、思想家感化牖育之责，而个人之努力向上，益不容有所怠荒也矣！②

李大钊区分南人与北人的“美”与“高”，即“旷达之象”与“远迈之趣”，是因为他认识到“美非一类，有秀丽之美，有壮伟之美，前者即所谓‘美’，后者即所谓‘高’也”③。这接近德国思想家、美学家席勒所论“优美”与“崇高”。席勒作为审美人类学的开拓者，认为美和艺术所具有的人类学功能，是促使人性的完整；优美与崇高能够使不同性格的人达至人性完整。李大钊则基于自然环境影响论，认为中国灵淑之山川、雄浑之气象，必然使栖居其间的民族兼具“美”与“高”之秉性，“并有之宜也”。教育的功能，正是要激活此种“并有”之民族性，使之不至沦丧、怠荒，永葆“努力向上”的精神，以改变时代精神风尚，推进社会整体变革。

---

① 李大钊：《美与高》，见中国李大钊研究会编注：《李大钊全集》第二卷，人民出版社 2006 年版，第 66 页。

② 李大钊：《美与高》，见中国李大钊研究会编注：《李大钊全集》第二卷，人民出版社 2006 年版，第 67 页。

③ 李大钊：《美与高》，见中国李大钊研究会编注：《李大钊全集》第二卷，人民出版社 2006 年版，第 67 页。

概言之，李大钊的“美在调和”论已蕴含朴素的辩证思想，看到异质事物在对立中的统一。这为他此后接受马克思主义唯物辩证法奠定了基础。他对美育所具有的涵育感化的社会功能的强调，则使他将激发本民族“天秉之灵能”、不在沉沦中自毁的重任，放在了具有“绝大眼光、绝大手笔之文学家、美学家”① 身上。

三、文学“先声”论、“崇今”论与“心理表现”论

如前所述，与同时代革命家、思想家、教育家、文学家一样，李大钊始终把文学及其功能置于社会整体之中审视。在自觉接受马克思主义之后，他更是明确地将作为社会意识形态重要组成部分的文学艺术，与经济基础的变更关联在一起，重视文学的社会功能，认为文学在揭橥现实、振奋人心、感化习俗、完善人性方面具有不可替代的作用。有学者认为：“将文学置于新文化运动的整体之中，将进步思想作为新文学成长与发展的根基，这就是李大钊文学思想的基本精神，这与马克思主义的文学思想是一脉相承的。”② 尽管在接受马克思主义的前后，李大钊的文学批评观念有所不同，但总体上，文学“先声”论、文学“崇今”论与文学“心理表现”论，构成其文学批评的核心理念。

首先是文学“先声”论。

李大钊认为，文学由于直指人心，以情感人，具有激发社会变革的作用，而不是简单地服务于社会变革。或者从广义说，文学服务于社会的功能不能被单纯理解为，文学为已发生的社会变革加油呐喊，而是指：文学领域的风云激荡将带来革命的欲望和激情，并促成革命的爆发。这与后来的马克思主义批评家将文学作为社会变革运动的“手段”或“工具”，是有明显差

---

① 李大钊：《美与高》，见中国李大钊研究会编注：《李大钊全集》第二卷，人民出版社 2006 年版，第 67 页。

② 童庆炳主编：《20 世纪中国马克思主义文艺理论研究》，北京大学出版社 2012 年版，第 62 页。

异的。

在《俄国革命之远因近因》中，李大钊将“革命文学之鼓吹”视作俄罗斯革命的远因之四。他说：

> 俄国之文学，人道主义之文学也，亦即革命主义之文学也。其思想家、著作家有所评论、有所创作，莫不以人道主义为基础，主张人性之自由发展，个人之社会的权利，以充丰俄罗斯国民生活之内容。此其原因，虽半由于彼邦之国情为其黑暗政治之反映，而西欧主义之思想所与之影响，亦甚大也。①

他特别提及赫尔金、伯伦士奇（别林斯基）为“革命文学之先觉”。“晚近文豪如托尔斯泰、杜士泰夫士奇，其汗牛充栋之著作，无非为人道主义之阐扬，虽冒政府之刑僇，宗教之破门，而犹再接再厉，以与专制为仇者。其与于此次革命之影响，正不减于法兰西之卢梭、福禄特尔、孟德斯鸠诸人也。”② 俄国文学以人道主义为基础，这既是它的基本特征，也是它成为“革命主义文学”，并因此促成俄国革命爆发的主要原因。

李大钊的文学“先声”论，尤为体现在《俄罗斯文学与革命》(1918) 中。文章开篇即言：“俄国革命全为俄罗斯文学之反响。”这种对革命与文学之关系的理解，有异于通常激进的文学革命家的观点：革命是文学的反响，而不是相反。他紧接着概括了他眼中俄罗斯文学的两大特质：“一为社会的彩色之浓厚；一为人道主义之发达。二者皆足以加增革命潮流之气势，而为其胚胎酝酿之主因。”③ 也就是说，文学是引发革命的主因，而不是革命兴起后的号角与鼓声。自然，这与俄罗斯的国情有关。李大钊说：

---

① 李大钊：《俄国革命之远因近因》，见中国李大钊研究会编注：《李大钊全集》第二卷，人民出版社 2006 年版，第 4 页。

② 李大钊：《俄国革命之远因近因》，见中国李大钊研究会编注：《李大钊全集》第二卷，人民出版社 2006 年版，第 4、5 页。

③ 李大钊：《俄罗斯文学与革命》，见中国李大钊研究会编注：《李大钊全集》第二卷，人民出版社 2006 年版，第 233 页。

俄罗斯文学与社会之接近，乃一自然难免之现象。以俄国专制政治之结果，禁遏人民为政治的活动，自由遭其剥夺，言论受其束缚。社会中进步阶级之优秀分子，不欲从事于社会的活动则已，苟稍欲有所活动，势不能不戴文学艺术之假面，而以之为消遣岁月，发泄郁愤之一途。于是自觉之青年，相率趋于文学以代政治事业，而即以政治之竞争寓于文学的潮流激荡之中，文学之在俄国遂居特殊之地位而与社会生活相呼应。①

他将俄罗斯的优秀分子、自觉青年何以“文学以代政治事业”，文学何以在俄国“居特殊之地位”，归结为俄国专制政治的必然结果：专制禁止政治活动，故政治上的“竞争”，被寄托在文学的潮流激荡中，星星之火遂成燎原之势，与社会生活此呼彼应。俄罗斯文学之所以有“先声”之势，除了专制政治的反作用力，也与其文学特质有莫大关系——这同样是以辩证的眼光看待事物使然。李大钊指出，俄国文学界、思想界有国粹、西欧两派，无论哪一派，“其以博爱为精神，人道主义为理想则一，人道主义因以大昌于俄国。凡夫博爱同情、慈善亲切、优待行旅、矜悯细民种种精神，皆为俄人之特色，亦即俄罗斯文学之特色。故俄罗斯文学直可谓为人道主义之文学，博爱之文学”②。也正是这种“人道主义之文学，博爱之文学”的特质，使之区别于他国文学；或者说，俄罗斯文学家对文学特质与功能的认识，与其所处的专制政治环境密切相关，因而可以成为“革命之先声”：

俄罗斯文学之特质，既与南欧各国之文学大异其趣，俄国社会亦不惯于文学中仅求慰安精神之法，如欧人之于小说者然，而视文学为社会的纲条，为解决可厌的生活问题之方法，故文学之于俄国社会，乃为社会的沉夜黑暗中之一线光辉，为自由之警钟，为革命

① 李大钊：《俄罗斯文学与革命》，见中国李大钊研究会编注：《李大钊全集》第二卷，人民出版社2006年版，第233页。

② 李大钊：《俄罗斯文学与革命》，见中国李大钊研究会编注：《李大钊全集》第二卷，人民出版社2006年版，第234页。

之先声。①

简言之，文学是“革命之先声”，是酝酿革命的主因，因此可以说是革命的发动机，或者是助推器；文学因其自身的特质而成为点燃革命的星星之火。当然，俄罗斯爆发的多次革命，不可能只是文学这一单一因素的触发，但文学在其中功莫大焉。同时，李大钊也清醒地认识到，俄罗斯文学之所以能感染人心，触发革命，不是因为它的言辞之美，也不在它所抒发的作者情感的真诚，而在于它关注社会现实的残酷，并在其中蕴含着人道主义精神和对平民的同情。他以俄罗斯诗歌为例说道：

俄国抒情之诗感人最深，所以然者亦不在其排调之和，辞句之美，亦不在诗人情意恳挚之表示，乃在其诗歌之社会的趣味，作者之人道的理想，平民的同情。

俄国诗人几常为社会的诗人，吾人实未见其他国家尚有以诗歌为社会的、政治的幸福之利器，至于若此之程度者。②

他引用女诗人Barykova（巴雷科娃——原书注）的话说：“诗人者，保护国家之武器也，……彼为理想之渊源，……彼为贫苦愚钝人民之声音、之喉舌，……彼为晓日之第一曙光。”③为此，俄罗斯作家诗人往往命运多舛，或自遭放逐，或身陷囹圄，或抑郁而死，但从未因此更改文学的初心。

实际上，早在1913年的《文豪》一文中，李大钊就将托尔斯泰、高尔基列入文豪之行列，认为他们的本领在“洒一滴墨，使天地改观，山河易色”；其文字感化的伟力，“充其量可以化魔于道，化俗于雅，化厉于和，化凄切为幽闲，化狞恶为壮伟”。二人的巨大影响力与其文学作品的特质有关：

① 李大钊：《俄罗斯文学与革命》，见中国李大钊研究会编注：《李大钊全集》第二卷，人民出版社2006年版，第234页。

② 李大钊：《俄罗斯文学与革命》，见中国李大钊研究会编注：《李大钊全集》第二卷，人民出版社2006年版，第234页。

③ 李大钊：《俄罗斯文学与革命》，见中国李大钊研究会编注：《李大钊全集》第二卷，人民出版社2006年版，第236页。

托尔斯泰生暴俄专制之下，扬博爱赤帜，为真理人道与百万貔貅、巨家阀阅、教魔、权威相搏战，宣告破门，杀身之祸，几于不免，而百折不挠，著书益力，充栋汗牛，风行一世。高尔基身自髫龄，备历惨苦，故其文沈痛，写社会下层之黑暗，几于声泪俱下。凡此者类皆艰苦备尝，而巨帙宏篇，独能照耀千古者也……①

李大钊对托尔斯泰在专制下“扬博爱赤帜”、百折不挠的颂扬，对高尔基书写社会下层黑暗时的同情心的慨叹，与他五年后专题介绍俄罗斯文学时的观点一脉相承。他的这种带有明显倾向性的观点，一方面契合俄罗斯文学的实际状况，一方面也是针对中国国情有感而发，希望中国文学能从中获得启迪而一改旧颜，焕发新貌。

关于李大钊文学“先声”论的意义和价值，有学者评述道：“让文艺担负起洞悉社会发展方向的使命，它所写出的真实就绝不能机械，就要超出既定的现实，显示趋势，这正是经典马克思主义对艺术真实的看法，对文艺创作原则最基本的要求。”②

其次是文学“崇今”论。

“崇今”实际上是重视文学社会功能的具体表述。文学之所以能够发挥“自由之警钟，革命之先声”的作用，是因为它在揭露现实黑暗、同情底层民众、感化民族特性之中，预示了社会进化的规律，显示了社会革命的趋势。李大钊的“崇今”论，与他“泛青春论”的早期哲学思想③，与他所接受的《天演论》中的宇宙进化观，与他乐观向上的心态，都有密切关系。在他振聋发聩的《〈晨钟〉之使命——青春中华之创造》（1916）一文中，他将中华运命与青年运命系在一起，将“青春中华”的创造寄托在觉醒的青年身上，同时也把新文艺的勃兴寄望于青年哲人：

---

① 李大钊：《文豪》，见中国李大钊研究会编注：《李大钊全集》第一卷，人民出版社 2006 年版，第 69 页。

② 朱立元等：《马克思主义文艺理论中国化研究》，经济科学出版社 2009 年版，第 39 页。

③ 参见朱成甲：《李大钊的早期哲学思想——泛青春论》，《天津师范大学学报》（社会科学版）1989 年第 2 期。

……中华自身无所谓运命也，而以青年之运命为运命；《晨钟》自身无所谓使命也，而以青年之使命为使命。青年不死，即中华不亡，《晨钟》之声，即青年之舌，国家不可一日无青年，青年不可一日无觉醒，青春中华之克创造与否，当于青年之觉醒与否卜之，青年之克觉醒与否，当于《晨钟》之壮快与否卜之矣。

……

由来新文明之诞生，必有新文艺为之先声，而新文艺之勃兴，尤必赖有一二哲人，犯当世之不韪，发挥其理想，振其自我之权威，为自我觉醒之绝叫，而后当时有众之沉梦，赖以惊破。①

他指出，世人但知海聂（海涅）为“沉哀之诗人”，不知其为“青年德意志”先驱：

当是时，海聂、古秋阔、文巴古、门德、洛北诸子，实为其魁俊，各奋其颖新之笔，掊击时政，攻排旧制，否认偶像的道德，诅咒形式的信仰，冲决一切陈腐之历史，破坏一切固有之文明，扬布人生复活国家再造之声，而以使德意志民族回春、德意志帝国建于纯美青年之手为理想，此其孕育胚胎之世，距德意志之统一，才二十载，距今亦不过六十余年，而其民族之声威，文明之光彩，已足以震耀世界，征服世界，改造世界而有余。居今穷其因果，虽欲不归功于青年德意志之运动，青年文艺家、理想家之鼓吹，殆不可得。以视吾之文坛，堕落于男女兽欲之鬼窟，而罔克自拔，柔靡艳丽，驱青年于妇人醇酒之中者，盖有人禽之殊，天渊之别矣。记者不敏，未擅海聂诸子之文才，窃慕青年德意志之运动，海内青年，其有闻风兴起者乎？甚愿执鞭以从之矣。②

---

① 李大钊：《〈晨钟〉之使命——青春中华之创造》，见中国李大钊研究会编注：《李大钊全集》第一卷，人民出版社2006年版，第167、168页。

② 李大钊：《〈晨钟〉之使命——青春中华之创造》，见中国李大钊研究会编注：《李大钊全集》第一卷，人民出版社2006年版，第169页。

中国文坛当时所匮乏的，正是“德意志运动”中奋笔疾书的魁俊所具备的文学理想及其社会实践，即十分关心政治问题，主张文学应该面向现实生活，认为文艺应该传达关于政治和社会改革的自由思想，反抗落后事物如教会、封建道德及其他反动势力。

李大钊的“崇今”论，也直接受到章士钊思想的影响。章士钊在为《甲寅》复刊为日刊所撰写的《发端》中，明确将“尊今”与“重我”作为办报方针。所谓“尊今”，是指“今”或者说现在所处的环境既不可能逃离，又非理想之域，因此必须面对现实，运用调和之策，改造现实。所谓“重我”，即面对现实，勇敢地承担自己的责任，从我做起，从现在做起。① 李大钊与高一涵应约担任报纸主笔，理当遵循此一方针。但更深刻的原因在于，章士钊提出的“尊今”与“重我”，与李大钊此前秉持的文明“差异”论、文化“调和”论、“美在调和”论，是吻合的。这也是他愿意以《甲寅》为阵地，为新文明、新文化、新文学的建立执鞭呐喊的深层动机。在之前的《厌世心与自觉心——致〈甲寅〉杂志记者》（1915）中，李大钊已结合俄国现状探讨了文学本质，以及文人在“以先觉之明，觉醒斯世”上负有的不可推卸的社会责任和使命：

> ……文学为物，感人至深，俄人困于虐政之下，郁不得伸，一二文士，悲愤满腔，诉吁无所，发为文章，以诡幻之笔，写死之趣，颇足摄入灵魄。中学少年，智力单纯，辄为所感，因而自杀者日众。文学本质，固在写现代生活之思想，社会黑暗，文学自畸于悲哀，斯何与于作者？然社会之乐有文人，为其以先觉之明，觉醒斯世也。方今政象阴霾，风俗卑下，举世滔滔，沉溺于罪恶之中，而不自知。天地为之晦冥，众生为之厌倦，设无文人，应时而出，奋生花之笔，扬木铎之声，人心来复之几［机］久塞，忏悔之念更何由发！将与禽兽为侣，暴掠强食以自灭也。若乃耽于厌世之思，哀感之文，悲人心骨，不惟不能唤人于罪恶之迷梦，适以益其愁哀，驱聪悟之才，悲愤以戕厥生，斯又当代

① 参见郭双林：《章士钊与〈甲寅月刊〉》，《团结报》2015年3月26日。

作者之责，不可不慎也。①

在新文化运动中，在“今古之辩”中，李大钊支持崇今派而反对复古派。他认为，今世的不一定都比古来的好，艺术是在有创造天才的人的手上诞生的，本无所谓新旧之分，甚至某种艺术历时越久，越见其醇厚有味。因此，世人对古人艺术格外青睐，有怀古之观念，不足为奇。然而，古与今并非断裂的，彼此有着循环往复的运动：

> 古代自有古代相当之价值，但古虽好，也包含于今之内。人的生活，是不断的生命（连续的生活），由古而今，是一线串联的一个大生命。我们看古是旧，将来看今也是古。刚才说的话，移时便成过去，便是现在，也是一个假定的名词。古人所创造的东西，都在今人生活之中包藏着，我们不要想他。……
>
> ……历史是人创造的，古时是古人创造的，今世是今人创造的。古时的艺术，固不为坏，但是我们也可以创造我们的艺术。古人的艺术，是以古人特有的天才创造的，固有我们不能及的地方，但我们凭我们的天才创造的艺术，古人也不见得能赶上。古人有古人的艺术，我们有我们的艺术。要知道历史是循环不断的，我们承古人的生活，而我们的子孙，再接续我们的生活。我们要利用现在的生活，而加创造，使后世子孙得有黄金时代，这是我们的责任。②

历史是人创造的，是循环不断的运动，在运动中形成具有连续性的生命体，这种历史观显然受到马克思主义唯物史观的影响。李大钊曾在演讲中指出，马克思“把人类生活，作成一个整个的解释，这生活的整个便是文化”，认为“不但过去的历史是社会的变革，即是现在、将来，社会无一时不在变革中。因为历史是有生命的、活动的、进步的，而不是一成不变的。历史的

① 李大钊：《厌世心与自觉心——致〈甲寅〉杂志记者》，见中国李大钊研究会编注：《李大钊全集》第一卷，人民出版社2006年版，第142—143页。

② 李大钊：《今与古——在北京孔德学校的演讲》，见中国李大钊研究会编注：《李大钊全集》第四卷，人民出版社2006年版，第13、14页。

范围不但包括过去，并且包有现在和将来”。① 由此可见，李大钊的“崇今”并非彻底否定古代，他认识到古代的创造已包含在今人的生活中；同时，由于古代与今世的社会环境、时代精神不同，而任何时代的艺术家都不可能脱离时代而存在，今世艺术家在承继古人生活的同时，更要“利用现在的生活”去创造自己的“黄金时代”，而不必一味仰古人之鼻息。

同时也须注意，李大钊的“崇今”论与他“平民主义”（即 Democracy，音译“德谟克拉西”；亦译“民本主义”“民主主义”“民治主义”“唯民主义”等）思想不可分割。他将平民主义视为当今世界“时代的精神，是唯一的权威者”，它以雷霆万钧之势横扫一切阻扰世界进步的障碍。在《平民主义》（1923）一文中他说：

> 无论是文学，是戏曲，是诗歌，是标语，若不导以平民主义的旗帜，他们决不能被传播于现在的社会，决不能得群众的讴歌。……现在的平民主义，是一个气质，是一个精神的风习，是一个生活的大观；不仅是一个具体的政治制度，实在是一个抽象的人生哲学；不仅是一个纯粹理解的产物，并且是深染了些感情、冲动、念望的色泽。我们如想限其飞翔的羽翮于一个狭隘的唯知论者公式的樊笼以内，我们不能得一正当的“平民主义”的概念。那有诗的心趣的平民主义者，想冲着太阳飞，想与谢勒（Shelley）和惠特曼（Whitman）抟扶摇而上腾九霄。②

如果说，在自觉接受马克思主义思想之前，李大钊的文学“崇今”论，主要是从创作者一端着眼，要求文学家正视现实，并因不满于现实而高扬理想的大旗，那么此后，他依然立足于“时代的精神”，从接受者一端立足，要求文学家以“平民主义”为旗帜，关注文学的传播效应，以最大限度发挥其社会功能。也就是说，“崇今”论中实则包含对文学创作者和接受者两方

① 李大钊：《史学概论——在上海大学的演讲》，见中国李大钊研究会编注：《李大钊全集》第四卷，人民出版社 2006 年版，第 358 页。

② 李大钊：《平民主义》，见中国李大钊研究会编注：《李大钊全集》第四卷，人民出版社 2006 年版，第 114—115 页。

的考量，不可偏废。而“平民主义”的文学观，在写实（面向现实）与理想（面向未来）两方获得了辩证统一，其中有鲜明的马克思主义辩证唯物论的思想。

最后是文学“心理表现”论。

与“先声”论和“崇今”论一样，文学“心理表现”论仍然是把文学看作社会整体的一部分，仍然着眼于文学的社会功能。只不过，李大钊的这一核心观念主要来自他对文学与历史关系的辩证认识。所谓“心理表现”论意指，历史是人类共同心理表现的记录，而文学预示了历史前进的方向，因此承担着在社会变革中改造国民精神与心灵的职责。

在《庶民的胜利》中，李大钊说，一战有政治的和社会的两个结果。前者的结果是“大……主义”失败，民主主义战胜，也就是庶民的胜利。后者的结果是资本主义失败，劳工主义战胜。“世间资本家占最少数，从事劳工的人占最多数。因为资本家的资产，不是靠着家族制度的继袭，就是靠着资本主义经济组织的垄断，才能据有。这劳工的能力，是人人都有的，劳工的事情，是人人都可以作的，所以劳工主义的战胜，也是庶民的胜利。”① 他认为，对于世界的新潮流要有几个觉悟，一个是新生命的诞生、新纪元的创造是艰难的、危险的，是进化途中所必须经过的，不要恐惧和回避。另一个是新潮流只能迎，不能拒，“人类的历史，是共同心理表现的记录。一个人心的变动，是全世界人心变动的征兆。一个事件的发生，是世界风云发生的先兆。一七八九年的法国革命，是十九世纪中各国革命的先声。一九一七年的俄国革命，是二十世纪中世界革命的先声”②。在《Bolshevism 的胜利》中，他进一步阐明：

> 我尝说过：历史是人间普遍心理表现的记录。人间的生活，都在这大机轴中息息相关，脉脉相通。一个人的未来，和人间全体的未来相照应。一件事的朕兆，和世界全局的朕兆有关联。……

① 李大钊：《庶民的胜利》，见中国李大钊研究会编注：《李大钊全集》第二卷，人民出版社 2006 年版，第 255 页。

② 李大钊：《庶民的胜利》，见中国李大钊研究会编注：《李大钊全集》第二卷，人民出版社 2006 年版，第 255—256 页。

一九一七年俄罗斯的革命，不独是俄罗斯人心变动的显兆，实是二十世纪全世界人类普遍心理变动的显兆。俄国的革命，不过是使天下惊秋的一片桐叶罢了。Bolshevism 这个字，虽为俄人所创造，但是他的精神，可是二十世纪全世界人类人人心中共同觉悟的精神。所以 Bolshevism 的胜利，就是二十世纪世界人类人人心中共同觉悟的新精神的胜利！①

李大钊热情欢呼庶民的胜利和 Bolshevism 的胜利，是因为他将俄国革命的成功归结为“人人心中共同觉悟的新精神的胜利”。此种“新精神”，必然表现在作为“自由之警钟，革命之先声”的文学中。因此，俄国革命的“历史”，自然也包括作为革命发动机的文学的“历史”；体现在俄国文学中的反叛、抗争、破坏的革命精神，同样是 20 世纪人类普遍心理表现的记录。

当然更重要的是，在李大钊看来，任何社会的改造都是“两面的改造”，即物与心的改造；物的改造依凭于经济基础的大变革，心的改造则有赖于新文化与新文学的再创造。他在《阶级竞争与互助》（1919）一文中，介绍了克鲁泡特金（Kropotkin）的“互助论”和卡尔·马克思（Karl Marx）的“阶级竞争”说，认为两者并不矛盾。一方面，“人类应该相爱互助，可能依互助而生存，而进化；不可依战争而生存，不能依战争而进化。这是我们确信不疑的道理。依人类最高的努力，从物心两方面改造世界、改造人类，必能创造出来一个互助生存的世界”。另一方面，Karl Marx 的“阶级竞争”说是把他的经济史观应用于人类历史的前史阶段，不是通用于人类历史的全体，“他是确信人类真历史的第一页，当与互助的经济组织同时肇启。”“这最后的阶级竞争，是改造社会组织的手段。这互助的原理，是改造人类精神的信条。我们主张物心两面的改造，灵肉一致的改造”。② 这是李大钊明确提出改造世界、改造人类需要“物心两面的改造，灵肉一致的改造”，不过此时，他将“互助论”与“阶级斗争”说分别对应于心与物的改造，自然是有些牵

① 李大钊：《Bolshevism 的胜利》，见中国李大钊研究会编注：《李大钊全集》第二卷，人民出版社 2006 年版，第 263 页。

② 李大钊：《阶级竞争与互助》，见中国李大钊研究会编注：《李大钊全集》第二卷，人民出版社 2006 年版，第 354—355、356 页。

强的。到了他提出“少年中国”说之时，他把“两面改造”落实在了物质与精神的改造：

> 我所理想的“少年中国”，是由物质和精神两面改造而成的“少年中国”，是灵肉一致的“少年中国”。①

同时，为了实现此一理想，他也指出文化运动，应当包括精神改造和物质改造两大方面；也就是说，新文化运动不应只被理解为对人的精神、心灵的重塑，它同时也指向物质的变革：

> 我们“少年运动”的第一步，就是要作两种的文化运动：一个是精神改造的运动，一个是物质改造的运动。②

只有到了成为自觉、坚定的马克思主义者之后，李大钊在《我的马克思主义观》中，将“两面的改造”重新定位在经济组织和人类精神上，并强调两者之间的互动效果：

> 我们主张以人道主义改造人类精神，同时以社会主义改造经济组织。不改造经济组织，单求改造人类精神，必致没有效果。不改造人类精神，单求改造经济组织，也怕不能成功。我们主张物心两面的改造，灵肉一致的改造。③

很显然，富有人道主义博爱精神的文学，在改造人类精神方面具有无法替代的作用。是否有利于人类精神的改造，能否建设“少年中国”，成为李

---

① 李大钊：《“少年中国”的“少年运动”》，见中国李大钊研究会编注：《李大钊全集》第三卷，人民出版社 2006 年版，第 11 页。

② 李大钊：《“少年中国”的“少年运动”》，见中国李大钊研究会编注：《李大钊全集》第三卷，人民出版社 2006 年版，第 11—12 页。

③ 李大钊：《我的马克思主义观》，见中国李大钊研究会编注：《李大钊全集》第三卷，人民出版社 2006 年版，第 35 页。

大钊衡量当世文学价值的重要标准。

四、文学批评论：写实与理想的辩证统一

李大钊在致胡适信中谈及《新青年》问题时说：“……我们决心把《新青年》、《新潮》和《每周评论》的人结合起来，为文学革新的奋斗。”① 他和胡适、陈独秀等新文化运动先驱者一样，热切期盼并不遗余力地推进改造旧文学，创造新文学；并且，与其他早期马克思主义文学批评家一样，李大钊十分重视文学的教化功能及其社会效果。不过如前所述，李大钊认为文学在今世的价值和意义不仅仅在为社会革命“造势”；作为人类普遍心理表现的记录，文学之变昭示着人心之变，酝酿并推动着革命的发生。在马克思主义学说的视野中，李大钊从经济组织结构与人类精神相互适应、相互激发的角度，将文学视为改造人类精神的重要方式。“先声”与“崇今”的文学观念，使他在文学批评中，特别关注文学作品的写实和理想。这两者也犹如他常使用的比喻“车之两轮，鸟之双翼”，相辅相成：没有直面现实的黑暗与残酷，对未来美好生活的理想将无所从出；没有揭示未来世界的发展规律和理想状态，写实将丧失对事物表象的穿透力。写实与理想，构成李大钊马克思主义文学批评的两翼。

先说写实。

李大钊重视写实，是文学“先声”论与“崇今”论在批评中的具体表现。与陈独秀的文学批评相类似，这里的“写实”并不单纯指文学作品对人与事的详尽铺叙而排斥抒情说理，是指作家要有直面现实、认清现实本质的胆识，并要有为此准备遭受政治迫害的勇气；写实之“实”，乃崇今之“今”之意。在介绍俄罗斯文学与革命之间的密切关系时，李大钊指出，时人对俄国平民派诗人涅克拉索夫（Nekrasov）的成就多有议论，“有谓其诗为细刻

---

① 李大钊：《致胡适》，见中国李大钊研究会编注：《李大钊全集》第五卷，人民出版社 2006 年版，第 284 页。

而成之散文，并诗人之名而不许之者”，但他认为：

> 是等议论，几分起于其诗之比喻的说明极重写实主义，但彼不欲认识文学之诗化的俄罗斯，而欲认识施行农奴制时与废止此制最初十五年之实在的俄罗斯者，必趋于Nekrasov(涅克拉索夫）之侧。彼将以圣彼得堡城之官僚与实业家、诗歌与娼妓、文学与卖报人为材料，为尔描写此阴郁无情之圣彼得堡城，历历如画，然后引尔于空旷之乡间，庶民于此无何情感，亦无何理想，但为面包之皮壳而劳动，陈俄国农夫之心于尔前。①

涅克拉索夫诗歌的特质和成就正在于他“极重写实主义”，故此，读者若想从中认识“实在的俄罗斯”而不是“诗化的俄罗斯”，必以他为伟大诗人。但这还不是成就诗人盛名的唯一原因。李大钊同时指出，涅克拉索夫的诗措辞简易，故能为一般读者所接近，且多谱入音乐，成为最流行的歌曲，在俄国大地上传唱。“Nekrasov（涅克拉索夫）预知其诗必能觅得途径，以深入读者之心神，尝于诗中有云：‘人能不爱此酷受笞刑、血迹淋淋、颜色惨淡之诗神者，必非俄罗斯人。’‘酷爱［受］笞刑、血迹淋淋、颜色惨淡之诗神’，殊非无用之语，是殆指俄国文学与诗歌之进步达于极点也。”② 李大钊将俄罗斯文学的重要特征概括为两点，即“社会的色彩”和“社会的趣味”，以此肯定涅克拉索夫诗歌的伟大之处。同时他也指出，人道主义和对平民的同情，使得俄罗斯作家诗人的作品呈现出“简要、鲜明、平易”的特点，这一艺术上的特点“全足以表示此时俄国青年之心理，此心理与现代中（产阶）级精神之精密复杂相去远甚”③。他对作家作品的如此分析，已具有鲜明的马克思主义文学批评的阶级色彩：表达俄国青年心理的作品，为他们所热爱

① 李大钊：《俄罗斯文学与革命》，见中国李大钊研究会编注：《李大钊全集》第二卷，人民出版社2006年版，第237页。

② 李大钊：《俄罗斯文学与革命》，见中国李大钊研究会编注：《李大钊全集》第二卷，人民出版社2006年版，第237页。

③ 李大钊：《俄罗斯文学与革命》，见中国李大钊研究会编注：《李大钊全集》第二卷，人民出版社2006年版，第237页。

的作品，必然会有与表现中产阶级精神的作品不同的特点，而其目的在于更好地为平民所接受，更好地发挥文艺作品感染人、鼓舞人的作用。此外，俄罗斯作家诗人的伟大之处，不仅在于他们文学上的才华和创造力，更在于他们有不畏专制暴虐、不惜牺牲自我，以唤醒置身于残酷现实却“无何情感”的庶民去追求真理的莫大勇气。在这篇文章中，李大钊说：“十九世纪间，社会的动机，政治的动机，盛行于俄国诗歌之中。”① 他介绍了有“俄国诗界无冠之帝王”Pushkin，以及Lermontov、Ryliev、Ogariov、Pissarev等为自由而战的诗人、作家所遭受的苦难、牺牲。李大钊对俄罗斯文学偏爱有加，多次撰文向国人推介其状况，意在希望中国作家诗人更多地投身于社会和政治，并从俄罗斯文学家身上汲取义无反顾、横扫一切障碍的力量和勇气。

李大钊极力推崇俄罗斯文学，与他探究俄罗斯革命的成因及其何以具有摧枯拉朽的力量，是密不可分的。因此，他把注意力集中在俄罗斯文学所具有的“社会的动机”“政治的动机”如何呈现，又何以感染人心，是可以理解的。他希望国内文坛以此为镜鉴，推动新文学运动的意图，也是显而易见的。一当转到讨论国内正在兴起的新文学，他论说的语调一改此前的英气逼人、毋庸置疑之势，显得平和与冷静。《什么是新文学》(1919) 一文虽短，却直接显示李大钊心目中新文学的实质：

> 我的意思以为刚是用白话作的文章，算不得新文学；刚是介绍点新学说、新事实，叙述点新人物，罗列点新名辞，也算不得新文学。
>
> 我们所要求的新文学，是为社会写实的文学，不是为个人造名的文学；是以博爱心为基础的文学，不是以好名心为基础的文学；是为文学而创作的文学，不是为文学本身以外的什么东西而创作的文学。②

① 李大钊：《俄国革命与文学家》，见中国李大钊研究会编注：《李大钊全集》第二卷，人民出版社2006年版，第240页。

② 李大钊：《什么是新文学》，见中国李大钊研究会编注：《李大钊全集》第三卷，人民出版社2006年版，第129页。

新文学之新不在使用语言、描写对象或罗列名辞之新，衡量新的标准有三个方面：居于首位的是“为社会写实”，这是李大钊文学批评一以贯之的标准。第二是有博爱心，这也是李大钊所心仪的俄罗斯文学的基本特征之一；有博爱心的文学，在他那里可名之为“人道主义之文学”“革命主义之文学”①。新文学不为“个人造名”，也不以“好名心”为基础，旨在强调这种文学不在利己而在利他，即为庶民的福祉而奋笔疾书。这同样与李大钊对俄罗斯文学的理解有关。他曾说俄罗斯诗人“重视为公众幸福之奋斗，而以个人幸福为轻。……俄人于此无基督教的禁欲主义，而有革命的禁欲主义。自我之界赋，全为竞争，全为奋斗，故其时之诗歌实为革命的宣言，读者亦以是目之”②。第三是“为文学而创作的文学”。李大钊的这一批评标准颇为新颖，是否可称为“文学本义论”，由于他并未展开论述，无从确切得知。以今天的眼光来看，此观点似乎与他倡导以文学革命带动社会革命的思想相抵牾，尤其是他明确指出新文学“不是为文学本身以外的什么东西而创作”的。这是极易产生的误解。这种误解导致“文学服务于社会革命”这一准则，在马克思主义文学批评中国形态的建构过程中，屡屡出现偏差，以致基于改造旧文学、推翻旧文化的目的而呼吁、倡导的“文学革命”，蜕变为“革命文学”，乃至无条件地要求文学唯革命之马首是瞻。如前所述，李大钊视文学为革命之先声，是酝酿革命的主因，而不是简单地服务、服从于革命的手段或工具，尽管在革命兴起之后，文学确实具有手段或工具的作用，因而为社会革命家所重视。李大钊是从创作者和接受者这两端来看待文学的：从创作者说，作家诗人把文学当作文学来写作，自有其对文学本义的理解；从接受者说，被当作文学来接受的作品，对他的情感、心灵和精神产生了作用，使其能够投身于改造旧世界的行动。倘若创作者是出于为革命服务的理念来创作，他的作品能否被视为文学尚且存疑，遑论对接受者产生非同一般的感染力和召唤力。由于一时代有一时代之文学，一时代有一时代之精神，长期处于沙皇暴政虐待下的俄罗斯文学家选择了“写实”的方式，值得处于旧礼

① 参见李大钊《俄国革命之远因近因》，见中国李大钊研究会编注：《李大钊全集》第二卷，人民出版社2006年版，第4页。

② 李大钊：《俄罗斯文学与革命》，见中国李大钊研究会编注：《李大钊全集》第二卷，人民出版社2006年版，第236页。

教、旧体制重重束缚和压迫下的中国新文学家借鉴。

李大钊指出，时下流行的所谓新文学作品，有很多缺陷，“概括讲来，就是浅薄，没有真爱真美的质素。不过摭拾了几点新知新物，用白话文写出来，作者的心理中，还含着科举的、商贾的旧毒新毒，不知不觉的造出一种广告的文学。试把现在流行的新文学的大部分解剖来看，字里行间，映出许多恶劣心理的斑点，夹托在新思潮、新文艺的里边”①。旧瓶装新酒，是文化、文学大动荡、大变革时期常见的现象。更值得警惕的是李大钊所言“广告的文学”，其实质是打着“文学”名头的“广告”。它的可憎固然在于其中隐含的“旧毒新毒”，更在于它不是“文学”而只是“广告”。归根结底，新文学若想枝繁叶茂，“必须有深厚的土壤培植他们”，必须把它纳入社会变革的整体系统之中来对待，“宏深的思想、学理，坚信的主义，优美的文艺，博爱的精神，就是新文学新运动的土壤、根基。在没有深厚美腴的土壤的地方培植的花木，偶然一现，虽是一阵热闹，外力一加摧凌，恐怕立萎！”②这是经典马克思主义唯物史观的体现。李大钊 1923 年 9 月至 1924 年 4 月间，曾为北京大学政治、经济两系开设《社会主义与社会运动》课程，其中专辟一节谈论《社会主义与学艺之关系》。他针对时人认为“学问、艺术均须由个性而发展，若社会主义实行之后，则个人的天才能力，必渐趋于平淡，黯然无色者，不能有所发达”的误解，指出：

> 马克思的唯物史观是以社会为整个的，不能分裂的，因以前道德、哲学、伦理等，与将来经济状况不合，所以再造出一种更好之道德等，决不是将道德废去。社会主义亦有许多美术家、文学家赞成及研究，彼等眼光既由社会主义涵养而出，故彼等希望艺术有真正的发展。③

① 李大钊：《什么是新文学》，见中国李大钊研究会编注：《李大钊全集》第三卷，人民出版社 2006 年版，第 129 页。

② 李大钊：《什么是新文学》，见中国李大钊研究会编注：《李大钊全集》第三卷，人民出版社 2006 年版，第 129—130 页。

③ 李大钊：《社会主义与社会运动》，见中国李大钊研究会编注：《李大钊全集》第四卷，人民出版社 2006 年版，第 198 页。

再说理想。

文学的写实与理想是辩证统一的关系，分开谈论只是为了论述的便宜。当然，李大钊所言文学的理想，是指在写实中能让读者预见国家、社会演化的路径，从而振奋精神，砥砺前行，不是指在作品中虚拟世外桃源以抚慰人心。

李大钊对文学的理想的重视，首先来自生活中的切身体验和朴素认知。在北京广德楼观赏新剧《自由宝鉴》后，他觉得如鲠在喉，不吐不快：

> 京中广德楼所演之新剧，颇与社会生活有所感触，故能引起听众之兴致，尤以悲剧为其擅长。惟其注入剧中之思想精神，则多蹈于陈腐固陋之辙，虽间亦有充足描写现代生活之处，而以其终结之的，不在促进锐新之理想，而在维持因袭之道德，不在助益进化之机能，而在保存守旧之势力。其结果不惟不能于政俗之革新有所奖诱，反以致其阻梗，此其咎固宜由编剧者任之，而演试之诸伶不与焉。①

作品即便“极重写实”，如上述新剧那样“有充足描写现代生活之处”，仍然不能称之为新文学，关键还在于其“终结之的”，是“促进锐新之理想”，还是依然在不知不觉中为“因袭之道德”“守旧之势力”广告，贻害社会。李大钊由该剧剧名中的“自由”，联想到今日社会不断上演的“不自由之悲剧”，以及文学在其中应承担的责任：

> ……不自由之悲剧，其演于世界者，正复不止于吾国今日之社会。然使文学演剧，又从而推波助澜，则由剧场中悲剧之感化，因而造成社会上之悲剧者，必且环兴而无已，则是文学演剧之功，不及于社会，而适以助长罪恶，增加缺陷，是不独一剧编演得宜与否之问题，政俗之变易、思潮之革新系之矣。余故郑重以为此论，一

① 李大钊：《不自由之悲剧》，见中国李大钊研究会编注：《李大钊全集》第二卷，人民出版社 2006 年版，第 109 页。

以忠告广德楼剧主，对于斯剧速加改良，勿使流毒社会，徒以艺员冰雪聪明之技能，为顽旧思想之奴隶，张偶像道德之权威，滋可惜也。以希望具有新思潮、新理想之文学家、美术家，对于演剧，宜随时以文学的眼光，加以严正之批评，与以诚恳之贡献，有功社会当非浅鲜矣。①

文学能够发挥什么样的社会效应，对民众产生什么样的影响，并不只是关乎文学自身的优劣，而与“政俗之变易、思潮之革新”相系：文学既能呼应、促进后者，反过来，后者亦能推动真正的新文学的涌现。

实际上，李大钊文学“崇今”论的含义，不只是强调文学家要直面现实，不伪饰，不后退，也是指文学批评家要把目光聚焦到今世的文学上，对包括传统演剧在内的新出现的作品，“随时以文学的眼光，加以严正之批评”。李大钊即是身体力行者。他在《光明与黑暗》(1919）这篇短文中讲了一个故事：

听说北京有位美术家，每日早晨，登城眺望，到了晌午以后，就闭户不出了。人问他什么缘故，他说早晨看见的，不是担菜进城的劳动者，便是携书入校的小学生。就是那推粪的工人，也有一种清白的趣味，可以掩住那粪溺的污秽。因为他们的活动，都是人的活动。他们的生活，都是人的生活。他们大概都是生产者，都能靠着工作发挥人生之美。到了午间，那些不生产只消费的恶魔们，强盗们，一个个都出现了。你驾着呜呜的汽车，他带着凶赳赳的侍卫，就把人世界变成鬼世界了。这也是光明与黑暗两界的区分。②

这篇短文同样可以看作是“写实”。在写实中，李大钊明确区分出了不同的阶级：一个是“生产者”即劳工阶级，一个是“不生产只消费”的资产阶级。文学家应当把目光投向前者，那才是人的生活、人的世界，是光明的

① 李大钊：《不自由之悲剧》，见中国李大钊研究会编注：《李大钊全集》第二卷，人民出版社 2006 年版，第 113 页。

② 李大钊：《光明与黑暗》，见中国李大钊研究会编注：《李大钊全集》第二卷，人民出版社 2006 年版，第 311 页。

世界。如果文学家坚执于黑暗世界的“写实”，也正是因为他在其中寄托了把“鬼世界”变成“人世界”的理想。

李大钊在《再论问题与主义》(1919) 中，认为“问题”与“主义”之间不能完全割裂来看待，“我们的社会运动，一方面固然要研究实际的问题，一方面也要宣传理想的主义。这是交相为用的，这是并行不悖的。不过谈主义的人，高谈却没有甚么不可，也须求一个实验。这个实验，无论失败与成功，在人类的精神里，终能留下个很大的痕影，永久不能消灭”①。他谈到“主义”有理想和实用的两面，把某一理想应用到实际中，会因时、因所、因事的性质情形而有所不同，产生出一种适应环境的变化：

> 一个社会主义者，为使他的主义在世界上发生一些影响，必须要研究怎么可以把他的理想尽量应用于环绕着他的实境。所以现代的社会，主义包含着许多把他的精神变作实际的形式使合于现在需要的企图。这可以证明主义的本性，原有适应实际的可能性，不过被专事空谈的人用了，就变成空的罢了。②

无疑，将马克思主义理论运用到中国实际中去，也是这样的情形。李大钊在运用马克思主义理论从事文学批评时，一方面尊重传统文学的历史沿革和在民众中的影响力；另一方面也从“写实”和“理想”两方面期盼新文学能在改造旧文学的基础上，焕发新活力，促进社会整体的变革。他非常重视文学的改造人心、重塑时代精神、催生革命激情的社会功能，同时也并没有忽视文学之为文学的特性，以及文学家的特殊个性对于文学的重要意义。针对不少人怀疑社会主义文学将趋于平庸的看法，他指出：

> 艺术家最希望发表的是特殊的个性的艺术美，而最忌的是平凡。所以现在有一班艺术家很怀疑社会主义实行后，社会必然愈趋

① 李大钊：《再论问题与主义》，见中国李大钊研究会编注：《李大钊全集》第三卷，人民出版社2006年版，第2页。

② 李大钊：《再论问题与主义》，见中国李大钊研究会编注：《李大钊全集》第三卷，人民出版社2006年版，第3页。

> 平凡化，在平凡化的社会里必不能望艺术的发达，其实在资本主义下，那种恶俗的气氛，商贾的倾向，亦何能容艺术的发展呢？又何能表现纯正的美呢？那么我们想发表艺术的美，更不能不去推翻现代的资本制度，去建设那社会主义制度的了。不过实行社会主义的时候，要注意保存艺术的个性发展的机会就是了。①

新的社会主义制度的建立，将保存艺术个性发展的机会，创造出比资本主义社会更发达、也更纯正的美。处于艰难时运中的中华民族，需要具有雄健精神的国民，方能感觉此种人生中壮美的趣味：

> 我们的扬子江、黄河，可以代表我们的民族精神。扬子江及黄河遇见沙漠、遇见山峡都是浩浩荡荡的往前流过去，以成其浊流滚滚，一泻万里的魄势。目前的艰难境界，那能阻抑我们民族生命的前进。我们应该拿出雄健的精神，高唱着进行的曲调，在这悲壮歌声中，走过这崎岖险阻的道路。要知在艰难的国运中建造国家，亦是人生最有趣味的事……②

这种雄健精神的培育，有赖具有新思潮、新理想之文学家的奋力。

① 李大钊：《社会主义释疑——在上海大学的演讲》，见中国李大钊研究会编注：《李大钊全集》第四卷，人民出版社 2006 年版，第 355 页。

② 李大钊：《艰难的国运与雄健的国民》，见中国李大钊研究会编注：《李大钊全集》第四卷，人民出版社 2006 年版，第 375—376 页。

第三章 瞿秋白："文学革命"的批判与"革命文学"的建立

在1932年发表的《大众文艺的问题》一文中，瞿秋白曾说："五四之后，从'文学革命'发展到'革命文学'，这是前进的斗争。"[①]"文学革命"令人想到陈独秀《文学革命论》、胡适《文学改良刍议》等文，以及由此引发的五四新文化运动；"革命文学"则是瞿秋白在文学批评中提出并一再阐发的新概念，是其文学批评理论和批评实践的靶向。在《大众文艺的问题》中，"革命文学"指的是"创造革命的大众文艺"，为此需要"来一个无产阶级领导之下的文艺复兴运动，无产阶级领导之下的文化革命和文学革命，'无产阶级的五四'"。把"文学革命"完全置于无产阶级领导之下，在反对资产阶级的同时，引领文学"向着社会主义的前途而进行"[②]，这是"革命文学"与五四时期"文学革命"最根本的差异，由此也可以清楚地看到作为马克思主义文艺理论家和批评家的瞿秋白，在文学上鲜明的阶级立场和政治态度。把五四之后未尽人意，乃至偏离既定轨道的"文学革命"，用马克思主义理论，在无产阶级领导下推向"革命文学"的阶段，是瞿秋白马克思主义文学批评活动的一条主线。因此，五四之后的"文学革命"为何要批判，"革命文学"如何建立，成为瞿秋白文学批评实践的重心。

斯洛伐克学者玛利安·高利克认为："瞿秋白文学活动一开始，其责任

① 瞿秋白：《大众文艺的问题》，《瞿秋白文集 文学编》第三卷，人民文学出版社1989年版，第14页。

② 瞿秋白：《大众文艺的问题》，《瞿秋白文集 文学编》第三卷，人民文学出版社1989年版，第13、21页注1。

感就比二十年代初中国年轻的文学家强。……他认为思想内容，正确的人生观和文学观，是各种文学的唯一前提。"[①]这种责任感来自多方面。一方面，瞿秋白在十月革命之后，以北京《晨报》特派记者身份，历经艰辛，从北京辗转奉天（沈阳）、哈尔滨、满洲里到达赤俄，以实地调查的方式向国内民众介绍苏俄社会的实际情况，并写下《饿乡纪程》《赤都心史》两部长篇散文。他在《饿乡纪程》中说："我的责任是在于：研究共产主义——此社会组织在人类文化上的价值，研究俄罗斯文化——人类文化之一部分，自旧文化进于新文化的出发点。寒风猎猎，万里积雪，臭肉干糠，猪狗饲料，饥寒苦痛是我努力的代价。"[②]另一方面，他不仅大量译介苏俄无产阶级作家或具有无产阶级倾向的进步作家的作品，而且系统地翻译、评述马克思主义经典理论家的著述，在文学创作和批评理论上接受马克思主义理论和批评方法的影响和改造。同时，作为党的高级领导人和左翼文化运动的领导者，他在与所谓"第三种人""自由人"的论争中，坚持和维护文艺的党性和阶级性。

瞿秋白的文学批评活动，始终围绕着一个核心的文学观念：人生即艺术，"革命的人生即革命的艺术主义"[③]。这是他对"为人生的艺术"观念的更为激进也更为革命化的表达。围绕于此，瞿秋白在批评理论中吸收和发展马克思主义关于现实主义的理论，并为后来的革命现实主义文学开辟了道路。他对大众文艺的不遗余力的倡导，可以看作是其现实主义文学理论在指导文艺创作上的具体体现，也是他一贯坚持的马克思主义基本原则中理论与实践相结合的生动例证。对鲁迅杂感的文学和社会价值的评价，则是瞿秋白运用马克思主义历史唯物主义和辩证唯物主义，针对作家个案进行文学批评实践的经典文献。

---

① ［斯洛伐克］玛利安·高利克：《中国现代文学批评发生史（1917—1930）》，陈圣生、华利荣等译，社会科学文献出版社1997年版，第210页。

② 瞿秋白：《饿乡纪程》，《瞿秋白文集　文学编》第一卷，人民文学出版社1985年版，第84页。

③ 瞿秋白：《社会科学概论》，《瞿秋白文集　政治理论编》第二卷，人民出版社1988年版，第585页。

一、文学思想：从“人生即艺术”到“政治即文学”的演变

“为人生的艺术”还是“为艺术的艺术”，是现代中国文学史上文学论争的一条主线，其影响波及今日。尤其是在社会革命浪潮高涨，无产阶级与资产阶级斗争激烈之时，“为人生的艺术”的观念得到高扬，乃至在不断强化中蜕变为“为革命的艺术”“为政治的艺术”，“为艺术的艺术”的“纯艺术”论则往往遭到驳斥和痛击。发生在20世纪三四十年代的“革命文学”论争，“第三种人”“自由人”所主张的所谓“第三条道路”，则被无产阶级阵营视为虚伪、虚无的，自欺欺人的文学观念。

在上述两种文学观念的非此即彼的选择中，瞿秋白毫不犹豫地站在“为人生的艺术”这一边，并且更进一步地，直接在人生与艺术之间画等号，认为“艺术即人生，人生即艺术”，此外则别无艺术存在。可以说，艺术与人生合一论，或者，艺术与现实一体论，是瞿秋白文艺思想的核心，也是其文学批评理论的基础，是他从事文学批评的重要的、有时甚至是唯一的标准。

瞿秋白的这种文学观念，在早期，主要来自他对十月革命之后苏俄文学史的考察，当然也来自苏俄马克思主义文艺理论的深刻影响，同时也是基于他认为中国的现实状况、社会革命需要得到革命文学的响应；或者说，中国剧烈动荡的社会现实、阶级斗争，决定了文学不可能龟缩在“纯艺术”的象牙塔之内。归根结底，从马克思主义文艺理论出发，作为上层建筑一部分的文艺，不可能不受到经济基础震荡、裂变的影响。1921年至1922年访俄期间，瞿秋白全面考察、译介苏俄文学，尤其是十月革命之前的俄国文学，并撰写《俄国文学史》一书。书中谈及俄国诗歌时，瞿秋白说：

> “艺术即人生，人生即艺术”是赤俄新时代文学的灯塔。然而新艺术的创造，正和政治的变革一样，要经不少磨难，无限斗争，方能得到。俄国自来就有“为人生的艺术”和“为艺术的艺术”之争。文学评论里的辩论尤其注重于诗，——因为诗是文学作品中纯艺术性最浓的。……假使抒情诗是纯粹的艺术，尚且不能不涉及人

生，那么，艺术的意义就自然决定了。①

瞿秋白这里集中谈论诗歌，除了因为在俄国文学史上，关于两种艺术的论争主要发生在诗歌领域，还有一个原因出自他的推断，即:如果艺术纯粹性最强的诗歌都不能自外于人生，其他艺术自不待言。瞿秋白对俄国文学史的梳理和介绍，自然有他对中国社会和文学状况的考量，有其现实指向。不过，其中一些细微的理论辨析工作还没有来得及展开。比如，“为人生的艺术”与艺术同人生能否分开，本是既有关联又各有侧重的问题:前者主要谈的是艺术的目的或功能，后者主要说的是艺术的来源或产生的土壤;艺术离不开现实并不必然导致艺术家要为人生而艺术。此外，倘若认定抒情诗在所有文学门类中是“纯粹的艺术”，“纯粹”指的是什么呢?在介绍了俄国多位不同风格的诗人之后，瞿秋白接着说:“如今谁也不是纯粹艺术派，谁也不是人生艺术派。人生和艺术能分得开么?——若是人生可厌，却实在丰富得很，诗境万千;若是艺术无用，几千年来的人却赖它而生存，所谓‘精神的宝藏’还不过为人而设，而人生的究竟目的除艺术而外还有什么!”②他指出“为人生的艺术”三个主要面相:艺术的内容(“丰富得很”)、艺术的目的(“为人而设”)，以及艺术的存在价值(“精神的宝藏”)。

在1923年发表的《劳农俄国的新文学家》一文中，瞿秋白对两种艺术的论争不仅从诗人扩展至贫民作家，而且也涉及艺术的形式问题，提出“集合的超人”的概念。瞿秋白从“劳动贫民的作家”高尔基大声疾呼的话里——“昨天是大欺罔的日子，——那是他威权的最后一天”——看见“一切旧的都已经过去，样样发露新的气象”。文学艺术亦不例外。他认为，自柴霍甫(契诃夫)、高尔基以后，俄国文学的纤妙空灵虽然还有，但已谈不上伟大;新的文学的改革往往只拘泥于形式方面，“然而新的精神实在已经隐隐潜伏，乘着咆哮怒涌的社会生活的瀑流而俱进，——我们可以看见那时怪癖的‘填补字典的’诗人，那时极端个性主义的‘未来主义’(futurism)的文学家，

① 瞿秋白:《俄国文学史》,《瞿秋白文集　文学编》第二卷，人民文学出版社1986年版，第220页。

② 瞿秋白:《俄国文学史》,《瞿秋白文集　文学编》第二卷，人民文学出版社1986年版，第229页。

后来竟能助成新写实主义的缜密活泼亲切的文体，助成歌颂创造力的‘集合的超人’”。因此，俄国劳农时代的作家“将创造非俄国的，而是世界的新的‘伟大’”。他重点推介了马霞夸夫斯基（马雅可夫斯基）、谢美诺夫和劳工派诗人，称赞前者是“集合主义的超人”，而不是尼采式的“个人主义的超人”，因为他的天才表现在他的“神机”——“他有簇新的人生观”。① 未来主义的创新只是体现在文学技术方面，马霞夸夫斯基“簇新的人生观”体现在他是积极的唯物派，而不是消极的定命主义的唯物派。谢美诺夫的小说则“写得非常之缜密活泼，文字上也是用极简单明白的俗语，真真读之如闻其声……然而文句宛如口语而又谨饬短峭，充满了‘平淡中的真艺术’之神味”。他的“集合派”的写实主义纯粹是十月革命的产儿，这种作家不只“写实”而已，作品里“客观的能表示人类共同劳作的乐生主义，有‘艺术即人生，人生即艺术’的精神”。关于劳工派诗人，瞿秋白说，欧战之前文坛就有“文字之穷”的说法，但他认为这说的不是诗的内容贫乏，“诗的内容是无穷无尽，取之不竭的；——要看得出这是资产阶级文化的穷，必须重新变革他的形式，——不但形式，——还要变更他的内容，他的重心”。他追问：“何以几百万人，几百万劳工农民的生活意义——‘劳动’，竟没有丝毫‘诗意’?”劳工派的诗文成就不算大，形式上也有许多缺陷，“然而他们的动机，文调，内容，却与俄国即世界的文坛以极大的希望。他们每每可以一个字也不谈到‘工作’‘劳动’，而其韵脚声调之间，都要强固健全的‘劳动诗意’在内”。② 不难看出，在对劳农俄国的作家诗人创作的剖析中，瞿秋白对艺术与人生关系的理解有了很大拓展。第一，从马克思主义唯物论出发，他认为俄国文学形式上的变革，“新的精神”的涌现，来自十月革命的推动；文学必然随着社会革命的步伐而发生大的变革。第二，在总结劳动贫民的作家和劳工派诗人创作的基础上，他提出“集合（主义）的超人”的概念。“超人”指的是文学的天才即“神机”，也就是作家诗人的人生观。“集合”概念中虽然含有作家诗人在创作中汲取象征派、未来主义的艺术手法的意思，但主要

① 瞿秋白：《劳农俄国的新文学家》，《瞿秋白文集　文学编》第一卷，人民文学出版社 1985 年版，第 272、273、274 页。着重号原有。

② 瞿秋白：《劳农俄国的新文学家》，《瞿秋白文集　文学编》第一卷，人民文学出版社 1985 年版，第 274、276、277 页。着重号原有。

是指关注人类的"共同劳作"，也就是劳工农民的生活意义。第三，认为人生观决定文学的成就。在内容与形式二分的观念下，文学的变革不只是在形式方面，内容的变革是其"重心"，创作者的"动机，文调，内容"重于形式。第四，认为"写实"不仅是指摹写现实，而且要"客观的能表示人类共同劳作的乐生主义"，具有预言作用。因此之故，艺术与人生具有等同价值。

瞿秋白之所以对俄国以高尔基为代表的新文学家的"人生即艺术，艺术即人生"的观念情有独钟，对"公民的怨，人生的歌者"①的"为人生的艺术"派青睐有加，以至将人生与艺术等同起来，并非出于对马克思主义文学反映论的机械理解；他也并不认为"为艺术的艺术"即"纯粹的艺术"派没有存在的理由，而是社会现实的巨变已导致后者存在的理由土崩瓦解。更确切地说，是因为瞿秋白对艺术与人生之间关系的理解，已具有马克思主义辩证唯物主义的立场和态度。他在《艺术与人生》（1924）中说："艺术与人生，自然与技术，个性与社会的问题，——其实是随着社会生活的潮势而消长的。现在如此湍急的生活流，当然生不出'绝对艺术派'的诗人，世间本来也用不到他。"因此，发生在19世纪时的"最可恨的"问题——为艺术的艺术呢，还是为人生的艺术？——"早已为十月的赤潮卷去""……生在社会潮流汹涌时期的诗人，虽是纯艺术派，也不能不为奋勇咆哮的浪花卷去"。②这就是说，"纯艺术派"与"为人生派"诞生的社会环境不同，适应的社会环境也不同；在社会潮流汹涌、革命不可阻挡的时期，文学的方向不可能不发生逆转。"纯艺术派"应当顺应时代大潮，自觉转向"为人生派"，这样的文学才能够凸显新时代的新精神，也才能够有益于世道人心。与此相应，"纯艺术派"所标榜的个性主义应当与集体主义相综合，最终造就新时代的"集体主义的超人"。在梳理十月革命前后俄国文学史时，瞿秋白说道：

俄国文学的人生观问题，虽则现在的争辩和半世纪前绝对不同，然而有一重要的观点：——便是个性主义。社会生活恬静的时代，纯艺术方能得势。譬如中国的"避世诗人"，孤标自赏，以"与鹿豕游"的人生为艺术，其实

① 瞿秋白：《艺术与人生》，《瞿秋白文集　文学编》第一卷，人民文学出版社1985年版，第305页。

② 瞿秋白：《艺术与人生》，《瞿秋白文集　文学编》第一卷，人民文学出版社1985年版，第310、305—306页。

又何尝真能超脱呢？况且不谈现实，不问烦恼事的心绪，——是纯艺术派文学的天国，往往反而自坠于反个性的市侩乡愿主义……所以往日的纯艺术派和今日的“大地文学”派，标榜着个性主义，而实际上是求容于环境，向庸众的惰性低头，——“不提起，免烦恼”的市侩而已。

> 至于革命前的人生派和革命后的超人派，虽则似乎以社会为先，以个性为后；其实他不但能歌颂为社会奋斗的勇猛的个性，而且歌颂超人的克服自然；——那当然不是绝对的个性主义的尼采式的超人，而是集体主义的超人。只有在真自由社会里有个性，只有在人类技术威权之下有真美的自然。所以他们的艺术观能综合个性主义与集体主义，能综合自然与技术。①

“纯艺术派”以为艺术可以超脱现实，并以此标榜个性，实则是自欺欺人，蜕变为“反个性的市侩乡愿主义”，并无真个性可言。不仅如此，瞿秋白还区分了革命前后“为人生派”的不同：前者歌颂的是绝对个人主义的尼采式的超人，后者创造的是综合个性主义与集体主义、自然与技术的“集体主义的超人”。很明显，瞿秋白对十月革命前后俄国文学发展演变的勾勒和评述，始终采取马克思主义历史唯物主义和辩证唯物主义的立场，将文学现象和文学潮流放在历史语境中考察，对艺术与人生、个性与集体、自然与技术等问题做出了极具说服力的阐释。同时，“他山之石可以攻玉”，瞿秋白对俄国文学史的评介，实际上暗含着他对中国文学传统和文学现状的思考。这当然也是他在文学批评活动中极具社会责任感的体现。

以“艺术即人生，人生即艺术”为文艺思想核心，瞿秋白在文学批评中演绎出三个不可分离且依次递进的方面。

第一是人生观决定文学。“正确的人生观”是文学活动的前提；人生观决定作家诗人的文学观，进而决定文学的面貌。瞿秋白的这一主张，引发了要求作家诗人解决政治立场，也就是解决“屁股坐在哪一边”的问题，某种

---

① 瞿秋白：《艺术与人生》，《瞿秋白文集　文学编》第一卷，人民文学出版社 1985 年版，第 308、309 页。着重号原有。

程度上影响了 40 年代兴起的文艺家思想改造运动。在这种主张下，原本存在于"为艺术的艺术"与"为人生的艺术"两派之间的文学观念的分歧，演化为作家诗人世界观、人生观的分歧，进而演变为文学是为统治阶级服务还是为被统治阶级服务的政治原则的分歧。也可以说，瞿秋白倡导的"艺术即人生，人生即艺术"中的"人生"，由于政治革命、文化革命的需要，其含义在他的不断申述中，逐步缩小为"政治"，进而导致将文学与政治相等同。瞿秋白《骷髅杂记》中有一篇《"Apoliticism"——非政治主义》（1932）的文章，谈及艺术与政治的关系，认为艺术不可能脱离政治，"纯艺术"也是一种政治，只不过是反动的政治。文章开篇明义道：

> 每一个文学家其实都是政治家。艺术——不论是那一个时代，不论是那一个阶级，不论是那一个派别的——都是意识形态的得力武器，它反映着现实，同时影响着现实。客观上，某一个阶级的艺术必定是在组织着自己的情绪，自己的意志，而表现一定的宇宙观和社会观；这个阶级，经过艺术去影响它所领导的阶级（或者，它所要想领导的阶级），并且去捣乱它所反对的阶级。问题只在于艺术和政治之间的联系的方式，有些阶级利于把这种联系隐蔽起来，有些阶级却是相反的。①

因此，对于那些无意中充当统治阶级政治手段的工具的艺术家，那些"为艺术的艺术"者，"我们揭穿这种事实，无非是要他们自己清理一下，谨慎一些，认真的挑选自己的道路，究竟同着群众走，还是同着统治阶级走"。这里，"纯艺术派"所面临的已不是适不适应社会环境的问题，也不是有无"真个性""真自由"的问题，而是走哪一个阶级的道路的问题。当然，瞿秋白也意识到，单有正确的意识形态、革命的目的并不能够写出革命的文学，还必须有艺术的力量。但他同时认为，"运用艺术的力量，又必须要有一定的宇宙观和社会观。如果宇宙观和社会观是资产阶级的，那么，所谓'客观

① 瞿秋白：《"Apoliticism"——非政治主义》，见《骷髅杂记》，《瞿秋白文集　文学编》第一卷，人民文学出版社 1985 年版，第 541 页。

的描写'，所谓'艺术的价值'就将要间接的替现存制度服务。同样，那种替'纯艺术'辩护的态度，恰好被反动阶级所利用"①。很显然，在他看来，艺术家如果没有拥有被统治阶级即无产阶级的"宇宙观和社会观"，其作品就无所谓"艺术的力量"；若艺术家自认为存在超脱阶级立场的所谓"艺术的价值"，无疑将为现存制度服务，因而变成反动的文艺。

《骷髅杂记》中另有一篇瞿秋白生前未刊印的文章《美国的"同路人"》(1932)，评论的是美国作家费克（Arthur Davison Ficke）发表在美国"Left"杂志上的文章。他在文中引用费克的话说：

> 我所特别尊重的文学是在研究个人的心灵底问题，而个人的心灵在时间和空间，希望和恐怖，爱好和憎恶底神秘之中活动着；这些东西，只要人还是人，大概是不会变更的，这些东西在我们的现代的科学解释里面，不会有任何主要的改变。糖始终是糖，友爱始终是友爱，而死始终是死。②

费克觉得庸众无法理解这一切，并且他们内心里愿意消灭一切"私人艺术家"。瞿秋白则认为费克的态度是"无产阶级的阶级敌人的态度。……费克故意挑拨，离间，造谣，诬蔑，他要在美国的革命的智识分子之间，破坏无产阶级革命的名誉，他故意要说无产阶级的文学始终不是文学，无产阶级不要文学；他轻蔑群众，甚至于认为轻蔑群众是创作的'必要条件'，说群众的干涉主义会要枪毙一切'私人艺术家'"③。

即使是在无产阶级的"同路人"中，也存在"纯艺术派"。他们认为文艺是抽象的，是可以超越政治的。瞿秋白曾编译《恩格斯和文学上的机械论》一文，准备收入《"现实"——马克斯主义文艺论文集》。文中，瞿秋白运用

① 瞿秋白：《"Apoliticism"——非政治主义》，见《骷髅杂记》，《瞿秋白文集　文学编》第一卷，人民文学出版社1985年版，第542、543—544页。

② 瞿秋白：《美国的"同路人"》，见《骷髅杂记》，《瞿秋白文集　文学编》第一卷，人民文学出版社1985年版，第545页。

③ 瞿秋白：《美国的"同路人"》，见《骷髅杂记》，《瞿秋白文集　文学编》第一卷，人民文学出版社1985年版，第546页。

马克思主义唯物辩证法，批判德国社会民主党"青年派"的代表兰道尔、爱伦斯德（恩斯特）的"取消主义"的极左思想。在后者看来，文艺只是社会发展过程中机械、消极的反映，认为激烈的斗争与文艺不能并存，主张严格划分艺术和政治之间的界线。瞿秋白指出：

> 其实，文学和艺术固然是社会生活的反映，但是，每一个阶级都在运用文艺做阶级斗争的武器，有意的或者无意的，要用文艺战线上的意识斗争去帮助自己为着阶级利益的战斗。文艺，有意的或者无意的，都有自己的阶级任务和阶级目的。资产阶级需要欺骗群众，所以他们的文学家，至少是下意识地要为着这种客观上的欺骗，而出来主张各种各式的"为艺术的艺术"。①

瞿秋白不仅在理论上阐述艺术家拥有"正确的人生观"的重要性，而且在文学批评中坚定地贯彻这一主张。他在评论茅盾的小说《三人行》时，同样认为作家光有革命的政治立场是不够的，还要看这种立场是怎样表现在艺术上的。他分析小说中三个人物所代表的三种类型：中国贵族子弟的侠义主义、小资产阶级的虚无主义、市侩主义。他认为，这部小说的失败在于："一则《三人行》的创作方法是违反第亚力克谛——辩证法的，单就三种人物的生长和转变来看，都是没有恰切现实生活的发展过程的。二则这篇作品甚至于非现实主义的。"②瞿秋白虽然表面上谈的是政治立场如何在艺术中表现，实际上要求的是作家的政治立场必须完全体现在人物塑造和环境描写中。这恰恰是"反艺术"的，与马克思主义关于现实主义文学的论述也不相符。作家笔下的人物，并不是作家政治立场的传声筒；而瞿秋白所在意和要求的，恰恰是作家作品要成为"正确的"政治立场的传声筒，否则就会被判定为"非现实主义的"。他认为，正是这篇小说的"失败"和"教训"提醒了普洛文学要去完成的某些任务，"如果《三人行》的作者从此能够用极大

---

① 瞿秋白：《恩格斯和文学上的机械论》，《瞿秋白文集　文学编》第四卷，人民文学出版社1986年版，第47页。着重号原有。

② 瞿秋白：《谈谈〈三人行〉》，《瞿秋白文集　文学编》第一卷，人民文学出版社1985年版，第454页。着重号原有。

的努力，去取得普洛的唯物辩证法的宇宙观和创作方法，那么，《三人行》将要是他的很有益处的失败，并且，这是对于一般革命的作家的教训”①。

第二是政治即文学。在人生观决定文学，作家诗人必须取得“普洛的唯物辩证法的宇宙观和创作方法”的前提下，艺术即人生必然演变为以政治取代文学，不同的政治立场、路线、态度必然导致不同的文学的出现。瞿秋白曾在未刊稿《马克思文艺论底断篇后记》中，介绍马克思恩格斯关于拉萨尔《息庆耿》(《弗兰茨·冯·济金根》)的通信。他指出：

> 文艺和政治是不会脱离的，即使作家主观上要脱离政治也是不行的；或者，作家主观上要做一个“即使无益也不会有害”于革命的职业文学家，更好些的，甚至于自以为是“从来没有做过错误的”革命文学家，然而，如果他不在政治上和一般宇宙观上努力去了解革命和阶级意识的意义，那么，他客观上也会走到出卖灵魂的烂泥坑里去，他的作品客观上会被统治阶级所利用，或者，客观上散布着麻痹群众的迷药。这对于诚恳的要想向着光明前进的作家，是很重要的问题。

又说：

> 无产阶级底阶级的和党派的立场，因为根本上是反对保存一切剥削制度的，所以才是唯一的真正客观的立场，——不但在哲学科学上是如此，在文艺上也是如此。②

瞿秋白的这一主张，在他与所谓“第三种人”“自由人”关于“革命文学”的论争中，体现得最为集中和明确。

在《“自由人”的文化运动——答覆胡秋原和〈文化评论〉》(1932) 中，

---

① 瞿秋白：《谈谈〈三人行〉》，《瞿秋白文集　文学编》第一卷，人民文学出版社 1985 年版，第 454—455 页。

② 瞿秋白：《马克思文艺论底断篇后记》，《瞿秋白文集　文学编》第三卷，人民文学出版社 1989 年版，第 128、131 页。

瞿秋白指出，以胡秋原为代表的"自由人"只有两条路可走："或者是来为着大众服务，或者去为着大众的仇敌服务。"他认为，《文艺新闻》与《文化评论》，或者他自己与胡秋原争议的焦点在于："究竟是谁担负着反封建的文化革命——'是智识阶级的自由人'，还是工农大众？究竟是谁领导着这新的文化革命，是资产阶级，还是'无产阶级'？"胡秋原认为不同的文学不妨让它存在，不主张只准一种文学把持文坛。瞿秋白对此反驳道："问题当然不在于你让不让一切种种的阶级和文学存在。问题是在于你为着那一阶级的文学而斗争。"①这当然有转移论题之嫌。不过，由于强调文学与政治密不可分，强调文学的阶级性、党派性，坚持新的文化革命和"革命文学"应当由无产阶级而不是资产阶级、"智识阶级"来领导，在瞿秋白眼里，"为艺术的艺术"似乎成了反对文学为政治服务的资产阶级文学家的专利；相应地，"纯艺术派"的艺术理论也就成为"反对阶级文学的理论"②。他在批驳胡秋原的文艺理论时说：

> 胡秋原先生的艺术理论其实是变相的艺术至上论。他说赞成纯艺术和反对纯艺术的争论是"徒劳的"。为什么？因为赞成纯艺术的有反动的文学家，也有革命的文学家；而反对纯艺术的也是这样。这还只是他表面上的诡辩。他的根本立场，还在于他认为艺术只应当有高尚的情思，而不应当做政治的"留声机"。因此，他就认为艺术是独立的，艺术有尊严，有宫殿，有人格。……他所拥护的，不是什么马克思主义的文艺理论，而是这个似乎是独立的高尚的文艺。
>
> 他事实上是否认艺术的积极作用，否认艺术能够影响生活。而一切阶级的文艺却不但反映着生活，并且还在影响着生活；文艺现象是和一切社会现象联系着，它虽然是所谓意识形态的表现，是上层建筑之中最高的一层，它虽然不能够决定社会制度的变更，它虽

① 瞿秋白：《"自由人"的文化运动——答覆胡秋原和〈文化评论〉》，《瞿秋白文集　文学编》第一卷，人民文学出版社 1985 年版，第 498、499—500、501 页。着重号原有。

② 瞿秋白：《文艺的自由和文学家的不自由》，《瞿秋白文集　文学编》第三卷，人民文学出版社 1989 年版，第 60 页。着重号原有。

> 然结算起来始终也是被生产力的状态和阶级关系所规定的，——可是，艺术能够回转去影响社会生活，在相当的程度之内促进或者阻碍阶级斗争的发展，稍微变动这种斗争的形势，加强或者削弱某一阶级的力量。①

胡秋原认为不能以政治立场来划分文学家，来看待他们的文艺观；即便可以，其间的情形也相当复杂，并不是非黑即白的。但是如前所述，在人生观决定文学、文学家应当拥有“正确的”宇宙观和社会观的思想指导下，瞿秋白认为，胡秋原并没有认识和理解马克思主义有关经济基础和上层建筑的辩证观念，自然不承认文学具有鲜明的阶级性，文学家必须具有毫不含糊的阶级立场；胡秋原无法认识到文学虽然总归被生产力状态和阶级关系所决定，并不能够直接变更社会制度，但却能够“回转去影响社会生活”，进而在改造经济基础、推动社会革命中发挥不可忽视的作用。因此，他在后来与胡秋原等人就普洛文艺进行论争时，批驳胡秋原的文艺理论是“去过势的马克思主义的文艺理论，恰正形成我所指说的反革命派别的政治主张之在文艺理论上的反映”②。

瞿秋白在与胡秋原的论争中，虽然把后者“变相的艺术至上论”划归文艺理论中的“反革命派别的政治主张”，但多少还是为“纯艺术”论，为“非普洛文学”留下一席之地。他说：“……胡秋原先生是说，虽然不是严格的普洛文学，但也不妨碍作品的价值；而我们却是说，虽然这些作品已经有价值，但我们还要努力，去达到更高的价值，达到正确的革命文学和严格的普洛文学。”③“正确”与“严格”是瞿秋白在文学批评中衡量一切理论和创作的准绳；“正确”“严格”与否的标准，则是马克思主义关于文学的阶级性、党派性的论述，他并未完全顾及马克思主义关于艺术具有相对独立性的论

---

① 瞿秋白：《文艺的自由和文学家的不自由》，《瞿秋白文集　文学编》第三卷，人民文学出版社1989年版，第57—58、58—59页。着重号原有。

② 瞿秋白：《并非浪费的论争》，《瞿秋白文集　文学编》第三卷，人民文学出版社1989年版，第89页。

③ 瞿秋白：《并非浪费的论争》，《瞿秋白文集　文学编》第三卷，人民文学出版社1989年版，第94页。

说。不仅如此，在与所谓"第三种人"苏汶的论争中，瞿秋白提出文艺是"政治的'留声机'"，将文艺的功能直接等同于政治的功能：

> 文艺——广泛的说起来——都是煽动和宣传，有意的无意的都是宣传。文艺也永远是，到处是政治的"留声机"。问题在于做那一个阶级的"留声机"，并且做得巧妙不巧妙。总之，文艺只是煽动之中的一种，而并不是一切煽动都是文艺。每一个阶级都在利用文艺做宣传，不过有些阶级不肯公开的承认，而要假托什么"文化"、"文明"、"国家"、"民族"、"自由"、"风雅"等等的名义，而新兴阶级用不着这些假面具。新兴阶级**不但**要普通的煽动，**而且**要**文艺的煽动**。①

广义上，确如瞿秋白所言，文艺"有意的无意的都是宣传"；但是，将文艺定位在胡秋原、苏汶等人所反对的"政治的'留声机'"上，并且将政治与阶级相提并论，认为文艺无法脱离阶级而存在，它也就不能不为阶级斗争服务，这是瞿秋白在当时文艺论争的语境中，对马克思主义理论所做的具有中国特色的阐释。当胡秋原说"艺术者，是思想感情之形象的表现，而艺术之价值，则视其所含蓄的思想感情之高下而定"，瞿秋白追问道："这所谓高下又用什么标准去定呢？用贵族阶级的标准，用资产阶级的标准，还是用无产阶级的标准？对于这一点，他是没有说明的。大概是用所谓'自由人'的立场做标准了。"他因此称胡秋原的理论是一种"**虚伪的客观主义**""资产阶级的虚伪的**旁观主义**"。② 在政治或阶级决定艺术思想感情之高下的理论框架中，文学具有阶级性是不言而喻的：

> 文学不止一个，文学也不会被任何一个阶级夺去的。文学是附属于某一个阶级的，许多阶级各有各的文学，根本用不着你夺我

① 瞿秋白：《文艺的自由和文学家的不自由》，《瞿秋白文集　文学编》第三卷，人民文学出版社 1989 年版，第 67—68 页。着重号原有。

② 瞿秋白：《文艺的自由和文学家的不自由》，《瞿秋白文集　文学编》第三卷，人民文学出版社 1989 年版，第 58 页。着重号原有。

抢。……新兴阶级的文艺运动却并不在“霸占”或者“把持”什么，它只要指出一些文学的真面目——阶级性。①

文学既然附属于某一阶级，文学家自然成为某一阶级的意识形态的代表或发言人，不可能超脱阶级而存在：

每一个文学家，不论他们有意的，无意的，不论他是在动笔，或者是沉默着，他始终是某一阶级的意识形态的代表。在这天罗地网的阶级社会里，你逃不到什么地方去，也就做不成什么“第三种人”。②

问题的根本在于文学家选择哪一个阶级的立场，在瞿秋白看来，是这种选择决定着艺术思想感情之高下，乃至决定着艺术在现实环境中有无存在的价值。既如此，文艺还有没有自己独特的属性呢？瞿秋白在论争中一方面批判胡秋原所主张的文艺反映论只是“消极的反映生活”，否认艺术对社会生活的积极作用；另一方面也坚决反对钱杏邨“要求文学家无条件的把政治论文抄进文艺作品里去”③。他指出：

新兴阶级自己也批评一些煽动的作品没有文艺的价值，这并不是要取消文艺的煽动性，而是要煽动作品之中的一部分加强自己的文艺性。而且文艺的反映生活，并不是机械的照字面来讲的留声机和照相机。庸俗的留声机主义和照相机主义，无非是想削弱文艺的武器。真正能够运用艺术的力量，那只是加强煽动的力量；同时，真正为着群众服务的作家，他在煽动工作之中更加能够锻炼出自己

① 瞿秋白：《文艺的自由和文学家的不自由》，《瞿秋白文集　文学编》第三卷，人民文学出版社1989年版，第69页。着重号原有。

② 瞿秋白：《文艺的自由和文学家的不自由》，《瞿秋白文集　文学编》第三卷，人民文学出版社1989年版，第70页。着重号原有。

③ 瞿秋白：《文艺的自由和文学家的不自由》，《瞿秋白文集　文学编》第三卷，人民文学出版社1989年版，第59页。

的艺术的力量。艺术和煽动并不是不能并存的。[①]

瞿秋白并不否认胡秋原所引朴列汉诺夫的话，即文学是用形象去思索；但具有"煽动"性的作品如何"加强自己的文艺性"，何以"真正能够运用艺术的力量"，他并未展开探讨。这也从一个侧面说明了瞿秋白文学思想的核心，是思想内容的"正确"决定着文学的价值及其存在意义。这一鲜明的文学思想不仅体现在他的文艺争鸣和文学批评中，也指导着他对中国文学史研究的立场和态度。1932 年，在与鲁迅的通信中，他提出："我们的文学史必须注重在内容方面：每一个时代的阶级斗争的反映，各种等级，各种阶层，各种'职业'或者'集团'的人生观的变更，冲突。"[②] 后来在有关"普洛大众文艺"即"俗语文学革命运动"的倡导中，瞿秋白才经由文艺的语言问题的探讨涉及形式问题。

在与"第三种人"的论争中，作为"论敌"的胡秋原虽然不赞成瞿秋白的许多观点，并且认为"……我国的先进的易嘉先生所谓作家'反映某一阶级的生活，就是赞助着某一阶级的斗争'等等之不过是革命的武断，荒唐的无稽而已"，但他也由衷地承认，"易嘉先生毕竟曾经写过好些文章的人，尤其是文艺与革命问题，既革命，又艺术，有这双重资格，所以他的文章，也是一篇'美丽的'、革命的散文——是一篇革命的'艺术品'，不像有一些文章使人望而却步"[③]。"既革命，又艺术"，是胡秋原对瞿秋白从事马克思主义文学批评的"双重资格"的身份认同。这一"双重资格"使得瞿秋白的文学批评不同于其他左翼批评家如冯雪峰、周扬等人。但这并不意味着瞿秋白在批评实践中能够将"革命"与"艺术"并举，既强调文艺的政治性或革命性，又不忽视其艺术价值；相反，在瞿秋白那里，与左翼文学家和批评家的立场基本一致，"革命"往往压倒或取代"艺术"。

---

① 瞿秋白：《文艺的自由和文学家的不自由》，《瞿秋白文集　文学编》第三卷，人民文学出版社 1989 年版，第 68 页。

② 瞿秋白：《关于整理中国文学史的问题》，《瞿秋白文集　文学编》第三卷，人民文学出版社 1989 年版，第 82 页。

③ 胡秋原：《浪费的论争——对于批判者的若干答辩》，见吉明学、孙露茜编：《三十年代"文艺自由论辩"资料》，上海文艺出版社 1990 年版，第 218 页。

以政治取代文艺，让文艺成为“政治的‘留声机’”，瞿秋白这种文艺思想的形成，主要来自他所译介的马克思主义理论的影响，也来自他所考察、研读的俄国十月革命前后，新兴文学家的作品所具有的摧枯拉朽的艺术力量的催化。除此之外，瞿秋白对文艺的政治或阶级属性的强调，还有两个方面的因素是不能忽视的。第一个是瞿秋白对自己“士”的出身的反思，并觉悟到“士”的阶级必须“无产阶级”化。美国历史学家史景迁(Jonathan D.Spence)认为，在远赴俄国之前，在与弟弟的通信中，在乡愁的萦绕之中，“瞿秋白开始认识到，‘士’的阶级既不是明显的资产阶级，也不是明显的封建阶级，他们因把持知识而获得权力，并以此权力‘治’无知的农民，正像外国列强以其科学治中国资产阶级一样。这些反省使瞿秋白意识到自己也是‘士’的阶级中的一员，要想不照此下去，‘士’只有‘无产阶级化’，他发誓，‘总有那一天’”①。第二个是他认为事实即文学，文学与事实并不是两件东西，而事实是不容抹杀的、最具宣传力量的。这一点往往为研究者所忽视。瞿秋白在评论绥拉菲摩维支的小说《铁流》时，称赞曹靖华的译本有详细的关于事实的注解，注解中引用小说主人翁自己的回忆录，并附有地图。他禁不住赞叹：“小说和事实合并了，——这本来不是两件东西！”又说：“事实的本身就是最有力量的宣传。任何故意宣传鼓动的小说诗歌，都没有这种真实的平心静气的纪事本末来得响亮，来得雄壮，——这是革命的凯旋歌。”② 瞿秋白这里所讲的“事实”，指的是“纪事本末”，是未经艺术加工的生活素材，是生活的“原貌”。认为小说和事实“原本不是两件东西”，实际上暗含着事实比小说更具有宣传力量，因而小说的“艺术属性”可以取消的意识。这是以政治代艺术的文学思想的极端体现。由此也不难理解，在对普洛大众文艺的不遗余力的倡导中，瞿秋白认为它的写作目的只有一个，即“斗争，阶级斗争”，并且指出政治通讯

① [美] 史景迁：《天安门：知识分子与中国革命》，尹庆军等译，中央编译出版社 1998 年版，第 134 页。引文结尾所引瞿秋白的话出自《赤都心史》之三十二《家书》：“总有那一天，所有的‘士’无产阶级化了，那时我们做我们所能做的！总有那一天呵……”见《瞿秋白文集　文学编》第一卷，人民文学出版社 1985 年版，第 211 页。

② 瞿秋白：《〈铁流〉在巴黎》，《瞿秋白文集　文学编》第一卷，人民文学出版社 1985 年版，第 447 页注 2，第 446—447 页。

是它的一个来源。[1]

第三是用"无产阶级自己的话"来写作品。瞿秋白所提倡的"普洛大众文艺"即"俗语文学革命运动"的核心，并不是研究者通常认为的文学题材或内容的革命，而是改革文字，以口语、俗语为文字来源的主体，融合旧式文言和欧化文字。因此，最根本的任务是向群众学习语言，变五四以来"非驴非马的新式白话"为"现代的中国普通话"。[2] 由于这一方面不仅涉及瞿秋白"革命文学"的思想观念，也涉及现实主义文艺理论和文学语言观，本著将在第三节专门讨论。

二、现实主义文学理论：从"写实主义"到"唯物辩证法的现实主义"

瞿秋白对现实主义文学的重视，要求文艺肩负起深刻反映社会现实，帮助人们认清现实本质，从而推动人们去深入改造社会，是他"艺术即人生，人生即艺术"的文学思想在文学批评理论中的具体演化。与中国早期马克思主义文学批评家陈独秀、李大钊等人一样，瞿秋白也特别看重文学的"写实"性，强调文学反映社会的功能。这一方面是因为他们看到了世界文学的潮流，特别是他们所认可的先进文学或革命文学的发展方向；另一方面也是因为他们看到了俄国写实主义或现实主义文学在触发十月革命中所起的"先声"作用。当然，马克思恩格斯和列宁斯大林等对文学与现实、文学与阶级、文学与政治等关系的论述，也使他们把目光更多地投向具有揭露和批判社会矛盾、阶级斗争，激发民众起而推翻旧世界、创造新时代的文艺作品。与同时期其他马克思主义文学批评家不同的是，作为最早系统译介马克思主义理论的思想家和革命家，作为成熟的马克思主义文学批评家，瞿秋白构建起一

① 瞿秋白：《普洛大众文艺的现实问题》，《瞿秋白文集　文学编》第一卷，人民文学出版社1985年版，第472、482页。

② 参见瞿秋白：《普洛大众文艺的现实问题》，《瞿秋白文集　文学编》第一卷，人民文学出版社1985年版，第465—468页。着重号原有。

套比较完整的、具有鲜明政治倾向的现实主义文艺理论，并运用于文学批评实践中。

在《荒漠里——一九二三年之中国文学》（1923）一文的“小叙”里，瞿秋白将当时的中国文学比喻为无边无际的“好个荒凉的沙漠”，“一片黄沉沉黯淡的颜色，——不要艳丽，不要响亮，不要呼吸，不要生活。霞影里的蜃楼，是我孤独凄凉的旅客之唯一的安慰。然而他解不得渴，在沙漠里水草是奇珍，我那里去取水呢？”[①]就现实主义文艺理论而言，瞿秋白的水源地有两处，一处是俄国文学，一处是马克思恩格斯对现实主义文学的论述。从“取水”到建立较为完整的理论体系，在瞿秋白那里经历了从犹疑到明确，从推崇文艺的“写实”到要求文艺具有革命性、阶级性的过程。

早在《序沈颖译〈驿站监察史〉》（1920）中，瞿秋白说，读普希金的小说可知当时俄国国情和中国差不多，“因此可以推及中国现在所需要的文学，似乎也不单是写实主义，也不单是新理想主义（此处专说现在人所介绍到中国来的），一两个空名词，三四篇直译文章所能尽的，所以不得不离一切主义，离一切死法子，去寻中国现在所需要的文学，应当怎样去模仿，模仿什么样的，应当怎样去创造，创造什么样的，才能使人人都看得懂……”[②]如前所述，瞿秋白对俄国文学的译介是为了探寻中国新文学之路，尤其是在两国国情相似的情况之下。但是，他一开始并未认定写实主义或现实主义是中国文学的必由之路，觉得“写实主义”和“新理想主义”都不甚理想，认为应当离开“一切主义”“一切死法子”去寻找适合中国国情的新文学之路，为“荒凉的沙漠”般的中国文学带来勃勃生机。然而，这条道路是什么，在哪里，他并不明确。在同年发表的《〈俄罗斯名家短篇小说集〉序》中，瞿秋白借他山之石，阐发了社会—思想—文学之间的能动关系，其中蕴含着朴素的辩证唯物论观念。他说：“……文学只是社会的反映，文学家只是社会的喉舌。只有因社会的变动，而后影响于思想；因思想的变化，而后影响于文学。没有因文学的变更而后影响于思想，因思想的变化，而后影响于社

① 瞿秋白：《荒漠里——一九二三年之中国文学》，《瞿秋白文集　文学编》第一卷，人民文学出版社 1985 年版，第 311 页。

② 瞿秋白：《序沈颖译〈驿站监察史〉》，《瞿秋白文集　文学编》第二卷，人民文学出版社 1986 年版，第 246 页。

会。"文学受制于社会和思想，同时又反作用于它们，因此，文学应将反映社会的变动和思想的变化视为己任。俄国新文学家是这样做的。反观中国的情况：

> 中国现在的社会固然是不安极了，然而假使我们不觉着有改造的必要，本来可以不闻不问，假使我们觉着非改造不可，那么，新文学的发见随时随地都可以有。不是因为我们要改造社会而创造新文学，而是因为社会使我们不得不创造新文学……我们决不愿意空标一个写实主义或象征主义，新理想主义来提倡外国文学，只有中国社会所要求我们的文学才介绍——使中国社会里一般人都能感受都能懂得的文学才介绍……①

他虽然是从介绍外国（俄国）文学的角度来谈的，但已意识到新文学的创造来自社会改造的实际需要，不是为"新"而"新"；新文学的创造固然需要借鉴他国文学，更需要适应中国社会的实情，"对症下药"。文学与社会，新文学与社会改造、进而与社会革命紧密的互动关系，在瞿秋白的文学批评理论中就此建立。

1921年至1922年，瞿秋白在旅俄期间撰写《俄国文学史》，系统考察、梳理、总结俄国文学自上古民间文学到十月革命前的发展路径。他开始自觉运用马克思主义理论分析作家作品，关注俄国文学中的现实主义倾向及其嬗变。《俄国文学史》辟有专节研讨普希金、歌歌里（果戈里）、列尔芒托夫（莱蒙托夫）等人的创作。他称普希金为"俄国诗的太阳"，认为18世纪是俄国文学模仿西欧的时期，但文学家已觉察到模仿的弱点，"觉得非接近活的现实不可"。这一从模仿到独立创造，使文学能够更好地"适应时代性"的工作，"到普希金方告大成。文学与现实的融铸就成了俄国文学进化的南针"②。至于俄国文学里的现实主义，瞿秋白认为，实际上到了歌歌里手上才完成：

---

① 瞿秋白：《〈俄罗斯名家短篇小说集〉序》，《瞿秋白文集　文学编》第二卷，人民文学出版社1986年版，第248—249页。

② 瞿秋白：《俄国文学史》，《瞿秋白文集　文学编》第二卷，人民文学出版社1986年版，第156页。

"他比普希金更近了一程。普希金是'文学接近生活的第一人',而歌歌里的描写更注重于现实生活中之消极的恶的方面。然而普希金书里的恶人往往还有些'甚言之也',歌歌里却还他善的方面。歌歌里的'英雄',善和恶结合起来,——实际生活也确是如此;歌歌里对于现实主义之深入,便在于此。"他指出,"歌歌里的价值在于:一,现实主义的深入;二,心理分析方法的创始;三,人道思想的警觉;四,对于社会的服务,即指示当代的罪恶而号召道德的复生。"①《俄国文学史》一书在论述俄国社会运动与19世纪八九十年代文学的关系时认为,1891年俄国大饥荒惊起社会的沉梦,劳工运动的高涨使智识阶级分裂为两大派:民粹派和马克思派。这两派对许多社会问题的看法产生分歧——

> 马克思主义指出社会进化的实况,经济的生产力是历史发展的最要因素,——生产力的状态,逐步进展,使阶级的划分和斗争演化而成历史。个性的功能只有融化在群众里方才显现,——个性为现实生活所涌出而不是个性的自由意志能左右历史。个性若能现实化,群众化,——适于现实环境的经济动象,——能"捉住历史的枢纽"而不空想斡旋天地,那时他的功能便成为阶级的,那时他方能在客观的历史行程里促进社会的发展。民粹派和马克思派的争论,——虽然在当时大多数智识阶级倾向于民粹派,——实际上马克思派是胜利的……②

瞿秋白运用马克思主义历史唯物主义理论,将文学的进化归结于社会的进化;文学流派、文学理论观念的论争,由阶级的划分及其斗争所决定。发生在俄国文学史中的"最可恨的问题",即"为艺术的艺术呢,还是为人生的艺术?",同样也是中国文学面临的重大问题。"为人生的艺术"能够占据主导地位,是因为它更贴近"活的现实",契合社会进化的实际状况。只要

① 瞿秋白:《俄国文学史》,《瞿秋白文集　文学编》第二卷,人民文学出版社1986年版,第163、165页。

② 瞿秋白:《俄国文学史》,《瞿秋白文集　文学编》第二卷,人民文学出版社1986年版,第209页。

承认阶级的分化和斗争的存在，认识到无产阶级是推动历史前行的先进阶级，宽泛意义上的"为人生的艺术"就会演进至"为政治/阶级/革命的艺术"。此外，瞿秋白提出的"个性的功能只有融化在群众里方才显现"，不仅道出他对艺术家"真的个性"的理解，也可以看作是他在20世纪30年代倡导普洛大众文艺的理论背景。

1924年，瞿秋白在为郑振铎译《灰色马》所作"序言"中，高度评价俄国作家萨文夸夫·路卜洵这部中篇小说在反映俄国社会革命党的英雄事迹、推动俄国社会运动中所起的巨大影响力。"序言"开篇说道：

> 那伟大的"俄罗斯精神"，那诚挚的"俄罗斯心灵"，结晶演绎而成俄国的文学，——他光华熠熠，照耀近代的世界文坛。这是俄国社会生活之急遽的瀑流里所激发飞溅出来的浪花，所映射反照出来的异彩。文学是民族精神及其社会生活之映影；而那所谓"艺术的真实"正是俄国文学的特长，正足以尽此文学所当负的重任。文学家的心灵，若是真能融洽于社会生活或其所处环境，若是真能陶铸锻炼此生活里的"美"而真实的诚意的无所偏袒的尽量描画出来，——他必能代表"时代精神"，客观的就已经尽他警省促进社会的责任，因为他既能如此忠实，必定已经沉浸于当代的"社会情绪"，至少亦有一部分。①

在对具体作品的评述中，瞿秋白的反映论的文学观，定位在"文学是民族精神及其社会生活之映影"，并由此触及"艺术的真实"与"时代精神""社会情绪"之间的关系，揭示出文学家的创作方法与其创作成果的社会功能的互为一体。也就是说，只要文学家能够进入社会生活的内部，并以真诚、客观的态度描画出来，就可以把握"社会情绪""时代精神"脉搏的跳动，文艺作品就可以达到"艺术的真实"的高度，从而起到"警省促进社会的责任"。瞿秋白认为，社会情绪往往表现在文学之中，不同的社会情绪与不同的文学

① 瞿秋白：《郑译〈灰色马〉序》，《瞿秋白文集　文学编》第一卷，人民文学出版社1985年版，第255页。着重号原有。

流派之间，也常常暗相呼应；而社会理想是形成社会情绪的动因。因此，文学史与革命思想史不能分开：

> 社会情绪的表现是文学，其流派的分化，亦就隐约与当代文学的派别相应；社会思想的形式是所谓“学说”，——狭义的社会理想；因此种理想往往渗入主观，故“致其末流”虽或仍不失其为一派社会情绪的动因，然而只能代表那“过去”的悲哀了。俄国文学史向来不能与革命思想史分开，正因为他不论是颓废还是进取，无不与实际社会生活相的某部分相响应。①

俄国社会革命党已成历史陈迹，瞿秋白称赞《灰色马》是这个“社会革命党陈列馆”里“很优美的成绩”。这说明作家尽了“艺术的真实”的重任。②

在《灰色马》中，“艺术的真实”来自作家“融洽”于社会环境，但它与客观写实的手法之间并非一一对应关系，关键在于艺术家的宇宙观和社会观是否与“社会理想”——无产阶级的学说——相一致。在《赤俄新文艺时代的第一燕》（1924）一文中，瞿秋白说，“真正的平民只是无产阶级，真正的文化只是无产阶级文化”。他感叹“无产阶级有自己的卢骚，可没有自己的莎士比亚”。文章重点介绍了两位劳工诗人——无产阶级文化的创始者菲独·嘉里宁（费多尔·加里宁）和柏塞勒夸（别萨尔科）。瞿秋白认为前者是“新时代之黎明时的共产主义宇宙观的产儿”，赞叹“他的面目，他的事业，完全和劳工阶级的倾向及责任相结合融洽，看来简直不是他个人有所创造，而是群众自己假手于他而思想，而言语，而行动”。③ 而柏塞勒夸的创作并不拘泥于写实，甚至可以说，他的新作并非以写实而是以象征见长，但同样具有“艺术的真实”的强大力量。柏塞勒夸从未到过东方，却写出了《东

---

① 瞿秋白：《郑译〈灰色马〉序》，《瞿秋白文集　文学编》第一卷，人民文学出版社 1985 年版，第 256 页。着重号原有。

② 瞿秋白：《郑译〈灰色马〉序》，《瞿秋白文集　文学编》第一卷，人民文学出版社 1985 年版，第 269 页。

③ 瞿秋白：《赤俄新文艺时代的第一燕》，《瞿秋白文集　文学编》第二卷，人民文学出版社 1986 年版，第 250、251、252 页。

方的金刚石》：

> 他不给人以证据确实的东方史实；然而他有许多诗境的梦和象征，意想中的印度，波斯等等，他有许多伟大的幻想，而并不害及作品中艺术的和谐。这是无产阶级的美文界中之极有趣的故实。他从写实而进于象征，——可是处处都有无产阶级的情绪。那不是资产阶级式的颓伤的象征主义，而是显示无产阶级的"宇宙觉"（Мшроощущение）的象征主义，所以柏塞勒夸是无产阶级文学家中的第一人，能扩充自己的题目，不以革命，工厂，铁炉，烟突，机器等等自取。①

瞿秋白甚至感叹："柏塞勒夸啊！你幸而没有到过东方！"否则可能写不出如此精妙、罕见的无产阶级的作品。他将柏塞勒夸视为"无产阶级文学家中的第一人"，自然与他当时的阅读视野有关，也是他希望无产阶级阵营中能出现莎士比亚式的诗人的愿望所致；同时，与这一时期他倡导"集合（主义）的超人"的理念也有着密切关系：文艺家要借鉴、吸收一切有用的艺术手法，只要他站在无产阶级的立场上，拥有"正确的"宇宙观和社会观。随后，在《苏联文学的新的阶段》（1932）一文中，瞿秋白谈及苏联文学同路人的分化，其中，"一派主张艺术是社会主义革命的实际工作之中的一部分，这是根据对于客观事实的认识的艺术，艺术是要有理想的。另外一派主张'为艺术的艺术'，这是由主观上的自由幻想创造出来的艺术，艺术只是一种手段。前一派是接近无产阶级的，后一派是衰落的资产阶级的艺术论"。他指出资产阶级艺术的一般倾向是"灵感主义，极浓厚的主观主义，丧失信仰，丧失一切理想的状态"②。在这里的论述中，"为人生的艺术"与"为艺术的艺术"已由两种艺术观念演变为不同阶级的艺术主张。

瞿秋白的译序、短文，属于文艺短评、快评。它们充分发挥文艺批评及

---

① 瞿秋白：《赤俄新文艺时代的第一燕》，《瞿秋白文集　文学编》第二卷，人民文学出版社1986年版，第258页。

② 瞿秋白：《苏联文学的新的阶段》，《瞿秋白文集　文学编》第二卷，人民文学出版社1986年版，第284页。

时、快捷、敏锐的特点，具有极强的现实性，是俄国文学的一只只“报春燕”。当然，这些短文难以避免就事论事的缺陷，也无法就一些重大理论问题，如文艺与现实、生活真实与艺术真实等展开探讨。

瞿秋白现实主义文艺理论的形成的另一个重要来源是马克思恩格斯和列宁斯大林等人对文艺的论述，以及其他马克思主义文艺理论家的著述。马克思主义对现实主义文艺的论述，对虚伪的浪漫主义的批判，对无产阶级文艺家更高的职责和使命的要求，始终是他关注的重心。他曾将自己有关的撰述、译作辑录为《“现实”——马克斯主义文艺论文集》，从书名即可看出贯穿论文集的核心问题是“现实”。其中的首篇《马克斯、恩格斯和文学上的现实主义》(1933) 开篇即说：“马克斯和恩格斯对于文学上的现实主义，是非常看重的。”他评述恩格斯致英国女作家哈克纳斯的信时指出，马恩并不是反对文艺之中的“倾向性”，而且非常鼓励文学上的“革命倾向”。他们所主张的文学“正是善于表现革命倾向的客观的现实主义的文学。他们反对浅薄的‘有私心的’作品；他们尤其反对主观主义唯心论的文学”[①]。在重点分析巴尔扎克的创作背景及其现实主义特征的具体表现之后，瞿秋白指出：

> 资产阶级的现实主义文学，始终没有充分反映工人阶级斗争的可能。无产作家应当采取巴尔札克等等资产阶级的伟大的现实主义艺术家的创作方法的“精神”，但是，主要的还要能够超越这种资产阶级现实主义，而把握住辩证法唯物论的方法。本来，工人阶级和资产阶级之间的阶级斗争，比较资产阶级和贵族阶级之间的斗争起来，是站在更高的阶段之上；辩证唯物论的文学创作方法，也比资产阶级现实主义的创作方法，要高出一个阶段。[②]

瞿秋白在未刊稿《马克思文艺论底断篇后记》中，主要介绍马恩在关于拉萨尔《息庆耿》(《弗兰茨·冯·济金根》) 的通信中的意见。瞿秋白解释道：

---

① 瞿秋白：《马克斯、恩格斯和文学上的现实主义》，《瞿秋白文集　文学编》第四卷，人民文学出版社 1986 年版，第 3、4 页。着重号原有。

② 瞿秋白：《马克斯、恩格斯和文学上的现实主义》，《瞿秋白文集　文学编》第四卷，人民文学出版社 1986 年版，第 18 页。着重号原有。

无产阶级的阶级利益，本身就和全人类社会底真正进步是一致的，他们的热情，理想，高尚情思底根源，就发生于赤裸裸的丑恶的现实；他们用不着虚矫的神圣化的情感上的麻痹和激刺才能去鼓动群众的革命斗争，那只是初期资产阶级革命底需要。相反的，无产阶级所需要的，是切实的唯物辩证法的认识现实——认识具体的阶级关系和历史条件，这是决定他们革命策略的基础，这是改造现实底真正的出发点。所以在文艺上，他们不会需要浪漫主义。①

这里所说的"浪漫主义"，是指拉萨尔作品中存在的"塞勒（席勒）主义"，亦即在创作中，"专靠一些'时代精神'的代表思想，用一些'英雄'来做它们的化身"②。它实质上是一种反现实主义的创作方法。马克思在1859年4月19日致拉萨尔的信中曾批评他说："你的最大缺点就是**席勒式地**把个人变成时代精神的单纯的传声筒。"③无产阶级的现实主义文艺，要求的是以唯物辩证法这门真正的科学理论去"认识具体的阶级关系和历史条件"，目的是改造现实，指引人类的美好前景；相反，资产阶级的所谓"现实主义"，则是维护自己的既得利益，满足并陶醉于现状，是虚伪的"现实主义"。瞿秋白说：

真正的现实主义——不做资产阶级"科学"底俘虏的现实主义，应当反映到这现实世界之中的伟大的英勇的斗争，为着光明理想而牺牲的精神，革命战斗的热情，超越庸俗的尖锐的思想，以及这现实的丑恶所激发的要求改革，要求光明的"幻想"，远大的目的。④

① 瞿秋白：《马克思文艺论底断篇后记》，《瞿秋白文集　文学编》第三卷，人民文学出版社1989年版，第129—130页。着重号原有。

② 瞿秋白：《马克思文艺论底断篇后记》，《瞿秋白文集　文学编》第三卷，人民文学出版社1989年版，第129页。

③ [德]马克思：《致斐迪南·拉萨尔》，《马克思恩格斯文集》第10卷，人民出版社2009年版，第171页。黑体字原有。

④ 瞿秋白：《马克思文艺论底断篇后记》，《瞿秋白文集　文学编》第三卷，人民文学出版社1989年版，第130页。

无产阶级的现实主义文艺并不排斥“浪漫”，这种“浪漫”是对“光明理想”的向往，为此需要对现实世界的丑恶做决不妥协的斗争。

在《斯大林和文学》（1931）一文中，瞿秋白主要讨论的是斯大林在苏联五年计划的第三年所做的演说《论经济建设的新任务》，认为这篇演说对于无产阶级的文学战线同样具有非常重要的意义。他说：

> 用艺术的形象来表现那些新的工人加入生产之后怎样受着无产阶级意识的教育，这是很重要的任务。可是，谁能够担负这种任务呢？只有真正的列宁主义的艺术家，他将要表现活的人物，具体的社会的个性，而不用那种假革命的“一般的”赞叹和兴感来搪塞和敷衍。同样，要造成“无产阶级的智识分子”的艺术的形象，也必须真正能够用辩证法去观察现实，观察一切运动之中的生长之中的现象，这才是运用马克思列宁主义的武装来实行文艺上的战斗。
>
> 艺术家是个战士，而不是旁观者，他是个“列宁派”，他要会抓住发展的倾向，而不是消极的照相机；他要会理解社会现象，而把它溶化到艺术的形象里去。①

他认为，无产阶级文学和以前一切种种文学的不同在于，“无产阶级的文学能够各方面的最深刻的最充分的最高限度的去认识社会的现实，真正深入改造世界的过程中，以及这个过程之中所有的一切矛盾和困难”②。

马克思主义唯物辩证法不仅可以指导文艺家观察现实，观察运动中的社会现象，处理好艺术形象的个性与共性之间的关系，而且可以指导文艺学学科的理论研究。瞿秋白在评述苏联文艺理论家、文学史家弗理契的理论研究时说：“文艺是社会科学之中‘最细腻’的一种，也是唯心论的方法根深蒂固的地方。……唯物论的文艺理论，还需要专门的细致的研究，文艺方面的

① 瞿秋白：《斯大林和文学》，《瞿秋白文集　文学编》第二卷，人民文学出版社 1986 年版，第 264、265 页。

② 瞿秋白：《斯大林和文学》，《瞿秋白文集　文学编》第二卷，人民文学出版社 1986 年版，第 265 页。

各种科学都需要彻底的重新估价。"他称弗理契为专门研究文艺学科的第一人，原因在于他"应用互辩法的唯物论来专门研究文艺的，而且留下了真正有专门科学价值的著作的"①。弗理契曾说："没有什么时代艺术……在没有阶级的社会里，只有社会集体的艺术；在有阶级的社会里，只有阶级的艺术。"瞿秋白称赞他"一般的能够在阶级斗争的过程之中去研究艺术。这是马克思主义的艺术理论的基础"②。

瞿秋白将他从俄国文学和马克思主义文艺理论中获取的现实主义理论，运用在对中国文学新作的批评实践中。他对作品的成败与艺术价值高低的评判，也完全遵循两个相互依存的标准：是否尽最大可能反映"活的现实"，是否以唯物辩证法来揭示现实中的阶级分化和阶级斗争。例如，他对张天翼的小说《鬼土日记》的不满意，主要在于小说没有"尽力于活的现实的反映"，"走到庸俗的简单化方面去"，没有认识到现实世界是纷繁复杂、变动不居的。当然更重要的是，作者画的仅仅是"人的鬼"，没有把笔触指向中国的走狗和牛马的鬼，缺乏鲜明的阶级立场："袁世凯的鬼，梁启超的鬼，……的鬼，一切种种的鬼，都还统治着中国。尤其是孔夫子的鬼，他还梦想统治全世界。礼拜六的鬼统治着真正国货的文艺界。……这样说下去，简直说不尽。我们要画鬼，为什么不画这些鬼呢？"③又如，他对华汉（阳翰笙）的《地泉》三部曲的批判，完全照搬法狄耶夫（法捷耶夫）《打倒塞勒》中的观点，即：普洛的先进艺术家不走浪漫蒂克的路线，而要走最彻底、最坚决、最无情的"揭穿现实的一切种种假面具"的路线；不走庸俗的现实主义的路线，而要肃清马克思所说的"事物的表面景象"，去写出生活的实质；他应当看见社会发展的过程，以及决定这种发展的动力，不但能够解释这个世界，而且还能够自觉地为着改变这个世界的事业而服务。由此，他批判《地泉》"连庸俗的现实主义都没有做到。

① 瞿秋白：《论弗理契》，《瞿秋白文集　文学编》第二卷，人民文学出版社1986年版，第267页。着重号原有。"互辩法的唯物论"即辩证唯物论。

② 瞿秋白：《论弗理契》，《瞿秋白文集　文学编》第二卷，人民文学出版社1986年版，第276页。

③ 瞿秋白：《画狗罢》，《瞿秋白文集　文学编》第一卷，人民文学出版社1985年版，第356、357页。

最肤浅，最浮面的描写，显然暴露出《地泉》不但不能够‘改变这个世界’的事业，甚至于也不能够‘解释这个世界’”。他认为，《地泉》体现出的浪漫主义“是新文学的障碍，必须肃清这种障碍，然后新兴文学才能够走上正确的路线”。《地泉》的错误告诉人们，“应当走上唯物辩证法的现实主义的路线，应当深刻的认识客观的现实，应当抛弃一切自欺欺人的浪漫蒂克，而正确的反映伟大的斗争；只有这样，方才能够真正帮助改造世界的事业”。①

瞿秋白曾为茅盾的《子夜》撰写过两篇评论。在《〈子夜〉和国货年》(1933) 中，他评价说：“这是中国第一部写实主义的成功的长篇小说。带着很明显的左拉的影响（左拉的‘L’ argent’——《金钱》）。自然，它还有许多缺点，甚至于错误。然而应用真正的社会科学，在文艺上表现中国的社会关系和阶级关系，在《子夜》不能够不说是很大的成绩。”② 在他看来，《子夜》虽然不能算是严格意义上的现实主义作品，但由于它能够表现中国的社会关系和阶级关系，因而是成功的。在《读〈子夜〉》(1933) 中，他进一步论述道：“从‘文学是时代的反映’上看来，《子夜》的确是中国文坛上新的收获，这可说是值得夸耀的一件事。”他对小说的分析也完全按照“反映论”来进行，将小说的背景、故事与人物与时代的阶级斗争、政治分化相连。文章末尾说：“在《子夜》的收笔，我老是感觉得太突然，我想假使作者从吴荪甫宣布‘停工’上，再写一段工人的罢工和示威，这不但可挽回在意识上的歪曲，同时可增加《子夜》的影响与力量。”③

瞿秋白运用马克思主义现实主义理论分析中国作家作品的杰作，当然是他对鲁迅杂感全面、深刻的论述，即《〈鲁迅杂感选集〉序言》一文。对此本著将做专节分析。

---

① 瞿秋白：《革命的浪漫谛克——评华汉的三部曲》，《瞿秋白文集　文学编》第一卷，人民文学出版社 1985 年版，第 456、457、459、460 页。

② 瞿秋白：《〈子夜〉和国货年》，《瞿秋白文集　文学编》第二卷，人民文学出版社 1986 年版，第 71 页。

③ 瞿秋白：《读〈子夜〉》，《瞿秋白文集　文学编》第二卷，人民文学出版社 1986 年版，第 88、93 页。

三、大众文艺与文学语言：用"活的语言"表现"活的现实"

考察中国早期马克思主义文学批评实践，贯穿其中的一条主线是关于大众文艺与语言文字的探讨。早期马克思主义批评家如瞿秋白、周扬、冯雪峰、鲁迅等人对这一问题的思考和剖析，仍然具有极强的现实意义，可以帮助我们廓清文艺的大众化与欧化、艺术性与政治性之间的辩证关系，深入理解文艺的"人民性"的内涵。

瞿秋白被学者公认为中国第一个提出"革命文学"为人民大众服务的马克思主义文艺批评家；他把"革命文学"看作五四"文学革命"之后的第二次文学革命，其核心任务是用"活的语言"——"完全的白话文"或"现代中国文"——来表现"活的现实"，让工农大众听得懂、看得懂。瞿秋白的大众文艺思想，自然与他的政治思想密不可分，也与他一贯坚持无产阶级要掌握文化领导权、把握文化发展正确方向的基本原则分不开，同时，也是他将马克思主义理论方法运用于中国文艺实践的具体表现。他曾在谈及如何理解和处理"大众化"与"欧化"的关系时说，需要用大众化的方法介绍革命的无产文学的理论和国际革命文艺的创作，"这是要把马克思列宁主义的方法，实际的运用到中国的文艺现象上来，尤其是群众之中的文艺生活"①。他的有关文艺大众化的一系列论述，集中出现在左联开展的第二次文艺大众化讨论期间。从文学批评形态的角度看，瞿秋白关于大众文艺思想的核心问题是语言文字；他对五四"文学革命"的不满，主要在于白话文艺的语言与普罗大众越来越疏远，以致成为"智识阶级"自我欣赏、自我满足的小圈子里的玩物。可以说，始于20世纪20年代初期的对中国文字改革的关注，是瞿秋白力主文艺大众化的背景；30年代将语言文字问题纳入"革命文学"范畴系统考察，是他在无产阶级革命文学和马克思主义文学批评的中国形态上的独特贡献。此后，他对中国文字的研究，包括对拉丁化字母的设想，则逐渐

---

① 瞿秋白：《欧化文艺》，《瞿秋白文集 文学编》第一卷，人民文学出版社1985年版，第496页。

脱去强烈的政治色彩而转向文字学领域。瞿秋白的无产阶级革命家，马克思主义文艺理论家、批评家，翻译家，语言文字学家的多重身份，使他在文艺大众化问题上的主张更具说服力，也更有影响力。

据《瞿秋白年谱长编》，1921年，旅俄的瞿秋白了解到，苏俄在扫盲中用拉丁字母创制少数民族文字，并取得巨大成就。受此影响，他开始研究中国文字怎样用拉丁字母拼写，成为中国文字改革的先驱。① 此后十年间，瞿秋白对五四“文学革命”弊端的反省，对如何推进“文学革命”向“革命文学”转变的思考，始终不离对语言文字的关注。自然，这种关注中包含着他对文学的政治功能，即文学如何达到为阶级斗争服务的最佳效果的持续思考。在瞿秋白看来，语言文字绝不仅仅是文学家所使用的中立、客观的媒介，语言文字方式中隐含着运用者的身份等级意识、文学趣味，乃至政治立场、思想倾向等。瞿秋白对五四“文学革命”的批判和否定主要体现在以下几方面。

首先，五四“文学革命”之后的白话体文艺，与“读者社会”是分离的。其原因在于文艺家没有顾及民众的实际需要，以致没有把群众当“人”看。在《荒漠里——一九二三年之中国文学》中，瞿秋白以文学笔调，哀叹“文学革命”看似胜利，实则“文学的白话，白话的文学”还没有着落，“外古典主义”大行其道，文艺逃避现实，堕入虚无缥缈、光怪陆离之中。不过他承认，近年来散文和诗已开始锻炼中国之现代的文言。在文艺内容上，瞿秋白认为，“爱真正不是神的，爱是人的。爱若是神的，便是说谎”，是“外古典主义”；说“爱是人的”，便是个性，是现代的文言所需要的。摒弃“爱神”的虚妄幻想，转向“爱人”的诚实个性，诗人和文学家就必须眼光向下，关注仍旧被“文学革命”之前的旧文艺所占据的“群众的‘读者社会’”。② 然而实际情形却不免让人心灰意冷：

> 唉，中国的新文学，我的好妹妹，你什么时候才能从云端下落，脚踏实地呢？这样空阔冷寂的荒漠里，这许多奋发热烈的群

① 参见姚守中、马光仁等编著：《瞿秋白年谱长编》，江苏人民出版社1993年版，第99页。

② 瞿秋白：《荒漠里——一九二三年之中国文学》，《瞿秋白文集　文学编》第一卷，人民文学出版社1985年版，第312—313页。着重号原有。

众，正等着普通的文字工具和情感的导师，然而文学家却只……（爱的诗意）①

在《吉诃德的时代》（1931）一文中，瞿秋白再度提到"读者社会"问题。他追问，所谓新文学，以及"五四式"的一切新体白话书，充其量只能销两万册，"其余的'读者社会'在读些什么？"② 或许几万万人不读书，但他们在小茶馆里"听书"。他不禁感叹中国还处在吉诃德的时代，"'中国'！——我是说那极大的大多数人的中国，与欧化的'文学青年'无关"。③ 瞿秋白在对中国文艺现状的考察中提出的"读者社会"问题，他对仍旧沉浸在旧文艺传统中的"极大的大多数人的中国"的欣赏习惯和趣味的关注，是他后来提出普洛大众文艺的现实出发点。他希望中国能够出现西万谛斯（塞万提斯）式的文艺家，也就是要求经受了五四"文学革命"洗礼的中国文艺家转变立场和态度，走进小茶馆里，到群众中去，倾听和满足民众的需要。

其次，中国文学的听（诵读）和读（阅读）是分离的，瞿秋白称之为"哑巴的文学"。这跟他对书面文字与口头言语的认识有关。他说："任何一个先进国家的文字和言语，固然都有相当的区别，但是书本上写着的文字，读出来是可以懂得的。只有在中国，'国语的文学'口号叫了十二年，而这些'国语文学'的作品，却极大多数是可以看而不可以读的。"④ 中国的象形文字成为绅士阶级垄断智识、愚昧民众的工具，然而，五四之后的新文学在此方面并未有所突破，"只看不听，只看不读，——所能够造出来的：不是文学的言语，而是哑巴的言语；这种文学也只是哑巴的文学"。他提出新文学应当发起朗诵运动，"朗诵之中能够听得懂的，方才是通顺的中国现代文写的作品"，"茶馆里朗诵的作品，才是民众的文艺"，"茶馆文学"总比"哑巴文学"

① 瞿秋白：《荒漠里——一九二三年之中国文学》，《瞿秋白文集　文学编》第一卷，人民文学出版社1985年版，第314页。着重号原有。

② 瞿秋白：《吉诃德的时代》，《瞿秋白文集　文学编》第一卷，人民文学出版社1985年版，第376页。

③ 瞿秋白：《吉诃德的时代》，《瞿秋白文集　文学编》第一卷，人民文学出版社1985年版，第376页。着重号原有。

④ 瞿秋白：《哑巴文学》，《瞿秋白文集　文学编》第一卷，人民文学出版社1985年版，第359页。

好些。[①] 在《水陆道场》之《新鲜活死人的诗》(1932) 一文中，瞿秋白指出，中国社会分成活死人和活人两个等级，由前者统治着。活死人的诗是把文言和外国诗的格律、节奏、韵脚生吞活剥地混合，结果成为一种"不成腔调的腔调，新鲜活死人的腔调"。这些人学欧美的诗没有学到根本，"欧美近代的诗已经是运用活人的白话里的自然的节奏来做的。而中国诗人却在所谓欧化的诗里面，用着很多的文言的字眼和句法。欧美近代的诗，读起来可以像说话式的腔调，而且可以懂得，中国现在的欧化诗，可大半读不出来，说不出来。即使读得出来，也不像话，更不能够懂"。[②] 书面文字（象形文字）与口头言语（读出来的腔调）的分离，虽然是在中国文字的发展中生成的，看起来是个小问题，实则关系到中国的新文学能否为极大多数民众所分享。因此，文艺家不仅要在创作中使用"中国现代文"，翻译家也应当在自己的工作中朝着这个方向努力。瞿秋白在与鲁迅讨论翻译问题时说："翻译世界无产阶级革命文学的名著，并且有系统的介绍给中国读者……这是中国普洛文学者的重要任务之一。"此外，翻译的一个重要作用是"帮助我们创造出新的中国的现代言语"。基于此，对于翻译就必须要求"绝对的正确和绝对的中国白话文"，后者指的是朗诵起来可以懂得的。[③] 在与鲁迅讨论翻译中的"信"与"顺"问题时，瞿秋白举了鲁迅信中的一个例子："山背后，太阳落下去了。"鲁迅觉得这个翻译有点儿不顺，瞿秋白觉得这是很通顺的白话文。他觉得，假使把这句话改作"日落山阴"，那倒是不顺了，"因为'日落山阴'这句话，在并非老爷的小百姓看来，简直没有懂的可能。小百姓的口头上有没有'日''阴'这类的字眼呢？没有。现在活着的小百姓的中国文的字典里根本没有'日'字，而只有'太阳'或者'日头'……"瞿秋白的意见是否过于武断，是否有轻视"小百姓"文化水平之嫌暂且不论，他要求译文完全贴近小百姓的口头言语，这一点是非常明确的。当然，瞿秋白对译文"顺"

---

① 瞿秋白：《哑巴文学》，《瞿秋白文集　文学编》第一卷，人民文学出版社 1985 年版，第 360 页。着重号原有。

② 瞿秋白：《新鲜活死人的诗》，见《水陆道场》，《瞿秋白文集　文学编》第一卷，人民文学出版社 1985 年版，第 394、396 页。着重号原有。

③ 瞿秋白：《论翻译——给鲁迅的信》，《瞿秋白文集　文学编》第一卷，人民文学出版社 1985 年版，第 504、505、506 页。

与"不顺"的看法，并不是简单、机械地要求译文与小百姓的言语完全一致，依葫芦画瓢，翻译家同时需要具有"创造性的表现方法"，既重视小百姓"已有"的言语，也要考虑他们"可能接受"的言语。所以他指出："要创造性的表现方法，就必须顾到口头上'能够说得出来'的条件。这意思是说，虽然一些新的字眼和句法，本来诗中国话里所没有的，群众最初是听不惯的，可是，这些字眼和句法既然在口头上说得出来，那就有可能使群众的言语渐渐的容纳它们。"①简言之，由于受到象形文字的形体和读音脱离的影响，中国的新文艺并没有打破听和读分离的状况，反而在欧化的冲击下变得更加得不伦不类；说话的人是活的，使用的文字却是死的腔调。瞿秋白由此提出"要坚定的清楚的认定白话本位的原则"②。"白话本位"的原则事实上就是普洛大众本位的原则，是瞿秋白倡导普罗的大众文艺的核心原则。

第三，不同的艺术形式中存在着等级意识划分。瞿秋白认为，不同的艺术样式使用何种语言方式，为何种人所推崇，不仅仅是艺术趣味的问题，而且是等级意识划分的标识。瞿秋白曾将30年代初的文艺杂评辑录为《乱弹》，他在代序中说："当时，绅士等级的艺术，什么诗古文词，什么昆曲，都是和平民等级的艺术截然的分开的。"昆曲原是从平民等级的歌曲里发展出来的，后被贵族绅士霸占了去，"弄得简直不像活人嗓子里唱出来的东西"；原来不登大雅之堂的乱弹——皮簧——也因为到了绅商阶级的手里，走上"雅化"的道路，成了他们的艺术，"乱弹已经不乱，白话也应当不白，欧化应当等于贵族化。一切都要套上马勒口，不准乱来；一切都要分出等级：用文雅的规律表示绅士的尊严，用奴才主义的内容放进平民艺术里去，帮助束缚平民的愚民政策"。所以，"咱们不肖的下等人重新再乱弹起来，这虽然不是机关枪的乱弹，却至少是反抗束缚的乱谈"③。瞿秋白所言"反抗束缚"，既是指反抗贵族绅士阶级"雅化"——亦即"驯化"——平民艺术的种种手段，

① 瞿秋白：《再论翻译——答鲁迅》，《瞿秋白文集　文学编》第一卷，人民文学出版社1985年版，第517—518页。着重号原有。

② 瞿秋白：《再论翻译——答鲁迅》，《瞿秋白文集　文学编》第一卷，人民文学出版社1985年版，第521页。着重号原有。

③ 瞿秋白：《乱弹（代序）》，《瞿秋白文集　文学编》第一卷，人民文学出版社1985年版，第348、350页。着重号原有。

更是指反抗他们在这一过程中灌输于艺术之中的愚民政策。“乱弹”之“乱”，一方面是指这些文艺杂谈是不拘形式、一吐为快的；另一方面也是指要“搅乱”贵族绅士阶级依靠艺术建立和强化的等级意识。这一革命的任务，固然是与不同艺术的题材和内容紧密相关，但这些题材、内容由以呈现的语言方式，同样不可忽视。瞿秋白曾引用德国文学家布哈的演说，来说明中国的民众在最具体的文字言语问题上，也受着封建余孽的压迫。布哈说：

> 我们必须承认：在反对文学上的阶级敌人的斗争里面，我们主要的注意只集中在“好的”作品。这没有疑问的是一个错误，因为那些无名的反动意识的代表所出版的几百万本的群众读物，实际上确实最危险的毒菌，散布着毒害和蒙蔽群众意识的传染病。在这个战线上，必须要最紧张的工作。①

所谓“好的”作品，是贵族绅士阶级或“智识阶级”所推崇的、符合其等级意识需要的作品。这些作品远离群众“读者社会”，平民大众听不懂看不懂，对他们丝毫不起影响。而为极大多数人所喜闻乐见的旧的文艺之中，依然浸染着封建思想。无产阶级革命文学的宗旨，就是要去占领那“几百万本的群众读物”。从这个意义上说，五四“文学革命”的初衷是正确的，但这场运动远没有完成。考诸文艺作品，瞿秋白毫不留情地批判穆时英的小说《被当做消遣品的男子》，认为“对于这些‘消遣品’，以及一切封建余孽和布尔阶级的意识，应当暴露，攻击……，这是文化革命的许多重要任务之中的一个。在这个意义上说，五四运动的确‘没有完成的事业’，要在新的基础上去继续去彻底的完成”，但这一任务却不能仰仗“自由的智识阶级”，而是靠“‘被压迫者苦难者’群众自己的文化革命”。②他在该文中提到上海杨树浦出现的蓝衫团，即活报剧团，认为这些新式草台班子“开辟了‘下等人

① 瞿秋白：《小白龙》，见《乱弹·财神还是反财神?》，《瞿秋白文集　文学编》第一卷，人民文学出版社1985年版，第416页。

② 瞿秋白：《反财神》，见《乱弹·财神还是反财神?》，《瞿秋白文集　文学编》第一卷，人民文学出版社1985年版，第407页。着重号原有。

国'的'国语'运动。这是中国文学革命（以及革命文学）的新纪元"[①]。他对此抱有完全的信心：

> 地底下放射出来的光明，暂时虽然还很微弱，然而它的来源是没有穷尽的，它的将来是要完全改变地面上的景象的。这种光芒和火焰从地心里钻出来的时候，难免要经过好几次的尝试，试探自己的道路，锻炼自己的力量。[②]

在左联关于大众文艺的第二次讨论期间，瞿秋白发表一系列文章，阐述其大众文艺思想及其实施方案，并与郑伯奇、茅盾等人展开讨论。其中，《普洛大众文艺的现实问题》(1931)、《欧化文艺》(1932)、《大众文艺的问题》(1932)、《"五四"和新的文化革命》(1932)等文，是中国早期马克思主义文学批评的重要文献。在《普洛大众文艺的现实问题》中，瞿秋白以列宁的文艺阶级论为出发点，提出"必须创造普洛的革命的大众文艺"的总体目标，为此目标，"革命的作家要向群众学习"，"应当向那些反动的大众文艺宣战"。他认为："这是一条唯一的道路——可以造成新的群众的言语，新的群众的文艺，站到群众的'程度'上去，同着群众一块儿提高艺术的水平线。"[③]这一总体目标及其实施路径的确立，是由两种状况决定的。首先是苏联普洛文学家在十月革命中所起的作用。这些作家在社会上籍籍无名，但是"当时的工人读者知道他们，爱他们。他们的作品，未必都是第一流的，未必都流传下去。但是在当时，这些作品至少能够供给一般贫民的文艺生活，起了革命的作用"[④]。其次是中国文艺生活的怪现象。"因为封建余孽的统治，所以文艺界之中也是不但有阶级的对立，并且还有等级的对立。中国人的文艺生活

---

① 瞿秋白：《反财神》，见《乱弹·财神还是反财神?》，《瞿秋白文集　文学编》第一卷，人民文学出版社1985年版，第413页。着重号原有。

② 瞿秋白：《反财神》，见《乱弹·财神还是反财神?》，《瞿秋白文集　文学编》第一卷，人民文学出版社1985年版，第412页。

③ 瞿秋白：《普洛大众文艺的现实问题》，《瞿秋白文集　文学编》第一卷，人民文学出版社1985年版，第463、464页。着重号原有。

④ 瞿秋白：《普洛大众文艺的现实问题》，《瞿秋白文集　文学编》第一卷，人民文学出版社1985年版，第461—462页。着重号原有。

显然划分着两个等级，中间隔着一堵万里长城，无论如何都不相混杂的。第一个等级是‘五四式’的白话文学和诗古文词——学士大夫和欧化文艺青年的生活。第二个等级是章回体的白话文学——市侩小百姓的文艺生活”。面对这种状况，普洛文艺应当变成民众的，而不是让民众来“高攀艺术”，“‘向群众去学习’——就是‘怎样把新式白话文艺变成民众的’问题的总答覆”。①

此前，在对五四“文学革命”的反思中，瞿秋白认为文艺领域内阶级的对立、等级的对立的存在，是五四新文化运动不彻底的结果，也是自视清高的绅士贵族阶级自外于群众“读者社会”的表征。在大众文化的讨论中，他指出，五四是中国资产阶级的文化革命运动，而资产阶级已成为帝国主义的新走狗，在文化方面是绝对的反革命力量。因此，新的文化革命要在无产阶级领导之下发动起来。“只有无产阶级，才是真正能够继续伟大的‘五四’精神的社会力量！”②他多次将革命的大众文艺运动视为“无产阶级的五四”，是无产阶级的革命主义社会主义的文艺运动，并特别说明：“这个文化革命的斗争，同时要是反对资产阶级的，而且准备着革命转变之中的伟大的文化改革——向着社会主义的前途而进行。”③也就是说，在这一阶段，文艺的大众化已不再是单纯的使用何种语言文字的问题。在语言文字方式的选择和运用中，体现着两个阶级在文化领域里的激烈斗争，关系到无产阶级能否带领工农民众走向社会主义。因此，文艺家要在宇宙观和社会观上认识到这场文化革命的政治意义，并自觉地把立场转到无产阶级、转到工农大众这一边来。在与何大白（郑伯奇）的争论中，瞿秋白认为，何大白的《大众化的核心》一文充分表现了智识分子脱离群众、蔑视群众的态度，“这种病根必须完全铲除”。在瞿秋白看来，“大众化”的口号沦为空谈，原因主要在于“革命的智识分子——小资产阶级，还没有决心走进工人阶级的队伍，还自己以为是大众的教师，而根本不肯‘向大众去学习’”，“革命的文学家和‘文学

① 瞿秋白：《普洛大众文艺的现实问题》，《瞿秋白文集 文学编》第一卷，人民文学出版社1985年版，第462、463页。着重号原有。

② 瞿秋白：《“五四”和新的文化革命》，《瞿秋白文集 文学编》第三卷，人民文学出版社1989年版，第23页。

③ 瞿秋白：《大众文艺的问题》，《瞿秋白文集 文学编》第三卷，人民文学出版社1989年版，第21页注释①。

青年'大半还站在大众之外，企图站在大众之上去教训大众"。何大白使用"我们"，就是把自己和大众对立起来。对于这些人来说，问题不在使用的文字难不难，而在他们——何大白所称的"我们"——"所用的文字不是中国话——中国活人的话，中国大众的话"。① 瞿秋白说:

> 文艺大众化的运动必须是劳动群众自己的运动，必须在无产阶级领导之下。一定要领导群众，使群众自己创造出革命的文艺，实行反对群众之中的"林琴南"的斗争，就是实行反对武侠小说等类的一切种种反动文艺。这里，包含着发动群众的文学革命的任务：打倒五四式的半文言，打倒旧小说的死白话。②

文艺家在思想认识上高度统一——转变自己的立场和态度——在与群众打成一片中脱胎换骨：瞿秋白的这一三段论式的论辩逻辑，可以看作是马克思主义阶级斗争学说在中国文化革命中的具体运用，当然也是瞿秋白本人的人生观决定文艺的思想，在接受马克思主义之后的某种推演。某种意义上，这种论辩逻辑也成为此后历次文艺家思想改造运动中无产阶级革命家、理论家的撒手锏，是中国马克思主义文学批评在社会革命情绪高涨、阶级斗争形势炽热化时期的思维模式和批评公式。

解决了思想认识、转变了阶级立场之后，普洛的革命的大众文艺反对资产阶级的反动的大众文艺的斗争如何实施，在文艺作品中如何贯彻。瞿秋白在《普洛大众文艺的现实问题》一文中谈到五个方面的问题，即："用什么话写?""写什么东西?""为着什么而写?""怎么样去写?""要干些什么?"——仅从这些小标题中，就可以清楚感受到瞿秋白在语言文字上"俗话"化的努力。他这一时期的其他相关文章，虽然因讨论的对象和阐发问题的侧重点不同而有所差异，但大体上是围绕这五个方面展开的。以《普洛大众文艺的现实问题》的论述为核心，瞿秋白关于革命的大众文艺的实施方案有以下几个

① 瞿秋白:《"我们"是谁?》,《瞿秋白文集 文学编》第一卷，人民文学出版社 1985 年版，第 489、486、487 页。着重号原有。

② 瞿秋白:《"我们"是谁?》,《瞿秋白文集 文学编》第一卷，人民文学出版社 1985 年版，第 488 页。着重号原有。

方面：

第一是言语的方式。当革命的大众文艺提上中国马克思主义批评家的议事日程时，市场上流行的、影响极大多数读者的文艺，有哪几种言语方式呢？在不同的文章里，因论题的需要，瞿秋白的表述并不完全一致。在《普洛大众文艺的现实问题》中，他将中国的文字划分为两个阶段或等级，一个是文言即“周朝话”，士大夫使用的；一个是“五四式”白话，诞生于五四时期的白话文运动，但因没有完成而变成“非驴非马的新式白话”，仍然属于士大夫的专利。“五四式”白话的弊端在于它是以文言而非“口头上的俗语”为主体的。① 在这两种文字之外，他单列“章回体的白话”即“明朝话”，认为它仍旧是士大夫迁就平民，或平民高攀士大夫的一种话。在此语境中，瞿秋白将大众文艺运动与新的文字革命运动相连，称之为“俗话文学革命运动”，其任务“是一般文化革命的任务，一切革命的文化组织应当担负起来，而尤其是文学的革命组织”。他提出“真正的用俗话写一切文章”，其目标是在文字革命中形成“无产阶级自己的话”，即“现代的中国普通话”；其标准是“当读给工人听的时候，他们可以懂得”。②《大众文艺的问题》一文也谈到大众文艺应该用什么话来写。瞿秋白认为，这虽然不是最重要的问题，但却是解决一切问题的先决条件。他对中国文字类型的划分比之前文，更为详细，共有四种：古文的文言、梁启超式的文言、“五四式”白话和旧小说式的白话。他对此感叹道：“中国的汉字已经是十恶不赦的混蛋的野蛮的文字了，再加上这样复杂的，互相之间显然有分别的许多种文法，这叫三万万几千万的汉族民众怎么能够真正识字读书!?”③ 瞿秋白推崇旧小说式的白话而否定五四式的新文言，关节点在于前文所述的，认为中国文字的“听”和“读”应该合一。在他看来，五四式的新文言是杂凑的文字，根本上是读不出来的；旧小说式的白话是从民众的口头文学发展出来的，虽说融合着一些文言

① 瞿秋白：《普洛大众文艺的现实问题》，《瞿秋白文集　文学编》第一卷，人民文学出版社1985年版，第465页。

② 瞿秋白：《普洛大众文艺的现实问题》，《瞿秋白文集　文学编》第一卷，人民文学出版社1985年版，第466、468、469页。着重号原有。

③ 瞿秋白：《大众文艺的问题》，《瞿秋白文集　文学编》第三卷，人民文学出版社1989年版，第15页。

文法，却始终是读得出来的。"一切写的东西，都应该拿'读出来可以听得懂'做标准，而且一定是活人的话。"因此，"新的文学不但要继续肃清文言的余孽，推翻所谓白话的新文言，而且要严重的反对旧小说式的白话，旧小说式白话真正是死的言语。反对这种死的言语就要一切都用现代中国活人的白话来写，尤其是无产阶级的话来写"①。

在言语的方式上，革命的大众文艺要反对的主要是两种，一是古代的文言，包括瞿秋白提到的"周朝话"和"明朝话"；二是五四的新式白话。瞿秋白所说的"梁启超式的文言"居于两者之间，属过渡形态。瞿秋白最激烈反对的，是五四的新式白话。从文字形态的角度说，这种新式白话脱胎于文言，故必然带有文言的遗迹；新式白话又深受欧化影响，对群众来说越发显得晦涩难懂，也就越发显得不伦不类，"非驴非马"。但是，完全否定五四的新式白话在开启民智上的功绩，以及为中国文学带来的新气象，显然难以服众。在回应止敬（茅盾）的质疑时，瞿秋白辩解道："第一，我并不是专在文字问题上批评新式的文艺，而骂倒一切；第二，我并不主张要采用旧小说的死白话来写大众文艺；第三，我是主张用现代中国话来写一切东西，而尤其要用最浅近的现代话来写大众文艺，来创造新的中国的普通话；第四，我是指出现在的事实——是旧小说的死白话霸占着大众的文艺生活（并不是说大众之中也没有比较接近新文言的人的问题）。"② 他把批判对象的范围缩小至"旧小说的死白话"，并且另行分出一类所谓"新式文言的假白话"，认为"这种文字在质量上，已经和中国活人说得出来的话是不同的东西"③。他举例说，沈从文"在文字方面讲，无论如何不能够算是不通的作家，可是，甚至于他的作品里都有时候发见这种新式文言的痕迹。我随手翻开《现代》第三期的三九〇至三九一页，就发现他不写'所以'而写一个'故'字，不写'时候'而写一个'时'字，还有'若'字'较'字等等，再加上'丰仪的'等

① 瞿秋白：《大众文艺的问题》，《瞿秋白文集　文学编》第三卷，人民文学出版社 1989 年版，第 17、16 页。着重号原有。

② 瞿秋白：《再论大众文艺答止敬》，《瞿秋白文集　文学编》第三卷，人民文学出版社 1989 年版，第 35 页。

③ 瞿秋白：《再论大众文艺答止敬》，《瞿秋白文集　文学编》第三卷，人民文学出版社 1989 年版，第 46 页。着重号原有。

类形容词”①。瞿秋白在大众文艺言语的方式上的观点是否严谨自可讨论，但是，沈从文的作品是否因为使用上述词汇而没有选择瞿秋白认为应当选用的词汇，就变成“活死人的腔调”，这很难不让作家和读者产生疑惑。

因此，当瞿秋白辩解说，他并不是专就文字问题批评新式文艺的时候，也就暴露了其深层的心理动机，即：彻底否定、打倒五四的新式白话，是推动“无产阶级的五四”运动，把“文学革命”推向“革命文学”，建立普洛的大众文艺的逻辑起点。道理很简单：五四“文学革命”在言语的方式上，是以否定文言，继而挣脱渗透在其中的各种封建思想观念的束缚而开始的；如果革命的大众文艺仅仅把批判的矛头指向文言，是难有说服力的。但是，否定五四的新式白话，要求革命的大众文艺使用“活人的话”，特别是要从运用最浅近的无产阶级的普通话开始，是否意味着要完全排斥“欧化”的影响呢？看起来，瞿秋白不可避免地把自己置于悖论的情境中：一方面，苏联普洛文艺家的创作及其在工人中的巨大影响力，被他视为中国的革命的大众文艺的策源地；他对代表新的时代精神的苏俄文艺作品和苏俄马克思主义文艺理论的译介，本身就是“欧化”的一种形式。另一方面，五四“文学革命”虽然被他斥责为不彻底，但它能在压迫深重的文言中突围而出，与语言的“欧化”有着莫大关系。故此，瞿秋白专门撰写《欧化文艺》一文。出于论题的需要，瞿秋白在文中将中国市场上流行的文艺简化为两种，一种是中国旧式的文艺，一种是新式的欧化文艺。我们大致可以把前者对应于他所论述的用文言写作的作品，把后者对应于用新式白话写作的作品。这样一来，处于这两者之间的种种复杂的文艺创作情形，实际上也被瞿秋白简化掉了。他认为，欧化文艺的特点并不在形式、体裁方面，它是资本主义时代的产物，反映着资本主义的社会关系。由于中国的国情，无产阶级的文艺从欧化文艺开始，是正常的现象，“这是中国的新的社会关系的反映，资本主义生产关系的反映”。五四以来的新文艺运动不彻底，又是小团体的、关门主义的，因此产生了一种“新式的欧化的‘文艺上的贵族主义’：完全不顾群众的，完全脱离群众的，甚至于是故意反对群众的欧化文艺，——在言语文字方面

① 瞿秋白：《再论大众文艺答止敬》，《瞿秋白文集　文学编》第三卷，人民文学出版社 1989 年版，第 46—47 页。

造成了一种半文言（五四式的假白话），在体裁方面尽在追求着怪癖的摩登主义，在题材方面大半只在智识分子的'心灵'里兜圈子"①。有鉴于此，瞿秋白明确指出：

> 对于无产阶级，所有这些欧化文艺的流弊却是民众自己的文化革命的巨大的障碍。无产阶级应当开始有系统的斗争，去开辟文艺大众化的道路。只有这种斗争能够保证新的文艺革命的胜利：打倒中国的中世纪式的文艺，取消欧化文艺和群众的隔离状态，肃清地主资产阶级的文艺影响。②

把瞿秋白提出的革命文艺的大众化的思想，仅仅理解为文艺家在转变阶级立场和态度后，放下架子，到工厂、街头、农村去，用群众的口头语言或民间的俗语俚语去创作，是片面的；文艺的大众化并不排斥文艺的欧化，这是瞿秋白明确表述的观点。"革命文艺"的大众化和"革命的欧化文艺"的大众化是相互联系的，其连接点是大众化，亦即运用和创造人民群众的新的语言文字。这就是瞿秋白所说的"一方面要创造革命的大众文艺，别方面要使革命的欧化文艺大众化"③。瞿秋白创造性地运用马克思主义辩证唯物论，别具只眼地指出大众化与欧化并不冲突，在很大程度上破除了很多人只看到事物对立的一面，没有认识到不同事物在对立之中的转化的习惯思维。或者说，他认为存在两种欧化，一种是"小圈子"的、"贵族化"的欧化，其结果是孤芳自赏，垄断智识；另一种是"大众化"的欧化，其结果将是让新的革命文学惠及最广大的人民群众。不仅如此，瞿秋白还进一步阐述，只有在大众化的过程之中方能有真正的欧化。他将大众化视为"真正的'欧化'"的前提，也就将"贵族化"的欧化排斥在外。他说："真正的'欧化'是什

---

① 瞿秋白：《欧化文艺》，《瞿秋白文集　文学编》第一卷，人民文学出版社 1985 年版，第 492 页。

② 瞿秋白：《欧化文艺》，《瞿秋白文集　文学编》第一卷，人民文学出版社 1985 年版，第 493 页。

③ 瞿秋白：《欧化文艺》，《瞿秋白文集　文学编》第一卷，人民文学出版社 1985 年版，第 493 页。

么？这是要创造广大群众的新的文字和言语，创造广大群众的新的文艺形式，——足以表现现代的无产阶级的社会关系的，足以使广大群众能够理解国际劳动群众的生活和斗争，理解国际的一般社会生活的。”欧化必然涉及翻译问题。既然大众化是“真正的‘欧化’”的前提，因此也就成为从事翻译工作的指针：“革命的无产文学的理论和国际革命文艺的创作，也都要用大众化的方法介绍到中国来。革命文艺的作品，必须用完全的白话，必须用完全的现代中国文的文法去翻译。”①他特别强调，这是把马克思列宁主义的方法，实际运用到中国的文艺现象，尤其是群众的文艺生活上来。

如前所述，在面临文艺的大众化与欧化这一对矛盾时，瞿秋白的解决方式颇具马克思主义色彩；也可以说，是对马克思主义理论在中国文艺实践中的创造性运用。首先，他把文艺的言语方式问题，上升到阶级立场的高度；也就是，把文艺的形式（与内容相对）问题，放在社会生产力、生产关系的历史变迁中来审视，以摆脱在具体文艺作品中，使用哪一种言语方式更为恰切之类问题的纠结。这种将文艺的形式问题转换到形式所显露的阶级意识、阶级斗争上，并据此划分出文艺的先进与落后、革命与反革命，并不是瞿秋白的独创，但确实是中国早期马克思主义文学批评的形态特征之一，并被后来者所继承。其次，他运用马克思主义矛盾对立统一原则，在大众化与欧化这一矛盾对立之中看到两者的相互转化：大众化的欧化和欧化的大众化。两者统一的基点是语言文字。至于瞿秋白所说的“完全的白话”“完全的现代中国文”的内涵究竟是什么，如何清晰地界定，并非首要问题。此外，如果以大众化为欧化（翻译文字）的前提，那么，它在为建立“现代中国文”——而不是无产阶级革命理论——上有何作用，这一问题被暂时悬置。

第二是体裁的选择。瞿秋白对中国的文艺现状、对“读者社会”的实际情形非常熟悉。在他眼里，中国的大众是有文艺生活的，但是他们不看徐志摩等的新诗，不看新式白话小说、新式独幕剧，仍然喜欢看古装影戏、连环画，听茶馆里的说书等。大众被这些“文艺”所培养出来的“趣味”及其养成的“人生观”，正在被豪绅资产阶级所利用。满洲事变之后，民众的“沸

① 瞿秋白：《欧化文艺》，《瞿秋白文集　文学编》第一卷，人民文学出版社 1985 年版，第 494、495 页。

腾的情绪需要文艺上的组织。但是新文艺和民众向来是绝缘的"，民众的情绪无处可去。因此，革命的文艺，必须"向着大众"去。它必须采用民众喜闻乐见的形式，"一两句就可以懂得"，也就是说，"文艺作品的形式，以及它所使用的言语是非常之重要的问题。因为即使是一两句就可以懂得的话，如果你说的不是人话，不是中国话，那么，大众怎么懂得呢?"向着大众去的革命的文艺，必须把一切都放在大众的基础上，"向大众说人话，写出来的东西也要念出来像人话——中国人的话。小说可以是说书的体裁，要真切的，绝对不要理想化什么东西的……写的时候，说的时候，把你们的心，把你们真挚的热情多放点出来，不要矫揉造作"①。在体裁选择上，瞿秋白的核心观点，也可以说是唯一观点，是要完全以大众为基础：一是要让民众看得懂、听得懂；二是要采用民众熟悉的体裁；三是写和念要合一，都要使用人话——中国话。

在《普洛大众文艺的现实问题》中提出的"写什么东西?"，讨论的不是文艺的题材或内容，也是文艺的体裁即文体。值得注意的是，语言文字问题是瞿秋白倡导革命的大众文艺的轴心，而且，他已经把运用哪种语言文字，上升到是"投降资产阶级"还是实行无产阶级文化革命的高度来看待。②然而，他在谈论"写什么东西?"时，只是轻描淡写地说，"大众文艺和其他文章在言语上的区别，仅仅只在深浅"③。这似乎在表明，言语之中并没有阶级的差别，只有难懂与易懂的区分。这是瞿秋白论述中的另一个矛盾，而他解决这个矛盾的方式与前文所述完全一致，故不再赘述。他指出，欧洲文艺复兴初期的作品，证明封建的上层建筑的崩溃与经济基础的变更是相适应的。中国新式白话作品的欧化或摩登化，与群众隔离起来，"所以普洛大众文艺所要写的东西，应当是旧式体裁的故事小说。歌曲小调，歌剧和对话剧，因

① 瞿秋白：《大众文艺和反对帝国主义的斗争》，《瞿秋白文集　文学编》第三卷，人民文学出版社1989年版，第3—4、5页。

② 瞿秋白说："不注意普洛文艺和一切文章用什么话来写的问题，这事实上是投降资产阶级，是一种机会主义的表现，是拒绝对于大众的服务。"见瞿秋白：《普洛大众文艺的现实问题》，《瞿秋白文集　文学编》第一卷，人民文学出版社1985年版，第466页。

③ 瞿秋白：《普洛大众文艺的现实问题》，《瞿秋白文集　文学编》第一卷，人民文学出版社1985年版，第469页。

为识字人数的极端稀少，还应当运用连环图画的形式；还应当竭尽使一切作品能够成为口头朗诵，宣讲，讲演的底稿。我们要写的是体裁朴素的东西——和口头文学离得很近的作品”。在具体方法上，除了提出要使用民众熟悉的旧式体裁之外，他还提出要“运用旧式体裁的各种成分，而创造出新的形式”。① 在《大众文艺的问题》中，他对此做了进一步阐述，认为革命的大众文艺在形式上要利用旧形式的优点，逐渐加入新的成分，养成群众新的习惯，与群众一起去提高艺术的程度。②

第三是写作的目的。瞿秋白认为只有一个：斗争，阶级斗争。为着这一目的，他在《普洛大众文艺的现实问题》中重点论述了三种类型的作品：鼓动作品、为着组织斗争而写的作品和为着理解人生而写的作品。对于第三种作品，由于“工农的人生是和斗争不可分离的”，所以仍然是强调为斗争而写，为与地主资产阶级、豪绅资产阶级、小资产阶级的人生观的斗争，“反对青天白日主义”。③ 至于第一种“鼓动作品”，显然会引发极大争议。瞿秋白也认为它难免标语口号，出现急就章，但他明确提出文艺要为“斗争紧张的现在”来写，坚持文艺为阶级斗争服务，并且认为可以在这一过程中，使标语口号艺术化。其理由是，伟大作品往往产生于为时事尤其是为大事变而写的东西。④ 他在另文中说，革命的大众文艺的中心任务固然是“揭穿一切种种的假面具，表现革命战斗的英雄”⑤，但更为重要的不是空喊口号，而要判断现实情势，明了革命敌人的反动意识体现在哪里，以便有的放矢。一面是强调不空喊口号，一面是认可标语口号自有其价值，不能轻易抹杀，这是瞿秋白论述中的又一个矛盾，只能理解为出于阶级斗争的政治需要，牺牲文

---

① 瞿秋白：《普洛大众文艺的现实问题》，《瞿秋白文集　文学编》第一卷，人民文学出版社1985年版，第471页。着重号原有。

② 瞿秋白：《大众文艺的问题》，《瞿秋白文集　文学编》第三卷，人民文学出版社1989年版，第18页。

③ 瞿秋白：《普洛大众文艺的现实问题》，《瞿秋白文集　文学编》第一卷，人民文学出版社1985年版，第475页。着重号原有。

④ 瞿秋白：《普洛大众文艺的现实问题》，《瞿秋白文集　文学编》第一卷，人民文学出版社1985年版，第473页。

⑤ 瞿秋白：《大众文艺的问题》，《瞿秋白文集　文学编》第三卷，人民文学出版社1989年版，第18页。着重号原有。

艺的艺术价值在所难免。瞿秋白曾说：

> 最迅速的反映当时的革命斗争和政治事变，可以是"急就的"，"草率的"，大众文艺式的报告文学，这种作品也许没有什么艺术价值，也许只是一种新式的大众化的新闻性质的文章。可是这是在鼓动宣传的斗争之中去创造艺术。①

为着斗争的写作目的，革命的大众文艺的价值在其鼓动宣传的新闻效果中，不在其艺术性。1932年"一·二八"事变后，各种政治力量盘根错节，此消彼长。瞿秋白要求革命文学和普洛文学毫不迟疑地加入反对帝国主义、中国地主资产阶级的战争中去，在文艺战线上努力揭穿他们的一切假面具。"劳动民众和士兵现在需要自己的战争文学，需要正确的反映革命战争的文学，需要用劳动民众自己的言语来写的革命战争的文学。"②

但显而易见的是，马克思主义从未提出或赞同过为了特殊的——哪怕是极其特殊的——革命斗争形势的需要，文艺——如果可以称之为"文艺"——可以放弃其艺术性；放弃或不具备艺术性的文章，是否可以被视为文艺，本身就值得怀疑。瞿秋白认为可以"在鼓动宣传的斗争之中去创造艺术"，无疑把自己置于某种逻辑诡辩之中：首先，如果已预判"急就的""草率的"创作是文艺，它们自然具有艺术性，无论人们怎样去理解此"艺术性"。其次，如果在鼓动宣传之中确实可以创造出"艺术"，则此"艺术"还是不是"急就的""草率的"，是不是还葆有倡导者所期待的、为形势所需要的"鼓动宣传"作用，同样是存疑的。这也只能理解为中国早期马克思主义文学批评家，在特定历史条件下，接受和运用马克思主义理论中的某种策略——此种策略也正是左联在与"第三种人""自由人"论争中，饱受对方诟病的。某种意义上，此种策略可以视为马克思主义理论中国化进程中难以避免和克服的问题，并不限于文艺理论和文学批评理

① 瞿秋白：《大众文艺的问题》，《瞿秋白文集　文学编》第三卷，人民文学出版社1989年版，第19页。

② 瞿秋白：《上海战争和战争文学》，《瞿秋白文集　文学编》第三卷，人民文学出版社1989年版，第10、10—11页。

论，其影响极其深远。

第四是创作的方法。瞿秋白把普洛文艺的一般创作方法概括为"普洛现实主义"，亦即，普洛作家无论写什么题材，"都要从无产阶级观点去反映现实的人生，社会关系，社会斗争"。① 他反对文艺作品对抽象的理论进行演绎，哪怕是使用通俗的说书的形式，也于事无补。他提出：

> 文艺作品应当经过具体的形象，——个别的人物和群众，个别的事变，个别的场合，个别的一定地方的一定时间的社会关系，用"描写""表现"的方法，而不是用"推论""归纳"的方法，去显露阶级的对立和斗争，历史的必然和发展。②

这显示出瞿秋白充分吸收、借鉴马克思恩格斯关于现实主义的典型理论。同时，在注重具体的、个别的形象的描写时，他也指出要防止感情主义、个人主义倾向，正确表现无产阶级政党的集体领导的作用，打破团圆主义的写作模式和脸谱化的拙劣。

第五是大众文艺的前途。这也就是它的最终目标。瞿秋白认为这一最终目标是分步骤、分阶段完成的：第一步是"非大众的革命文艺大众化"，同时开展反对一切的反动的欧化文艺的斗争；第二步是"在大众之中创造出革命的大众文艺出来，同着大众去提高文艺的程度"；第三步是"消灭大众文艺和非大众文艺之间的区别，就是消灭那种新文言的非大众的文艺，而建立'现代中国文'的艺术程度很高而又是大众能够运用的文艺"。③

瞿秋白传记作者认为，与其他左翼文论家相比，瞿秋白的文艺大众化的思想有一个显著特征，即始终与提倡汉字罗马字母（拉丁字）拼音和"现代中国普通话"相联系，"罗马化拼音文字——现代中国普通话——革命的大

---

① 瞿秋白：《普洛大众文艺的现实问题》，《瞿秋白文集　文学编》第一卷，人民文学出版社1985年版，第480、476页。着重号原有。

② 瞿秋白：《普洛大众文艺的现实问题》，《瞿秋白文集　文学编》第一卷，人民文学出版社1985年版，第476页。

③ 瞿秋白：《大众文艺的问题》，《瞿秋白文集　文学编》第三卷，人民文学出版社1989年版，第20—21页。着重号原有。

众文学，这就是瞿秋白文学大众化的理论思路。这个思路，他终身未变”[①]。从文字改革的思路出发，瞿秋白曾将中国言语和文字的发展过程，分为四大块:“古代文言”，即上古中国文；现代文言，即他所处时代所用的文言，亦是古中国文；近代中国文，即中国的旧式白话，明朝或清朝人说过的话；新式白话，即“应当是现代中国文”，但实际上是“不人不鬼的话”。[②] 他认可五四时代的第二次文学革命是真正的文学革命，其意义首先在于“明白地树起建设‘国语的文学’的旗帜，以及推翻礼教主义的共同倾向”。不过他又指出，第二次文学革命“只建立新式白话的‘新的文学’，而还不是国语的文学”。[③] 因此需要一场第三次文学革命，其革命的对象是“现在的旧文学——旧式白话的文艺，以及高级的和低级的新式礼拜六派”，其目的是“建立真正现代普通话的新中国文（所谓‘文学的国语’）”。[④] 瞿秋白构想中的“现代普通话的新中国文”，首先是“和言语一致的一种文学”，书本上写的语言应当是整理好的嘴里讲的语言，不应当是另外一种语言。其次，它应当是“和普通话一致”，也就是大致和所谓北京官话的说法相同，不必叫作“国语”。其总的原则是:“适应从象形文字转变到拼音文字的过程，简单些说，就是只能够看得懂还不算，一定要听得懂。”瞿秋白举例说，一个人说“闭关主义”会和普通话读音“悲观主义”相混，所以，应当放弃文雅的“闭关”而写“关门”二字。“现代普通话的新中国文”在经过现代化、欧洲化和罗马化“三化”之后，“应当是习惯上中国各地方共同使用的，现代‘人话’的，多音节的，有语尾的，用罗马字母写的一种文字”。[⑤] 当然，正像瞿秋白本人承认的，这已经不仅是文学范围里的事情了。

---

① 王铁仙主编:《瞿秋白传》，人民出版社 2011 年版，第 359 页。

② 瞿秋白:《鬼门关以外的战争》，《瞿秋白文集　文学编》第三卷，人民文学出版社 1989 年版，第 154 页。着重号原有。

③ 瞿秋白:《鬼门关以外的战争》，《瞿秋白文集　文学编》第三卷，人民文学出版社 1989 年版，第 146、147 页。着重号原有。

④ 瞿秋白:《鬼门关以外的战争》，《瞿秋白文集　文学编》第三卷，人民文学出版社 1989 年版，第 146 页。着重号原有。

⑤ 瞿秋白:《鬼门关以外的战争》，《瞿秋白文集　文学编》第三卷，人民文学出版社 1989 年版，第 164、165、169 页。着重号原有。

四、鲁迅研究：文学批评个案中的目的、方法与文体

瞿秋白在《〈鲁迅杂感选集〉序言》（1933）中，对鲁迅的思想历程和心路历程所做的精当概括，广为人知：

> 鲁迅从进化论进到阶级论，从绅士阶级的逆子贰臣进到无产阶级和劳动群众的真正的友人，以至于战士，他是经历了辛亥革命以前直到现在的四分之一世纪的战斗，从痛苦的经验和深刻的观察之中，带着宝贵的革命传统到新的阵营里来的。他终于宣言："原先是憎恶这熟识的本阶级，毫不可惜它的溃灭，后来又由于事实的教训，以为惟新兴的无产者才有将来。"（《二心集·序言》）①

历来学者都认为，这篇文章是瞿秋白在充分占有研究材料，在对鲁迅其人其文深入了解和洞察的基础之上，运用马克思主义历史唯物主义和阶级分析的理论、方法，全面、系统地分析鲁迅杂感的社会价值和艺术价值的重要文献，也是中国马克思主义文学批评在作家作品个案研究中的典范。本节主要是从文学批评形态角度，探讨该文的批评目的、批评方法和批评文体的特征等。

首先，在批评目的上，该文与其所批评的对象一样，具有鲜明的倾向性，是出于文化战线上政治斗争的需要。瞿秋白在谈及为何要编选《鲁迅杂感选集》时说：

> 现在选集鲁迅的杂感，不但因为这里有中国思想斗争史上的宝贵的成绩，而且也为着现时的战斗：要知道形势虽然会大不相同，而那种吸血的苍蝇蚊子，却总是那么多！②

① 瞿秋白：《〈鲁迅杂感选集〉序言》，《瞿秋白文集　文学编》第三卷，人民文学出版社1989年版，第115页。着重号原有。

② 瞿秋白：《〈鲁迅杂感选集〉序言》，《瞿秋白文集　文学编》第三卷，人民文学出版社1989年版，第96页。着重号原有。

总结中国思想史上的宝贵成绩，投入与现时各类"苍蝇蚊子"的战斗之中，这是瞿秋白编选鲁迅杂感的初衷，其目的是"还原"鲁迅的真实面貌，以回击反革命派对鲁迅的攻击和诬蔑，同时廓清左联内部存在的对鲁迅认识上的种种误解，巩固无产阶级文艺阵营的统一。他在"序言"结尾重申：

> 我们不过为着文艺战线的新的任务，特别指出杂感的价值和鲁迅在思想斗争史上的重要地位，我们应当向他学习，我们应当同着他前进。①

正是基于这一明确目的，贯穿"序言"的主线是对"鲁迅是谁?"这一问题的追问和剖析。"序言"以假清高的绅士艺术家的笑骂"政治家，政治家，你算得什么艺术家呢！你的艺术是有倾向的!"为开篇，借用苏联马克思主义理论家、美学家卢纳察尔斯基的话回击说："你想用什么来骂倒我呢?难道因为我要改造世界的那种热诚的巨大火焰，它在我的艺术里也在燃烧着么?"②其主旨在强调瞿秋白在多篇文章中阐明的一个观点，即艺术家无论是有意的还是无意的，无论是显在的还是隐含的，总是具有这种或那种的阶级倾向；所谓"纯艺术派"只是虚伪地不愿正视这一点而已。实际上，在此前的《"五四"和新的文化革命》一文中，瞿秋白就已揭示鲁迅在五四之初的创作中燃烧的"火焰"。他说："当时最初发现的一篇鲁迅的《狂人日记》，——不管它是多么幼稚，多么情感主义，——可的确充满着痛恨封建残余的火焰。"③正是由于鲁迅在创作中一以贯之的倾向性，使得瞿秋白在"序言"开篇，即把鲁迅归入"革命的文学家"行列，并将其杂感定位在"社会论文"上：

> 鲁迅的杂感其实是一种"社会论文"——战斗的"阜利通"

① 瞿秋白：《〈鲁迅杂感选集〉序言》，《瞿秋白文集　文学编》第三卷，人民文学出版社1989年版，第120页。着重号原有。

② 瞿秋白：《〈鲁迅杂感选集〉序言》，《瞿秋白文集　文学编》第三卷，人民文学出版社1989年版，第95页。

③ 瞿秋白：《"五四"和新的文化革命》，《瞿秋白文集　文学编》第三卷，人民文学出版社1989年版，第24页。

> (feuilleton)。谁要是想一想这将近二十年的情形，他就可以懂得这种文体发生的原因。急遽的剧烈的社会斗争，使作家不能够从容的把他的思想和情感溶铸到创作里去，表现在具体的形象和典型里；同时，残酷的强暴的压力，又不容许作家的言论采取通常的形式。作家的幽默才能，就帮助他用艺术的形式来表现他的政治立场，他的深刻的对于社会的观察，他的热烈的对于民众斗争的同情。不但这样，这里反映着“五四”以来中国的思想斗争的历史。杂感这种文体，将要因为鲁迅而变成文艺性的论文（阜利通——feuilleton）的代名词。自然，这不能够代替创作，然而它的特点是更直接的更迅速的反应社会上的日常事变。①

也正是因为瞿秋白在编选选集和撰写“序言”时鲜明的政治倾向，他关注的重心是鲁迅杂感在思想史、文化史上的社会价值，“文艺性”只是附属在其上的，或者说，是为强化社会价值服务的。这是瞿秋白，也是中国早期马克思主义文学批评家所擅长的批评方式，即侧重考察文艺家的宇宙观和社会观为作品赋予的现实内涵及其社会效果。瞿秋白认为鲁迅作为革命文学家、“精神界之战士”，其杂感体现出的最可宝贵的精神品质，主要是两个方面：最清醒的现实主义和“韧”的战斗。反自由主义和反虚伪的精神这两个方面，可以归入前两点。一则，反自由主义在瞿秋白的论述中是反妥协主义、反“虚伪的中庸”的另一种表述，是从鲁迅杂感中“打落水狗”“要打就得打到底”里提炼出来的。这既需要文艺家保持对现实清醒而理智的认识，不被既狗又猫的“叭儿狗”的“折中，公允，调和，平正”的假相所迷惑，也需要“咬定青山不放松”的战斗精神。而揭穿一切反动统治阶级的种种假相，一直被瞿秋白视为革命文学的中心任务。二则，瞿秋白虽然将反虚伪看作文学家、思想家的鲁迅“最主要的精神”，认为“他的现实主义，他的打硬仗，他的反中庸的主张，都是用这种真实，这种反虚伪做基础。他的神圣的憎恶就是针对着这个地主资产阶级的虚伪社会，这个帝国主义的虚伪世界。他的杂感简

---

① 瞿秋白：《〈鲁迅杂感选集〉序言》，《瞿秋白文集　文学编》第三卷，人民文学出版社1989年版，第96页。着重号原有。

直可以说全是反虚伪的战书……"① 不过，正如他所论述的，马克思主义中的现实主义文学理论，是以真实性为前提或基础的。"反虚伪"不过是真实的另一种表述；"反虚伪"要反的就是鲁迅所说的中国人的"瞒和骗"：

> 中国人向来因为不敢正视人生，只好瞒和骗，由此也生出瞒和骗的文艺来，由这文艺，更令中国人更深地陷入瞒和骗的大泽中，甚而至于已经自己不觉得。世界日日改变，我们的作家取下假面，真诚地，深入地，大胆地看取人生并且写出他的血和肉来的时候早到了；早就应该有一片崭新的文场，早就应该有几个凶猛的闯将！②

这段出自《论睁了眼看》的杂感，被瞿秋白分别置于他论述鲁迅"最清醒的现实主义"这一段的开端和结尾。最清醒的现实主义和"韧"的战斗这两种精神，在鲁迅杂感之外，在他的散文诗中，也最生动、形象地体现在他所勾画的走进"无物之阵"的"这样的战士"身上：

> 他走进无物之阵，所遇见的都对他一式点头。他知道这点头就是敌人的武器，是杀人不见血的武器，许多战士都在此灭亡，正如炮弹一般，使猛士无所用其力。
>
> 那些头上有各种旗帜，绣出各样好名称：慈善家，学者，文士，长者，青年，雅人，君子……头下有各样外套，绣出各式好花样：学问，道德，国粹，民意，逻辑，公义，东方文明……
>
> 但他举起了投枪。③

其次，在批评方法上，瞿秋白纯熟地运用马克思主义历史唯物主义方

---

① 瞿秋白：《〈鲁迅杂感选集〉序言》，《瞿秋白文集　文学编》第三卷，人民文学出版社1989年版，第119页。着重号原有。

② 鲁迅：《论睁了眼看》，《鲁迅全集》第一卷，人民文学出版社1998年版，第241—242页。

③ 鲁迅：《野草·这样的战士》，《鲁迅全集》第二卷，人民文学出版社1998年版，第214页。

法，将批评对象放置于中国政治、经济、文化的历史情境中，将社会历史的发展视为一个系统，在鲁迅与社会各阶层，尤其在与落后的、反动的势力的关系网络中，梳理和辨析其思想、精神的演进过程。以辛亥革命、五四运动为标志，瞿秋白描述了中国思想史上两次“伟大的裂变”，鲁迅的面貌和他的气质、个性，正是在社会剧烈动荡、思想文化巨变的时刻，变得日益清晰：

> 是的，鲁迅是莱谟斯，是野兽的奶汁所喂养大的，是封建宗法社会的逆子，是绅士阶级的贰臣，而同时也是一些浪漫谛克的革命家的诤友！他从他自己的道路回到了狼的怀抱。①

俄国激进民主主义思想家赫尔岑用以赞扬俄国十二月党人的古代神话中的比喻，被瞿秋白引用来界定鲁迅立场鲜明、毫不妥协、永不驯服的革命家形象。在辛亥革命之前，士大夫的子弟、维新主义的老新党、革命主义的英雄、富国强兵的幻想家，似乎也做了一番事业，客观上推动了群众的革命运动。但是，在内忧外患的情势下，阶级分化严重，其中的大多数人为着各自利益而变节，走向复古和反动的道路。鲁迅则不同：

> 鲁迅和当时的早期革命家，同样背着士大夫阶级和宗法社会的过去。但是，他不但很早就研究过自然科学和当时科学上的最高发展阶级，而且他和农民群众有比较巩固的联系。他的士大夫家庭的败落，使他在儿童时代混进了野孩子的群里，呼吸着小百姓的空气。这使得他真像吃了狼的奶汁似的，得到了那种“野兽性”。他能够真正斩断“过去”的葛藤，深刻的憎恶天神和贵族的宫殿，他从来没有摆过诸葛亮的臭架子。他从绅士阶级出来，他深刻的感觉到一切种种士大夫的卑劣，丑恶和虚伪。他不惭愧自己是私生子，他诅咒自己的过去，他竭力的要肃清这个肮脏的旧茅厕。②

① 瞿秋白：《〈鲁迅杂感选集〉序言》，《瞿秋白文集　文学编》第三卷，人民文学出版社1989年版，第97页。着重号原有。

② 瞿秋白：《〈鲁迅杂感选集〉序言》，《瞿秋白文集　文学编》第三卷，人民文学出版社1989年版，第99页。着重号原有。

瞿秋白认为，鲁迅当时在思想上倾向于尼采主义，这固然反映着智识阶级身上资产阶级性的幻想，但基于中国社会各阶层的实际状况及其力量对比，"为着要光明，为着要征服自然界和旧社会的盲目力量，这种发展个性，思想自由，打破传统的呼声，客观上在当时还有相当的革命意义"①。辛亥革命带来思想史上第一次"伟大的分裂"之后，士大夫阶级分化成国故派和欧化派两大阵营，鲁迅此时开始"参加'思想革命'"，却不以新文化运动的领袖或青年导师自居，而甘愿做"革命军马前卒"：

> 他自己"背着因袭的重担，肩住了黑暗的闸门，放他们到宽阔光明的地方去"……他没有自己造一座宝塔，把自己高高供在里面，他却砌了一座"坟"，埋葬他的过去，热烈的希望着这可诅咒的时代——这过渡的时代也快些过去。他这种为着将来和大众而牺牲的精神，贯穿着他的各个时期，一直到现在，在一切问题上都是如此。②

从辛亥革命到五四之前，进化论和个性主义是鲁迅思想的底色。他相信青年的活力和创造力，倡导个性解放，同着青年一道将战斗火力集中在批判宗法社会的黑暗、腐朽。从五四到"五卅"运动前后，中国思想界第二次"伟大的裂变"初露端倪。鲁迅清醒地看到这次裂变来自新文化内部，是工农民众与依附封建残余的资产阶级之间的彻底决裂，"揭穿这些卑劣、懦怯、无耻、虚伪而又残酷的刽子手和奴才的假面具，是战斗之中不可少的阵线"。也正是在此期间，为着激励那些被蹂躏、被侮辱、被欺骗的人们奋起反抗，鲁迅才得以"从进化论最终的走到了阶级论，从进取的争求解放的个性主义进到了战斗的改造世界的集体主义"。③

---

① 瞿秋白：《〈鲁迅杂感选集〉序言》，《瞿秋白文集　文学编》第三卷，人民文学出版社1989年版，第101页。

② 瞿秋白：《〈鲁迅杂感选集〉序言》，《瞿秋白文集　文学编》第三卷，人民文学出版社1989年版，第104页。

③ 瞿秋白：《〈鲁迅杂感选集〉序言》，《瞿秋白文集　文学编》第三卷，人民文学出版社1989年版，第107、110页。着重号原有。

马克思主义历史唯物论的观点和方法，在瞿秋白的文学批评实践中，体现为在社会历史和时代潮流中，审视和揭橥文艺作品蕴含的巨大的现实力量和批判锋芒。鲁迅的杂感这种"社会论文"，其特点正在于最迅速、最直接地攫取日常生活中的细微变化，从中敏锐捕捉社会风尚与时代精神的嬗变。可以说，批判方法与批评对象特质的高度契合，使这篇"序言"的意义和价值超越了文艺批评的范畴，成为中国现代思想史、文化史的宝贵遗产。

最后，在批评文体上，瞿秋白的批评文章向来具有大气磅礴、不容置疑、抽丝剥茧、层层推演的自信和周严。这自然与他丰富的游历、与他对马克思主义理论的研读、与他作为翻译家开阔的文学视野等，有着密切关系。在这篇"序言"中，似乎受到评论对象蓬勃"火焰"的炙烤，其批评语言也内含着抑制不住的激情，甚而至于"呐喊"，但并不失其形象性和生动性。比如，"序言"开篇即从赫尔岑那里借用西洋古代神话，以"狼性""野兽性"概括鲁迅从始至终的坚决、彻底的革命立场，并以之贯穿全篇。与之相对，"僵尸""戏子"则成为瞿秋白讥刺、憎恶那些善于虚与委蛇的反动文人的另一组喻象。在谈到思想史上第二次"伟大的分裂"即将来临时的文坛状况，瞿秋白写道：

> 的确，旧的卫道先生们渐渐的没落了，于是需要在他们这些僵尸的血管里，注射一些"欧化"的西洋国故和牛津、剑桥、哥伦比亚的学究主义，再加上一些洋场流氓的把戏，然后僵尸可以暂时"复活"，或者多留恋几年"死尸的生命"。这些欧化绅士和洋场市侩，后来就和"革命军人"结合了新的帮口，于是僵尸统治，变成了戏子统治。僵尸还要做戏，自然是再可怕也没有了。①

到了"五卅"之后：

> 僵尸的统治转变成戏子的统治，这个转变完成之后不善于做戏

① 瞿秋白：《〈鲁迅杂感选集〉序言》，《瞿秋白文集　文学编》第三卷，人民文学出版社1989年版，第107页。着重号原有。

> 的僵尸虽然退了位，而会变戏法的僵尸就更加猖獗起来。活人和死人的斗争，灭亡路上的阶级领导的群众的反抗，经过一番暴风雨的剧变而进到了新阶级。①

通读全篇，不仅可以体会到瞿秋白和鲁迅在思想观点上的诸多共通之处，也能够感受到两人在性情、气质上的相近。杂感完成之后，鲁迅很是看重和赞赏。他选用清人何瓦琴的集禊帖联句，书写了一副对联赠予瞿秋白："人生得一知己足矣，斯世当以同怀视之。"他视瞿秋白为知己和同道。

瞿秋白的多重身份，使他在早期马克思主义文学批评家中显得十分独特，其文学批评活动也具有更大的影响力和更强的感染力。一方面，作为翻译家的瞿秋白谙熟马克思主义经典理论；另一方面，作为文学家的瞿秋白相比于不事创作的理论家、批评家，更为了解文艺创作的基本规律和技巧方法。同时，作为无产阶级革命家和左翼文化运动的领导者，瞿秋白的文学批评活动不可能局限在对作家作品的推介、阐释和评判上，往往关联着他对无产阶级文化和文学运动的方向、前途和命运的思考。正像在阶级分化和阶级斗争日益激烈的历史语境中，"纯艺术派"无法取得立足之地一样，"纯文学批评"，亦即专注于"文学内部"的批评，同样无法存在。瞿秋白在关于现实主义文学、大众文艺、鲁迅杂感研究等方面的意见和观点，对后来的中国马克思主义文学批评产生重大影响。与此同时，他的"政治即文学"，政治观决定艺术价值，作家必须进行思想改造，文艺可以在"煽动"中创造艺术等方面的论说，同样对后来的马克思主义文学批评产生一定的负面作用。这是值得深思的。

① 瞿秋白：《〈鲁迅杂感选集〉序言》，《瞿秋白文集　文学编》第三卷，人民文学出版社1989年版，第110页。

第四章　周扬：政治“正确”视野下的文学本质论

本章主要探讨周扬左联时期的马克思主义文学批评。这一时期，除了推介巴西、苏联等域外文学，译介苏联文学的新动向、新观点，周扬的文学批评活动涉及大众文学、与“第三种人”“自由人”的论争、社会主义的现实主义及其典型论，以及提出“国防文学”所引发的“两个口号”的论争等。

周扬这一时期文学批评理论的核心，可概括为政治决定文学的一切；准确地说，政治的“正确”决定文学的一切，包括文学的自由、文学的艺术价值、文学的真实性等。透过纷繁复杂的文学作品的表象看到文学的本质，尤其是从中认清创作者的政治立场、阶级立场的本质面目，分清敌我，是他在理论阐述、观点争鸣和作品分析中的思维路径。尽管周扬也同意可以从较为广泛的意义上理解“政治”，但他始终是把政治定位在阶级、党派的意识形态上；在不同的语境中，针对不同的论述对象和论题，政治可以指作家的阶级性、党派性，也可以指作家的世界观、哲学观等。周扬从不怀疑文学领域的斗争是政治斗争的组成部分；在他看来，文学的真理与政治的真理本无本质区别，差异只在反映的方式上。因此，只有站在/回到无产阶级的立场上，才能“正确”认识和理解涉及文学的一切问题。

一、大众文学：形式与内容

在《关于文学大众化》(1932) 一文中，周扬认为，文学大众化不是应不应该做，而是怎样去做。他主要谈了三个方面的工作。

第一是如何创造新的文字和新的形式。他指出，创造大众看得懂的作品，“文字”是先决条件。“之乎者也”的文言，“五四式”的白话，是封建的残骸和民族资产阶级的专利，因此创造新的文字是当前迫切的任务。“只有从大众生活的锻冶场里才能锻冶出大众所理解的文字；只有从斗争生活里才能使文字无限地丰富起来。”① 形式方面，周扬倡导“小的形式 (Small forms)”，如 Sketches（速写）、简短的报告、政治诗、朗读剧等，“它们是单纯的，明快的，朴素的，Dynamic 的，Heroic 的。它们可以很迅速地，直接地反映出每个瞬间的革命的普罗列塔利亚特的斗争生活。它们是鼓动宣传(Agit-Prop) 的最好的武器”②。适应于革命斗争的需要，重视文学鼓动宣传的社会功能，是中国早期马克思主义文学批评家的共识。这也是他们倡导普洛大众文艺的极其重要的原因。周扬对此的认识，最早来自他对美国作家辛克来的《林莽》(通译为《屠宰场》) 的高度评价。文章开头以厨川白村的话为小引，其中论及近代文艺如易孛生（易卜生）等人的作品，厨川白村说他们“直接或间接地拿近代生活的难问题来做题材。其最甚者，竟至简直跨出了纯艺术的境界。有几个作家，竟使人觉得已经化了一种宣传者 (Propagandist)，向群众中往回，而大声疾呼着，这是尽够惊杀那些在今日还以文学为和文酒之宴一样的风流韵事的人们的”③。周扬从中接过“宣传者”一词并论述道：

> 辛克来便是一位旗帜鲜明的 Propagandist。他说过：“一切的艺术是宣传，普遍地不可避免地是宣传；有时是无意的，而大底是故

① 周扬：《关于文学大众化》，《周扬文集》第一卷，人民文学出版社 1984 年版，第 26 页。
② 周扬：《关于文学大众化》，《周扬文集》第一卷，人民文学出版社 1984 年版，第 26—27 页。
③ 周扬：《辛克来的杰作：〈林莽〉》，《周扬文集》第一卷，人民文学出版社 1984 年版，第 1 页。

> 意的宣传。”我们在他的《林莽》中，便可看出这种艺术的伟大意义，便可看出他显然地是一个大声疾呼的 Muck-raker（意即专门报道社会丑事的人——原注），是一个社会主义的 Propagandist。①

一切艺术皆宣传的理念就此扎根在周扬心中，“社会主义的 Propagandist”也成为他衡量心目中的现实主义文学家的一杆标尺。

在形式创造方面，周扬认为，虽然可以批判地采用旧式大众文学的体裁，但也要尽量采用国际普洛文学的新的大众形式。他明确指出，形式是由内容决定的，两者中最要紧的是内容，“我们的主要任务应该是描写革命的普罗列塔利亚特的斗争生活。这个任务不是带着超阶级的，超党派的态度，从十字街头的象牙塔里，客观地（?）观察着一切生活（虽然也包括着工人生活），然后把所得的印象在作品中表现出来的那种作家所能够完成的。这需要着完全新的典型的革命作家：他不是旁观者，而是实际斗争的积极参加者，他不是隔离大众，关起门来写作品，而是一面参加着大众的革命斗争，一面创造着给大众服务的作品……”② 内容与形式可以二分，而且内容决定形式，这是当时马克思主义文学批评家通行的观念，周扬亦不例外；至于形式对内容可能产生的反推力或凝聚力，此时还少有人论及。在他看来，文学大众化不是降低文学，而是提高文学，即提高文学的斗争性、阶级性。③

第二是提高大众的文化水准。一方面要顾及大众的一般文化水准，暂时利用大众文艺的旧形式；另一方面也要提高他们的教育和文化水准，使之能够一步步地接近真正伟大的艺术。在顾及与提高的辩证关系中，顾及更为重要。周扬认为，虽然大众应该享受比旧形式更好的文艺生活，但是，“如果不顾目前中国劳苦大众的一般文化水准的低下，而一味地高谈什么应当提高大众的程度来鉴赏真正的，伟大的艺术，那实际上就是拒绝对于大众的服务，就是一种取消主义！”④

第三是在大众中发展新的作家。因此要重视工农通信运动，在此过程中

---

① 周扬：《辛克来的杰作：〈林莽〉》，《周扬文集》第一卷，人民文学出版社 1984 年版，第 1 页。

② 周扬：《关于文学大众化》，《周扬文集》第一卷，人民文学出版社 1984 年版，第 27 页。

③ 周扬：《关于文学大众化》，《周扬文集》第一卷，人民文学出版社 1984 年版，第 28 页。

④ 周扬：《关于文学大众化》，《周扬文集》第一卷，人民文学出版社 1984 年版，第 28—29 页。

引导他们进入文学领域。

在有关大众文学的讨论中，周扬发声不多，其持论中规中矩。值得注意的是，从厨川白村那里借来“宣传者”一词后，“鼓动宣传”在周扬的文学批评中，渐渐上升为无产阶级文学从事政治斗争的有力武器。比如在与所谓“第三种人”苏汶的论争中，周扬说：

> 在政治斗争非常尖锐的阶段，每个无产阶级作家都应该是煽动家，他应该把文学当作 Agit-Prop 的武器。但做了煽动家并不见得就不是文学家了，而且越是好的文学越有 Agit-Prop 的效果。所以，我们不但没有忽视“艺术的价值”，而且要在斗争的实践中去提高“艺术的价值”。①

瞿秋白在普洛的大众文艺的倡导中，也强调“鼓动宣传”的重要性；但他并不讳言这样的新闻性质的文章“也许没有什么艺术价值”，因而提出“在鼓动宣传的斗争之中去创造艺术”。② 与之相比，周扬直接将“Agit-Prop 的效果”定位于无产阶级文学的“艺术的价值”上，甚至认为“越是好的文学越有 Agit-Prop 的效果”。瞿秋白说的是在鼓动宣传中去“创造”艺术，周扬提的是在斗争实践中去“提高”艺术。周扬的这种批判理论和批评标准，同样体现在其后由他引发的关于两个口号的论争中。

二、与“第三种人”“自由人”的论争：文学“真实”与政治“真理”

在与所谓“第三种人”苏汶的论争中，周扬认为苏汶以极其婉转曲折的

---

① 周扬：《到底是谁不要真理，不要文艺？——读〈关于《文新》与胡秋原的文艺论辩〉》，《周扬文集》第一卷，人民文学出版社 1984 年版，第 36 页。

② 瞿秋白：《大众文艺的问题》，《瞿秋白文集 文学编》第三卷，人民文学出版社 1989 年版，第 19 页。

措辞，维护胡秋原的“自由主义的创作理论”，攻击左翼文坛，否定文学的阶级性、党派性。周扬的基本观点是，文艺家的阶级立场决定他能否接近、获得真理，鲜明的阶级性、党派性决定其文艺的价值。在驳斥苏汶有关马克思列宁主义者不要真理、文艺的论调时，周扬指出：

无产阶级的阶级性、党派性不但不妨碍无产阶级对于客观真理的认识，而且可以加强它对于客观真理的认识的可能性。因为无产阶级是站在历史发展的最前线，它的主观的利益和历史的发展的客观的行程是一致的。所以，我们对于现实愈取无产阶级的，党派的态度，则我们愈近于客观的真理。

“你假使真是一个前进的战士”，你就一定要站在无产阶级的立场，百分之百地发挥阶级性，党派性，这样，你不但会接近真理，而且只有你才是真理的唯一的体现者。①

他认为，苏汶否定马列主义者要真理、要文艺，是为“第三种人”的“自由主义的创作理论”张本。“自由主义的创作理论的本质是甚么呢？就是不主张‘某一种文学把持文坛’，干脆一句话，就是要文学脱离无产阶级而自由。”② 而绝对的自由是不存在的，资产阶级的“艺术至上主义”是为他们自己的阶级服务的，同时继续利用反动的大众文艺来麻痹群众。针对苏汶嘲讽无产阶级大众文艺中的“连环图画”为“低级的形式”，周扬承认，无产阶级文学无论在理论上还是创作上都还很幼稚，还没有产生有影响力的作品，但他坚称“只有从苏汶先生的所谓‘低级’的形式中才能产生得出好的作品，即使它自身还不是好的作品，它至少是好的作品的胚胎”③。半个世纪之后的1982 年，周扬在编选文集时，曾对该文产生的历史背景和特殊环境做了说

① 周扬：《到底是谁不要真理，不要文艺？——读〈关于《文新》与胡秋原的文艺论辩〉》，《周扬文集》第一卷，人民文学出版社 1984 年版，第 32—33 页。

② 周扬：《到底是谁不要真理，不要文艺？——读〈关于《文新》与胡秋原的文艺论辩〉》，《周扬文集》第一卷，人民文学出版社 1984 年版，第 33 页。

③ 周扬：《到底是谁不要真理，不要文艺？——读〈关于《文新》与胡秋原的文艺论辩〉》，《周扬文集》第一卷，人民文学出版社 1984 年版，第 35 页。

明，认为其中“某些话有不尽确切之处”①。今天看来，由于过于强调文学的阶级性、党派性，在驳斥对方过程中，该文存在不少含混甚至躲闪之处。例如，周扬在文中引用苏汶的话说，马列主义者“现在没有功夫来讨论甚么真理不真理，他们只看目前的需要。是一种目前主义。我们与其把他们的主张当作学者式的讨论，却还不如把它当作政治家式的策略，当作行动；而且这策略，这行动实际上也就是理论”。周扬回应道：“实际上，一个真正马克思主义者决不会先研究理论然后再去行动，同时也决不会只要行动，不要理论。在这里，行动和理论是不能分开的。”② 苏汶所说“行动”指的是“政治家式的策略”，亦即：政治家们依据目下的需要即时改变策略，这种策略既是理论，也是行动。周扬则把“行动”理解为与理论相对的社会实践，故有“行动和理论是不能分开的”一说。即便这不是对苏汶原话的故意歪曲，至少没有给予对方的观点以“同情”的了解，只是一味顺着自己的惯常思路，以自己先验的理论，套在对方言论上。再如，为反驳苏汶，周扬坚称“只有从苏汶先生的所谓‘低级’的形式中才能产生得出好的作品”，“只有……才……”的表述是不严谨的；这种不严谨的产生，其深层的原因正在于苏汶所指责的“只看目前的需要”。这种“目前主义”在其后的有关两个口号的论争中，再次出现在周扬的文中。此外，苏汶等人不主张“某一种文学把持文坛”。无产阶级文学有没有“把持”或“霸占”文坛自然可以讨论，但把它理解为“就是要文学脱离无产阶级而自由”，则是曲解。至于嘲讽资产阶级文学“顶多只能产生出分析一个妇人的微笑竟费了六页的篇幅的那样的资产阶级文学的‘手淫大家’马塞尔普鲁斯德（Marcel Proust）！”③ 这样的言论则更是不符合马克思主义历史唯物主义的眼光和实事求是的精神。何况，此后在与所谓“自由人”胡秋原的论争中，周扬曾指斥对方“破口大骂，连‘甚么屁党鸟派，不是怎么使人人都消魂荡魄的’（《浪费的论争》）这种‘村

① 周扬：《到底是谁不要真理，不要文艺？——读〈关于《文新》与胡秋原的文艺论辩〉》，《周扬文集》第一卷，人民文学出版社1984年版，第40页。

② 周扬：《到底是谁不要真理，不要文艺？——读〈关于《文新》与胡秋原的文艺论辩〉》，《周扬文集》第一卷，人民文学出版社1984年版，第31、32页。

③ 周扬：《到底是谁不要真理，不要文艺？——读〈关于《文新》与胡秋原的文艺论辩〉》，《周扬文集》第一卷，人民文学出版社1984年版，第37页。

妇式’的话都会骂出来了”①。“手淫大家”与“屁党鸟派”，言语方式上五十步与一百步而已，只不过一个自认为是站在无产阶级立场上痛斥资产阶级作家，一个被认为是站在资产阶级立场上辱骂无产阶级作家。

在与苏汶关于文学的真实的论辩中，周扬仍然坚持政治挂帅、阶级为先的立场，亦即只要/只有政治“正确”，承认并实践文学的阶级性、党派性，文艺家就能/才能成为客观真理的“唯一体现者”，获得最大程度的自由，创作出无愧于时代的伟大作品。苏汶看重文学的真实性，这是“我们”赞同的，但“我们”与他在很多问题上有着“原则上”的不同，“文学的真实性到底是甚么——它是否可以超阶级，超党派，是否可以和政治的‘正确’对立；以及怎样才能获得最大限度（maximum）的真实性，换句话说，就是从怎样的立场，用怎样的方法，才能获得对于客观真实之最正确的反映和认识”②。不难看出，在论辩中，苏汶说的“真实性是甚么”的本体论问题，被周扬转换成“真实性与甚么相关”和“如何获取真实性”的问题。被转换后的两个问题实则是一而二、二而一的：所谓“立场”“方法”，仍然指的是政治立场、政治方法。因此，周扬首先指出，苏汶一切错误的根源在于“把文学的真实性和文学的阶级性分开这一个事实”。周扬认为，文学的真实性决不仅仅是作家的艺术才能、真诚、良心、创作技法等，“根本上是与作家自身的阶级立场有着重大关系的问题，是明明白白的”③——周扬把本体论问题转换为“关系论”问题，也是明明白白的。从周扬的论辩来看，阶级立场也决不单是与真实性有着“重大关系”，可以说，阶级立场的“正确”与否决定着真实性的有无。他的论辩逻辑可用三段论来概括：只有站在历史发展最前线的阶级才能最大限度地反映和认识客观真理；无产阶级是站在历史最前线的；所以，只有无产阶级，或者，只有站在无产阶级的立场上运用无产阶级的方法，才能最真实地反映现实，把握客观真理。对周扬来说，这是毋

① 周扬：《自由人文学理论检讨》，《周扬文集》第一卷，人民文学出版社1984年版，第44页。着重号原有。

② 周扬：《文学的真实性》，《周扬文集》第一卷，人民文学出版社1984年版，第58页。着重号原有。

③ 周扬：《文学的真实性》，《周扬文集》第一卷，人民文学出版社1984年版，第59、61页。着重号原有。

庸置疑的：“愈是贯彻着无产阶级的阶级性，党派性的文学，就愈是有客观的真实性的文学。”①

周扬批判苏汶把文学的“真实”与政治的“正确”对立起来是极其错误的。他虽然为了与之针锋相对而坚持两者是统一的，实际上在其观念里，两者远非统一这么简单，而是决定与被决定的关系。这一点只是在周扬文中没有明确表述出来而已。倘若如周扬所强调，政治的“正确”决定文学的真实，而政治的“正确”又与阶级性、党派性的“正确”互为一体，我们将很难解释诸如巴尔扎克作品中的“真实”，自然也无法解释恩格斯何以要推崇巴尔扎克。文学的真实是艺术的真实，这一点周扬很清楚。他驳斥苏汶认为党派的文学“因着政治的目的而牺牲真实”，变成标语或宣传单时说：“我们也并不否认一张标语或一张传单的宣传鼓动的作用，但我们需要更大的艺术的效果。所以，在我们，党派的文学，就非同时是真实的，艺术的文学不可。”②至于“艺术的效果”“艺术的文学”是什么样的，这一问题始终是被悬置的，从未被正面回答。坚信“党派的文学”必定是“真实的文学”“艺术的文学”是一回事，实际状况如何是另一回事；或者说，对“党派的文学”有坚定的信仰本无可厚非，他人无权干涉，但以信仰取代对实际文学状况的考察，以信仰为真实的、不可否认的存在，则难以服人。

周扬回避关于艺术的真实的讨论，除了他秉承中国早期马克思主义文学批评中政治即文学的基本观念，在《文学的真实性》一文中，主要是由于他悄然把文学的“真实”转换为文学的“真理”，既而将文学的“真理”等同于政治的真理，也就很自然地越过“艺术的真实”这一问题。在与苏汶辩论的中途，通过引用列宁、约瑟夫的论述——尤其是引用约瑟夫说“无论何时，革命者是不惧怕真理的”——“真实”一词突然为“真理”所取代：

> 文学的真理和政治的真理是一个，其差别，只是前者是通过形象去反映真理。所以，政治的正确就是文学的正确。不能代表政治

① 周扬：《文学的真实性》，《周扬文集》第一卷，人民文学出版社1984年版，第65页。着重号原有。

② 周扬：《文学的真实性》，《周扬文集》第一卷，人民文学出版社1984年版，第66页。着重号原有。

的正确的作品，也就不会有完全的文学的真实。①

文学的真理＝政治的真理＝文学的真实：这是周扬给出的公式。这个公式既抹杀了真理与真实在范畴上的不同，也抹杀了文学的真理与政治的真理的区别。我们可以说，文学对真理的追求必须要以真实为前提——尽管对何为文学的真实的认识会有很大差异——但文学所追求的真理不可能以政治的真理为唯一指归，更不用说把政治狭隘地定位在阶级性、党派性上。周扬文章的结论，再次重申政治的“正确”决定文学的真实；两者的差异，即形象问题，则再次被抹去：

只有站在革命阶级的立场，把握住唯物辩证法的方法，从万花缭乱的现象中，找出必然的，本质的东西，即运动的根本法则，才是到现实的最正确的认识之路，到文学的真实性的最高峰之路。②

然而，倘若说周扬完全没有意识到如此强调政治对文学的决定作用，有可能导致苏汶等人所忧虑的“取消艺术”的弊端，则有失公允。例如，在同一年发表的《十五年来的苏联文学》（1933）中，谈到苏联文学从“普洛文化协会”到《那巴斯图》派的一贯的哲学上的错误，周扬如是说：

他们把艺术作品机械地分成形式和内容，观念和艺术的形象。在他们，重要的是观念，是意识形态的百分百，而其他一切都可以不管。但实际上这是取消艺术。这样的观点正是小资产阶级性质的肤浅的革命主义之具体的表现。③

在同时期的《关于“社会主义的现实主义与革命的浪漫主义”——“唯

① 周扬：《文学的真实性》，《周扬文集》第一卷，人民文学出版社1984年版，第67页。

② 周扬：《文学的真实性》，《周扬文集》第一卷，人民文学出版社1984年版，第73页。着重号原有。

③ 周扬：《十五年来的苏联文学》，《周扬文集》第一卷，人民文学出版社1984年版，第85—86页。

物辩证法的创作方法”之否定》（1933）一文中，周扬立场和观点的改变显得更加迅捷和显著：

> 固然，艺术家是依存于他自身的阶级的世界观的，但这个依存关系，因为各人达到这个世界观的道路和过程的多样性以及客观的情势之不同，而成为非常复杂和曲折。艺术家的世界观又是通过艺术创造过程的复杂性和特殊性而表现出来。艺术的特殊性——就是“借形象的思维”；若没有形象，艺术就不能存在。单是政治的成熟的程度，理论的成熟的程度，是不能创造出艺术来的。……艺术是从现实中，从生活中汲取自己的形象的。所以，决定艺术家的创作方向的，并不完全是艺术家的哲学的观点（世界观），而是形成并发展他的哲学，艺术观，艺术家的资质等的，在一定时代的他的社会的（阶级的）实践。艺术家在创作的实践中观察现实，研究现实的结果，即他的艺术的创造的结果，甚至可以达到和他的世界观相反的方向。①

我们自然会问，在与所谓“第三种人”“自由人”的论争中，在周扬及其他马克思主义文学批评家身上，是否也存在他们自己已经反思、批判的，只管艺术家的“意识形态的百分百”，其他一切可以不管的问题呢？是否考虑到艺术创造过程的“复杂性和特殊性”呢？周扬的在任何时候都坚定到不容置疑的立场和观点，也是出于一时一地的革命文学斗争的需要，或者说是出于革命文学政策改变的需要，正像“第三种人”“自由人”批评革命文学只是出于一时一地的政治需要一样。

瞿秋白在与“第三种人”“自由人”的论争中，已有政治即文艺的思想，并且肯定了苏汶、胡秋原所反对的文艺是“政治的‘留声机’”的观点。周扬在论战中所持观点、立场与瞿秋白基本一致，并且在逻辑的推演上常常显得更加简单、武断。分清敌友、划清界限，成为文艺论争首要的、核心的任务，文艺理论观点的争鸣则无足轻重。这自然是出于文艺战线上阶级斗争的

---

① 周扬：《关于“社会主义的现实主义与革命的浪漫主义”——“唯物辩证法的创作方法”之否定》，《周扬文集》第一卷，人民文学出版社 1984 年版，第 105 页。着重号原有。

需要，出于左翼文坛需要团结更多“同路人”的政治需要，但也确实存在有违马克思主义具体问题具体分析、辩证看待事物的观点之处。

在与胡秋原这位“自由主义的马克思主义文学理论家”的论战中，周扬认为他阳奉阴违，口是心非，“以口头上拥护马克思主义甚至列宁主义，来曲解，强奸，阉割马克思列宁主义，以口头上同情中国普洛革命文学，来巧妙地破坏中国普洛革命文学”，叱责他是“一个多么滑稽的社会法西斯蒂的艺术至上主义者”。他将胡秋原所言“文学与艺术至死都是自由的，民主的”视为他对文艺的根本见解，认为这是对马克思主义文艺的阶级性、党派性的否定，因而是“百分之百的资产阶级的见解”。① 胡秋原1931年以《文艺史之方法论》，首次批判“民族主义文学”派这一法西斯文化团队。他在引起轩然大波的《阿狗文艺论——民族文艺理论之谬误》中如此强调文艺的自由、民主，是有其具体语境的，明确针对的是“法西斯蒂的文学”亦即“民族主义的文学”：

> 法西斯蒂的文学（?），是特权者文化上的“前锋”，是最丑陋的警犬，他巡逻思想上的异端，摧残思想的自由，阻碍文艺之自由的创造。然而，摩罕默德主义是与文化之发展绝不相容的。中国自汉以来的儒教一尊主义，欧洲中世纪之绝对教权主义，结果造成文化之停滞与黑暗。文学与艺术至死也是自由的，民主的。因此，所谓民族文艺，是应该使一切真正爱护文艺的人贱视的。②

由此引出下面这段同样被周扬部分引用的观点：

> 艺术虽然不是“至上”，然而决不是“至下”的东西。将艺术堕落到一种政治的留声机，那是艺术的叛徒。艺术家虽然不是神圣，然而也决不是叭儿狗。以不三不四的理论，来强奸文学，是对

① 周扬：《自由人文学理论检讨》，《周扬文集》第一卷，人民文学出版社1984年版，第41、50、42页。

② 胡秋原：《阿狗文艺论——民族文艺理论之谬误》，见吉明学、孙露茜编：《三十年代“文艺自由论辩”资料》，上海文艺出版社1990年版，第8页。

于艺术尊严不可恕的冒渎。①

周扬，包括其他驳斥者，从原文语境中单独截取一句话——“文学与艺术至死也是自由的，民主的”②——这种做法是不妥的。但更主要的是，周扬的论辩逻辑是单向的、线性的，类似胡秋原在谈论文艺的阶级性时所称的“光杆的阶级论”③。也就是，在周扬看来，文艺家只要站在无产阶级立场上，拥护文艺的阶级性、党派性，那么，他就会成为客观真理的“唯一的体现者”，他就拥有文艺上的最大自由；反之，就是资产阶级的“艺术至上论”者，文艺就无自由可言。周扬说：“能够最深刻地认识目前切迫的阶级战和普罗列塔利亚特的胜利的必然性的，无疑地，只有站在历史的最前线的普洛列塔利亚的党，所以，普洛列塔利亚的党派性是最大的自由，而站在这个党派性上的艺术家也就是世界上最自由的艺术家。胡秋原如果真是爱自由的话，他就至少不应该反对这到自由的唯一之路的党派性。”④无产阶级的党派性是通往自由的“唯一之路”，以此作为无产阶级政党理论，作为阶级的信仰，并无问题；但简单地在党派性和文艺的自由之间画等号，显然缺乏说服力。他引用胡秋原在《浪费的论争——对于批评者的若干答辩》中质疑列宁关于文学的党派性的一段话：

首先，伊里支就说过，文学应该是党的文学，也强调过哲学之党派性。不过，一个革命领袖这么说，文学者没有反对的必要。“不属于党的文学家滚开罢”（伊里支），滚就是了。然而既谈文学，仅仅这样是不能使人心服的。⑤

① 胡秋原：《阿狗文艺论——民族文艺理论之谬误》，见吉明学、孙露茜编：《三十年代“文艺自由论辩”资料》，上海文艺出版社1990年版，第8—9页。

② 周扬在驳斥中，将此句中的“也”改为“都”，不是无意的。“也”字表明此句是顺承上文而下的，是有语境的；“都”字则便于独立引用所需引文。周扬引文参见注释①。

③ 胡秋原：《文艺之阶级性》，见吉明学、孙露茜编：《三十年代“文艺自由论辩”资料》，上海文艺出版社1990年版，第89页。

④ 周扬：《自由人文学理论检讨》，《周扬文集》第一卷，人民文学出版社1984年版，第43页。着重号原有。

⑤ 周扬：《自由人文学理论检讨》，《周扬文集》第一卷，人民文学出版社1984年版，第43页。

胡秋原对列宁的观点提出质疑，主要基于文学方面，认为这样说“是不能使人心服的”。但在周扬那里，政治与文学是一体的，是不能分开的，也是不能质疑的，所以，他认为胡秋原虽然没有公开表示否定，但其态度是轻蔑的，投来的是“怎样可怜的阿Q式的嘲笑”①。

除了文艺的根本见解不同，周扬重点批驳了胡秋原在文艺的阶级性、文艺与政治关系上的问题。

关于文艺的阶级性，周扬说：

> 在胡秋原，“阶级性”成了一个抽象名词，只是口头上说说的一句话罢了。譬如，他说，“艺术者，是思想感情之形象的表现，而艺术之价值，则视其所含蓄的思想情感之高下而定。”这里，如果你问，这所谓高下是用什么阶级的标准去定呢？他就会干脆不过地引用朴列汉诺夫所引用的罗斯金的话，“艺术价值之高下，决定于其所表现的情操之高下，而那情操之高下则决定其足以作人与人间精神结合手段的范围的广狭与程度之深浅”，来回答你，虽然《世界革命文学》编辑部很严厉地批评过这一点，说这个情操之高下的标准是一个抽象的标准，这抹杀了文学作品的阶级性。但胡秋原是否认苏俄文学理论家对于朴列汉诺夫的一切批判，从而否认列宁阶段的苏俄文学理论的。②

在周扬引用的胡秋原第一处原文之后，还有两句话：“所以，伟大的艺术，都具有伟大的情思。而伟大的艺术家，常是被压迫者，苦难者的朋友。”③胡秋原所言“伟大”一词，固然有其抽象一面，但是有其明显倾向的，只是这倾向很难用阶级来划分、定性。周扬认为阶级的标准是衡量“一切”艺术的标准，胡秋原认为它只是衡量“某些”艺术的标准，这是两者分歧的关键点。周扬的论辩逻辑是，既然《世界革命文学》杂志已严厉批判过朴列

① 周扬：《自由人文学理论检讨》，《周扬文集》第一卷，人民文学出版社1984年版，第44页。
② 周扬：《自由人文学理论检讨》，《周扬文集》第一卷，人民文学出版社1984年版，第45页。
③ 胡秋原：《阿狗文艺论——民族文艺理论之谬误》，见吉明学、孙露茜编：《三十年代“文艺自由论辩”资料》，上海文艺出版社1990年版，第8页。

汉诺夫的观点，胡秋原就不能再拿来为自己的艺术观作辩解，否则就是否认苏俄文学理论，其艺术价值的标准就是抽象的。这自然是胡秋原所不能同意的。

实际上，周扬所引胡秋原的观点，是后者回应易嘉（瞿秋白）指责他是“变相的至上论”者，否定艺术是“阶级的武器”。胡秋原的原话是：

> 易嘉先生又非笑我说“高尚的情思”。其实这是毋庸非难的。例如，伊里支亦曾称托尔斯泰为“伟大的艺术家”，然而“这里”，并不见得“立刻就发生一个问题：所谓伟大与否又用什么标准去定呢？”列宁也没有说明用“哪一阶级的标准”。例如，我们认为花红柳绿，色盲者也许认为花黑柳白。然而这并不妨碍我们说花红柳绿的。其实，时代解放运动的思想，自己牺牲以利他人的感情，都是高尚的情思。当然我们不否认革命情思是高尚的情思。如果易嘉先生还要质问我用什么做标准，那么，朴列汉诺夫所引用发挥Ruskin的话，“艺术价值之高下，决定于其所表现的情操之高下，而那情操之高下则决定其足以作人与人间精神结合手段的范围的广狭与程度之深浅”，也是一个标准。不错，《世界革命文学》杂志的编者对此点曾下过批评。但如果易嘉先生引用这批评时我也可再来答复，现在姑且放下不提罢。①

首先，胡秋原是知道《世界革命文学》杂志曾批判过朴列汉诺夫的观点的，但并不因此认为引用后者所发挥的观点有何不妥。其次，谈及艺术价值的评判标准，他认为“并不见得‘立刻就发生一个问题……’”，而在易嘉，也在周扬看来，当然是“立刻”就发生的。最后，也是最重要的，胡秋原认为朴列汉诺夫所引罗斯金的观点，在评价艺术价值之高低时，“也是一个标准”。他特意在“也是”下加了着重号。当然，易嘉、周扬所认可的标准只有一个——阶级性。事实上，胡秋原在文中说得很清楚，他并不认同苏汶所

① 胡秋原：《浪费的论争——对于批评者的若干答辩》，见吉明学、孙露茜编：《三十年代“文艺自由论辩”资料》，上海文艺出版社1990年版，第221页。着重号原有。

说的“不是一切文学都是有阶级性的”。他指出：

> 一切文学都是有阶级性的。不过如朴列汉诺夫及佛理采所说明的，有“时代的作风”(Style of Epoch)，有“阶级的作风”(Style of Class)。一篇作品反映其阶级心理，同时反映其时代的一般特征。……其次，同一阶级，又表现有不同的层或集团的意识形态。第三，有阶级斗争（Class Struggle）又有阶级同化（Class Assimilation)。第四，有阶级的忠臣——如资产阶级之Balzac，Kipling等；有阶级的逆子——如资产阶级之 Flaubert，Rimbaud 等。第五，文学上阶级性之流露，常是通过极复杂的阶级心理，社会心理，并在其中发生“屈折”的。最后，从来的文学作家，常大多数是属于中间阶级——小地主阶级，小资产阶级的，因此，他们的阶级性常表现一种动摇与朦胧。①

胡秋原认同“一切文学都是有阶级性的”，这一点在周扬的文章中并未被提及，后者已“先行”判定胡秋原所谈“阶级性”是抽象的。胡秋原的观点是建立在他对文学阶级性的复杂性、微妙性的认识之上的，其中包括：文学在反映阶级心理和时代特征中的联系与差异，同一阶级中立场、观点的不同，阶级之间既有斗争也有同化，阶级立场、观点的分化，文学表现阶级心理、社会心理的“屈折”，中间阶级的摇摆，等等。他反对的是把“阶级性”当作标签贴在作品上。

胡秋原对艺术及其价值高低的认识，有其合理的一面，也符合中国传统文论以作家为主体品评作品中的思想感情、道德情操的方式。但在周扬看来，否定艺术的阶级性实际上就是否定艺术的存在，评价艺术价值的标准也就是抽象的。周扬说，胡秋原虽然认可文学是对生活的反映，但不承认文学对现实生活具有反作用力，这不符合马克思主义关于经济基础与上层建筑之间关系的论述。周扬对胡秋原观点的这种概括，不说是有意的歪曲以利于自

① 胡秋原：《浪费的论争——对于批评者的若干答辩》，见吉明学、孙露茜编：《三十年代“文艺自由论辩”资料》，上海文艺出版社 1990 年版，第 217 页。着重号原有。

己的反驳，至少是很不严谨的。在《浪费的论争——对于批评者的若干答辩》一文中，胡秋原并不否认“艺术在某种程度上能影响生活”，但也并不认同“文艺改造世界”。他认为，“对于文艺之社会机能，不能估得过高，正如不能估得过低一样”。[①] 周扬出于批驳胡秋原的目的，认为“在阶级社会里面，艺术现象自身就是一种阶级斗争的现象”，因而“‘文学应该是党的文学’这铁则才是文学批评的现实基准”，[②] 则无疑是把阶级性、党派性无限扩大至艺术的全体，忽略艺术具有的区别于非艺术的特质。

关于文艺与政治的关系，周扬认为胡秋原的反动本质体现为两方面，一是把文学和政治对立起来，一是“Hystericall（歇斯底里）地反对一切利用文艺的政治手段”。周扬重申：“文艺和政治是由阶级斗争的实践所辩证法地统一了的，而文艺本身就是政治的一定的形式。”[③] 他引用胡秋原与易嘉论辩时的话：

> ……补助革命的艺术，不限定是真正值得称为艺术的东西。我所要求保留的就是这一点。如果易嘉先生能够有这一点宽容，而且，因为它已奉仕于革命了，就对它牺牲一个“艺术”的称呼，也没有什么不可能。倘能如此，则这时候，我相信任何作家也都可不必多嘴的。如果易嘉先生能够让步一点，那么，一切的论争都可停止了。（《浪费的论争——对于批评者的若干答辩》）

周扬据此断定胡秋原的真正目的是“取消普洛革命文学”。[④] 然而，胡秋原这样说是有前提的：“在那之际……”在什么之际呢？周扬所引胡秋原文章的前半部分是：

---

① 胡秋原：《浪费的论争——对于批评者的若干答辩》，见吉明学、孙露茜编：《三十年代“文艺自由论辩”资料》，上海文艺出版社 1990 年版，第 225 页。着重号原有。

② 周扬：《自由人文学理论检讨》，《周扬文集》第一卷，人民文学出版社 1984 年版，第 48、47 页。着重号原有。

③ 周扬：《自由人文学理论检讨》，《周扬文集》第一卷，人民文学出版社 1984 年版，第 48、49 页。着重号原有。

④ 周扬：《自由人文学理论检讨》，《周扬文集》第一卷，人民文学出版社 1984 年版，第 52 页。着重号原有。

> ……我决不是“立定主义反对一切”利用艺术的政治手段，而对于利用艺术为革命的政治手段，并不反对。为什么呢？因为革命是最高利益，不能为艺术障碍革命。为革命牺牲一切，谁也无反对之理由。不过且让我顽强地说一句：即在那之际，补助革命的艺术，不限定是真正值得称为艺术的东西。我所要求保留的就是这一点……①

胡秋原不反对一切利用艺术的政治手段，他只是“顽强地”认为，当革命要求以艺术为政治手段时，那些东西不能“真正值得称为艺术”。这是他所言“不限定”的含义。要求艺术家做“政治的留声机”，他是“无论如何”也不能同意的：

> 一个艺术家一定要做政治的留声机，我无论如何总觉得不大够味儿。无论哪一家的片子。因为一个艺术家，他没有锐利的眼光，观察生动的现实，只有做政治的留声机的本领，就是刀锯在前我也要说他是一个比较低能的艺术家。马克斯严厉地劝拉萨尔创造戏曲，“要效仿莎士比亚，不要仿效释勒，不要将许多个性，变为时代精神之喇叭……”。不要当喇叭，就是说不要当一个纯留声机。易嘉先生要知道高尔基等之所以伟大，在他是革命的春燕，不是革命的鹦鹉啊。②

对艺术家是做“革命的春燕”还是“革命的鹦鹉”的问题，周扬并未做回应。而我们也知道，左联后期，包括鲁迅在内，对留声机式、标语口号式的革命文学，已做了深刻反思。

① 胡秋原：《浪费的论争——对于批评者的若干答辩》，见吉明学、孙露茜编：《三十年代“文艺自由论辩”资料》，上海文艺出版社 1990 年版，第 222 页。着重号原有。

② 胡秋原：《浪费的论争——对于批评者的若干答辩》，见吉明学、孙露茜编：《三十年代“文艺自由论辩”资料》，上海文艺出版社 1990 年版，第 221 页。

三、社会主义的现实主义及其典型论：政治“正确”下的理论“修正”

如前所述，在《关于“社会主义的现实主义与革命的浪漫主义”——“唯物辩证法的创作方法”之否定》中，周扬对他之前的坚定、鲜明、不容置疑，因而往往显得简单、重复到语义自我循环的立场、观点，做出重大修正。之所以说是修正，因为具体的观点、口号虽然依据政治形势的变化必须做出调整，但万变不离其宗，作家必须不断改造自己的世界观、哲学观以适应新形势的要求这一点，并未发生变化，也是不能变化的。

该文主要是向国内读者介绍苏联理论家吉尔波丁（V. Kirpotin）在全苏作家同盟会上所做的《苏联文学之十五年》报告，尤其是要为这份报告否定“唯物辩证法的创作方法”，提出“社会主义的现实主义”与“革命的浪漫主义”这一新的创作方法，做出合乎情理的解释，用以指导中国的无产阶级文学。遵从而不怀疑，是该文的基调，这当然是可以理解的。不过，在解释的过程中，周扬似乎没有意识到，被吉尔波丁所否定的旧的创作方法中所存在的文学批评观念、方法，在国内马克思主义文学批评家身上，在他们与“第三种人”“自由人”的论争中，曾经一再出现。比如他解释道：

> “拉普”的指导者们不但在组织上犯了宗派主义，关门主义的错误……而且在创作批评问题上也犯了这个同样的错误。“唯物辩证法的创作方法”这个口号便是“拉普”组织上的宗派性之在批评活动上的反映。“拉普”的批评家们常常用“唯物辩证法的创作方法”这个抽象的烦琐哲学的公式去绳一切作家的作品。他们对于一个作品的评价并不根据于那作品的客观的真实性，现实主义和感动力量之多寡，而只根据于作者的主观态度如何，即：作者的世界观（方法）是否和他们的相合。他们所提出的艺术的方法简直就是关于创

作问题的指令，宪法。①

且不说“唯物辩证法的创作方法”这样的提法，曾多次在周扬及其他马克思主义文学批评家的文章中出现，他们在有关普洛的大众文艺，在与苏汶、胡秋原等人的论争中，也正是以被批判者的世界观是否与代表先进阶级的文艺家的世界观相合，作为立论的出发点和落脚点的。又如，为了说明“唯物辩证法的创作方法”是错误的，必须被否定，周扬继续解释道：

> 虽然艺术的创造是和作家的世界观不能分开的，但假如忽视了艺术的特殊性，把艺术对于政治，对于意识形态的复杂而曲折的依存关系看成直线的，单纯的，换句话说，就是把创作方法的问题直线地还原为全部世界观的问题，却是一个决定的错误。②

这似乎给人一种错觉，即周扬及其他中国马克思主义文学批评家一直站在苏联“拉普”理论的对立面，从未把艺术与政治的关系看成是“直线的，单纯的”；他们也没有依据这一理论和方法，去批判不合他们的世界观的作家；他们没有像“拉普”的批评家们那样，“没有率先强调他们的作品的真实的部分，而单单为了辩证法的唯物论没有彻底，就一笔抹杀那作品的全部的价值”③。不过，正如前已论述的，艺术的特殊性在周扬那里只是提及，并未展开过；而作家的阶级性、党派性在作品中的“复杂而曲折”的情状，在胡秋原那里有过具体的阐述。当然，在强调“为创作的实践，文学的技术的获得的斗争就有着至大的意义”——但仍旧不对“文学的技术”指什么给予说明——之后，周扬习惯性地把“技术”问题拉回到世界观上，就不足为奇了：

① 周扬：《关于“社会主义的现实主义与革命的浪漫主义”——“唯物辩证法的创作方法”之否定》，《周扬文集》第一卷，人民文学出版社1984年版，第103页。着重号原有。

② 周扬：《关于“社会主义的现实主义与革命的浪漫主义”——“唯物辩证法的创作方法”之否定》，《周扬文集》第一卷，人民文学出版社1984年版，第106页。着重号原有。

③ 周扬：《关于“社会主义的现实主义与革命的浪漫主义”——“唯物辩证法的创作方法”之否定》，《周扬文集》第一卷，人民文学出版社1984年版，第108—109页。

> 作家为获得高度的表现技术，即，为达到更完全的形象化的努力，是正当的，必要的努力。但是真正使大众感动的，却还不是美丽的，洗练的形式，而是被描写的深刻的，活生生的现实。要在形象的形式中，描画出现实的完全的真实的光景，作家就有通过现实的社会的实践去和劳动阶级结合，把劳动阶级的世界观变成自己的世界观的必要。①

同样，在新的创作方法的倡导中，对艺术“真实性”的认识依然不会跃出阶级决定论的藩篱。至少周扬是这样理解的。他说：

> 真实性——是一切大艺术作品所不能缺少的前提。真实使文学变成了反对资本主义拥护社会主义的武器。正因为这个缘故，那必须说谎，必须掩盖现实的资产阶级，就再不能创造出活生生的大艺术作品来。②

至于胡秋原曾提及的，在无产阶级和资产阶级这两大对立阶级之外或之间，是否还存在持有其他立场或摇摆立场的作家，这样复杂而曲折的情形，依旧未被纳入周扬考虑的范围。那些作家自然也是与“真实性”无缘的。

在《现实主义试论》(1936) 开篇，周扬引用纪德演讲中所借希腊神话中安迪奥斯的故事，指出“从来文学上的巨人都是两脚坚牢地踏在现实的土壤上的，文学和现实的紧紧的粘合是文学力量的源泉”。他认为：“现实主义的发展，它的繁荣和衰落，必须和作家所处的各个时代的历史的限制性，各个社会层的变迁和升降的过程，以及作家的创作方法和世界观，才能和禀质等等联系起来去说明。现实主义的内容是取了非常复杂的形态而出现的。”③虽然在文学史上，现实主义是作为浪漫主义的对立物出现的，但周扬一向反

① 周扬：《关于“社会主义的现实主义与革命的浪漫主义”——“唯物辩证法的创作方法”之否定》，《周扬文集》第一卷，人民文学出版社 1984 年版，第 107 页。

② 周扬：《关于“社会主义的现实主义与革命的浪漫主义”——“唯物辩证法的创作方法”之否定》，《周扬文集》第一卷，人民文学出版社 1984 年版，第 110 页。着重号原有。

③ 周扬：《现实主义试论》，《周扬文集》第一卷，人民文学出版社 1984 年版，第 152 页。

对把两者对立起来，认为它们是彼此渗透、融合的。这也与他接受吉尔波丁在全苏作家同盟会上的报告中，对社会主义现实主义和革命的浪漫主义之间关系的论述有关，后者是包含在前者之中的一个正当、必要的因素，以丰富和发展前者。对于如何鉴别现实主义，他再次借用狄纳莫夫论莎士比亚的话说：

> 对于莎士比亚的评价并不是依据于现实主义的外表，重要的是在莎士比亚没有用观念论的观点去看现实，他在意图上，内容上，他的作品的性质上是现实主义者，他利用各种各样的文学戏剧的形式和体裁，从喜剧到悲剧，从悲剧到轻松的故事，从来没有把客观现实当成简单的“精神”的反映，他的基础根本是周围世界，现成的而非杜撰的。①

之前周扬在《现实的与浪漫的》(1934) 中对这段话作了解释：

> 一个作家，如果他对现实的根本认识不是从抽象的主观的观念而是从现实及其本身的客观定律出发的话，则他的作品即使有把现实幻想化的地方，仍然是现实主义的作品。反之，浪漫主义的文学却是以彻头彻尾的主观的观念论的态度去对付现实的。幻想，对幻想的渴望是浪漫主义的根源。在浪漫主义者看来，幻想就是现实。用浪漫的幻想来代替灰色的现实，这实际上不过是对于现实的一种逃避罢了。②

他认为，旧现实主义者的缺点在于止于攻击社会的丑恶，暴露其缺陷，但没有丝毫的建树，受历史条件的局限而不能指出社会的出路。因此，现实主义常常与悲观主义相联系，是“批判的现实主义”。现在，由于旧现实主义所扎根的土壤已分崩离析，现实主义作家只有两条出路：“或者是和息息

---

① 周扬：《现实主义试论》，《周扬文集》第一卷，人民文学出版社 1984 年版，第 154 页。
② 周扬：《现实的与浪漫的》，《周扬文集》第一卷，人民文学出版社 1984 年版，第 125 页。

变化的时代隔绝，缩小观察现实的范围，自我陶醉地沉溺于‘显微镜的现实主义’的精细里；或者是完全打开旧世界的牢笼，以全部的率直和诚恳的希望来改造自己，走到现实的将来所属的那一边去。”①中间道路或“第三种人”同样是不存在的。

在批驳苏汶的客观的真实存在于主观的真实、主客观是自然的结合的观点之后，周扬重新回到政治的“正确”——即世界观的“正确”——的论说轨道上，认为“新的现实主义的方法必须以现代正确的世界观为基础。正确的世界观可以保证对于社会发展法则的真正认识，和人类心理与观念的认识，把艺术创作的思想的力量大大地提高”，“对于现实的绵密的观察和研究自然可以领作家走向正确的世界观去，但是正确的世界观却是观察和研究现实的指针”。②世界观有缺陷乃至落后的作家，固然可以凭借深入观察、研究现实而获得现实主义的力量，但如果有正确的世界观，将大大有助于作家给予现实更为正确的表现；或者说，旧的现实主义允许作家的世界观与创作方法之间存在矛盾，但新的现实主义必须要以正确的世界观为基础、为指针。何况中国社会的状况动荡而混乱，摇摆不定又是知识分子的特性，因此，“正确的世界观就是照耀他们前进的明灯。批评家应当把世界观放在第一等重要的位置上”③。现实主义最重要的艺术形式是表现典型。周扬对典型的界定是：“典型的创造是由某一社会群里面抽出最性格的特征，习惯，趣味，欲望，行动，语言等，将这些抽出来的体现在一个人物身上，使这个人物并不丧失独有的性格。所以典型具有某一特定的时代，某一特定的社会群所共有的特性，同时又具有异于他所代表的社会群的个别的风貌。”④他不同意胡风对典型的普遍性和特殊性的解释，由此引发二人的争论。

周扬在《现实主义试论》中所引胡风对典型的普遍性和特殊性的解释是：

所谓普遍的，是对于那人物所属的社会群里的各个个体而说的；所谓特殊的，是对于别的社会群或别的社会群的各个个体而说

① 周扬：《现实主义试论》，《周扬文集》第一卷，人民文学出版社 1984 年版，第 155—156 页。
② 周扬：《现实主义试论》，《周扬文集》第一卷，人民文学出版社 1984 年版，第 157、159 页。
③ 周扬：《现实主义试论》，《周扬文集》第一卷，人民文学出版社 1984 年版，第 159 页。
④ 周扬：《现实主义试论》，《周扬文集》第一卷，人民文学出版社 1984 年版，第 160 页。

的。就辛亥前后以及现在的少数落后地方的农民说，阿Q这个人物的性格是普遍的；对于商人群地主群工人群或各个商人各个地主各个工人以及现在的在不同的社会关系里的农民而说，那他底性格就是特殊的了。①

胡风此处的理解并非准确之论，也不是无懈可击。不过，在普遍性与特殊性二者关系的理解上，周扬与胡风的区别主要在于，周扬是从阶级属性来划分群体，未考虑阶级属性从来不是非黑即白的；胡风则是从社会群体角度来说的。周扬越是强调阶级立场的鲜明，就越是无法理解典型之中普遍与特殊的关系。比如他引用高尔基的话说："在要表现的各个人里面，除了社会群共同的特性之外，还必须发见他的最最特征的，而且在究极上决定他的社会行动的那个人的特性。"② 高尔基说的也是"社会群"。周扬同时引用高尔基的话说，典型之所以能够成为活生生的个人，就在作家所处理的是"实际生活上的人"，即"混淆的，非常复杂的，充满了矛盾的人物"；他也认为"在像哈孟雷特那样非常复杂的性格上面是决不能贴一个某某社会层的签条就完事的"③；他也援引俄罗斯文学中的"多余人"、巴尔扎克《人间喜剧》中的"资产者世界"，来解释他们既有"贵族群""资产者"共同的本质，又个个不同。但是，由于根深蒂固的从政治"正确"、阶级立场出发去对作品中的人物进行阶级分析的思维惯性，周扬在头脑中已预先将"多余人""资产者"做了阶级划分，并且，对于阶级的属性或这些人"共同的命运"已有了抽象的认识和概括，所以，他所说的人物形象的独特，只是在抽象的、一成不变的阶级属性、阶级本质圈定之下的不同的性格、个性而已。这实际上有违高尔基关于作家处理的是"混淆的，非常复杂的，充满了矛盾的人物"的论述。从周扬不同意胡风对阿Q形象所做的分析中，即可看出上述问题：

胡风先生说我既认阿Q有独特的地方，那阿Q就不能代表农

① 周扬：《现实主义试论》，《周扬文集》第一卷，人民文学出版社1984年版，第161页。

② 周扬：《典型与个性》，《周扬文集》第一卷，人民文学出版社1984年版，第164页。着重号原有。

③ 周扬：《典型与个性》，《周扬文集》第一卷，人民文学出版社1984年版，第165页。

民，为甚么阿Q有独特的地方就不能代表农民，这意见实在奇怪得很。我们知道，历史上的伟人是最“不同于众”的特异的人物，但他们却常常是“众”的利害的最大的代表者。阿Q虽不是历史上的伟人，但关于他我们可以说同样的话。旁的不讲，成为阿Q性格之一大特点的那种浮浪人性在农民中就并不能说是普遍的。记得作者在甚么地方说过这样的话，如果当做纯粹农民的话，他一定要把阿Q描写得更老实一些。但是阿Q的这些特殊性并不妨碍他做辛亥革命前后的农民的代表，并不必“农民们写一纸请愿书或甚么揣在他怀里派他到甚么地方去”，因为在他的个人的特殊的性格和风貌上浮雕一般地刻出了一般中国农民的无力和弱点。①

胡风的意见是否像周扬所转述的这样，或者，胡风的意见是否就是完全正确的，自然可以讨论。然而，首先，周扬经由什么认定阿Q性格中的“浮浪人性”在农民中不能说是“普遍的”呢？这只能解释为，周扬头脑中已有对农民阶层的本质特性的认识；倘若承认“浮浪人性”是农民的普遍性格，在他看来显然是在抹黑这个阶层，不符合政治的“正确”。其次，周扬在转述鲁迅的话时没有意识到他自己的问题所在：阿Q并没有被“当做纯粹农民”来处理。也就是，这世上根本就没有所谓“纯粹农民”，也不可能有关于“纯粹农民”的本质或“共同的命运”之类。一位具有现实主义精神和倾向的作家，他在文学中处理的确实是他所观察、体验到的“活生生的个人”。“This one”也的确是高尔基所言，是“混淆的，非常复杂的，充满了矛盾的人物”。

四、“两个口号”的论争：“新的配置”与“重新排列”

在左联内外引发“两个口号”的论争之前，周扬在《“国防文学”》（1934）一文中，推介曾参加过日俄之战的俄国作家 A. Novikov-Priboy（诺维科夫-

① 周扬：《典型与个性》，《周扬文集》第一卷，人民文学出版社 1984 年版，第 167 页。

普里鲍依）的《对马》(Tsusima)，并借D. Zaslavsky(D. 扎斯拉夫斯基）之口，称赞这部反映日本海海战的作品是“一首史诗——一首战争和革命的诗”。他介绍该作品在苏联属于“国防文学”（Literature of Defense)，而不是“爱国文学”或“和平主义的文学”，其任务“在于防卫社会主义国家，保卫世界和平。它揭露帝国主义怎样图谋发动战争，怎样以科学为战争的武器”。他因此感慨：“在战争危机和民族危机直迫在眼前，将立刻决定中国民族的生死存亡的今日，‘国防文学’的作品在中国是怎样地需要呀。”① 这篇短文可以看作周扬提出国防文学口号的前奏。

将近两年后，周扬就国防文学与徐行展开论争。他驳斥徐行的“国防文学反对论”，认为对方完全不了解统一战线的理论和当下的形势，“民族革命的统一战线的现实基础非徐行先生一人所能抹杀，民族革命的统一战线的主张正是从现实出发，依据最前进的理论和策略的一种现实变革的主张”。他对徐行在文学上“左”的倾向的批判是正确的，这来自他对当时民族革命的策略和革命文学新的方向的准确把握，“国防文学就是一方面继承这个过去文学的革命传统，一方面立脚于民族革命高潮的现实上，把文学上的反帝反封建的任务推进到一个新的阶段的文学”②。不过，从某种意义上说，徐行文学上“左”的论调，也曾是周扬所极力倡导和主张的。至少，在之前与“第三种人”“自由人”的论争中，周扬站在代表先进力量的无产阶级立场上，同徐行一样认为“真正彻底反帝的社会层是中国出卖劳力的大众，只有他们是前锋，也只有站在这观点上的文学才是挽救中国的文学”③，只是措辞不同；除了无产阶级和资产阶级，不可能存在“第三种人”，文学上也不存在“第三条道路”或“中间道路”。只不过时移世易，周扬对自己的文学理论观点做了重大修正，或者按他的话说，做了“新的配置”：

> 在统一的民族阵线上，我们在中间的或甚至落后的文学者中可

① 周扬：《“国防文学”》，《周扬文集》第一卷，人民文学出版社 1984 年版，第 118、119 页。

② 周扬：《关于国防文学——略评徐行先生的国防文学反对论》，《周扬文集》第一卷，人民文学出版社 1984 年版，第 171 页。

③ 徐行语，见周扬：《关于国防文学——略评徐行先生的国防文学反对论》，《周扬文集》第一卷，人民文学出版社 1984 年版，第 172 页。

以找着不少的同盟者，文学上的各种救亡的力量需要有一个新的配置。革命文学应当是救亡文艺中的主力，它不是基尔特文学，而是广大勤劳大众的文学，在民族解放的意义上，又是全中国民族的文学。国防的主题应当提供到每个革命作家以及一切汉奸以外的作家的创作实践的日程上。国防文学运动就是一个最大限度地动员文艺上的一切救亡力量的运动。①

与此相应，在文学创作中，正确的世界观是作家深入现实获取真实性的基础和指针的提法，在周扬那里也发生了位移。在前此的《现实主义试论》一文中，周扬批驳孟式均、辛人的观点，指出他们或者夸大了客观的盲目的力量，或者完全忽视作家主观意识的作用。他说：

对于现实的绵密的观察和研究自然可以领作家走向正确的世界观去，但是正确的世界观却是观察和研究现实的指针。作家，因为他们社会地位和教养的不同，对于人生抱着各自的看法，成见和偏爱，如果他没有较为正确的世界观，即使接触了现实，也很可能会迷失在事实和事象的混乱里，把握不住现实的本质的方面，它的趋势的目标和展望。而科学的世界观的力量就在它能给与“看定方向的能力，理解周围事件的内在联系的能力”。自然，对作家强要把习得正确的世界观当作创作前提的条件，是不正当的要求，但是确保和阐扬这个世界观却是诱导作家走向正确的方向去的最大的保证。②

不正确的世界观也可能不妨碍作家深刻把握现实的本质，写出社会历史发展的趋势和方向，但这属于旧的现实主义；这一页在周扬看来已经翻过去了。新的现实主义，亦即苏联提出的“革命的现实主义”，要求作家有较为正确的世界观，是为了给他们一盏指路的“明灯”，其重要性在周扬来说是

① 周扬：《关于国防文学——略评徐行先生的国防文学反对论》，《周扬文集》第一卷，人民文学出版社 1984 年版，第 172 页。

② 周扬：《现实主义试论》，《周扬文集》第一卷，人民文学出版社 1984 年版，第 159 页。

不言而喻的。因此，他才批评孟式均以下言论是错误的："实践的研究是认识上最重要的契机，所以对现实作着严密的观察，现实性自会将你的既成的世界观消弱，压溃而教给你和你的意见不同的东西。"① 但是，到了批驳徐行反对国防文学的言论时，周扬的如下论述与孟式均的观点并无本质差异：

> 艺术创造的主体原是非常复杂；包含了各种不同的社会成分的。问题并不在缩小主体——即局限于徐行先生所认为"纯洁"的一部分，而倒在如何诱导各色各样的成分都参加到民族解放运动里面去。假使在我们面前的，是一个有才能的作者又忠于现实的话，那末，不管他所属的阶层，所抱的信仰，以及他对于民族革命之真义的理解的程度，他一定能够在他的作品里面反映出这个革命的某些重要的方面来。我们丝毫不看轻进步的世界观的烛照的作用，但现实本身的教育的意义，却也是不能忽视的。②

周扬对自己文学理论观点的重大修正：之前他的表述是，"民族的灾难却使大家只剩下了一条共同的出路。正确的世界观就是照耀他们前进的明灯。批评家应当把世界观放在第一等重要的位置上"③；眼下尽管大家也"只剩下了一条共同的出路"，但他对正确的世界观的作用的表述，悄然变化——"我们丝毫不看轻进步的世界观的烛照的作用，但现实本身的教育的意义，却也是不能忽视的。"既"丝毫不看轻"一方，又"不能忽视"另一方，这与其说是马克思主义辩证法的体现，不如说是"兼顾"两方，以免有违政治"正确"的原则。

相对而言，周扬与胡风的论争显得较为平和。虽然他也指责后者"对于民族革命的形势的估计不够"，"抹杀了目前弥漫全国的救亡统一战线的

① 孟式均语，见周扬：《现实主义试论》，《周扬文集》第一卷，人民文学出版社 1984 年版，第 158 页。

② 周扬：《关于国防文学——略评徐行先生的国防文学反对论》，《周扬文集》第一卷，人民文学出版社 1984 年版，第 174 页。着重号为引者所加。

③ 周扬：《现实主义试论》，《周扬文集》第一卷，人民文学出版社 1984 年版，第 159 页。

铁的事实，所以对于‘统一战线’，‘国防文学’一字不提，在理论家的胡风先生，如果不是一种有意的抹杀，就不能不说是一个严重的基本认识的错误”，① 但交锋仅限于此，而且前面已兜了一大圈：介绍新文学的历程和中华民族多灾多难的历史、现实；阐明提出国防文学口号的必要性和积极意义；捎带着继续批驳徐行的“胡言”“呓语”。此后，周扬基本上是从正面阐述国防文学的特殊意义，以及他所认可的已经出现的国防文学的作品。周扬说：

> ……能够很敏捷地直接地反映社会事变、日常生活和斗争的小型作品，如速写，报告文学等，在文学的民族战线上演了它“轻骑兵”的角色。……在这里，美学主义的饶舌是没有用处的。在这火热的民族革命战争中，都够成为美学者，那不过是高尔基所说的“冷淡的犬儒”罢了。
>
> 从现实的主流出发的国防文学无疑地是最现实主义的文学。现实提供了我们以各种各样的材料，但要表现现实的真实，就决不能无差别地描写一切生活现象，而必须把握时代的中心内容，社会发展的主要目标和方向。国防文学不但要描绘民族革命斗争的现状，同时也要画出民族进展的前面的远景。②

在与茅盾的论争中，周扬使用了与“新的配置”相类似的术语：“重新排列”(Re-alignment)③。它意指由于抗敌救亡的形势，社会关系和力量对比的急遽变化，作家间的关系也随之发生大变动，因此需要一个统一的文学上的口号。茅盾指出，“国防文学”是束缚人的，而创作需要更大的自由。他所言自由是相对“国防文学”而言的；况且，他已说明它可以做作家关系间的标帜，对此周扬是完全同意的。但是周扬对“束缚”与“自由”这样的措辞非常敏感，他辩解说：“我说‘国防的主题应当成为汉奸以外的一切作家

---

① 周扬：《现阶段的文学》，《周扬文集》第一卷，人民文学出版社 1984 年版，第 180 页。

② 周扬：《现阶段的文学》，《周扬文集》第一卷，人民文学出版社 1984 年版，第 182、184 页。

③ 周扬：《与茅盾先生论国防文学的口号》，《周扬文集》第一卷，人民文学出版社 1984 年版，第 187 页。

的作品之最中心的主题'，所谓'最中心的'自然就不是'唯一的'的意思。"①这个辩解当然是成立的，但是，"最中心的主题"有没有形成对作家创作的实际束缚，尤其是当它明白无误地针对着"汉奸以外的一切作家"呢？周扬引用茅盾短论《需要一个中心》里的话，认为后者也讲过"中心思想"的话，何以他的意见就会成为对创作的束缚呢？——

"种种的题材都必有一中心思想，即提高民众对于'国防'的认识（使民众了解最高意义的国防），促进民众的抗战的决心，完成普遍一致的武力抵抗侵略的行动。这是历史所赋与的我们的作家们在现阶段不可逃避的使命。"这使命不应当由全体中国的作家来完成吗？②

题材有一"中心思想"，是写作的一般性原则，只是茅盾认为现在可以把它导向"国防"。这与周扬所说"国防的主题应当成为……最中心的主题"，当然是不同的。因此，周扬的如下阐述就纯属借题发挥，完全脱离了双方论争的语境：

> 创作的自由不是没有限度的，绝对的创作自由的说法是有害的幻想。高尔基很正确地指出了二十世纪欧洲文学之所以陷于创作的无力，就是由于竭力张扬艺术的自由，创作思想的任意，无形中使许多文学者缩小了观察现实的范围，放弃了对现实作广泛的各方面的研究。所以，主张作家可以任意创作，写国防和写纯恋爱都是一样，这就不但会削弱或甚至消解文艺创作的国防的作用，就单单站在创作的本身上来说，也不是贤明的见解。③

作家兼理论家、批评家的茅盾会以为创作有"绝对的自由"，作家可以"任意创作"吗？恐怕连周扬本人都不会相信，何况前文周扬所引茅盾关于

① 周扬：《与茅盾先生论国防文学的口号》，《周扬文集》第一卷，人民文学出版社1984年版，第188页。

② 周扬：《与茅盾先生论国防文学的口号》，《周扬文集》第一卷，人民文学出版社1984年版，第188—189页。

③ 周扬：《与茅盾先生论国防文学的口号》，《周扬文集》第一卷，人民文学出版社1984年版，第189页。

“中心思想”的话里已说得很清楚，历史已赋予作家现阶段不可逃避的使命。

周扬不同意茅盾所提“民族革命战争的大众文学”的口号，一是认为它“并没有表现出我们多少年斗争过来的那革命文学的基本的立场”①，但作为口号，何以“国防文学”表现了“革命文学的基本的立场”而这个却没有表现，他并没有详说。二是认为它不能作为创作方法，“它并没有标明作家对于现实的一定的态度。我们应当执拗地为获取进步的现实主义的方法而努力”②。不过，按照周扬在《现阶段的文学》里的说法，作为“最现实主义的文学”的国防文学，同时应当以浪漫主义为创作方法的一面，“各种倾向的艺术家的多样的手法，在他奉仕民族解放的条件之下，不但应当被容许，而且应当保证它们的广泛的运用”③，他自己也并没有独尊现实主义的方法的意思。他在之前的《关于国防文学——略评徐行先生的国防文学反对论》中也说道：“向国防文学要求最进步的现实主义的作品，是正当的，但国防文学的制作者却并不限于能运用高级的创作方法的作家，就是思想观点比较落后的作者，也应当使之为国防创作而努力。”④周扬的矛盾在于，一方面，要抓住现实主义的原则不放手；另一方面，为着民族统一战线的建立，又需要文学上的兼容并包。但假如作家作品运用其他方法而偏离了他所认同的“最现实主义”，他又会以他的准则强调现实主义是最进步的、最真实的表现现实——不仅表现“今日”之现实，还要表现“明日”之现实——的创作方法。更为关键的问题是，周扬对现实主义与浪漫主义关系的认识，来自苏联理论家吉尔波丁的报告，将浪漫主义，尤其是积极的浪漫主义，视为现实主义的有机组成部分。这两种创作方法之间确实存在相互渗透、融合的地方，但无论从文学史的发展，还是从文学形态上说，两者毕竟有着很大差异，也有着各自不可取代的创作技法和艺术特征。认为二者是融合而不是对立、并立的

① 周扬：《与茅盾先生论国防文学的口号》，《周扬文集》第一卷，人民文学出版社 1984 年版，第 190 页。

② 周扬：《与茅盾先生论国防文学的口号》，《周扬文集》第一卷，人民文学出版社 1984 年版，第 191 页。

③ 周扬：《现阶段的文学》，《周扬文集》第一卷，人民文学出版社 1984 年版，第 185 页。

④ 周扬：《关于国防文学——略评徐行先生的国防文学反对论》，《周扬文集》第一卷，人民文学出版社 1984 年版，第 175 页。

观点，在文学批评实践中，将会导致除了后起的现代主义以外，其他所有的创作方法其实都是一种方法的弊端；因为即使是在被公认的浪漫主义文学里，也可以看出它的浪漫性“是在现实中生着根，具有照耀现实，充实现实的作用的”①。如此一来，区分两者的唯一条件，就只能是作家的世界观是否“正确”，阶级立场是否“先进”了。

1982年，周扬编订文集时曾解释，当年胡风发表《人民大众向文学要求什么?》时，由于严峻的革命形势，他和上海文艺界的同人并不知道“民族革命战争的大众文学”口号，是冯雪峰代表中央与鲁迅、胡风等商议的意见，以为是胡风的个人观点，因此起了纷争。鲁迅的系列文章发表后，他和其他同志就没有再写文章。“在论争中，由于当时我对鲁迅的伟大缺乏认识，对他的有些意见尊重不够，又多少带有宗派主义情绪，我作为临时文委的负责人，在这些方面，是有责任的。”②这可以看作周扬对历史场景的一种“复原”，以及在“复原”中的反思。然而，这种“复原”与反思所呈现的，恰恰是当年的许多论争对手，如苏汶曾经指出的政治家似的策略或行动——“目前主义”。鲁迅认为周扬所提“国防文学”是“出色的宗派主义的理论”，因为后者“欲以‘国防文学’一口号去统一作家，也先豫备了‘汉奸文学’这名词作为后日批评别人之用”。鲁迅说：

> “国防文学”不能包括一切文学，因为在“国防文学”与“汉奸文学”之外，确有非前者也非后者的文学，除非他们有本领也证明了《红楼梦》，《子夜》，《阿Q正传》是“国防文学”或“汉奸文学”。③

周扬在文学批评中非此即彼的思维方式，源于他一贯强调作家政治的“正确”决定创作方法的“正确”，也决定了文学作品能否服务于政治斗争的需要。但实际上这种简单、粗暴的对待文学创作的方式，妨碍了文学界抗日

---

① 周扬：《现实的与浪漫的》，《周扬文集》第一卷，人民文学出版社1984年版，第127页。

② 周扬：《关于国防文学——略评徐行先生的国防文学反对论・作者附记》，《周扬文集》第一卷，人民文学出版社1984年版，第176—177页。

③ 鲁迅：《答徐懋庸并关于抗日统一战线问题》，《鲁迅全集》第六卷，人民文学出版社1981年版，第531页。着重号原有。

联合阵线的建立。

我们无法苛求历史中人，也无法假设倘若周扬当时了解胡风的文章并非单纯地出于其个人意见，他会如何立论成文。作为早期马克思主义文学批评家，紧跟政治形势的变化而立论，又极少对变化之前的思想、观点的问题乃至错误进行检讨，同时还要顾及前后立论的大体一致，这种状况并非周扬所独有，但在周扬身上确实体现得更为明显。

第五章　胡秋原：超越"阶级性"与"工具论"的"文学自由"论

20 世纪 30 年代初期发生的左联与所谓"第三种人""自由人"的文学论争中，胡秋原被归为"自由人"而受到左联阵营的马克思主义批评家的清算和批判。尽管论争后期，在鲁迅、冯雪峰、张闻天等人的干预和纠正下，左联内部对自己的"关门主义"倾向和"左"倾教条主义等问题予以反思和检讨，使论争渐趋平息，但胡秋原显然被排除在马克思主义阵营之外，属于"中间人"或"同路人"，被左联视为可以团结、争取的对象。

八十多年来，学界对这场现代文论史和马克思主义文学批评史上重要论争的性质、特征，对胡秋原的政治立场、文学观及其文学批评理论的评价，发生了很大变化：论争在 20 世纪 80 年代以前被定义为敌我矛盾；20 世纪 80 年代以来被界定为人民内部矛盾；20 世纪 90 年代胡秋原的朴列汉诺夫研究受到关注；21 世纪以来，学界的讨论集中在从左联和胡秋原所运用的两种不同的马克思主义理论资源，分析论争成因及其分歧所在。① 学界目前的共识是，胡秋原与左联的论争是在他们各自认同的马克思主义理论的指导下展开的，双方利用的马克思主义理论资源不尽相同；即便有相同的理论资源，双方出于各自的文学观念和研究目的，在理解上也存有很大差异。胡秋原主要利用的是有"俄国马克思主义之父"之称的朴列汉诺夫的唯物史观；左联主要借鉴的是马克思列宁主义，尤其是列宁关于文艺的党派性、阶级性

① 参见李金花：《20 世纪 30 年代胡秋原与左翼论争再思考》，《东岳论丛》2018 年第 6 期。该文有翔实注释说明学界评价的变化。

理论。[①] 实际上，在参与这场论争之前的 1928 年，胡秋原就以署名“冰禅”的文章《革命文学问题——对于革命文学的一点商榷》，介入有关“革命文学”的论争。他在文中倚重的理论资源同样是朴列汉诺夫的唯物史观，也包括马克思主义理论家布哈林、藤森成吉等人关于无产阶级文学、关于文学与经济关系等的论述。该文对“革命文学”“独此一家”的质疑和批判，对文学“真价值”的剖析，与他后来在这场论争中体现出来的基本立场和观念，是一脉相通的。

关于“自由人”的含义，胡秋原曾这样解释，它“是指一种态度而言，即是在文艺或哲学的领域，根据马克思主义的理论来研究，但不一定在政党的领导之下，根据党的当前实际政纲和迫切的需要来判断一切。我以为这并不是无希望的态度”[②]。1985 年，胡秋原谈到当时的理论立场和主张时，自称“我的马克思主义是由朴列汉诺夫来的，而他是反对他的徒弟列宁的。所以我从未相信‘马列主义’。我主张‘自由主义的马克思主义’”[③]。他的授业弟子、台湾学者姜新立认为，“自由主义的马克思主义”是把自由主义（Liberalism）与马克思主义（Marxism）相结合。胡秋原系由对朴列汉诺夫和文艺史的研究而获得“自由主义的马克思主义”或“马克思主义的自由主义”。“他在方法论上是马克思主义的，在价值论上是自由主义的。”[④]这些当然是时过境迁之后的回顾与反思。当年与胡秋原一同遭受左联讨伐的“第三种人”苏汶认为，胡秋原是“书呆子马克斯主义者。这种马克斯主义者老喜欢从最遥远、最难解决的问题说起”，分析到终极“是既不懂列宁主义也不懂马克斯

① 详细讨论请参看以下论文：张景兰：《“艺术正确”与历史困境——论“文艺自由论辩”中胡秋原与左联理论家的分歧》，《江海学刊》2010 年第 5 期；黄念然：《论“左联”的马克思主义文艺理论中国化探索》，《社会科学辑刊》2016 年第 4 期；侯敏：《“自由人”论争中的朴列汉诺夫》，《中国现代文学研究丛刊》2018 年第 9 期；李金花：《20 世纪 30 年代胡秋原与左翼论争再思考》，《东岳论丛》2018 年第 6 期。

② 胡秋原：《浪费的论争——对于批判者的若干答辩》，见吉明学、孙露茜编：《三十年代“文艺自由论辩”资料》，上海文艺出版社 1990 年版，第 218 页。

③ 姜新立：《胡秋原与马克思主义》，见李敏生主编：《胡秋原学术思想研究》，社会科学文献出版社 1996 年版，第 181 页。

④ 姜新立：《胡秋原与马克思主义》，见李敏生主编：《胡秋原学术思想研究》，社会科学文献出版社 1996 年版，第 182 页。

主义”。[1]这自然是戏谑之言，带着对论争对手的讥讽。他区分了胡秋原与“左翼文坛的指导理论家们”的不同：前者是“绝对的非功利论者”，后者正相反，“这两种马克斯主义者之间的距离是不可以道里计的”。[2]苏汶的评价是否准确暂且不论，从20世纪20年代后期到30年代初，胡秋原以马克思主义的信仰者和“守护者”的形象自居和处世，是毋庸置疑的。并且，他自认为对马克思主义理论，尤其是对原著的研读和领会，高出左联马克思主义批评家一头。

能否将胡秋原归入中国早期马克思主义批评家行列，可以讨论。本著研究的是中国早期马克思主义文学批评形态，而胡秋原是中国最早系统研究朴列汉诺夫唯物史观的学者和译者。他编著的长达七十余万字的《唯物史观艺术论——朴列汉诺夫及其艺术理论之研究》，领风气之先，对马克思主义文艺理论在中国的传播具有重要影响。此外，他还译有马克思主义理论家佛理采（一译“弗理契”）的《艺术社会学》、平林初之辅的《政治的价值与艺术的价值》等著述，撰写有《革命文学问题》《文艺起源论》《文艺史之方法论：欧洲文艺思潮史绪论》等文章。这些都是中国早期马克思主义文艺理论的重要组成部分。他与左联论争的系列文章，对于纠正后者机械、教条地对待马克思主义理论，对于正确理解文艺与“革命”“阶级”的关系，有着积极作用。有学者认为，胡秋原的这些文章“有如醍醐灌顶，起到了清醒剂的作用”；“自有左翼文学运动以来，真正打着左翼的痛处、找出左翼的病根的是胡秋原”。[3]

与左联马克思主义批评家过度强调作家的立场、世界观对于文学创作的决定性作用相比，胡秋原“自由人”的立场显得别有意味。从文学批评形态的角度说，胡秋原批评理论的核心是“文学自由论”，其批评方法是“辩证法唯物论的历史方法”，即唯物史观或社会学的方法[4]。构建其批评理论核心的基础是对文学的阶级性和工具（宣传）论的“超越”；而“文学自由论”是对特定历史

---

① 苏汶：《关于“文新”与胡秋原的文艺论辩》，见苏汶编：《文艺自由论辩集》，现代书局1933年版，第69、71—72页。

② 苏汶：《关于“文新”与胡秋原的文艺论辩》，见苏汶编：《文艺自由论辩集》，现代书局1933年版，第66页。

③ 张大明：《胡秋原“自由文学”论的意义》，见李敏生主编：《胡秋原学术思想研究》，社会科学文献出版社1996年版，第244页。

④ 胡秋原：《文艺史之方法论：欧洲文艺思潮史绪论》，《读书杂志》创刊号，1931年4月。

时期他眼中的濒临“异化”的文学——“革命文学”或“无产阶级革命文学”——的反拨。它的目标是以自由意志和自由心境寻求文学的“真价值”。

一、文学的阶级性：是单一的，还是复杂的?

在与左联的论争中，自始至终，胡秋原从未否认文学阶级性的存在。这一方面是因为他深受朴列汉诺夫唯物史观艺术论的影响，另一方面也是因为他自觉接受了马克思主义关于经济组织与上层建筑之间关系的论述。

在论争开始之前编著的《唯物史观艺术论——朴列汉诺夫及其艺术理论之研究》第一章“绪言”中，胡秋原引用朴列汉诺夫的话说：“科学底美学因其特质而是社会批评底美学。因为科学美学是立于阶级观点，在文艺作品之中首先研究阶级的观念形态，也就决定那阶级之历史运命——生长，烂熟，颓废，衰亡之过程。科学批评之重大社会意义实在乎此。”①马克思主义的社会学的批评之所以是科学的批评，正在于它立足于阶级分析的观点，关注文艺作品中阶级的历史命运的演变。胡秋原认为：

> 只有马克斯主义的世界观，才能给与艺术社会学建设之基础。这就是前进的资产阶级学者，虽然曾经从自己的立场理解其重要，而且热望完成这复杂问题而终于不能创成的科学。马克斯主义告诉我们，无论何时何地某种社会形体与一定经济组织当然地一致，而在这社会形体之中，包含意识形态的上部机构之一定典型和形式，依然是不可避免地当然地一致。②

这已涉及对马克思主义关于经济组织与社会形体之间辩证关系的阐述。文

---

① 胡秋原：《唯物史观艺术论——朴列汉诺夫及其艺术理论之研究》，神州国光社 1932 年版，上海书店 1980 年版，第 23 页。

② 胡秋原：《唯物史观艺术论——朴列汉诺夫及其艺术理论之研究》，神州国光社 1932 年版，上海书店 1980 年版，第 33—34 页。

艺作为社会形体中意识形态的组成部分，必然与经济组织保持着一致的关系，随之变化而变化。显然，运用社会学的批评方法，从阶级观点出发分析文艺作品，进而从中看到社会历史的嬗变，是胡秋原认同的马克思主义科学的批评的方法。因此，在后来与左联阵营的论争中，胡秋原要强调和阐明的不是文艺阶级性的“有没有”，而是阶级性在文艺中出之以何种形式，有何复杂的情状。

首先，他认为今日文艺界的问题不在忽视文艺之阶级性，而在误解它；误解的根源在于机械论。在《关于文艺之阶级性》（1932）一文中，他说：

> 只有盲目者才会否认文艺之阶级性。然而，同时也有不少的错视者，又将这一问题看得笔一样直了。……过于机械地理解文艺之阶级性者似乎以为可以将古今文学，分贮于四口箱子中，贴上签条：A 箱为封建文学类，B 箱为资产阶级类，C 箱为最可恶的小资产阶级文学类，D 箱为普罗文学。于是，最好用“十万无烟火药”将前三箱轰去，完成那文学的革命。①

他所指出的这种贴标签的、机械地理解文艺的阶级性的弊端，确实存在于左联批评家身上。相应地，胡秋原也从未认为艺术家可以超脱阶级而存在。他说：

> 艺术家不是超人，他是社会阶级之子，他生长熏陶于其阶级意识形态之中，将他的阶级之思想，情绪，趣味，欲求，带进于其艺术之中，是必然的事实——即令他有时反抗他的阶级，他依然是阶级之子，在文明社会，直接影响于艺术者，不是社会经济，而是社会=阶级心理。②

但是，马克思主义批评家不应当静止地、一成不变地看待文艺的阶级性和艺术家的阶级立场，因为“文艺不仅静力学地反映阶级之心理，而且常动

① 胡秋原：《关于文艺之阶级性》，见吉明学、孙露茜编：《三十年代“文艺自由论辩”资料》，上海文艺出版社 1990 年版，第 82 页。

② 胡秋原：《关于文艺之阶级性》，见吉明学、孙露茜编：《三十年代“文艺自由论辩”资料》，上海文艺出版社 1990 年版，第 83 页。

力学地表现为阶级斗争中精神上的武器”，而且，“历史的过程并不是某一阶级单独的历史，也不是各阶级共存的历史。这其间，有极其细微复杂的矛盾”；“阶级影响在文艺上不仅表现于阶级斗争（Class Struggle）中，同时也表现于阶级同化（Class Assimilation）中”。① 由此不难理解，胡秋原认为自己是在运用马克思主义的唯物辩证法来认识阶级性，其论争对手则是“光杆的阶级论”者，不仅无法理解阶级性的真实状况，而且这也阻碍了他们全面、完整地认识文学的真面目。

其次，艺术、艺术家与阶级之间并非一一对应关系，其间的复杂性、矛盾性未能得到充分的重视。这既是指三者中的每一个都不可能是单纯透明的，也是指三者之间的关系盘根错节，需要批评家审慎对待。胡秋原反对“直线式”地认识文艺的阶级性，也同样否认某一种艺术一定从属于某一个阶级：

> 第一，一种艺术作风（Style），型式（Type）以及倾向，可由各种阶级以各种不同的动机来接受。……第二，一个阶级常经验新兴，成长，衰败的阶段，在这各阶段，他们的艺术也更变其色调……第三，同一阶级中也还有不同的层和集团。……第四，一个艺术家常受各种阶级，层，及各种文学传统（本国的，外国的）的影响。……实在的，实际上，在艺术家之调色板上，常不止留一阶级之色彩的。第五，一种艺术作风，虽发生于同一基础之上，但在一种作风之中，又表现一阶级中各种集团心理之曲折……文学之阶级性的问题，不是一个简单方程式似的问题。②

这样的从运动、发展的眼光，条分缕析事物的细微变异的批评方法，也体现在他与“同一阵营”的苏汶的辩难中。他直言不讳地说：

> ……苏汶先生说，“不是一切文学都是有阶级性的”（原作者加

① 胡秋原：《关于文艺之阶级性》，见吉明学、孙露茜编：《三十年代“文艺自由论辩”资料》，上海文艺出版社 1990 年版，第 84、88、90 页。

② 胡秋原：《关于文艺之阶级性》，见吉明学、孙露茜编：《三十年代“文艺自由论辩”资料》，上海文艺出版社 1990 年版，第 83—84 页。

点)，我以为并非如此。一切文学都是有阶级性的。不过如朴列汉诺夫及佛理采所说明的，有“时代的作风”(Style of Epoch)，有“阶级的作风”(Style of Class)。一篇作品反映其阶级心理，同时反映其时代的一般特征。……其次，同一阶级，又表现有不同的层或集团的意识形态。第三，有阶级斗争（Class of Struggle)，又有阶级同化（Class of Assimilation)。第四，有阶级的忠臣……有阶级的逆子……第五，文学上阶级性之流露，常是通过极复杂的阶级心理，社会心理，并在其中发生“屈折”的。最后，从来的文学作家，常大多数是属于中间阶级——小地主阶级，小资产阶级的，因此，他们的阶级性常表现一种动摇与朦胧。①

一方面，胡秋原区分了“时代的作风”与“阶级的作风”，两者之间不能画等号；文艺应当在反映后者的同时获得某种超越，以达到折射时代特征的目的。另一方面，艺术家的阶级立场也需要具体分析，同一阶级内部其立场和思想不尽相同。此外，在两大阶级之外，还存在有摇摆不定的中间阶级。

第三，需要特别指出的是，胡秋原明确指出文艺之阶级性的反映是曲折的而非直接的。这主要是因为，“社会＝阶级心理”本身是复杂多变的，它同时受到本民族文化传统和外来文化传统的双重影响。他认为：

研究意识形态固不可忽略阶级性，然而亦不可将阶级性之反映看成简单之公式，不可忽略阶级性因种种复杂阶级心理之错综的推动，由社会传统及他国他阶级文化传统之影响，通过种种三棱镜和媒体而发生曲折。②

这体现出胡秋原将文艺之阶级性放在更广阔的社会历史背景中进行审视的眼光和洞察力，是符合马克思主义社会学的批评方法的，也是对狭隘、封

① 胡秋原：《浪费的论争——对于批判者的若干答辩》，见吉明学、孙露茜编：《三十年代“文艺自由论辩”资料》，上海文艺出版社1990年版，第217页。

② 胡秋原：《关于文艺之阶级性》，见吉明学、孙露茜编：《三十年代“文艺自由论辩”资料》，上海文艺出版社1990年版，第91页。

闭式的“阶级论”的超越。

在论争进行一年之后，胡秋原在《一年来文艺论争书后》（1933）一文中感叹：

> 所谓论争喧嚣了一年。其实，实在是“浪费”的，何尝“并非”？在被挤出的论战者之中，谁也没有否定文艺之阶级性，与整个左翼文学；罪状是扩大，扯远，着色，才能成立的。①

胡秋原确实没有否定文艺之阶级性，也没有否定左翼文学的存在；他否定的是左联批评家在大批判中所暴露的对文艺之阶级性的误解或曲解。某种意义上，他否定的是论争对手所持的“马列主义”思想，特别是对方所倚重和运用的列宁关于无产阶级文学的阶级性、党派性的论述。胡秋原一贯认为，“马克思主义”不等于“马列主义”，更不等同于“列宁主义”。他在《马列主义之将来》一文中说：“马克思生时已有马克思主义之名。列宁生时没有列宁主义这个名词，他只能说他是真正的革命的马克思主义者。列宁死后，斯大林才在‘马克思—列宁主义’之间加一连字符，变为一个复合名词。第一个马列主义者就是斯大林。”②1981年，胡秋原在回顾历史时同样指出，“正确地说，马列主义即列宁主义，即斯大林主义”③。至于左联批评家是否有胡秋原所指“罪状”，以及这些批评家在有关文艺之阶级性论述上的问题，本著相关各章已有分析，不再赘述。

二、文学的功能论：为人生，还是为艺术？

有学者认为，胡秋原与左联批评家的论争，除因理论资源不同而产生分

① 胡秋原：《一年来文艺论争书后》，见吉明学、孙露茜编：《三十年代“文艺自由论辩”资料》，上海文艺出版社1990年版，第349页。

② 姜新立：《胡秋原对马克思主义的研究》，《哲学评论》2011年第1期。

③ 姜新立：《胡秋原与马克思主义》，见李敏生主编：《胡秋原学术思想研究》，社会科学文献出版社1996年版，第189页。

歧，“胡试图辨明的是文学本体论问题，左翼理论则着眼于文学的功能”①。左联批评家强调文学的政治宣传功能是确凿无疑的，因此他们极为重视作家的阶级立场和世界观的改造，自然会对所谓“第三种人”“自由人”的立场保持高度的政治警觉。不过，认为胡秋原论争中的着眼点在“文学本体论”，易引人误解。胡秋原并未否认文学具有社会功能，包括宣传功能；他也从未否认左翼文学的存在。他所质疑和试图辨明的是，并非所有的艺术都具有宣传功能，也并非所有的宣传都是艺术；讨论艺术有无宣传功能，前提是它配得上“艺术”之名，具有艺术的“真价值”。这与鲁迅、与后期胡风等人的观点是一致的。毋宁说，胡秋原试图辨明的是文学价值论；文学的功能，包括宣传功能，只有在它具备文学价值的前提下才可能发挥。

早在与左联论战之前，胡秋原就对“革命文学”中的“一切艺术都是宣传”的思想提出质疑：

> 我们的新文学批评家有一个根本的思想，就是：“一切艺术都是宣传”（All arts is propaganda）。因为一切的文学，都在“有意的”或“无意的”“宣传”，于是文学就成了“武器的艺术”，就成了“阶级的武器”；于是就“应当”而且“必然”主张“无产阶级文学”。——这自然是一贯的逻辑。
>
> 但是，“一切艺术都是宣传”这句话似不无可疑之处。
>
> 一种政治上的主张放在文艺里面，不独是必然而且在某几个时期却是必要的。这就是朴列汉诺夫，马克斯主义的文化批评家，也如此的承认。但是不可忘记的，就是不要因此破坏了艺术的创造。所以我们只能说，“艺术有时是宣传”；而且不可因此而破坏了艺术在美学上的价值。②

① 张景兰：《“艺术正确”与历史困境——论“文艺自由论辩”中胡秋原与左联理论家的分歧》，《江海学刊》2010年第5期。

② 冰禅（胡秋原）：《革命文学问题——对于革命文学的一点商榷》，《唯物史观艺术论——朴列汉诺夫及其艺术理论之研究》，神州国光社1932年版，上海书店1980年版，第757、758页。

从这里可以很清楚地看到，胡秋原并不反对文学的宣传功能，甚至认可在特殊时期将政治主张放入其中，但前提是不能破坏艺术的创造及其美学的价值。他质疑和反对的也不仅仅是“无产阶级文学”的这种“一贯的逻辑”，而且也是由此逻辑所必然导致的独尊“无产阶级文学”而排斥其他文艺。

反对——尽管只是部分地、有条件地——“一切艺术都是宣传”，在当时文艺战线激烈的阶级斗争的背景下，极易被人视为反对“为人生的艺术”，而被指斥为“为艺术而艺术”论者，继而被当作小资产阶级、资产阶级消极、错误乃至反动的文艺观的主张者。胡秋原后来与左联批评家的论争也验证了这一点。借助于朴列汉诺夫的唯物主义辩证史观，胡秋原对艺术史的这两种倾向做出新的阐释。在《革命文学问题——对于革命文学的一点商榷》(1928)一文中，他引用朴列汉诺夫的观点，认为当艺术家与其环境发生冲突，就会产生“为艺术而艺术”的宣传，这实际上表明艺术家正在寻找新的伟大人生；倘若艺术家信赖其环境，就会有“为人生的艺术”倡导，新俄文坛的情形正是如此。他另引藤森成吉《文艺和唯物史观》里的话说，艺术和经济的关系，比之政治、宗教等意识形态更为间接，决不是直接由经济生活催发的，因此艺术具有相当的独立性。胡秋原阐述道：

> 经济所影响于文艺的只是薄弱的，间接的关系……文艺实在是反映着时代环境种种物质的，精神的错综复杂的关系，决不是简单的受着经济的支配而被作“阶级的武器”了。也许因为文学不是这样一个势利的东西，才值得我们永远的珍视罢。①

把文艺视作“阶级的武器”是对它势利的也就是功利的利用，其本源如同他在分析文艺的阶级性时所论述的那样，在于机械、简单地理解文艺与经济生活、与时代环境的关系，未意识到文艺只是“曲折”地反映社会生活。胡秋原从未否认，反而强调“文学”与“革命”之间的密切联系。他只是反对把作品“装入一个革命的范型内面去”，认为只要文学家深刻、

① 冰禅（胡秋原）：《革命文学问题——对于革命文学的一点商榷》，《唯物史观艺术论——朴列汉诺夫及其艺术理论之研究》，神州国光社1932年版，上海书店1980年版，第761页。

真切地表现社会生活，能够真正地表现他的时代及其精神，“他的作品也便是痛切的社会生活的批评，预言，和警告了，他的作品也就永远地不朽了”。① 在该文最后一部分，胡秋原的讨论已“超越”“革命文学”与“非革命文学”的论争，进入对中国现代究竟需要怎样的文艺的思考。他引述周作人的论述和鲁迅笔下的阿Q形象，说明当前文学还有更为重要的使命，即揭露和批判民族的劣根性和腐朽的思想，铲除滋生一代代“阿Q相”的土壤：

> 深切的表现社会的罪恶，痛苦与悲哀，毫无隐讳的针砭民族的恶劣根性与堕落思想，我以为是我们的文学家应该所有的事。这样平淡的话自然是没有“革命文学”那样响亮时髦，然而我们在文艺上多做一点忠实的工夫，比之于仅在好听的名义上推求，说不定我们的子孙还多能得些实益哩！②

胡秋原此文显示了他在文学批评中的双重超越：第一重是对狭义的“革命文学”论——即文学只应该反映“无产阶级革命”——的超越。文学家只要能真切表现社会生活，看清“现在”，预示“未来”，其作品自然具有“革命”性，具有对社会生活的批判功能。第二重是对体现在文艺中的无产阶级与“非无产阶级”斗争的超越。他引述周作人的话，实际上是认同这两大阶级在思想上都难以摆脱传统文化思想中的恶劣根性的浸染，它们在思想上是“一阶级”的。这种“超越”，与他终其一生形成的思想理论上的“超越前进论”③，是贯通的。

胡秋原对“为人生”和“为艺术”两种倾向的区别，尤其是对“为艺术

① 冰禅（胡秋原）：《革命文学问题——对于革命文学的一点商榷》，《唯物史观艺术论——朴列汉诺夫及其艺术理论之研究》，神州国光社 1932 年版，上海书店 1980 年版，第 764 页。

② 冰禅（胡秋原）：《革命文学问题——对于革命文学的一点商榷》，《唯物史观艺术论——朴列汉诺夫及其艺术理论之研究》，神州国光社 1932 年版，上海书店 1980 年版，第 767 页。

③ 姜新立：《胡秋原与马克思主义》，见李敏生主编：《胡秋原学术思想研究》，社会科学文献出版社 1996 年版，第 180 页。

而艺术”的别开生面的阐释，仰仗的是朴列汉诺夫的马克思主义辩证唯物论文艺史观，着眼的是艺术家与时代环境不可分割的联系。这种阐释不仅适用于文艺史上的诸种现象，也对当时文艺论争中许多似是而非的观念有着澄清作用，有利于纠正“革命文学”家和马克思主义批评家只认“为人生的艺术”而一味否定“为艺术而艺术”，并以为这才是符合马克思主义文艺理论的。《唯物史观艺术论——朴列汉诺夫及其艺术理论》一书中，胡秋原对两种艺术倾向有着更为翔实的阐述。他引朴列汉诺夫的话说，首先不应当问谁对谁错，而应该问：“艺术家及对于艺术创造有直接兴味的人们之间，为艺术而艺术的倾向的发生，或者对于艺术的所谓功利底见解发生；使这种倾向增强的社会条件中，是什么最为重要呢？”朴列汉诺夫的结论是：“对于艺术创作有直接兴味的艺术家及读者之为艺术而艺术的倾向，是发生于他们和围绕他们的社会环境间绝望的不调和的基础上。”① 因此对他们而言，功利主义艺术论无异于要他们对其所藐视、厌恶的生活，做锦上添花的服务。胡秋原引马克思恩格斯《共产党宣言》中的话“阶级斗争在以某一定的程度，将达到终局的历史底时机上，分解之作用，弥漫于整个支配阶级”②，并以法国象征主义诗人波特莱尔为例，说明有些作家何以会与自己所属阶级断绝关系，投身于受其影响的另一阶级，投身到社会革命的洪流之中，进而改变艺术个性，从“为艺术而艺术”转变为“为人生的艺术”。胡秋原由此发挥道：“根据这我们才真正可以明白为什么‘从文学的革命到革命的文学’的罢；从象牙塔的守护到要获得大众，与段祺瑞吴佩孚之从招兵买马到吃斋念佛，所取虽殊，根柢则一罢。”他将这一派功利艺术论者称为“急进的革命的实利艺术论者”。③ 实利艺术论者的最大问题不是以文艺为工具，服务于革命，而是在急功近利的服务中不惜牺牲艺术价值，以至于取消它。胡秋原说：

---

① 胡秋原：《唯物史观艺术论——朴列汉诺夫及其艺术理论》，神州国光社 1932 年版，上海书店 1980 年版，第 236、242 页。着重号原有。

② 胡秋原：《唯物史观艺术论——朴列汉诺夫及其艺术理论》，神州国光社 1932 年版，上海书店 1980 年版，第 243 页。

③ 胡秋原：《唯物史观艺术论——朴列汉诺夫及其艺术理论》，神州国光社 1932 年版，上海书店 1980 年版，第 244—245 页。原文缺“从招兵买马”五字，据李敏生编：《中华心——胡秋原政治 · 文艺 · 哲学文选》（社会科学文献出版社 1995 年版）中的选文补足。

据朴列汉诺夫的意思，在一定条件下，艺术家不尚实际目的，才能增高自己作品之艺术价值。而艺术家盲从当时社会趋势，反足以贬损自己作品及作品中表现的观念之价值了。①

他从朴列汉诺夫唯物史观艺术论中学到的弥足珍贵的一点是，凡事不能止于问“怎么样”，要进一步去问“为什么”：

……我们对于一切问题不能用“必然”的眼光，而要以“所以然”的眼光。过去的历史家文学家只讲了一个“What”，排列了人名地名和书名，仅仅记载了某时代有怎样一个事实；然而又有许多学者以伦理学的眼光来看历史，拿法官的态度来裁断文学，拿出一个条文或准则说文学应当怎样，“How it must be”，秉着春秋之笔，下万世之褒贬似的。朴列汉诺夫则决不如此，他指示我们最重要的问题是“Why？”。②

在这段对朴列汉诺夫相关论述的阐发中，胡秋原还特意以注释对其观点做补充说明：

最近美国卡尔华顿高唱“社会学底批评”（Sociological Criticism），对两种谬误的文学批评见解挑战——即将文学采用为道学说教的手段，想将文学绞杀，所谓 demoralizing pedants；反之，因将文学与生活切离，将它抬到神秘先天的宝座上，同时使文艺干涸，所谓 Arts for art’s sake 之苍白信条（简单些说，即功利见解与艺术至上主义）：也是相当正确的。文学不是什么那样神秘至上的东西，同时也不能当做宣传的武器。只有马克思主义的文学理论，是文学真正的“十字军”：最深刻地而最正确地最配爱好文学者，在现代

① 胡秋原：《唯物史观艺术论——朴列汉诺夫及其艺术理论》，神州国光社 1932 年版，上海书店 1980 年版，第 250 页。

② 胡秋原：《唯物史观艺术论——朴列汉诺夫及其艺术理论》，神州国光社 1932 年版，上海书店 1980 年版，第 251 页。着重号原有。

只有真正马克思主义者。①

胡秋原赞同卡尔华顿的社会学的批评，服膺马克思主义文学理论为“最深刻地而最正确地最配爱好文学者”；也就是说，他既反对艺术功利论，也反对艺术至上论。这可以看作是他“自由人”立场的某种体现。在后来的论争中，多位左联批评家批判他为“艺术至上论”者，这一“罪状”并非“扩大，扯远，着色”所致，而是莫须有的。个中原因正在于相当一部分左联批评家身上，确乎存在胡秋原一再批判的“急进的革命的实利艺术论”。

胡秋原最初引起左联阵营关注并激起后者强烈反弹的文章，是他创办的《文化评论》发刊词《真理之檄》(1931)，以及该刊同期刊发的《阿狗文艺论——民族文艺理论之谬误》。② 前文的焦点是关于五四价值的重估和他亮出的“自由的智识阶级”立场，并未过多涉及文艺问题。后文批驳的是民族文艺派的《民族主义文艺运动宣言》，副标题已清楚显示。题名“阿狗文艺论”，是因为胡秋原认为民族文艺派将文艺与政治混为一物，将文艺视为政治的走狗，又是政治的忠臣。此处的“政治”一词有其特指，即民族文艺派所代表的法西斯主义。按照胡秋原所接受和认同的马克思主义唯物辩证法，他不可能在“政治”中去区分“先进的政治”与“落后 / 反动的政治”——这也是政治“实利论”的表现——无论何种政治都不应该僭越艺术的价值。他也一以贯之地批判艺术的功利论，无论这种艺术隶属于哪一个阶级或集团：

在资产阶级颓废，阶级斗争尖锐的时代，急进的社会主义者与极端反动主义者都要求功利的艺术。这只要看苏俄的无产者文学和

① 胡秋原：《唯物史观艺术论——朴列汉诺夫及其艺术理论》，神州国光社1932年版，上海书店1980年版，第255页。

② 其后参与论争的左联批评家似乎并未注意到署名“冰禅”的《革命文学问题——对于革命文学的一点商榷》一文。据说，该文在《北新杂志》发表后，杂志老板李小峰告诉胡秋原，鲁迅看后赞赏其文笔和观点，还专门要李小峰打听“冰禅”的消息。后来，鲁迅委托冯雪峰赠送胡秋原一幅朴列汉诺夫的照片。参见裴高才：《胡秋原的早期思想与活动》，《武汉文博》2010年第4期。

意大利棒喝主义文学就可以明白了。①

这可能刺中了左联批评家的痛处。事实上，胡秋原对“艺术至上论”的批判，应该是与左联阵营的主流观点是不谋而合的；他批判的理由也只是此前文章论点的延续。比如他指出，急进的资产阶级艺术家提出的“为艺术而艺术”的口号是一个幻想，“因为这‘纯艺术’的倾向，实际上起于艺术家与其环境之不调和，所以由憎恶现实而回避现实，自闭于艺术之宫中”②，很少有反动气味。但随着资产阶级社会暴露的问题越来越多，一些“纯艺术”派艺术家又提出“为人生而艺术”的要求，由此引起人生派与艺术派的纷争。关键在于，胡秋原认为这些纷争是徒劳的，“因为艺术的目的只有一个，那就是生活之表现、认识与批评。伟大的艺术，尽了表现批评之能事，那就为了艺术，同时也为了人生”③。这当然会被视为艺术家丧失阶级立场，无视“革命”文学的现实性、战斗性的表现；本意是在批判资产阶级艺术家的“艺术至上论”，结果批判者反而被扣上宣扬资产阶级“艺术至上论”的帽子。由此，作为“自由人”所主张的艺术唯一目的论（“生活之表现、认识与批评”），不可能不与左联当时激进的艺术唯一功能论（“一切艺术都是宣传”），发生冲突。

就艺术的功利论来说，胡秋原在与左联的论争中主要表述了如下观点：

第一，反对以功利观念替代真理观念，主张马克思主义的理论与行动（实践）相结合的思想。在《文化运动问题——关于“五四”答〈文艺新闻〉记者》（1932）一文中，胡秋原认为，《文艺新闻》记者所言“从行动，产生理论，理论必须要行于实践。当前的文化运动，是大众的——是为大众之解放而斗争的……”云云，有如下问题：“第一，忘记了‘没有革命的理论，就没有革命的行动’的教训；第二，否认客观真理的存在，将行动，实践，以至功利观念代替真理的观念，完全是美国实验主义者的主张，不是马克斯

① 胡秋原：《阿狗文艺论——民族文艺理论之谬误》，见吉明学、孙露茜编：《三十年代“文艺自由论辩”资料》，上海文艺出版社 1990 年版，第 7 页。

② 胡秋原：《阿狗文艺论——民族文艺理论之谬误》，见吉明学、孙露茜编：《三十年代“文艺自由论辩”资料》，上海文艺出版社 1990 年版，第 6 页。

③ 胡秋原：《阿狗文艺论——民族文艺理论之谬误》，见吉明学、孙露茜编：《三十年代“文艺自由论辩”资料》，上海文艺出版社 1990 年版，第 7 页。

主义的理论。马克斯主义虽认为‘真理常为具体的’，但在认识上将客观真理概念——即愈合于客观现实的思惟，放在最高位置”。他引用苏俄马克思主义理论，说明《文艺新闻》记者的意见“是如何有那非马克斯主义的，经验的一元论的残影”。① 此后，“经验的一元论”成为胡秋原批评左联批评家不懂马克思主义的主要论据。

第二，反对政治“侵略”文艺，坚持文艺“超越”功利而存在，自有其独立价值。文艺并不能超越社会生活，也就不能超越政治而存在；胡秋原强调的是文艺要“超越”狭隘的阶级政治、党派主张。他在《勿侵略文艺》(1932)一文中认为：

> 有某种政治主张的人，每喜欢将他的政见与文艺结婚，于是乎有①主义文艺，X主义文艺，以至Z主义文艺，五光十色，热闹得很。……我们固然不否认文艺与政治意识之结合，但是：1，那种政治主张应该是高尚的，合乎时代最大多数民众之需要的；如朴列汉诺夫所说，“艺术之任务，其描写使社会人起兴味，使社会人昂奋的一切东西”。2，那种政治主张不可主观地过剩，破坏了艺术之形式；因为艺术不是宣传，描写不是议论。不然，都是使人烦厌的。②

他虽然提出“高尚”的政治主张，但如其后所解释的，它是宽泛的、符合时代民众需要的，能激发民众兴味和昂扬向上精神的东西。最重要的是，这种政治主张要与艺术形式相融和，不在于它有无堂而皇之的名头。在《浪费的论争——对于批判者的若干答辩》(1932)一文中，胡秋原针对易嘉（瞿秋白）将他与钱杏邨比较，说钱杏邨“还在找寻运用艺术帮助政治斗争的正确方法，而胡秋原先生是立定主意，反对一切利用艺术的政治手段”，自我辩解道：

> ……我决不是“立定主意反对一切”利用艺术的政治手段，而

① 胡秋原：《文化运动问题——关于“五四”答〈文艺新闻〉记者》，见吉明学、孙露茜编：《三十年代“文艺自由论辩”资料》，上海文艺出版社1990年版，第27、31页。

② 胡秋原：《勿侵略文艺》，见吉明学、孙露茜编：《三十年代“文艺自由论辩”资料》，上海文艺出版社1990年版，第34页。

> 对于利用艺术为革命的政治手段，并不反对。为什么呢？因为革命是最高利益，不能为艺术障碍革命。为革命牺牲一切，谁也无反对之理由。不过且让我顽强地说一句：即在那之际，那补助革命的艺术，不限定是真正值得称为艺术的东西而已。我所要求保留的就只有这一点。如果易嘉先生能够有这一点宽容，而且，因为它以奉仕于革命了，就对于它牺牲一个“艺术”的称呼，也没有什么不可罢。①

易嘉的指责确有“扩大”化之嫌。此前的1930年，胡秋原留学日本早稻田大学时完成的《唯物史观文艺论——对于批判者的若干答辩》中，就曾引朴列汉诺夫在《俄国批评界之命运》中的话：“新阶级产生其艺术家，而这艺术家在与旧流派争斗上，作为诉于实在生活的写实主义者而前进。”他评述说：“新阶级欲取得政权，因欲使生活适应自己阶级之世界观，一定也发生改造社会的理想。这产生文学舞台上新的艺术家，同时也造成文艺创作上一个新的阶段。朴列汉诺夫名这为完全的诗人。”②“完全的诗人”不仅有自己阶级的世界观，有自己的社会理想，而且，他也有作为诗人而必须要有的诗的形式的创造，也就是以形象而不是以“美之抽象概念”来进行创作；他不可为世界观、理想而牺牲“艺术”。在《浪费的论争——对于批判者的若干答辩》的结尾，胡秋原总结道：

> 在这里，很显然地有三样的话——实际上只有两样——在左翼来说，为了革命，牺牲一点理论和艺术价值是情有可原的；但在作家苏汶先生，当然要抱住文学；我，舍不得朴列汉诺夫，佛理采。左翼如果继续过去的武断，继续光杆的“龟手之美学”的宣传，则各人有各人的意见，这官司不会有真正判决的。③

---

① 胡秋原：《浪费的论争——对于批判者的若干答辩》，见吉明学、孙露茜编：《三十年代“文艺自由论辩”资料》，上海文艺出版社1990年版，第222页。着重号原有。

② 胡秋原：《唯物史观艺术论——朴列汉诺夫及其艺术理论》，神州国光社1932年版，上海书店1980年版，第220页。

③ 胡秋原：《浪费的论争——对于批判者的若干答辩》，见吉明学、孙露茜编：《三十年代“文艺自由论辩”资料》，上海文艺出版社1990年版，第242—243页。

这表明他与苏汶的立场基本一致，即维护文学之为文学的价值。

第三，反对过高估计文艺对社会生活的影响力，认为社会生活决定文艺的面貌。这是对马克思主义关于经济基础与上层建筑辩证关系的正确认识。左联批评家过于强调文艺的工具论或“武器论”，看重文艺的宣传功能，有意无意地抬高了文艺对现实的改造作用。因此，胡秋原的这一观点是值得重视的。在《关于文艺之阶级性》一文中，他说：

> 为精神形态之一的艺术，固然可以影响下层建筑，然而这影响是有条件有限度的。艺术之社会机能只在他作为阶级心理意识形态之传达手段，组织手段，与教育手段中。然而从思维到实践，毕竟要靠艺术以外的方法。不是普罗文学创造了十月革命，而是十月革命创造了普罗文学。①

借用他的话也可以说，不是左翼文学创造了无产阶级革命，而是无产阶级革命创造了左翼文学。在《浪费的论争——对于批判者的若干答辩》中，针对易嘉的批判，胡秋原再度阐述了这一主张：

> 易嘉先生虽然在原则上不过肯定“文艺影响生活”，但又承认文艺是“很有力量的革命工具”。因此要用“文艺来帮助革命”，做“改造群众宇宙观人生观的武器”。易嘉先生的论理未免飞跃太快了。一个仅能影响生活的东西，却能作很有力量的革命工具，易嘉先生深信不疑于这“奇迹”么？文艺当然是一种思想上感情上的工具，但要用来革命，则决不是“很有力量”的。对于文艺之社会机能，不能估得过高，正如不能估得过低一样。②

二人的分歧表面看起来是对“文艺影响生活”的程度深浅、力量大小的

① 胡秋原：《关于文艺之阶级性》，见吉明学、孙露茜编：《三十年代“文艺自由论辩”资料》，上海文艺出版社1990年版，第85页。

② 胡秋原：《浪费的论争——对于批判者的若干答辩》，见吉明学、孙露茜编：《三十年代“文艺自由论辩”资料》，上海文艺出版社1990年版，第225页。

认识上，实际上折射的是二人文学观念的不同：一个认为文艺离不开政治，因此必然是政治的工具；一个认为文艺可以暂时离开政治，也可以不做政治的宣传。一个认为文学对社会生活的反映是镜子式的“再现”；一个认为这种反映是经由“三棱镜”复杂而曲折地表现出来的。

三、文艺的自由论（价值论）：精神的不羁、创造的无碍与人格的独立

在与创造社、太阳社提倡的“革命文学”，与左联批评家倡导的“无产阶级文学”或“左翼文学”的论争中，胡秋原对狭隘、封闭的文艺“阶级论”的质疑和超越，对文艺的社会功能和价值属性的辩证分析，落脚点在他提出和维护的“文学自由”论。有学者认为，“文艺自由”论“单从理论上说并没有错误，而且是很准确的。这自由一是指心境，不受教条的束缚，想写什么就写什么，能写什么就写什么。二是指实际的操作自由，写什么题材，写成什么样子，以及发表、出版，都不受限制，不受指责、批判，不会被查、被禁，人生是自由的。……‘文艺自由’论，并不排除正确的理论指导，更不是说不承担文艺的社会责任”①。这是符合历史事实的判断。当然，在内忧外患的特殊历史时期，胡秋原提出此论无疑会被激进的无产阶级文学家视为无阶级立场、无社会承担的文学家，自然会被划入“资产阶级的自由主义”的阵营；“自由主义的马克思主义”会被视为对马克思主义的曲解、背离，而被划入非马克思主义者的行列。

总体上，胡秋原的“文学自由”论有三层含义：首先，是指艺术家的精神和心境的不羁。这被视为艺术创造的首要条件。其次，是指艺术家在创造过程中不受束缚地选择题材，表达情思。这是产生不朽杰作的条件。最后，也是此论容易为人所忽视的内在指向，即：确保艺术家的精神自由和创造自

① 张大明：《胡秋原“自由文学”论的意义》，见李敏生主编：《胡秋原学术思想研究》，社会科学文献出版社1996年版，第243—244页。

由，是为了坚守知识分子的人格独立，并以此培养国民的人格独立。也就是说，坚持文学的自由是为了避免文学成为某一阶级或集团的附庸，避免艺术家成为见风使舵的投机分子；只有人格的独立和强大，才能够挽救民族于水深火热之中。这既可以看作是胡秋原思想中自由主义价值观的体现，也可以视为他在文艺论争中，不粘滞于一人一事一论的“超越”性思维特征。

众所周知，胡秋原明确提出“文学自由”论时，矛头直指“民族文艺”，批判的是后者的“阿狗文艺论”。左联批评家对此也很清楚。但是在此之前，在《革命文学问题——对于革命文学的一点商榷》一文中，他已将文艺自由视为马克思主义文艺理论的一个组成部分。该文开篇肯定“革命文学”的作品“是这样混乱而麻痹的中国的一帖兴奋剂，是萎靡锢蔽的中国文坛底一种新鲜的活力”，但胡秋原不同意革命文学批评家抹杀、排斥一切“非”革命文学，俨然“只此一家”的态度和立场。他引用马克思主义理论家布哈林的话说，“在艺术的创造上，需要自由和多种多样的倾向……文艺要有竞争，有批评，要由无产阶级的本身决定其价值。限制会使艺术性萎落。自由竞争才是使无产阶级文学长成的最好的办法”，“在艺术的世界里最必要的是自由”。他对此评述道：“这实在是深解文艺的话。……要有精神的不羁的自由，才能产生伟大的艺术。”[①] 布哈林所言“自由竞争才是使无产阶级文学长成的最好的办法”，“在艺术的世界里最必要的是自由”，深得胡秋原之心。这也正是他当时为何发自内心地认同马克思主义文艺理论是“最深刻地而最正确地最配爱好文学者”。这番论述不仅对当时的“革命文学”，对其后的无产阶级革命文学或左翼文学具有清醒剂的作用，即使在八十多年后的今天，仍具有很强的现实意义。

如前已述，胡秋原接受马克思主义文学批评的阶级分析方法，也认可文艺具有影响社会生活的功能，但他至死不能容忍的是以堂皇的口号宣称文艺“只此一家”，无论这一口号出自哪一个阶级或集团。“精神的不羁的自由”由此成为胡秋原“文艺自由”论的总纲。本着这一精神的总纲，他才在《阿狗文艺论——民族文艺理论之谬误》（1931）一文中，带着满腔激情也带着

---

① 冰禅（胡秋原）：《革命文学问题——对于革命文学的一点商榷》，《唯物史观艺术论——朴列汉诺夫及其艺术理论之研究》，神州国光社1932年版，上海书店1980年版，第756页。

一腔愤怒指出：

> 文化与艺术之发展，全靠各种意识相互竞争，才有万物撩华之趣。中国与欧洲文化，发达于自由表现的先秦与希腊时代，而僵化于中心意识形成之时。用一种中心意识独裁文坛，结果，只有奴才奉命执笔而已。那是什么艺术？各种意识之竞争批评，正是光明而不是危机；而要用什么民族意识来包办，才真是危机，不，简直是畜牲道而已。①

"万物撩华之趣"随之变成胡秋原"文学自由"论的具体罪证之一。但我们可以很清楚地看到前后两文逻辑和观点的一致性，他所依据的是俄苏马克思主义文艺理论。此段论述的中心依然是反对"独裁"意识，警惕在此之下必然出现的"奴才奉命执笔"，亦即艺术家独立人格的完全丧失。

胡秋原从未主张文学的"绝对自由"，苏汶亦如是。这一点，苏汶在编选《文艺自由论辩集》时说得很清楚："……我所要求的自由，曾几次声明过，实际上是单限于那些多少是进步的文学而言；我决没有，而且决不想要求一切阿狗阿猫的文学的存在。即如胡秋原先生，似乎也应该附带说起，他虽然说过'文学至死是自由的'那一类话，但这是在批判民族文学的时候所说，究竟有点两样，而且后来也就把这意见相当地修改了；只就他猛烈地攻击民族文学这一事实来看，似乎他也并不是绝对自由的主张者吧。"②胡秋原的被广为传播、饱受批判的有关"文学自由"的具体表述，是"文学与艺术至死也是自由的，民主的"，但他紧接着说，"因此，所谓民族文艺，是应该使一切真正爱护文艺的人贱视的"，③显而易见是明确针对"民族文艺"而发的。他把"民族文艺"与法西斯主义文学相提并论，并将文艺置于人类文化发展史中来审视："法西斯蒂的文学（?），是特权者文化上的'先锋'，是最

① 胡秋原：《阿狗文艺论——民族文艺理论之谬误》，见吉明学、孙露茜编：《三十年代"文艺自由论辩"资料》，上海文艺出版社1990年版，第10页。

② 苏汶：《文艺自由论辩集·编者序》，现代书局1933年版，第Ⅲ页。

③ 胡秋原：《阿狗文艺论——民族文艺理论之谬误》，见吉明学、孙露茜编：《三十年代"文艺自由论辩"资料》，上海文艺出版社1990年版，第8页。

丑陋的警犬，他巡逻思想上的异端，摧残思想的自由，阻碍文艺之自由的创造。然而，摩罕默德主义是与文化之发展绝不相容的。中国自汉以来的儒教一尊主义，欧洲中世纪之绝对教权主义，结果造成文化之停滞与黑暗。”①胡秋原并未抽象地谈论文学是“自由的，民主的”，他所接受的马克思主义文学批评的方法，使他习惯从社会历史发展和文化变迁的角度来论述文艺。瞿秋白、周扬等左联批评家在论争中，却有意无意地抽空他的论述语境，使之变成一抽象观点；因之已被抽象化，故批驳起来振振有词。也正是出自上述语境，胡秋原才说：

> 艺术虽然不是“至上”，然而绝不是“至下”的东西。将艺术堕落到一种政治的留声机，那是艺术的叛徒。艺术家虽然不是神圣，然而也绝不是叭儿狗。以不三不四的理论，来强奸文学，是对于艺术尊严不可恕的冒渎。②

这仍然针对中国法西斯主义文学之萌芽，即在所谓“民族主义文艺运动”中诞生的“民族文艺派”。他在答复谭四海的批判文章时也说：

> 我说文艺是自由，是创作之自由。……至于“民主的”一语，一方面不过是如兰格（J. Lang）说“裸体到死也是民主的”一样，一方面不过是尊重创作上的自由，而同时，此处自由与民主是针对警犬的民族文艺派的。……四海君必须明白，对于文学持比较自由的态度，是与否认“阶级性”毫不相干的。③

然而，将“政治的留声机”直斥为艺术的“堕落”“叛徒”，将满足于做

① 胡秋原：《阿狗文艺论——民族文艺理论之谬误》，见吉明学、孙露茜编：《三十年代“文艺自由论辩”资料》，上海文艺出版社1990年版，第8页。

② 胡秋原：《阿狗文艺论——民族文艺理论之谬误》，见吉明学、孙露茜编：《三十年代“文艺自由论辩”资料》，上海文艺出版社1990年版，第9页。

③ 胡秋原：《是谁为虎作伥？——答谭四海君》，见吉明学、孙露茜编：《三十年代“文艺自由论辩”资料》，上海文艺出版社1990年版，第39—40页。

留声机的艺术家名之以“叭儿狗”，虽然矛头直指“警犬的民族文艺派”，却不可能不引起立足于无产阶级文学，赞成艺术（文学）是“政治的留声机”的左联批评家的挞伐。

回顾这场论争的全过程，在“破”与“立”两端，胡秋原的最大贡献在“破”，这也是他用力最多之处；在“立”的方面显然有很大的不足。左联阵营对他的声讨固然带着极强的功利性和功利心，但有了“文学自由”之后，文学应当是什么样的，胡秋原却语焉不详。《革命文学问题——对于革命文学的一点商榷》讨论的中心并不是文学为什么要自由，而是“革命文学的标准究竟是什么，文学的真价值究竟是什么”①。或者说，“文学自由”只是艺术的前提条件，目的是在创作中不受任何干扰地追求“文学的真价值”，产生超越一时一地的势利或实利的政治要求的杰作。但是，该文大量篇幅在辨析“一切文艺都是宣传”的可疑，以及“文学”与“革命”之间的辩证关系，触及何谓真的文艺的只有以下几处：

> 在几年以前，就有许多人极端提倡“血和泪的文学”，反对别人歌咏“风和月”，以为那是“靡靡之音”，或者简直以为是“亡国之兆”罢。其实，无论是歌咏“风”和“月”，歌咏“血”和“泪”，若是作者没有真正的生命，没有真正神往的心，没有真挚而深刻地表现人生的苦闷，都一样的算不得文学，都不过是无聊的叹息与俗不可耐的喊叫罢了。
>
> 文学是什么？什么人都知道都承认的一句话，“文学是人生的表现”，就是为一般革命文学批评家所崇拜的Upton Sinclair也如是说。
>
> 文学之所以为文学，就因为她是真而且美的描写生活；因为她表现了人生，也就批评了人生，也就指导了人生，也就创造了人生。文学家是时代的灵魂，他看清楚了“现在”，也就很早的看见了“将来”。
>
> 总而言之：文学是社会生活真切，深刻，的表现；能如此的便

① 冰禅（胡秋原）：《革命文学问题——对于革命文学的一点商榷》，《唯物史观艺术论——朴列汉诺夫及其艺术理论之研究》，神州国光社1932年版，上海书店1980年版，第756页。

是永远不朽的杰作。①

可见，胡秋原在什么是文学、什么是杰作上并没有提出个人见解，只不过特别强调作家的生命的真挚、情感的真诚和描写的深刻，这些并未超出文学常识范畴。在批判“民族文艺”时，胡秋原对艺术的见解稍有扩展：

艺术者，是思想感情之形象的表现，而艺术之价值，则视其所含蓄的思想感情之高下而定。所以，伟大的艺术，都具有伟大的情思。而伟大的艺术家，常是被压迫者，苦难者的朋友。自然，这并不是说艺术家都不是统治阶级的代言人，然而，他（如果够得上说是一个艺术家）即令表现上层阶级之理想与意识，常是无意识的，如果有意识为特权阶级辩护，那艺术没有不失败的。②

他将衡量艺术价值的标准确定在“思想情感之高下”，后者又取决于是否“伟大”，“伟大”与否又要看艺术家是否有意识地为特权阶级说话，而背叛被压迫者。相同的观点在《勿侵略文艺》（1932）一文中亦有出现：

没有高尚情思的文艺，根本伤于思想上之虚伪的文艺，是很少存在之价值的；我永远这样相信。③

在同一年的《钱杏邨理论之清算与民族文学理论之批评——马克思主义文艺理论之拥护》一文中，胡秋原引用朴列汉诺夫《艺术与社会生活》中的说法：

---

① 冰禅（胡秋原）：《革命文学问题——对于革命文学的一点商榷》，《唯物史观艺术论——朴列汉诺夫及其艺术理论之研究》，神州国光社1932年版，上海书店1980年影印版，第756、757、762、764页。

② 胡秋原：《阿狗文艺论——民族文艺理论之谬误》，见吉明学、孙露茜编：《三十年代“文艺自由论辩”资料》，上海文艺出版社1990年版，第8页。

③ 胡秋原：《勿侵略文艺》，见吉明学、孙露茜编：《三十年代“文艺自由论辩”资料》，上海文艺出版社1990年版，第35页。

> 朴列汉诺夫指出：艺术之价值，以其思想之高尚与否来决定。
>
> 他又指出：虚伪之思想横于作品之根柢时，与现实全然矛盾的思想存在于作品之根柢时，即与内在矛盾于其作品，而损其美学价值。①

问题是，胡秋原提出的这一标准是模糊的、富有弹性的；他对标准的解释不仅没有使之清晰化，而且越来越远离文学本身，移位到艺术家本人。严格说来，艺术“思想情感之高下”固然与艺术家的人格、境界的高低有关，但毕竟是艺术在读者那里产生的阅读效果；艺术家的人格、境界的高尚，与艺术作品的情思的高尚或伟大之间，并非简单对应关系——这种简单对应的思维方式恰是胡秋原自己所深恶痛绝的。由此不难看出，胡秋原与左联批评家在论争中表面的分歧是巨大的，对马克思主义文艺理论的理解上也有很大差异，但在关于如何认识和界定文学的“真价值”，双方的思维方式和逻辑方法是基本一致的。归根结底，胡秋原是承认伟大的艺术决定于艺术家的正确立场。我们可以把他的逻辑推演倒转过来：艺术家的正确立场（站在被压迫者一边）决定其艺术伟大的情思——伟大的情思决定他能真挚、深刻地描写生活——真挚、深刻地描写生活决定了永远不朽的杰作的产生。

至死捍卫“文学自由”的胡秋原在文学批评中存在的悖论，也是左联批评家的悖论，同时也是中国早期马克思主义批评家在接受和运用马克思主义文艺理论时难以避免的悖论，这就是：一方面，要回到文学的本质谈论文学；另一方面，马克思主义文学批评的特质又在于首先从社会历史、从时代环境，从经济基础与上层建筑的辩证关系中考察文学，很少涉及对文艺形式或技巧的专门分析。加之，中国传统文论始终是把文与人合并考察，论文离不开论人。也可以说，在马克思主义文学批评视域内，“文学是什么”并不是本体论问题，而是文学的价值论或功能论问题。胡秋原的“文学自由”论

① 胡秋原：《钱杏邨理论之清算与民族文学理论之批评——马克思主义文艺理论之拥护》，见吉明学、孙露茜编：《三十年代“文艺自由论辩”资料》，上海文艺出版社 1990 年版，第 69 页。

张扬的是自由主义思想的价值观，这种价值观同样奠基在对文学的功能的认识上，只不过他坚决反对将文学的功能单一化。这一点，他在《浪费的争论——对于批判者的若干答辩》中说得很明白：

……我并非要主张一面什么自由主义的马克斯主义的大旗，和左翼理论对立，使苏汶先生不得不代表“第三种人”来说话的，而我是深知一面有理论家之“战线”，一面有作家之“群”，这矛盾是早存在的，所以以“第三种人”的资格，来贡献一点愚见，觉得，左翼批评家尽可站在马克斯主义观点，分析他们的作品，但是，作家（自然要真正算得一个作家）有表现他的情思之自由，而批评家不当拿一个法典去限制他们。只看他们表现得真不真（即是不是真正生动的现实），不要勉强他一定要写什么，怎样写。所以我之所谓自由主义态度与唯物史观方法的意见，实际上只是一种第三种人的意见而已。①

1933年，胡秋原以《一年来文艺论争书后》结束与左联批评家的论争。他在文中大量引用布哈林、卢那察尔斯基和议决案中的言论，说明一年来论争的结论只是承认两个根本原则，即：“一，革命政党乃至其文学团体，应在原则上承认文艺创作之自由，以及在某种程度上承认作家创作之自由；二，如果是一个进步的作家，也应该不闭目于时代之斗争，应该获得马克思主义概念，该从时代解放运动中丰富其灵感”②。这两个原则，其实就是1925年苏俄共产党关于文艺政策议决案的根本精神，并非新鲜主张。他认为论争只是由于双方对上述两个原则认识不足而导致的。这两个原则，也是经过反思和检讨之后的左联批评家所认同的。在如何对待马克思主义文艺理论和唯物史观方法论上，胡秋原的意见与鲁迅很相似。胡秋原曾说：“老实说，与其我们这样咻咻不已，倒不如大家虚心一点，还是‘批发’或‘代贩’或‘制造’

① 胡秋原：《浪费的论争——对于批判者的若干答辩》，见吉明学、孙露茜编：《三十年代“文艺自由论辩”资料》，上海文艺出版社1990年版，第216页。

② 胡秋原：《一年来文艺论争书后》，见吉明学、孙露茜编：《三十年代“文艺自由论辩”资料》，上海文艺出版社1990年版，第349页。着重号原有。

一点东西，或者还多一点实意。”[①] 鲁迅也曾说，他是被创造社“挤”着看了几种科学的文艺论，并译出朴列汉诺夫的《艺术论》。[②] 无论胡秋原与左联、与其他阵营的批评家孰是孰非，这是马克思主义文艺理论和批评方法在中国传播和接受的必然的曲折之路。最终的目标，正如鲁迅所言：“必须更有真切的批评，这才有真的新文艺和新批评的产生的希望。”[③]

四、文学批评个案：对钱杏邨文学批评之批评

1932 年 1 月，胡秋原在《读书杂志》第二卷第一期刊发的《钱杏邨理论之清算与民族文学理论之批评——马克思主义文艺理论之拥护》，被认为是他对左联批评家的首次正面回击。他与钱杏邨的论争本应纳入前文一并讨论，不过，鉴于他与左联其他批评家的论争集中在文艺理论及观念上，与钱杏邨的论争则主要在文学批评上，属于文学批评之批评，故单独予以讨论。该文除第一部分开篇对钱杏邨“歪曲，误用与恶用”马克思主义，将之“谑画（Caricature）化”做出清理，第二部分对民族文艺派的理论和创作予以抨击外，其余部分主要围绕钱杏邨对“四大作家”（鲁迅、郭沫若、郁达夫、蒋光慈）和张资平、茅盾、徐志摩等人的文学批评，展开再批评，其中涉及胡秋原对马克思主义文学批评的认识和理解，对科学批评的内涵的理解和其价值的推崇。

胡秋原认为，以“马克思主义批评家”自居的钱杏邨，“实在是一个最庸俗的观念论者”，而“与这浅薄的观念论并行的，是其左稚的主观主义”。[④] 在批驳对方的过程中，从方法论角度，胡秋原提出马克思主义文学批评的几

---

① 胡秋原：《浪费的论争——对于批判者的若干答辩》，见吉明学、孙露茜编：《三十年代“文艺自由论辩”资料》，上海文艺出版社 1990 年版，第 216—217 页。

② 鲁迅：《〈三闲集〉序言》，《鲁迅全集》第四卷，人民文学出版社 1998 年版，第 6 页。

③ 鲁迅：《〈文艺与批评〉译者后记》，《鲁迅全集》第十卷，人民文学出版社 1998 年版，第 301 页。

④ 胡秋原：《钱杏邨理论之清算与民族文学理论之批评——马克思主义文艺理论之拥护》，见吉明学、孙露茜编：《三十年代“文艺自由论辩”资料》，上海文艺出版社 1990 年版，第 47、49 页。

大特征。

首先，马克思主义文学批评是“真实批评”，不是阿谀批评。他说：

> ……批评对于艺术，姑无论它是怎样，不要阿谀。批评首先就要去对于艺术家的真实正义。而这才不至于读者以坏影响。这种批评，朴列汉诺夫名之为真实批评——真实批评对于艺术家的不知一切势利的恭维。对于艺术家，真实批评唯一要求，质言之就是真事。而这真实性，在他愈足以表现“一定时代与一定国民之自然要求”，即更加深刻，更趋完全。作品的研究，据朴氏之见，有两种方法；即批评家集中注意于：一，生活真理在那作品中如何描写，二，在那作品中究竟表现如何的真实。①

“真实批评”的第一层含义是，批评家要尊重艺术家在作品中对生活真理的表现，不能以个人主观意志，以一己对社会生活“真实性”的理解，强加于艺术家。胡秋原指出，钱杏邨对鲁迅、茅盾等作家作品的批评，就违反了马克思主义“真实批评”的原则，变成主观主义批评。比如他批评鲁迅时说，“我们所感到的人生，不像鲁迅所见到的这般灰暗而阴惨”，胡秋原批驳道：“其实所感不同，可随尊便，艺术家写出他所感的，批评家指出他何以如此感。至于钱大批评家则是要以自己之所感强迫他人之所感，正如唯美派的某君一样，诅咒鲁迅的灰色，有碍他们桃色美梦的观瞻一样。”钱杏邨咬定阿Q已死，理由也不过是“因为自己的主观，觉得阿Q未免侮辱了革命的农民，所以诅咒其死灭而已”。事实上，被宣布“死去了的”鲁迅“不仅没有死去，而且成为普罗文学的导师；而已宣布死刑的阿Q，反穿上和服洋服，带着世界普罗小说的王冠，为全世界著名作家所礼赞了”。②钱杏邨的

① 胡秋原：《钱杏邨理论之清算与民族文学理论之批评——马克思主义文艺理论之拥护》，见吉明学、孙露茜编：《三十年代“文艺自由论辩”资料》，上海文艺出版社1990年版，第52—53页。

② 胡秋原：《钱杏邨理论之清算与民族文学理论之批评——马克思主义文艺理论之拥护》，见吉明学、孙露茜编：《三十年代“文艺自由论辩”资料》，上海文艺出版社1990年版，第49、50页。

批评的根本问题在于，他没有看到作品中的“生活真理”，而代之以个人对生活的感受和判断。

其次，马克思主义文学批评是系统批评，不是抽象的观念批评。胡秋原指出，钱杏邨的批评中充斥着庸俗的观念，却并不细究观念背后所反映的时代生活的实质，以及此观念与彼观念间的细微差异，因此批评变成了“空嚷”。他说：

> 他之所谓“马克思主义”，只是搬弄“时代”两个大字，开口时代，闭口时代，左一个时代，右一个时代，将时代二字极抽象地，极混乱地使用，仿佛多些几个“时代”就成了马克思主义批评似的。①

针对钱杏邨面对郁达夫作品的“空嚷”，胡秋原指出：

> 不去深入事象之本质；不去广摄社会之全景；不去捕捉大众之心理；不以健全的意识，敏锐之才能，去认识现代生活中之一切复杂事象；不去努力将大众的行动和所思所感的，透入自己的意识，用生动的具体的形象描写出来，总而言之，不以唯物辩证法去观察描写一切……徒然讲什么抽象的漠然的“力的文艺”，结果不会出乎［现］无力的无生命的无机作品的。正如钱先生之流讲新兴文艺理论以来，总只知道什么“文学是有时代性”的，这是“时代文学”，彼非“时代文学”一样，口口声声，不离时代，其实任何文学，无论其为进步为落后，为左为中为右，总是有其“时代”之根源的；而且，不去理解时代之内容，充实时代的意义，则“时代”也者“力”也者，也只是如陈腐的“美”也“妙”也之抽象概念一样，成了俗不可耐的，催人呕吐，使人厌恶的浮浅空虚的名词之游戏。②

① 胡秋原：《钱杏邨理论之清算与民族文学理论之批评——马克思主义文艺理论之拥护》，见吉明学、孙露茜编：《三十年代“文艺自由论辩”资料》，上海文艺出版社 1990 年版，第 48 页。

② 胡秋原：《钱杏邨理论之清算与民族文学理论之批评——马克思主义文艺理论之拥护》，见吉明学、孙露茜编：《三十年代“文艺自由论辩”资料》，上海文艺出版社 1990 年版，第 57—58 页。

系统批评的方法，实则就是运用马克思主义唯物辩证法，既要透过现象深入本质，也要将单个的、复杂多变的事象放置在宏阔的社会历史背景中；既要体察大众的言行和心理意识，也要将之经过个人意识的过滤；既要有洞察时代生活之功力，也要有将之转化为生动形象之笔力。胡秋原在谈及钱杏邨对徐志摩的自相矛盾、不知所云的评价时说：“现代有产者之文学，是在一个颓废堕落的时期，畸形的中国有产者，自然不能创造出丰富的内容之作。而在他的浅薄的感情思想里，盲目的享乐主义，廉价之感伤中，藏着许多伪善的反动的要素。”①胡秋原对徐志摩诗歌的评价是否妥帖、公允自可讨论，至少其批评立场和批评方法是毫不含糊的，其观点也是鲜明的。针对钱杏邨抱怨徐志摩作品内容“没有系统的思想”，形式“华而不实”，胡秋原说：“然而一个批评家——如果说得上是一个批评家的话——正是应该将那没有系统的思想看出一个‘系统’，而‘不实’也还是有他的‘实’。”②从零乱中见出系统，从虚中把捉实，需要的是批评家的洞察力和辨识力。胡秋原对鲁迅作品的评价虽只寥寥数语，却洞若观火，且掷地有声：

> 鲁迅辛辣地讽刺了攻击中国残余的封建势力，深刻地表现了没落封建社会人士的病态与悲哀，然而，他还是出身于封建社会环境的人，他有中国封建社会智识分子最好的坚强与洁癖，他有深刻的人道主义的精神，他虽然狭，然而深，在这一点，他接近了俄国文学，也接近了革命。③

“虽然狭，然而深”后来成为鲁迅研究中常被引用的经典之语。

---

① 胡秋原：《钱杏邨理论之清算与民族文学理论之批评——马克思主义文艺理论之拥护》，见吉明学、孙露茜编：《三十年代“文艺自由论辩”资料》，上海文艺出版社 1990 年版，第 59 页。

② 胡秋原：《钱杏邨理论之清算与民族文学理论之批评——马克思主义文艺理论之拥护》，见吉明学、孙露茜编：《三十年代“文艺自由论辩”资料》，上海文艺出版社 1990 年版，第 59 页。

③ 胡秋原：《钱杏邨理论之清算与民族文学理论之批评——马克思主义文艺理论之拥护》，见吉明学、孙露茜编：《三十年代“文艺自由论辩”资料》，上海文艺出版社 1990 年版，第 60 页。

第三，马克思主义文学批评是一种“创作”，不是“革命八股”。胡秋原认为：

> 批评也是一种创作（在某种意义上），没有锐利的眼光与独特的见解是不行的。然而钱先生的批评论文，好像成了一个公式，耍来耍去总是那么一套，不会有新的花样。……跳来跳去不出那个圈子，结果变成革命八股。尤其批评几个女作家，也是老调不厌重弹，许多话任何人都用得上。浮滑皮面，一点也不能深刻地捉住一个人一个作品的核心与特质。这样的文章，是使人疲倦的。①

将文学批评视为创作，是西方现代文学批评的一种观念，与马克思主义文学批评并无直接关联。不过，胡秋原提出此论的目的是反对马克思主义文学批评中的公式化、八股化，这是具有很强的现实针对性的。“老调不厌重弹”“浮滑皮面”的缺陷不只存在于钱杏邨的批评中，也存在于其他打着“马克思主义文学批评”旗号的文章中。胡秋原力主艺术创造应有兴味，引人“昂奋”，他心目中的文学批评也应如此，只是方式不同而已。

马克思主义文学批评致力于发掘文艺中社会历史的真实面貌和发展趋势，探察人在时代环境中的社会属性和精神特征，因而朴列汉诺夫将真正的科学批评称为“政论的批评”。胡秋原认为钱杏邨的批评是“肤浅的政治批评”，因而是“非科学的批评”，“只有真实地深刻地理解学习辩证法唯物论，才能救钱杏邨于观念论的泥沼之中”②。

胡秋原所提出的马克思主义文学批评的三个特征，“真实批评”以唯物史观作保障，依据他的理解，唯物史观不仅可以指导人们在理解社会历史现象上找到正确途径，而且能够使批评家把握最正确的科学方法；系统批评来

① 胡秋原：《钱杏邨理论之清算与民族文学理论之批评——马克思主义文艺理论之拥护》，见吉明学、孙露茜编：《三十年代“文艺自由论辩”资料》，上海文艺出版社1990年版，第56页。

② 胡秋原：《钱杏邨理论之清算与民族文学理论之批评——马克思主义文艺理论之拥护》，见吉明学、孙露茜编：《三十年代“文艺自由论辩”资料》，上海文艺出版社1990年版，第58、62页。

自批评家对唯物辩证法的运用，以便能够在纷繁复杂的事象中发现其内在联系；视文学批评为创作，则维护着批评的生机和活力。

1995年，在为《中华心——胡秋原政治·文艺·哲学文选》一书所做自序中，胡秋原说：“我的文章，都是我的思想的表现，而我的思想，不待说是我的时代的产物。”[①]胡秋原的文学批评，包括左联批评家的论争文章，都带有鲜明的时代烙印，也不可避免地存在这样那样的缺憾乃至错误。他所倡导的“文学自由”论，在某种程度上纠正着左联和其他马克思主义批评家机械、教条地对待文学的阶级性、党派性、政治宣传性等问题，也在一定程度上警示了马克思主义文学批评有滑向庸俗社会学、肤浅政治学的泥沼的危险。

① 胡秋原：《自序（我的时代与我的思想）》，见李敏生编：《中华心——胡秋原政治·文艺·哲学文选》，社会科学文献出版社1995年版，第1页。

第六章　冯雪峰："原则之论"与"具体批评"的矛盾与调和

1930年1月，《萌芽月刊》创刊号上刊载署名洛扬从日文转译的《艺术形成之社会的前提条件》一文，译文内容即马克思《〈政治经济学批判〉导言》中有关艺术生产与物质生产发展不平衡问题的论述。这是中国学者首次翻译的马克思主义文艺论著。洛扬即冯雪峰，该刊其时由他和鲁迅编辑。

在中国早期马克思主义文学批评家里，冯雪峰无疑是具有代表性的一位。他不仅和瞿秋白、鲁迅等马克思主义文学批评家一样，致力于苏俄普罗革命文学，马克思、列宁、朴列汉诺夫、梅林、法捷耶夫、藏原惟人等马克思主义文艺理论家和批评家的著述的译介，而且在左联成立之后还曾肩负着领导职责，以文艺理论批评家和左联领导者的双重身份，积极参与"革命文学"的论争，对"第三种人""自由人"的批判，对"大众文学运动"的倡导等。他在文学批评方面亦有许多真知灼见，提出"革命的现实主义的文学"的命名。有学者认为，"如果要考察这一段文学思潮的演化历史，特别是马克思主义批评在中国形成的过程，冯雪峰是最有代表性的'现象'与线索。这不只因为冯雪峰在众多倾向马克思主义的批评家中比较清醒稳健，坚持反对革命文学阵线中长期存在的左倾机械论，也因为他反左的同时又始终难于摆脱左的牵制，他的理论探求与批评实践的得失，体现着马克思主义批评'中国化'过程的艰难、曲折与困扰"①。从马克思主义文学批评中国形态建构的角度来看，在冯雪峰身上体现出文艺批评理论的矛盾、犹疑的一面，以及在文

① 温儒敏：《历史选择中的卓识与困扰——论冯雪峰与马克思主义批评》，《学术月刊》1994年第5期。

学批评实践中，他希望将"原则之论"与"具体批评"融合在一起的努力。

一、"并非浪费的论争"：文学的阶级性与"创作自由"论

20世纪30年代，冯雪峰参与有关"第三种人""自由人"的论争和"两个口号"的论争。在前者，他认为文学具有阶级性是常识，"事实上，在阶级社会里，几乎一切事物都有阶级性，因为人们的生活既已分为阶级了，则各人生活上所需要的东西，当然就有阶级的分别"①，因此不存在超越阶级性的"自由"。在后者，他强调"创作的自由"的重要性。这种看似矛盾的观点，一方面自然是出于形势变化的需要，是无产阶级革命文学的斗争策略在文学批评上的显现；另一方面也是因为在他看来，创作的自由不是无所顾忌的自由，其前提是承认文学的阶级性、党派性。

在与"第三种人"胡秋原的论争中，尽管冯雪峰在《"阿狗文艺"论者的丑脸谱》(1932)一文中明确指出："胡秋原的主义，是文学的自由，是反对文学的阶级性的强调，是文学的阶级的任务之取消。这是一切问题的中心！"并提请《文艺新闻》的编者先生"注意胡秋原的狡猾"，②但在整个论争过程中，冯雪峰的行文语气是相当缓和、有分寸的。这是他与左联其他批评家不同之处。③比如后来在《并非浪费的论争》(1932)④一文中，针对胡

---

① 冯雪峰：《常识与阶级性》，《论文集》(上)，人民文学出版社1981年版，第25页。

② 冯雪峰：《"阿狗文艺"论者的丑脸谱》，《雪峰文集》第二卷，人民文学出版社1983年版，第350—351、351页。该文收入《论文集》(上)时，题为《致〈文艺新闻〉的一封信》。

③ 张钊贻说："只要对照《致〈文艺新闻〉的一封信》与《并非浪费的论争》就可发现，冯雪峰对胡秋原态度的明显变化，而这只能是张闻天《文艺战线上的关门主义》发表后的结果。如果看一下论战开始时代表'左联'的三篇文章会发现冯雪峰跟瞿秋白和周扬的一个差别：冯雪峰针对的只是胡秋原，而瞿秋白和周扬则把胡秋原跟苏汶置于同等的敌对地位。"见张钊贻：《〈辱骂和恐吓决不是战斗〉背后的几个问题——"左联"的矛盾、"第三种人"论争与鲁迅"同路人"立场》，《文史哲》2018年第1期。

④ 据《瞿秋白文集》，该文系瞿秋白与冯雪峰商量后，由前者代后者执笔，发表时署名洛扬(冯雪峰的笔名)。见《瞿秋白文集 文学编》第三卷，人民文学出版社1989年版，第87页题注。

秋原说他是"村妇主义的谩骂"，他的回答是："其实并不如此。要文艺理论的发展，需要一些深刻的讨论，辩难，尤其需要指出事实的本质，指鹿为鹿，指马为马的工作，这决不能说是谩骂，也并非浪费的论争。"[①]对于胡秋原所言"第三种人""自由人"并非存心攻击左翼，他们对普罗文学运动也抱有无限同情，希望左翼能清算自己的错误，冯雪峰也未否认错误的存在及清算的必要。当然，他认为判断一个人是不是"真正的朋友"，"不能已于言"，要看他是否主观和客观一致，即言行一致。但他并不认为胡秋原属于此列，主观上是一回事，"事实上他至少被他们利用着，并且他也仿佛甘心被利用，在群众面前他已经是敌人的冲锋队里面的一个了。事实上是如此，客观上是如此"。[②]不过，"事实""客观"指什么，冯雪峰并未摆出来；如果是指胡秋原的一系列文章，冯雪峰在此"辩难"，认为论争"并非浪费"的意义体现在哪里呢？他对胡秋原的第二个意见，主要在于后者"不能心服列宁的原则之在文学上的应用的，而只是舍不得朴列汉诺夫等"，"不能批判地接受了朴列汉诺夫的一切"。[③]也就是说，冯雪峰和其他左联批评家一样，认为对于朴列汉诺夫应当也必须"批判地接受"；而对于列宁关于文学的阶级性、党派性的论述，则丝毫不能怀疑，不能像胡秋原那样采取"批判地接受"的态度。左联一致认为朴列汉诺夫属于"去过势的马克思主义的文艺理论"，在当时情境中，也主要是因为其理论受到苏联理论界的批判。胡秋原承认列宁强调过文学和哲学的阶级性、党派性，但认为"既谈文学，仅仅这样说是不能使人心服的"，这可能才是他犯忌之处，也是冯雪峰及其他左联批评家划分"两种不同的立场"的唯一依据——列宁的论断无可怀疑，余下的只是应用的问题；即使出现"错误"，那也只是应用上的不当。

在关于"人道主义"和"自由主义"问题上，冯雪峰言论上的温和则反映了他态度上的矛盾、犹疑：既要坚定地站在左翼立场上，又无法否认"自由"的存在。他相当有技巧地——实则是有些无奈地——把"自由"这个敏

---

① 冯雪峰：《并非浪费的论争》，《论文集》（上），人民文学出版社 1981 年版，第 87 页。着重号原有。

② 冯雪峰：《并非浪费的论争》，《论文集》（上），人民文学出版社 1981 年版，第 88、89 页。着重号原有。

③ 冯雪峰：《并非浪费的论争》，《论文集》（上），人民文学出版社 1981 年版，第 89 页。

感话题，一分为二为"言论的自由"和"创作的自由"，且把论争的重心挪到后者。前者的重要性无须多言；至于后者，冯雪峰又策略性地只谈"普罗革命文学或左翼内部的所谓'创作自由'"；在其外部，是否也存在"创作的自由"，似乎也是不言而喻：只要文学家的立场没有真正转移到普罗革命文学上，谈"创作的自由"就是"资产阶级的自由主义"的体现。我们由此可以清楚地看到冯雪峰在论争中不断缩小论题以"回避"对方质疑的逻辑思路："言论的自由"——"创作的自由"——左翼内部"创作的自由"。从冯雪峰文章最后一部分也可见出其语气的温和、态度的犹疑，以及立场的坚定；而其矛盾也正体现在这三者之间是无法统一起来的：

> 固然，胡秋原先生说："鲁迅先生，茅盾先生的作品，也决不能说是严格的普罗文学，就是茅盾先生的近作，也决不是严格的普罗文学，但这也无碍其作品之价值。"然而我们也并没有说，茅盾等的近作，已经是"严格的普罗文学"。同时我们也没有否认，例如叶绍钧先生等进步的作家的作品的价值，尤其没有说过他们是反革命的。我们没有"躬自薄而厚责于人"。但是胡秋原先生是说，虽然不是严格的普罗文学，但也不妨碍作品的价值；而我们却是说，虽然这些作品已经有价值，但我们还要努力，去达到更高的价值，达到正确的革命文学和严格的普罗文学。①

他不仅没有否认胡秋原所说作品的价值，而且自己加上叶绍钧等作家为例。但对于何为"作品的价值"，胡秋原有论述，冯雪峰则绕开了；从上下文来看，他心底里认为，"正确的革命文学和严格的普罗文学"所具有的价值，才是文学的"最高"价值。在当时语境中，这自然是可以理解的。这种以政治立场来划分"作品的价值"高低，亦是可以理解的，就像他在"创作的自由"中划分出"内部的自由"和（没有明说的）"外部的自由"，自然会认为前者创作的作品的价值要高于后者。

稍后在与苏汶的论争中，冯雪峰首先表明左翼文坛的立场和态度，诚恳

---

① 冯雪峰：《并非浪费的论争》，《论文集》（上），人民文学出版社1981年版，第93页。

地承认个别同志"指友为敌"的错误，并表示要"克服自己的宗派性"，与苏汶"应当建立起友人的关系来"。他对苏汶观点"系统"的概括是否准确，本著前文多有涉及，此处不赘。他把苏汶的观点视为"一种政治的、文学的倾向"①，认为其思想、观念的混乱、矛盾，根源在于其政治立场的错误。他对苏汶文学"阶级性"观点的批判，与其他左联批评家也无太大区别。文学有无"超阶级性"的"人性"的存在，对当时的左联来说是无须论争的。不过，当冯雪峰说"阶级性，主要地反映在文艺作品（文艺批评亦如此）之阶级的任务、之做阶级斗争的武器的意义上"②，他是将关于文艺阶级性的本体论探讨，转移为实用论辩解，是一种实用论文学观在文学批评中的体现。文学不能"超阶级"，这是真理；但作品所具有的"阶级性"，以及它所发挥的"阶级斗争"的功能，却不一定是作家的创作意图所在，也不一定是所有读者切入作品的视点。"创作的自由"是在作家确定了无产阶级革命文学和普罗文学的立场之后的"自由"，这是当时左联批评家的普遍看法。包括冯雪峰在内的左联激进的理论家和批评家，都坚持他们所认为的马克思主义文学批评的一个基本原则，"文学是阶级的意识形态的反映"：

> 文艺作品不仅是反映着某一阶级的意识形态，它还要反映着客观的现实、客观的世界。然而这种的反映是根据着作者的意识形态、阶级的世界观的，到底受着阶级的限制的。（到现在为止，只有无产阶级的世界观——辩证法的唯物论，才能够最接近客观的真理。）③

不过如前所述，冯雪峰并不想把苏汶推到敌对者一边，因此他承认，"一切的文学，都是斗争的武器；但绝不是只有狭义的宣传鼓动的文学，才

① 冯雪峰：《关于"第三种文学"的倾向与理论》，《论文集》（上），人民文学出版社1981年版，第95、97页。

② 冯雪峰：《关于"第三种文学"的倾向与理论》，《论文集》（上），人民文学出版社1981年版，第99页。

③ 冯雪峰：《关于"第三种文学"的倾向与理论》，《论文集》（上），人民文学出版社1981年版，第100页。

是斗争的武器。有时候，倒是相反的，就是在宣传鼓动的作品'做得不好'的时候"，"非狭义的宣传鼓动文学，它越是真实地全面地反映了现实，越能把握住客观的真理，则它越是伟大的斗争武器"。① 问题在于，所谓"做得不好"意指为何？指作品的"阶级性"不鲜明、不彻底，还是指"艺术价值"不够高？其中的"非狭义的宣传鼓动文学"，可否换为"非狭义的阶级斗争文学"呢？冯雪峰说：

> ……艺术价值不是独立的存在，而是政治的、社会的价值，是可明白的了。艺术价值就不能和政治的价值并立起来；归根结底，它是一个政治的价值。然而正和一切的政治行动的价值是客观的存在一样，艺术价值是客观的存在；也正和评价政治不能根据庸俗的目前功利主义或相对主义的观点一样，不能依据目前主义的功利观或相对主义的观点（所谓"彼一时也，此一时也"的观点即是一例）来评价艺术。②

此处亦可见冯雪峰观点、态度的犹疑：艺术价值是"政治的价值"——此处的"政治"自然不可能像"宣传鼓动"那样，可分为"狭义的"和"非狭义的"——但同时，他亦承认"艺术价值是客观的存在"，会随着历史的变化而变化；或者说，在不同的历史阶段，在不同的国度，人们对"艺术价值"的认识不可能以政治价值为唯一标准——这正是苏汶所要争辩的。当然，冯雪峰的可贵之处也正在于，他意识到"依据目前主义的功利观或相对主义的观点"评价艺术的弊端——某种程度上，周扬等人正是如此——只是他在内心里不可能把马克思主义文艺理论视为"彼一时也，此一时也"的观点。

由此，冯雪峰提出"无产阶级的文艺批评"的任务和使命。虽然其观点并无特别之处，但可以再次让人看到左联批评家所理解的马克思主义文艺理论指导下的文学批评的面貌：

---

① 冯雪峰：《关于"第三种文学"的倾向与理论》，《论文集》（上），人民文学出版社 1981 年版，第 101 页。

② 冯雪峰：《关于"第三种文学"的倾向与理论》，《论文集》（上），人民文学出版社 1981 年版，第 103—104 页。

无产阶级的文学批评要指出一切过去的和现在的作品的价值；也要说明作者所生活的时代与其阶级的限制是否障碍着客观真理在艺术上的反映，以及障碍了多少，作者的意识形态或世界观是否使他歪曲现实，以及歪曲了多少（借用古川庄一郎的话）；有时候，还特别要劝艺术家脱离那毒害了他的反动的政治，但并非劝他离政治而自由，却劝他去和那会给他的艺术以生气的政治接近。①

由“艺术价值”话题谈及作品“内容的价值”与“形式的价值”，冯雪峰体现了其唯物辩证法的思维特点，即：在“内容决定形式”的前提下，明确指出形式与内容是不可分离的统一体，而且两者的阶级性也因此获得统一：

如果为研究便利而把形式和内容分开来说，则在任何具体的作品上都会发见作者的思想情感创造着形式——即在内容的形成时就已经形成了形式的基础的部分，而形式的修饰和加工的部分同时也就是对内容的修饰和加工这事实；并且从这事实也就可知两者是相互影响，以及形式本身也包含着思想情感的要素了。②

这种对作品内容与形式的辩证认识，以及条理清晰的论说，是那些虽然表面承认两者统一，实则只谈内容的决定性价值的左联批评家所不具备的。但是，当他转头批判苏汶在形式上的观点时，他似乎忘了他是在两个不同层次上论述“形式”问题——

……苏汶先生又仿佛有着形式有独自的价值的意见，并且在他对于连环图画和欧化文学的形式的意见上，就仿佛形式不仅是独自价值，并且是独自发展，又仿佛是决定的东西了。所以他就不能了解：某种简单的内容可以自动地批判地择取某种简单的形式，造成

① 冯雪峰：《关于“第三种文学”的倾向与理论》，《论文集》（上），人民文学出版社 1981 年版，第 105 页。

② 冯雪峰：《关于“第三种文学”的倾向与理论》，《论文集》（上），人民文学出版社 1981 年版，第 105 页。

> 某种简单的艺术，以供给大众读者，并且在这里内容可以争取支配的地位，时时地影响形式，改造形式，而逐渐达到较高级的艺术。①

他在对苏汶观点的评述中，不自觉地混淆了两种"形式"概念：一种是他上面已详细阐述的，与"内容"相对应的、单一作品的"形式"；一种是他此处所说的不同文体的"形式"，因此才会有所谓"简单的形式""简单的艺术"之说。易言之，一部小说有其内容与形式的有机统一，不可分割看待；但一部小说与一部连环画，其文体形式有着很大差异，这是客观事实。冯雪峰可以讨论在某一部作品——或小说或连环画或西洋绘画、版画——中内容与形式的统一，可以谈"内容"的阶级性如何渗透在"形式"中，或者反之；但很难去指认某种文体形式本身就具有明显的阶级性。故此，他的"自动地批判地择取"说，也难有说服力。

前已述及，在与苏汶论争时，冯雪峰对苏汶倡导纯粹的"创作自由"不以为然，并将话题转移，去申明左联文坛内部是存在极大的"创作自由"的；至于"别派"作家，提倡"创作自由"自然是资产阶级、小资产阶级的那一套。抗战爆发后，出于左联要建立文学的抗日统一战线的政治形势的需要，也出于新文学运动的发展需要，冯雪峰的理论观点有了很大转变。他的《关于抗日统一战线与文学运动》(1936）一文，不同寻常地以批判左联内部"关门主义"理论为主，矛头直指周扬等人，而且其措辞与批判"第三种人""自由人"相比，更为严厉，且语带讥讽："对于'国防文学'口号的出色地宗派主义的解释，以及将别的较正确的文学口号指为'标新立异'，即使不算是暴君的态度，也是一副商标主义的市侩的气味……"② 清除浓厚的"关门主义""商标主义的市侩"气味，是为"创作自由"张目。冯雪峰说：

> 无论如何，"创作自由"在现在是适当的，也是迫切的要求。第一，现在没有爱国的文学的创作和发表的自由，我们要争取得这

① 冯雪峰：《关于"第三种文学"的倾向与理论》,《论文集》(上)，人民文学出版社 1981 年版，第 105—106 页。

② 冯雪峰：《关于抗日统一战线与文学运动》,《雪峰文集》第二卷，人民文学出版社 1983 年版，第 8—9 页。

自由。第二，为着新文学的发展，要去掉一向的那种不正确的公式主义的批评对于作家们的束缚。第三，如果我们有了创作的自由，能够作到自由竞争，则新文学不但能获得多数的读者，并且也一定有别派的作者投入新文学中来。同时，要动员各派作者来从事抗日的新文学运动，也应在“自由创作”的原则之下，以鼓励与提倡的方法使他们自动的来。①

在他提出的抗日文学运动“有机的‘三原则’”中，除去第一条倡导一切文学家的联合与统一，其余两条都在阐述“创作自由”的重要性，其语调也依然保持着温和、亲切，不强人所难：

为着爱国的抗日的文学的发展，为着发挥文学对于民族解放应尽的职务，并且也为着各个文学者的自动的，兴趣勃勃的工作和多方面的活泼的发展，我们要求我们能够有创作的自由，发表的自由，我们也赞成各个作家自由写作，不受任何主义的束缚。作为一个现在中国人的作家，应当有为国家尽力的自由，也应当取得能够享受自由的信任。

我们尽量地努力提倡“民族革命战争的大众文学”或“国防文学”，甚至提倡“现实主义的创作方法”。我们要到处尽可能地提倡这种文学，鼓励大家来写。我们也要把一般爱国的文学运动尽量地扩大。②

当然，这种“创作自由”被视为在文学的阶级性、党派性原则下的必然发展，或者说，是在此一原则下文学与活生生的现实斗争相结合的必由之路。“倘若‘文学在阶级社会里是阶级的，党派的’这一原则是正确的，那么，我们的文学即应当参加或发动为自由的斗争，承认对我们文学有利的自由竞

① 冯雪峰：《关于抗日统一战线与文学运动》，《雪峰文集》第二卷，人民文学出版社1983年版，第9页。

② 冯雪峰：《关于抗日统一战线与文学运动》，《雪峰文集》第二卷，人民文学出版社1983年版，第10页。

争的办法。"而周扬等人"关门主义"的错误正在于对文学的阶级性、党派性的机械理解，以致出现"凡天下之女人，非节妇即娼妓也"的"妙论"。①当然，无论是在周扬等人这里还是在冯雪峰那里，"创作自由"都不是作为文学的内在要求而提出的。对冯雪峰来说，它是争取不同立场的各派作家联合起来反对敌对势力的政治诉求；也只是到了此时，在这里，当初批判苏汶时被他颇费思量地分开来的"言论的自由"与"创作的自由"，才"统一"到一起：以"创作的自由"争"言论的自由"。

二、大众性、民族性与民族形式：形式与内容之辨

与瞿秋白、周扬等人一样，冯雪峰也是大众文艺运动和文艺大众化实践的积极倡导者，尤其是在左联成立之后。文艺大众化和革命的无产阶级的大众文艺的创造，在冯雪峰那里可以视为一体两面，即：文艺大众化是创造大众文艺的有效方式，而后者需要将文艺以大众听/看得懂、听/看得惯，容易接受的旧调子、民间技法来表现，以达到入人心的效果。对于有人担心旧调子肉麻，是"靡靡之音"，他认为可以进行改造，但无论怎样，"必须下层的，广大地流行的"②。以是否在下层民众中广泛地流行，作为检验文艺大众"化"的程度和效果，这是冯雪峰与其他倡导者不太一样的地方。基于此，他对各种文艺的形式提出十分具体的要求：

> 我们新的大众的小说应该排除近代心理小说派的死静沉闷的描写，排除知识分子作品的倒叙以及其他种种神出鬼没的卖弄文笔，而应以叙述分明，线索明了的中国旧小说和说书等为师。绘画应该排除现代西洋画的那些资产阶级末期的奇奇怪怪的表现法，而应去

① 冯雪峰：《关于抗日统一战线与文学运动》，《雪峰文集》第二卷，人民文学出版社1983年版，第13页。着重号原有。

② 冯雪峰：《关于革命的反帝大众文艺的工作》，《论文集》(上)，人民文学出版社1981年版，第53页。

学习那线条清楚，轮廓分明，笔调朴素的中国版画和民间花纸。[①]

也因此，文艺大众化可以理解为文艺的“去知识分子化”或“去西洋化”。在他执笔的左联执委会决议《中国无产阶级革命文学的新任务》(1931) 中，文艺的大众化被提升为无产阶级革命文学面对急剧变化的国际国内形势，完成一切新任务“所必要的道路”。决议说：“只有通过大众化的路线，即实现了运动与组织的大众化，作品、批评以及其他一切的大众化，才能完成我们当前的反帝反国民党的苏维埃革命的任务，才能创造出真正的中国无产阶级文学。”[②] 与此前不同的是，除了文艺作品的大众化，决议还明确提出“批评的大众化”，以及文学者“生活的大众化”和无产阶级化。在创作方面，决议也从题材、方法和形式三方面进行阐述。其中论及方法时，冯雪峰指出：

> 作家必须从无产阶级的观点，从无产阶级的世界观，来观察，来描写。作家必须成为一个唯物的辩证法论者。……必须研究马克思列宁主义，研究一切伟大的文学遗产，研究苏联及其他国家的无产阶级的文学作品及理论和批评。[③]

“生活的大众化”和无产阶级化不难理解；至于批评即文艺批评的大众化如何展开，他并未说明。

在“大众化”与“化大众”的关系上，从前后两文看，冯雪峰虽然提到在研究旧的艺术样式、与大众一起从这里出发的同时，也要“和大众一起离开这些，向着新的去”；虽然也提到“我们更负有创造新的言语表现语的使命，以丰富提高工人农民言语的表现能力”,[④] 但由于真正的无产阶级文学并

---

① 冯雪峰：《关于革命的反帝大众文艺的工作》,《论文集》(上)，人民文学出版社 1981 年版，第 54 页。

② 冯雪峰：《中国无产阶级革命文学的新任务》,《论文集》(上)，人民文学出版社 1981 年版，第 63 页。

③ 冯雪峰：《中国无产阶级革命文学的新任务》,《论文集》(上)，人民文学出版社 1981 年版，第 65 页。

④ 冯雪峰：《关于革命的反帝大众文艺的工作》,《论文集》(上)，人民文学出版社 1981 年版，第 53、66 页。

未完全产生，所谓"新的"指什么仍是未知数。显然，他更强调行动而不是空谈，更强调"大众化"而不是"化大众"。这一点，在此后《关于"艺术大众化"——答大风社》(1938) 中体现得很明确，他将"艺术大众化"视为解决"迫不及待的革命（抗战）的大众政治宣传"与"艺术向更高阶段的发展"这一对矛盾的重要任务，也将它当作现实主义创作原则完成现阶段历史任务的具体路线。① 他认为抗战宣传品不一定是艺术不足为奇，但宣传品之中包含有丰富的艺术要素。他甚至很自信地指出："有一件常使纯艺术主义者不信的事——大概宣传力愈大，则艺术要素愈丰富；这些要素的蓄积，锻炼，而成为完全的艺术，并发展到高的伟大的艺术。"②

艺术与政治宣传，这是自普罗革命文学、无产阶级革命文学诞生以来就不得不面对的问题。对早期马克思主义文学批评家来说，艺术具有或明或暗的政治宣传功能是毋庸置疑的，而在阶级斗争尖锐、激烈，在全民统一抗战的特殊历史时期，文艺的宣传功能被一再放大，也因此不得不面对包括"第三种人""自由人"在内的不同派别的作家，对此种文艺的"艺术价值"何在的质疑和攻讦。尤其是，当文艺的大众化被提升为创造真正的中国无产阶级文学的必由之路之后，如何处理艺术的普及与提高，如何让大众文艺成为"完全的艺术"而消除他人的疑虑，文艺的形式问题就不能不得到充分的讨论和解答。此前，这一问题在中国马克思主义文学批评家那里要么被回避，要么被一带而过，似乎成为批评家的难言之隐。冯雪峰不仅明确提出形式具有能动作用和相对独立性，而且将形式问题与民族形式、民族性，继而与大众化、大众性相关联。这可以说是他在早期中国马克思主义文学批评理论建设上的一大贡献。

冯雪峰对形式的理论探讨，主要体现在《形式问题杂记》(1940)、《民族性与民族形式》(1940)、《过渡性与独创性》(1940) 等文中。在如何看待形式与内容关系上，他秉持马克思主义辩证分析的方法，在强调内容于两者关系中占有"优势"地位的同时，明确指出形式所具有的能动作用及其相对

① 冯雪峰：《关于"艺术大众化"——答大风社》，《论文集》(上)，人民文学出版社 1981 年版，第 140 页。

② 冯雪峰：《关于"艺术大众化"——答大风社》，《论文集》(上)，人民文学出版社 1981 年版，第 147 页。

的独立性。在《形式问题杂记》中，他说：

> 形式是内容向形式的发展。形式也是向内容发展的，是从形式去发展内容的。于是，形式的完成，在生活和文化就有相对独立的价值，但自然这并非和内容分离的。①

不过在此文中，他并不是单纯辨析形式与内容之间的辩证关系，而是借此讨论“文艺大众化”中的“大众性”如何呈现出来。因此，他较多地强调新旧形式之间的“矛盾”、“斗争”和“对抗”，以及在此过程中，形式所显现的社会意识形态特征：

> 在旧新文化的过渡时代，形式对于内容的反作用也更加显著，一方面，有新形式(作为生活的新的要素）在导入和引起新的内容；另方面，旧形式（作为生活的旧的要素）在尽量地限制着，改作着和压杀着新的内容。这两种反作用都很显著，这种形式和内容之间的矛盾，是反映着旧形式和新形式，旧内容和新内容，及旧文化和新文化，旧生活和新生活之间的矛盾的斗争的。
>
> 由于内容的优势的必要，形式的能动性的发挥就更必要，而且也更可能。形式的思想意义是特别显明和必要的，新旧的形式的斗争是应当尽量发展并应使其带着社会思想形态斗争的色彩的。由于内容的优势的必要，既然要求着形式对于内容的积极的反作用，而形式的新创性也更被要求着。新的文学和新的艺术之形式的，样式的创造的要求，是被我们文艺的近的战斗任务和世界文化的远景照得很明白的。②

至于新旧形式之间的融合及其方式，或者说，“形式的新创性”如何从

---

① 冯雪峰：《形式问题杂记》，《论文集》（上），人民文学出版社 1981 年版，第 156 页。

② 冯雪峰：《形式问题杂记》，《论文集》（上），人民文学出版社 1981 年版，第 156、156—157 页。

旧形式中脱胎而出，则没有被纳入他的视野。相反，他更多地在说明僵硬的旧形式为何必须被抛弃："倘若资产阶级和一切过去的文学艺术的某些形式，已经发展到极点，和它的特定的社会的内容凝结在一起，已经是硬化了，再也不能在新的情势下来变化发展，则必须抛弃，但去选择一切能够发展和正待发展的形式与要素。"①这自然是因为他将理论问题置于新旧文化交织的过渡时代，置于"文艺的近的战斗任务"的时代语境中，也是因为，他的讨论有着明确的目标。他所提出的新形式创造、选择的几项原则，即"独创""发展""对抗""有定则的，有定向的"，指向的是大众性的原则和方向，也就是，"艺术之生活性，思想性，强健性，和广阔性，等等之最大限度的现实性"②。

冯雪峰在《形式问题杂记》末尾指出的"一年来，民族形式的被提出，是作为大众形式而提出的。无论怎样，形式创造任务和创造的大众性的基本方向，不久也就会引起更深刻的普遍的注意罢"③，在《民族性与民族形式》一文中成为中心议题。由此可以看出他在形式问题讨论中的思维路径：形式——大众性——民族性——民族形式。这一思维路径实则形成一个回环：形式的创新、发展或独创，最终是为了建立符合新时代要求、与民族的革命的文学之内容相互激发的民族形式；而大众性与民族性，只是针对不同阶段革命文学不尽相同的要求所提出的概念，两者虽有侧重，实为一体；"民族性"可理解为对"大众性"的进一步的"定则"和"定向"，它呼应着他在高度赞扬鲁迅杂感随笔时所提出的"中国特色"。关于"民族性"，冯雪峰是这样界定的：

> 我们倘使从形式和内容的关系上去看，则所谓"民族性"，首先是存在在各民族在其生活斗争的发展过程中独自地创造着文化形式的特性上的，例如在语言、诗歌、建筑、演剧、跳舞、音乐、装饰及其他生活样式上无数的各种各样不同的文化形式上面，各民族

① 冯雪峰：《形式问题杂记》，《论文集》（上），人民文学出版社1981年版，第157页。
② 冯雪峰：《形式问题杂记》，《论文集》（上），人民文学出版社1981年版，第158页。
③ 冯雪峰：《形式问题杂记》，《论文集》（上），人民文学出版社1981年版，第160页。

> 都表现着它的民族的特质。在这里，这特质是对内容的世界的本质而说的；并且在这里，内容的民族的特质是在形式的民族的特质上表现出来的。①

从形式与内容的关系上，将形式的“民族性”理解为各民族“文化形式的特性”上所显现的“民族的特质”，并且认为它与“内容的民族的特质”互为映射，这是冯雪峰在形式与内容问题上的一贯认识。不过，“内容的民族的特质”所指为何，是某种特定题材，还是某一历史阶段出现的特定文体样式，或是其他，他并未详说。从马克思主义立场出发，他将形式与内容的发展演变，看作是社会的生产力和生产关系、社会关系的变化所致。他也敏锐地注意到随着各民族文化交流，正在形成“国际的文化”，于此“民族性”才被作为问题提出。但是，对于在“国际化”进程中，“民族性”本身如何已经“被扬弃着”，冯雪峰的论述却显得有些深奥乃至晦涩：

> 由于民族内社会关系的变化和各民族交互影响而来的国际文化的形成的过程，是文化的特质向着本质发展的过程；从形式和内容的关系来说，就是形式跟着内容发展的过程。归结便是所谓民族之国际化。换言之，就是各民族文化既具有世界性的内容，这世界性的内容既必然而且必须具形为有民族特质的民族形式而存在，则民族文化之形式上的民族的特质，也是具有它在文化上的民族的价值。而且也将和内容不可分离地取得世界的价值。——但这种民族的特质之向着世界的本质的发展过程，是一种矛盾斗争的过程，也便是形式之依存于内容的斗争的过程。而在这过程上，民族形式必然而且必须在世界化着，国际化着了。……这样，“民族性”问题在文化上是失去了独立的意义的，它的意义是只能在文化的民族形式的特质上去求，而且这是由内容和本质所决定的。文化的“民族性”正是处在被扬弃的过程上，

① 冯雪峰：《民族性与民族形式》，《论文集》（上），人民文学出版社1981年版，第161页。

> 我们只能这样地估定它的地位。①

由于接踵而至的一系列概念相互纠结，其具体含义也飘忽不定，冯雪峰的论说逻辑似乎形成一个封闭的"自我循环"："世界化""国际化"使"民族性"失去独立意义；"民族性"的意义只能从民族形式的特质上去找；而这种特质又由内容和本质决定；内容和本质又必然地受到"世界性"的影响；"世界性的内容既必然而且必须具形为有民族特质的民族形式而存在"……当然，冯雪峰在文化的"世界化""国际化"进程中认识到"民族性"的重要性，认为对原有的"民族性"概念必须进行"扬弃"，并进一步思考如何在日益显著的"世界化""国际化"浪潮中保持本民族文艺的"独特性"，这是具有深刻的理论洞察力的。

在《过渡性与独创性》一文中，冯雪峰再次谈及民族形式的"扬弃"问题，并将它与旧新文化的过渡联系在一起，认为被扬弃的阶段与过渡的阶段有区别：

> 我们现在是从旧的民族文化过渡到新的民族文化，同时是从国民的文化走到世界的文化，这是一个过渡的阶段；但这过渡的阶段，在我们，却要同时就是新的文化的开始的阶段。自然，从这开始而不断地发展下去，就正是不断的扬弃的过程，但这是从低级向高级的矛盾斗争的发展的过程，从中就不断地扬弃着旧的民族文化。②

之所以做出区别，是为了说明"扬弃"不应被理解为抛弃旧的民族文化，但同时必须吸取其他先进民族的文化要素。相对于以前的"欧化"说，冯雪峰提出"世界思想学术的中国化"③，令人耳目一新。如果说此前本民族文化一直处于自觉地借鉴、吸收欧洲文化，尤其是欧洲先进的无产阶级文化的进

① 冯雪峰：《民族性与民族形式》，《论文集》（上），人民文学出版社 1981 年版，第 161—162 页。

② 冯雪峰：《过渡性与独创性》，《论文集》（上），人民文学出版社 1981 年版，第 180 页。

③ 冯雪峰：《过渡性与独创性》，《论文集》（上），人民文学出版社 1981 年版，第 180 页。

程中，那么现在，中国文化应当追求和创立本民族文化的特色。这既需要继承本民族文化中的优良传统，也需要汲取世界民族文化的精髓。这种“由内至外”、“由外至内”或“亦内亦外”的过程，也许正是冯雪峰所言“扬弃”的真义：它是内外文化在对流之中碰撞、融合和蜕变的过程。不过，民族文化在“扬弃”中求取独创性，不是为新而新，是为了融入新的世界文化，成为其中独特的组成部分。这是冯雪峰坚持马克思主义辩证唯物论的体现。在对民族文艺的“独创性”与世界文艺的“总体性”之间关系的认识上，他的论述比之从前也更为辩证：

> 独创所以为必要，在基本上并非为了各民族文艺保有独自的特色，使世界文艺能呈出五花十色的奇观，却是为了如果不各自努力创造，只是互相模仿，就不会有进步，不会精进深入，达到伟大的成就，也就无从创造出世界文化来的缘故，是“各尽所能”的意思。世界文化和文艺是要靠有创造力的各民族所共同创造成的，这样地创造成的各民族的独创的特色，也就是世界文化的特色。①

冯雪峰将融入“世界文化”作为民族文化创造自己特色的追求目标，这一观点即是在今天也具有极强的现实意义。民族文化如果停留在“互相模仿”，则不可能具备独创的特色，游离在“世界文化”之外；而脱离“世界文化”这一参照物，“民族性”“民族形式”则无从显现，所谓“独创”可能只是故步自封，自娱自乐。

此外值得注意的是，冯雪峰指出文学的民族形式问题主要是语言问题，比之从前，其讨论有了聚焦点，且可将“民族形式”具体化为“民族语言形式”。这与陈独秀等人关于文字的改革的思路有相似之处。但冯雪峰将大众语作为文学语言的创新的根本所在，则弱化了语言在文学中的重要性，实则还是把语言视为文学的工具。他说：

> 我们的国语，正如许多大众语运动者们所证明，是只有以现在

---

① 冯雪峰：《过渡性与独创性》，《论文集》（上），人民文学出版社1981年版，第181页。

各地各行的大众的口语为创造的初步的准则和基本的源泉，同时吸取文言白话及外国语言，才能创造出健全丰富的独立的国语的，而且总非废除太特殊的方块字不可。在文学上，从文学的语言的创造出发，则除了大众语的出路，此外实在并没有"民族的"的独创的路了。①

在语言创新的路径和方法上，认为文学创作者应当像大众语运动者那样，以大众口语为基础，博采众长，化为己用，这是完全正确的；但是，冯雪峰可能忽视了，纵使文学语言以大众语为基础、为依托，它也不同于大众语：文学语言的创造性同时体现在，它可以"反哺"大众语，提升和改造大众语的表现力和表达方式。即便囿于特定历史语境，我们无法要求冯雪峰把文学语言视为一个民族最高的语言——他本人也不会有这样的想法——但是大众语与文学语言的相互渗透、转化，是客观存在的历史事实。

冯雪峰避开了在马克思主义批评家那里常见的抽象地探讨内容与形式关系，将形式置于内容的"覆盖"之下的批评模式，极富创见性地将形式与民族性、民族形式，与大众性、大众形式相关联，并以融入"世界文化"为目标。这既避免了被指摘为"形式主义者"的嫌疑，也为形式在无产阶级革命文学、在文艺的大众化中的位置和作用做出明确界定。英国当代马克思主义批评家特里·伊格尔顿指出，马克思主义文学批评在看待形式问题时认为，"文学形式的重大发展产生于意识形态发生重大变化的时候。它们体现感知社会现实的新方式以及……艺术家与读者之间的新关系"②。冯雪峰正是意识到社会现实的风云突变要求文艺形式的变革，这种变革应当也必须在文艺的大众化运动中得到实践和检验。同时，他也坚持在旧与新、本土与外来、"独创的特色"与"世界文化的特色"等多种要素之间，阐明其辩证统一的关系。他的文艺形式论具有鲜明的马克思主义文学批评的中国特色。

---

① 冯雪峰：《过渡性与独创性》，《论文集》（上），人民文学出版社 1981 年版，第 182 页。

② ［英］特里·伊格尔顿：《马克思主义与文学批评》，文宝译，人民文学出版社 1980 年版，第 28—29 页。

三、“原则之论”与“具体批评”：批评实践中的矛盾

在旧新时代交替，社会剧烈动荡，不同意识形态的文化与文学激烈交锋之际，冯雪峰毫不犹豫地选择了马克思主义文艺理论及其批评方法。这自然与他倾注大量心血译介马克思主义文艺论著，并接受其影响有直接关系，他也是在译介过程中开始文学批评生涯的。

学者艾晓明指出，在“革命文学”论争后期，选择真正属于马克思主义文艺学的内容而大力译介的是鲁迅和冯雪峰。① 仅在1929年，冯雪峰就翻译了朴列汉诺夫的《艺术与社会生活》、卢那察尔斯基的《艺术之社会的基础》、伏洛夫司基的《社会的作家论》、弗兰茨·梅林格的《文学评论》等。通过这些译著，他表达了在新时代成为“新批评家”的强烈愿望：“对于艺术的深刻明切的理解，并纯粹地立在马克思主义的立场上的，这两点正是新批评家所丝毫不能缺少，同时却又是很困难的事。”② 德国马克思主义理论家、《文学评论》著者弗兰茨·梅林格无疑是其中的代表，也是他的榜样。他在介绍所译《社会的作家论》著者伏洛夫司基时，援引其友人V.纳夫司基的话说，伏洛夫司基“是正统的马克斯主义者，又是在最好的意味上的知识者”③。冯雪峰则认为，伏洛夫司基文艺批评的特质是，“不以向来的玄妙的术语在狭小的艺术范围内工夫所谓批评的不知所以然的文章，而依据社会潮流阐明作者思想与其作品底构成，并批判这社会潮流与作品倾向之真实否，等等”④，并以此作为马克思主义批评家的特质。他还借日译序上的话予以发挥，进一步阐明马克思主义文学批评不是表面的“猛烈的批评”，而是“峻烈的批评”：

……在我们中国，对于现存的文学作家，也有人试以猛烈的批

---

① 艾晓明：《寻找与确立——二、三十年代马克思主义文学批评概观》，《中国现代文学研究丛刊》1987年第2期。

② 冯雪峰：《〈文学评论〉译者小记》，《论文集》（上），人民文学出版社1981年版，第10页。

③ 冯雪峰：《〈社会的作家论〉题引》，《论文集》（上），人民文学出版社1981年版，第12页。

④ 冯雪峰：《〈社会的作家论〉题引》，《论文集》（上），人民文学出版社1981年版，第12页。

评——但有谁真正用过马克斯主义的批评方法吗？那种学者的可厌的态度当然是可以抛弃的，但最要紧的是在用"马克斯主义的X光线"……去照澈现存文学的一切；经了这种透视，才能使批评不成为谩骂，却是峻烈的批评。①

由此不难看出冯雪峰对批评家选择批评方法的重视：马克思主义批评方法的重要性在于，它能使批评家具有"透视"功能而"照澈"作品，并因此获得严肃的、富有意味的结论；也就是，马克思主义批评家不是只套用一些术语概念，他必须同时是"最好的意味上的知识者"，如同他后来对鲁迅的评价。这也是他在关于"第三种人""自由人"的论争中，对周扬等人的批评文章不满的原因之一。

1946年，在为《过来的时代》一书所作"序言"中，冯雪峰检讨道："……泛泛的原则之论，怎样的大的坏处自然是没有的，但可能影响人也那么泛泛地原则地看问题，这就是害处。尤其我们缺少研究实际问题和具体的文艺批评的文字，而空洞地论原则的理论文章却常常看见的时候，就更会这样想到。"倘若文章的结论只限于一些原则意见，没有明白、具体地指摘文坛的实际倾向，就难免减少了"理论文字的尖锐性了"。他认为自己"至多算是有时被派做革命文艺的哨兵之一罢了"。② 这当然是自谦之词。在早期马克思主义批评家行列中，冯雪峰不仅有直接论及马克思主义文学批评的特质和方法的文字，而且他和瞿秋白一样，既有对鲁迅作品的专论，也时刻关注同时代作家的创作动态，体现出"追踪批评"的特点。同时，冯雪峰在评论茅盾的《子夜》时提出的"革命的现实主义的文学"口号，是他对中国马克思主义文学批评的一大贡献。可以说，在文学批评实践中，他是将众人皆有的"原则之论"与自己特别关切的"具体的文艺批评"相结合的批评家；在这种结合过程中所出现的扞格，也正体现了这一时期中国马克思主义文学批评有待完善之处。

---

① 冯雪峰：《〈社会的作家论〉题引》，《论文集》（上），人民文学出版社1981年版，第13页。

② 冯雪峰：《〈过来的时代〉序》，《雪峰文集》第二卷，人民文学出版社1983年版，第3、4、5页。

1928年，在为青年作家魏金枝《七封书信的自传》所作“序言”中，冯雪峰从中国社会自五四到“五卅”运动的剧变的角度，赞扬魏金枝的小说印着鲜明的阶级斗争的历史痕迹，同时也留着进步的青年的思想痕迹。他自称这是一种取“社会的见点”观察的公式，并未否认这几篇作品的“真实的纯粹的艺术品”。[①] 所谓“社会的见点”，也就是马克思主义文学批评所通常采用的社会—历史的批评方法，一种有效的观察并评价作品艺术价值的“公式”。数年后，在评论丁玲的小说《水》时，这种“公式”不仅已被冯雪峰娴熟使用，而且他将作品的成功与作家的思想、立场的转变联系在一起，并指出这种转变需要作家经历艰难而痛苦的自我斗争。他认为这部小说之所以被许多读者赞赏，主要是因为“在现象的分析上，显示作者对于阶级斗争的正确的坚定的理解”。它最高的价值是“首先着眼到大众自己的力量，其次相信大众是会转变的”。[②] 他指出，丁玲的可贵之处，不仅在于她在小说中描写了大众的“转变”，而且也以小说昭示了作家本人在自我斗争中的巨大“转变”。按照冯雪峰的看法，此前丁玲在创作《梦珂》《莎菲女士的日记》《阿毛姑娘》等作品的时期，“是在思想上领有着坏的倾向的作家。那倾向的本质，可以说是个人主义的无政府性加流浪汉（Lumken）的知识阶级性加资产阶级颓废的和享乐而成的混合物”[③]。《水》既是“新的小说的一点萌芽”，也可以看作作家获得“新生”的“一点萌芽”。他说：“新的小说家，是一个能够正确地理解阶级斗争，站在工农大众的利益上，特别是看到工农劳苦大众的力量及其出路，具有唯物辩证法的方法的作家！”[④] 对于像丁玲这样在文坛小有名气的作家，冯雪峰慨叹“使自己成为一个作家乃是一种非常艰苦的任务”[⑤]。

---

① 冯雪峰：《〈七封书信的自传〉序》，《雪峰文集》第二卷，人民文学出版社1983年版，第751页。

② 冯雪峰：《关于新的小说的诞生——评丁玲的〈水〉》，《论文集》（上），人民文学出版社1981年版，第69、70页。

③ 冯雪峰：《关于新的小说的诞生——评丁玲的〈水〉》，《论文集》（上），人民文学出版社1981年版，第71页。

④ 冯雪峰：《关于新的小说的诞生——评丁玲的〈水〉》，《论文集》（上），人民文学出版社1981年版，第70页。着重号原有。

⑤ 冯雪峰：《关于新的小说的诞生——评丁玲的〈水〉》，《论文集》（上），人民文学出版社1981年版，第73页。

当然，他指的是"真正的作家"，也即通过艰巨的自我批判，将立场转到无产阶级，转到工农劳苦大众，具有唯物辩证法的创作方法的作家。对于在《北斗》上刊发的《总退却》和《豆腐阿姐》这样"幼稚的"作品的作者，冯雪峰自称生造了"青年群众作家"这一名词，用以指那些"已经和文学有关系，开始练习写作的分子"。① 他之所以关注这些作品，除了它们可以显示倡导文艺大众化和民族的革命战争文学的初步成果，主要原因在于，它们"显然和那些投机的小说匠的作品不同的，首先第一是阶级的立场的，关于战争文学的原则不同……" ② 因此，他对两篇小说的缺点和错误的分析，完全基于阶级立场和阶级斗争的需要。关于小说的"技术方面"，只是寥寥数语带过。

冯雪峰的这些短小的批评文章，只是显示他忠实地运用马克思主义批评的社会—历史方法，从作品的形象中或在形象的背后，挖掘出不同阶级的意识形态斗争的内涵，并且将作家阶级立场的坚定或转变，当成作品艺术价值获得"增值"的前提。这是一种立足于"作家（阶级立场）论"和"内容（阶级斗争）论"的批评方式，与同时期其他马克思主义批评家并无太大差异。而他的《〈子夜〉与革命的现实主义的文学》（1935）之所以引起研究者的关注和高度评价，一方面是因为提出"革命的现实主义的文学"这一命名，彰显了现实主义文学理论在新的历史阶段的发展；另一方面也是因为他以历史和现实的双重眼光，将《子夜》的诞生和巨大反响，与五四时期社会的、革命的、战斗的文学传统联系在一起，认为这部小说是在继承这一传统基础上，向着普罗革命文学方向发展的重要收获。他的上述观点是对自称"第三种人"的韩侍珩自相矛盾的评论的驳斥。韩侍珩一方面赞扬《子夜》是一部"伟大的作品"，另一方面又声明他不是从无产阶级文学的立场做出如此评价的。韩侍珩认为倘如此，"这书将更无价值"。冯雪峰则将作品置于五四新文学运动至普罗革命文学的兴起和发展的脉络上审视，指出五四后的新文艺——

---

① 冯雪峰：《关于〈总退却〉和〈豆腐阿姐〉》，《论文集》（上），人民文学出版社 1981 年版，第 79 页注释①。

② 冯雪峰：《关于〈总退却〉和〈豆腐阿姐〉》，《论文集》（上），人民文学出版社 1981 年版，第 80 页。

> 它的一贯的主潮，却自始就是革命的，战斗的现实主义的，一贯地或远或近地跟着社会的前进的战斗势力而发展的。……四五年来的普罗革命文学运动，是一个崭新的运动，因为它第一次意识的接受了无产阶级的革命政治势力的领导，更意识的面向现实而立着鲜明的新的文学口号，并且从新参加进非智识阶级的分子来。[①]

《子夜》不仅继承这一传统，“并且是把鲁迅先驱地英勇地所开辟的中国现代的战斗的文学的路，现实主义的创作的路，接引到普洛革命文学上来的‘里程碑’之一”[②]。由于该文只是冯雪峰准备撰写的《关于〈子夜〉的意义》的一部分，未及展开对作品的具体分析，不过这一部分可以看作是他评价《子夜》社会意义和文学价值的总纲。该文也体现了从“历史的”、现实的、发展的角度衡量文艺作品价值的马克思主义文学批评的方法，以及批评家所持的政治立场的重要性。有学者认为，冯雪峰文艺思想的基本出发点是艺术功利论，为坚持此出发点，现实主义在他手上不得不得到修正，并具有两个明显的古典主义特征，即注重实践功利的工具论（武器论）和注重抽象共性的本质论。[③] 冯雪峰文艺思想是具有浓厚的“古典性”，还是已有激进的“现代性”，需要结合他的后期著述，超出了本著的讨论范围；这种“工具论（武器论）”与“本质论”在他的“具体批评”中是否会得到一定程度的修正，尚需明辨。不过，论者所言“政治上的功利主义者”与“美学上的现实主义者”的相互排斥而又同时并存，这种现象不仅体现在冯雪峰身上，也同样存在于其他马克思主义批评家的批评理论和批评实践中。

在“具体批评”中，除去鲁迅作品专论，冯雪峰对艾青、柯仲平两位诗人诗作的对比式批评值得注意。这篇书信体批评《论两个诗人及诗的精神和形式》（1940）可以看作是冯雪峰对文艺内容与形式辩证关系的理论阐述的

---

① 冯雪峰：《〈子夜〉与革命的现实主义的文学》，《雪峰文集》第二卷，人民文学出版社1983年版，第361页。

② 冯雪峰：《〈子夜〉与革命的现实主义的文学》，《雪峰文集》第二卷，人民文学出版社1983年版，第363页。

③ 邹华：《冯雪峰文艺思想的历史启示——兼论现实主义在中国现代文学发展中的两种形态》，《中国现代文学研究丛刊》2004年第4期。

具体例证。它同时印证了他希望批评家对于作家"应当保持一种同志的亲爱的态度"①，以及在进入作品内部的前提下，考察诗人的"精神"——亦即内容——实质如何渗透到形式之中。在前述的多篇理论阐述中，冯雪峰并未举出具体例证说明何为"民族性"与"民族形式"，何为"大众性"与"大众形式"，这使得其论述显得晦涩艰深。在此信中，冯雪峰开宗明义表明并非要去探究"什么是诗"这一宏观而抽象的命题，认为研究两位诗人的诗的本质，他们的诗和大众的联系，更有趣也更有意义。他认同两位诗人，是因为他们是"民族的，国民的，大众的新生的生命和精神的具现者"，"倘若有生命，就有诗；诗和生命同在，诗和国民精神同在，诗和大众同生"。② 这里的"生命"与"精神"同义，后者具体指"国民精神"或"大众精神"。冯雪峰对两位诗人诗歌艺术成就的评价是细腻、准确的。比如他评价艾青：

> 艾青，就正是这样的一个诗人：他的诗的外表自然是极知识分子式的，但他的本质和力量却建筑在农村青年式的真挚，深沉，和爱的固执上，艾青的根是深深地植在土地上。我想，使艾青成为诗人者，怕不是别的原因，而显然是土地的受难，农村的不安，农民大众的战斗与痛苦等的原因罢；不论他出自什么阶级，他的爱显然是在农民大众的，他的诗人的来历显然是和农村革命青年大致相同的。③

由对两人诗作的共鸣而生发出的对"诗的精神"的认知，也是值得品味和深思的：

> 为创造者的诗人或艺术家是否能够获得诗或艺术的生命，就看

① 冯雪峰：《对于文学运动几个问题的意见》，《雪峰文集》第二卷，人民文学出版社 1983 年版，第 27 页。着重号原有。该文收入《过来的时代》时改题为《关于抗日统一战线与文学运动》，引文所在的第五部分"关于批评家的态度和作风"被删去。

② 冯雪峰：《论两个诗人及诗的精神和形式》，《论文集》（上），人民文学出版社 1981 年版，第 164 页。

③ 冯雪峰：《论两个诗人及诗的精神和形式》，《论文集》（上），人民文学出版社 1981 年版，第 165 页。

> 他是否能够从大众在对于生活的创造（包括战斗与痛苦）上所表现出来的生活力和创造力上获得“灵感”。所谓艺术的高扬，诗的纯境，我以为倘在本质上不是指的这个，就在一切时代都是无意义的话罢。①

冯雪峰的这种体认，业已超越了其言说的历史语境而具有某种普遍性，同时让我们反省21世纪的今天，诗歌写作中存在的诸种弊端。“生活力和创造力”是诗歌创作中的双翼，这是不刊之论。同时，他对诗人如何糅合西方现代诗歌表现手法与本土大众话语，以形成独特的诗歌语言形式，也有着真知灼见。

冯雪峰本无意在两位诗人诗作之间划分艺术价值的高低，不过，从他的具体论述中不难看出，他有较明显的“抑艾扬柯”倾向。其缘由和评判标准，则在于他对形式与内容之辩证关系的理论阐述：内容（精神）决定形式的创造；形式的相对独立性只有在它与内容相适应的前提下，方能成立。因此，艾青的诗作“不幸”成为形式与内容相矛盾、冲突、对抗的典型例子；柯仲平及其诗作，无疑更加符合冯雪峰心目中“大众性”、“大众形式”或“民族形式”的理想样式。他在高度肯定、赞扬艾青的同时，总是不忘说明“法国象征派风味”损害了诗人的诗②，并对有人认为艾青的诗是“靠他的这种感觉方法和这种形式及用语来支持的”说法，表示不屑。他说：

> 我以为艾青（他一定有过热爱法国象征派诗歌的时候罢）的某种程度的象征派的诗的感觉方法，和由此而来的象征派的诗的形式和用语的采用，对于他的诗的精神是曾经有损害的。在他的诗中，他的诗的本质的精神和他的这种感觉方法及形式之间的矛盾，是明白地反映着的。……他的处理诗材的不是客观的统一的把握，表现上之感觉的偏重和印象的分散，这些就首先阻碍着诗的思想之形象

① 冯雪峰：《论两个诗人及诗的精神和形式》，《论文集》（上），人民文学出版社1981年版，第167—168页。

② 冯雪峰：《论两个诗人及诗的精神和形式》，《论文集》（上），人民文学出版社1981年版，第166页。

> 的完成，阻碍着诗的伟大的客观典型性的到达了；于是，诗的思想的客观完整性与表现形式的支离散漫性之间的矛盾，就明白地可以看见了。①

法国象征派诗歌的"氛围气及情绪"和它的形式具体为何，冯雪峰说得相当含混；一位诗人的诗歌是否因为受到它的影响或采用其表现方式，就一定会阻碍诗的"本质的精神"的统一和完整，又在什么地方阻碍了，他并未详述；艾青的诗歌是否有对象征派诗歌的"中国化"处理，也没有进入其批评的视野，以致会给人以"凡是西洋的即是不好的"的印象。而这种印象，在冯雪峰对柯仲平的褒扬中，被不自觉地放大。尽管这并不是冯雪峰的用意，但有意识地比较两人诗作，以说明自己的立场和观点，这是毋庸置疑的：

> 至于柯仲平，则以更统一的，更清新的诗的形式，在具现着中国大众的新生的生命和精神，是更加能够分明地感到的。柯仲平的这两篇叙事诗，引起人们的注意和爱好，我以为不仅由于他所歌咏的事件和人物，也不仅由于他在创造着新的形式……主要地正由于他捕捉住了诗的生命，在大众的朴质、强健、活泼和勇敢的战斗的创造的精神里，诗人获得了"灵感"，捉住了那本质，这样就带来形象的真实，生动和艺术的明确。②

柯仲平能够捕捉"诗的生命"和"本质"，离不开他在形式上的创新；更重要的，这种创新是他从大众的语言中获取的，与艾青完全不同。冯雪峰是如此评价柯仲平的诗歌语言的：

> 他的诗的有生命的语言，是特别使他的诗的形象显出了生动和

---

① 冯雪峰：《论两个诗人及诗的精神和形式》，《论文集》（上），人民文学出版社 1981 年版，第 169 页。

② 冯雪峰：《论两个诗人及诗的精神和形式》，《论文集》（上），人民文学出版社 1981 年版，第 166 页。

> 浮雕性的，这一点就更有意义，因为他的西北民歌的精语的适当的采用，和以活的大众的口吻为准则的诗的用语的锻炼，不但使他的诗显出了特色，也暗示着我们能够从大众语掘发新诗的语言创造的源泉，而且这几乎是我们唯一的出路。他开始证明着以大众语为基础是能够创造出诗的，形象性的语言的，比我们现在的上层社会所用的话语和直接地袭取来的外国语的译语要强得多。①

“从大众语掘发新诗的语言创造的源泉”，被他视为诗的形式创新的几近于“唯一的出路”。柯仲平的创作实践，几乎完全符合他一再强调的“大众性的原则和方向”，即“艺术之生活性，思想性，强健性，和广阔性，等等之最大限度的现实性”②。

单就艺术成就而论，时过境迁，艾青与柯仲平两人诗作价值之高低，文学史家和批评家已有公论。冯雪峰毫无掩饰地“抑艾扬柯”，并不说明他的艺术鉴赏趣味和品位有什么缺陷。这样的具有鲜明倾向性的批评，恰好证明存在于他身上的矛盾：对文艺的“工具论（武器论）”和抽象的“本质论”的认定，共同构成其马克思主义文学批评的“原则之论”，这是无论何时何地、针对何种作品都不会动摇的；“具体批评”则是“原则之论”的近似直接的投射。形式与内容的辩证关系的理论辨析，在遇到具体文艺作品时，内容的决定性意义压倒了对形式的相对独立性的申辩；而对内容与形式共有的艺术价值的评价，都离不开对创作者是偏离还是沿着革命的现实主义的文学向前走的判断。温儒敏认为：“冯雪峰的批评有的只是倾向、主题、意义的认同、判断，而缺少艺术敏感与美学悟识。如果说马克思主义批评包括美学的历史的批评，那么冯雪峰的批评还远未能达到这一完满的融合。他的批评理论最明显的缺失，就是没有建立一套批评的美学标准。”③当然，不仅是冯雪峰，中国早期马克思主义批评家都很难达到这种“完美的融合”，或许那

① 冯雪峰：《论两个诗人及诗的精神和形式》，《论文集》（上），人民文学出版社 1981 年版，第 170—171 页。

② 冯雪峰：《形式问题杂记》，《论文集》（上），人民文学出版社 1981 年版，第 158 页。

③ 温儒敏：《历史选择中的卓识与困扰——论冯雪峰与马克思主义批评》，《学术月刊》1994 年第 5 期。着重号原有。

只是一种理想境界。不过，冯雪峰屡次指出批评家"在我们的文坛上，很少和作家研究具体作品，研究题材，写法，等等的关于创作实际工作的批评文字"，强调批评家"应当不务高谈与空名，而应切实的脚踏实地的所谓'实做'"。[①] 直到1945年，在《论民主革命的文艺运动》的长文中，还有专节论及"批评及统一战线下的批评"，认为在新的形势下，"对于文艺批评，尤其是具体批评的要求就特别地迫切"，"缺少具体的批评和从事批评工作的人太少，是事实"。[②] 这确实体现了冯雪峰不尚空论、立足当下文艺创作的务实品格。也正是这种品格，使他与左翼阵营中的其他马克思主义批评家拉开了距离。

四、鲁迅论："中国特色"及其"精神谱系"

研究冯雪峰的"具体批评"，自然离不开他的鲁迅专论。之所以将这一部分单列出来，首先是因为对鲁迅思想和文学的研究贯穿冯雪峰马克思主义文学批评生涯，某种意义上可作为"追踪批评"的个案。其次，在创造社攻击、诋毁鲁迅之时，冯雪峰率先发声，肯定鲁迅作品的思想意义及其艺术价值，引起文坛，包括鲁迅本人的关注。此外，在鲁迅去世之后，冯雪峰将其文学的独特特色概括为"鲁迅主义"，并以之为"现代现实主义之中国的特色"[③]，这是他对五四以来革命的现实主义文学理论和批评的发展。

1928年发表的《革命与知识阶级》一文，使得冯雪峰以马克思主义文学批评家的身份引起文坛关注。全文虽以鲁迅的《坟》为例，但重点不是讨

---

① 冯雪峰：《对于文学运动几个问题的意见》，《雪峰文集》第二卷，人民文学出版社1983年版，第26、26—27页。着重号原有。该文收入《过来的时代》时改题为《关于抗日统一战线与文学运动》，有删节。

② 冯雪峰：《论民主革命的文艺运动》，《雪峰文集》第二卷，人民文学出版社1983年版，第179、180页。

③ 冯雪峰：《鲁迅与中国民族及文学上的鲁迅主义——一九三七年十月十九日在上海鲁迅逝世周年纪念会上的讲话》，《论文集》(上)，人民文学出版社1981年版，第139页。

论作品的得失，而是分析在革命形势日益严峻的环境中知识阶级的分化，以及鲁迅所处的位置，并由此评价其作品反封建的社会意义。冯雪峰认为，革命的暴力性质使中国知识阶级无可避免地发生动摇，知识阶级要么毅然决然地抛弃过去，放弃个人主义立场，投入社会主义；要么虽心向往之，但眷念过去，在双重怀疑——既怀疑自己的恋旧，也怀疑自己对革命的承受和向往——中陷入徘徊和苦痛，“这种人感受性比较锐敏，尊重自己的内心生活也比别人深些”。还有“第三种人”也是革命须留心的，即投机的知识分子。① 鲁迅的《坟》已显示出知识阶级在五四以来的新文艺运动中认识到自己的历史任务，即与封建势力斗争。这也是从五四运动到五卅时期中国知识阶级做得最好的。中国的工农在“五卅”之后走上历史舞台并巩固基础之后，知识阶级开始动摇起来。冯雪峰认为，知识阶级应当将自己的任务确定在“无产阶级文学之提倡”和“辩证法的唯物论”这两大主题上。对于内心产生动摇者，“革命与其无益地击死他们，实不如让他们尽量地在艺术上表现他们内心生活的冲突的苦痛，在历史上留一种过渡时的两种思想的交接的艺术的痕迹”②。在冯雪峰看来，鲁迅在某种程度上可以归入内心动摇的知识分子，但无法断言他是诋毁革命的：

> 鲁迅自己，在艺术上是一个冷酷的感伤主义者，在文化批评上是一个理性主义者，因此，在艺术上鲁迅抓着了攻击国民性与人间的普遍的“黑暗方面”，在文化批评方面，鲁迅不遗余力地攻击传统的思想——在“五四”“五卅”期间，知识阶级中，以个人论，做工做得最好的是鲁迅；但他没有在创作暗示出“国民性”与“人间黑暗”是和经济制度有关的。在批评上，对于无产阶级只是一个在旁边的说话者。所以鲁迅是理性主义者，不是社会主义者。到了现在，鲁迅做的工作是继续与封建势力斗争，也仍立在向来的立场上，同时他常常反顾人道主义。③

① 冯雪峰:《革命与知识阶级》,《论文集》（上），人民文学出版社 1981 年版，第 3 页。

② 冯雪峰:《革命与知识阶级》,《论文集》（上），人民文学出版社 1981 年版，第 6 页。

③ 冯雪峰:《革命与知识阶级》,《论文集》（上），人民文学出版社 1981 年版，第 6—7 页。

冯雪峰对待鲁迅的观点和态度，无疑对当时创造社、太阳社在"无产阶级革命文学"口号下出现的简单、粗暴的文学批评，有着及时的纠正作用。有学者指出，冯雪峰此文是从马克思主义政党的眼光审视甄别知识阶级，这使他看清了知识阶级的必然的动摇和分化。① 也正因为如此，冯雪峰认为鲁迅是"理性主义者"而不是"社会主义者"：前者使他决不妥协地与封建势力、与包含封建毒素的传统思想做斗争；后者则使他未能站在无产阶级立场上，认清旧的经济基础的崩毁必然导致文学艺术等上层建筑的变化。

冯雪峰此时的文学批评尚属于"原则之论"，即运用马克思主义阶级分析的方法，划分作家的阶级立场，以此来观照作品的社会意义。这种"工具论"的文学观，实际上是实用主义文学观的折射，即以是否有用作为衡量艺术价值有无或高低的主要标准；而"有用"之"用"，在不同的历史阶段，根据政治需要被具体化为某种方针。这一点，从《讽刺文学与社会改革》(1930) 一文的标题中就可见出：讽刺文学不只是"有趣，有趣"——尽管这也是文学的实用功能，但却是脱离了阶级性的——而是为社会改革服务的。冯雪峰针对梁实秋对鲁迅的杂感和论文的"反感和讥笑"，认为"讽刺文学一般地是在某一社会制度烂熟到不合理的存在，而对抗这社会制度的新的社会的意识形态也开始生出了的时代，即新旧二种社会理想相冲突着的时代所产生"，"它是首先以破坏和否定旧的东西为目的，其次是运用着讽刺这有力的文学手法的文学"。② 这种"目的论"其实就是"工具论"的另一种表述。为此目的，讽刺文学不可能不带有鲜明的阶级性，其阶级性主要体现在其作用上："它底作用的力是属于新的阶级，我们因而说它是新的阶级的文学，而它的观点却往往不能是纯粹的新的阶级的观点，要含有旧的要素在内"③。姑且不论把文学的作用与其观点分而论之是否妥当，冯雪峰所言"观点"所指为何，也很难界定：思想观点有新有旧，一部作品的"观点"如何"含有旧的要素"？冯雪峰的意思似乎是，发挥破坏或否定旧的东西的作用力的

① 柳传堆：《想象的革命图景与虚拟的知识阶级叙述——论冯雪峰的革命观与知识分子观》，《文史哲》2006 年第 5 期。

② 冯雪峰：《讽刺文学与社会改革》，《论文集》(上)，人民文学出版社 1981 年版，第 30、31 页。

③ 冯雪峰：《讽刺文学与社会改革》，《论文集》(上)，人民文学出版社 1981 年版，第 33 页。

讽刺文学，可以借鉴、运用旧的表现手法；观点是新的，手法可以是旧的。也因此，当他将讽刺文学概括为“运用讽刺这有力的文学手段的，政治的文学，换句话说，是最尖利的阶级斗争文学之一”①，他的马克思主义文学批评的立场是无可置疑的。但既如此，先进的阶级有其讽刺文学，反动的阶级自然也有其讽刺文学，两者也都可能是“政治的文学”；后者的讽刺文学是否也是“以破坏和否定旧的东西为目的”的呢？这是冯雪峰文学批评中的矛盾的另一体现。

受到瞿秋白《〈鲁迅杂感选集〉序言》的影响，1936年，冯雪峰在《关于鲁迅在文学上的地位》短文中，简略勾勒出鲁迅从“战斗的社会写实主义者”到“彻底的为人生，为社会的艺术派，一个伟大的革命写实主义者”的转变过程，肯定“作为一个思想家及社会批评家的地位，在中国，在鲁迅自己，都比艺术家的地位伟大得多。这是鲁迅的特点，也说明了现代中国社会的特点”②。尤其是，他用“中国特色”来概括鲁迅作品，并提出作家的“精神谱系”问题：

> 他的文学事业，有着明显的深刻的中国特色，特别是他的散文的形式与气质。其次，在文学者的人格与人事关系的一点上，鲁迅是和中国文学史上的壮烈不朽的屈原、陶潜、杜甫等，连成一个精神上的系统。③

对此，鲁迅是认同的。冯雪峰谈到，在与鲁迅交谈此文时，他曾提到“中国文学在批评上和工作上亦应求出和中国文学史的联系”④，从短文中可以看出他的初步努力。这在一定程度上有助于弥补单纯从社会历史的角度分

① 冯雪峰：《讽刺文学与社会改革》，《论文集》（上），人民文学出版社1981年版，第33页。

② 冯雪峰：《关于鲁迅在文学上的地位——一九三六年七月给捷克译者写的几句话》，《论文集》（上），人民文学出版社1981年版，第120页。

③ 冯雪峰：《关于鲁迅在文学上的地位——一九三六年七月给捷克译者写的几句话》，《论文集》（上），人民文学出版社1981年版，第121页。

④ 冯雪峰：《关于鲁迅在文学上的地位——一九三六年七月给捷克译者写的几句话》，《论文集》（上），人民文学出版社1981年版，第122页。

析作品，忽视作品与本民族文学传统有机联系的马克思主义文学批评的不足。在鲁迅去世之后，冯雪峰将他身上体现的"中国特色"称之为"鲁迅主义"。他认为，鲁迅在中国思想史和文学史上的特殊地位，在文学上独特的特色，主要体现在三个方面：其一是独创了杂感这一将诗和政论相凝聚的政论性形式，"这是匕首，这是投枪，然而又是独特形式的诗！"其二是独特的现实主义；其三是肯定中国文学的"大众化"出路。[①] 贯穿"鲁迅主义"的核心，是他开篇将"民族魂"三个字所扩展的"中国民族的战斗者之魂"。

总体上，冯雪峰对鲁迅杂感的思想和艺术价值的评价要高于对其小说的评价，他曾说："鲁迅先生的小说，如他自己所说，是启蒙的，是包含着社会问题和思想问题的；而他的'杂感'更开阔了世界战斗文艺的一个伟大的生面。""他的杂感也充满着生活的连肉带血的形象性和思想的典型性的。他的杂感是思想的，独创的诗。"[②] 除了受到瞿秋白鲁迅杂感论的影响，这也是因为他始终是把文学的政治宣传功能放在首位，更看重文学的"实用性"和对大众的教化作用，而杂感在他心目中是"诗化的政论"，具有其他政论不可能具有的"撄人心"的作用。因此，冯雪峰的文学批评观确实带有浓厚的古典主义色彩。在批评方法上，则接近于实用主义批评，要求文艺"寓教于乐"，给人教益。他从不讳言"我们的基本的态度，是将文艺作为改造社会，解放大众之广阔的武器"[③]。

冯雪峰身兼诗人、作家、翻译家、批评家，以及左翼运动负责人等多重身份，在文学批评中，既能较好地掌握和运用马克思主义批评方法，又能用心体察作家诗人在创作过程中面临的复杂因素。他在20世纪二三十年代各种文学论争中，立场是坚定的，态度是温和的。他在文艺思想和批评实践中体现出的种种矛盾，也可称之为"温和的矛盾"：他一直在尽其所能地弥合存在于"原则之论"与"具体批评"，形式与内容，艺术性与政治性，普及与提高等两相对立的因素中的协调统一。他对"具体批评"的倡导，对形式问题的辨析，对"革命的现实主义的文学"的倡导，都是马克思主义文学

① 冯雪峰：《鲁迅与中国民族及文学上的鲁迅主义——一九三七年十月十九日在上海鲁迅逝世周年纪念会上的讲话》，《论文集》（上），人民文学出版社1981年版，第137—139页。

② 冯雪峰：《文艺与政论》，《论文集》（上），人民文学出版社1981年版，第194、195页。

③ 冯雪峰：《文艺与政论》，《论文集》（上），人民文学出版社1981年版，第194页。

批评中国形态建构中的有价值的经验。冯雪峰的可贵之处还在于，他不仅指出同一阵营内部马克思主义批评家的不切实际的错误，而且时常反思自我，目的是不断校正马克思主义文学批评在批评实践中可能出现的偏差。直到1945年，他在反思马克思主义文学批评时说：

> 革命现实主义的文艺批评方法，或者说马克思主义的科学的文艺批评方法，是要分析文艺和人民生活的具体的真实的内容和关系，所负的任务并不下于创作，有时甚至要求走在创作之前，这都只能在具体批评里才能达到。
>
> 科学的或马克思主义的分析和批评的方法与观点，是具体地究明现实及实践的要求和发展方向上所必要的，它决非根据什么抽象的“思想”或“真理”而定出的不变的标准。科学的方法和观点，在具体批评上，已成为和现实与实践相联结的活的实践的发展因素，它本身就为现实所决定；而这现实的发展的方法和观点所探求的，是现实人民的实践运动之历史的要求和发展方向。①

马克思主义文学批评的科学性和生命力，应当在批评实践中，在具体分析作家作品的过程中，才能得到更为充分的体现。

---

① 冯雪峰：《论民主革命的文艺运动》，《雪峰文集》第二卷，人民文学出版社1983年版，第180、181页。

第七章　鲁迅：在“文学的自觉”中实践“真切的批评”

在《〈鲁迅杂感选集〉序言》中，瞿秋白将鲁迅的思想历程和阶级立场的转变，概括为“从进化论进到阶级论，从绅士阶级的逆子贰臣进到无产阶级和劳动群众的真正的友人，以至于战士”[①]，这一概括也得到鲁迅本人的认同。将鲁迅视为早期马克思主义文学批评家，是学界的共识。这不仅是因为他在20世纪20年代末系统译介布哈林的《苏维埃联邦从Maxim Gorky期待什么?》，卢那察尔斯基的《艺术论》《文艺与批评》，朴列汉诺夫的《艺术论》，以及联共（布）的《文艺政策》等，而且，他丰富的生活经验和文学经验，使得他在与各种黑暗、腐朽势力的交锋中，始终保持着最清醒的现实主义精神和“韧”的战斗精神。这也使得他与注重历史意识、关注现实人生、秉持批判立场的马克思主义文学批评之间，有着某种天然的精神上的亲近感。在通过接触朴列汉诺夫、了解马克思主义文艺理论后，基于现实的和文学的革命斗争的需要，鲁迅逐渐成为自觉、成熟、坚定的马克思主义批评家。他在为《溃灭》（一译《毁灭》）第二部所作译者附记中说，自己只是随手记下对译作的一点随感，“倘要十分了解，恐怕就非实际的革命者不可，至少，是懂些革命的意义，于社会有广大的了解，更至少，则非研究唯物的文学史和文艺理论不可了”[②]。

恩格斯在《致保尔·恩斯特》的信中说：“如果不把唯物主义方法当做

① 瞿秋白：《〈鲁迅杂感选集〉序言》，《瞿秋白文集　文学编》第三卷，人民文学出版社1989年版，第115页。着重号原有。

② 鲁迅：《〈溃灭〉第二部一至三章译者附记》，《鲁迅全集》第十卷，人民文学出版社1998年版，第337页。

研究历史的指南，而把它当做现成的公式，按照它来剪裁各种历史事实，那它就会转变为自己的对立物。”①鲁迅在与创造社、太阳社的有关“革命文学”论争中，就曾严厉批评其成员既对唯物史观一知半解，又将马克思学说当作教条，苛责他人。他在《致韦素园》的信中说：“以史底惟物论批评文艺的书，我也曾看了一点，以为那是极直捷爽快的，有许多昧暧难解的问题，都可说明。但近来创造社一派，却主张一切都非依这史观来著作不可，自己又不懂，弄得一榻糊涂……”②在《文学的阶级性》(1928）中又说：“有马克斯学识的人来为唯物史观打仗，在此刻，我是不赞成的。我只希望有切实的人，肯译几部世界上已有定评的关于唯物史观的书——至少，是一部简单浅显的，两部精密的——还要一两本反对的著作。那么，论争起来，可以省说许多话。”③鲁迅是这样希望于他人的，也是这样去身体力行的。尤其是，他希望自诩为“革命文学家”的人，能够在切实钻研唯物史观的前提下，针对中国社会和文学的实际情况，创造性地运用马克思学说，而不是以真理在握者自居，以唯物史观为利剑，杀伐一切。

本章并不准备对鲁迅文学思想和文学批评活动发展、演变的过程做详细的描述和评价，主要研究其文学批评理论和批评实践中与马克思主义文学批评相关联的部分，尤其是他在与各种文学思潮、口号的论争中所涉及的诸如文艺与政治（革命)、文艺的阶级性、文艺的大众化，以及文学批评的建设等问题。自然，这种研究须以鲁迅的整体文学思想为背景。本章将研究的时间上限划定在1927年前后，试图探讨鲁迅在推动中国早期马克思主义文学批评形态建设中的作用及其独特贡献。

长期以来，不少学者认为鲁迅思想在1927年前后发生质的飞跃，即：他从民主主义者转变为马克思主义者，从信奉“进化论”者转变为相信“阶级论”者，由此成为一名马克思主义文学批评家。其中，尤以瞿秋白的观点最具代表性和影响力，以至后来者在论述鲁迅思想时，难以摆脱“从进化论到阶级论”这样一个“转变”说的思维框架。鲁迅也曾谈及，在离开厦门的

---

① ［德］恩格斯：《致保尔·恩斯特》，《马克思恩格斯文集》第10卷，人民出版社2009年版，第583页。

② 鲁迅：《致韦素园》，《鲁迅全集》第十一卷，人民文学出版社1998年版，第629页。

③ 鲁迅：《文学的阶级性》，《鲁迅全集》第四卷，人民文学出版社1998年版，第127页。

时候，“思想已经有些改变”[①]，并在《三闲集·序言》（1932）中说：“我有一件事要感谢创造社的，是他们‘挤’我看了几种科学底文艺论，明白了先前的文学史家们说了一大堆，还是纠缠不清的疑问。并且因此译了一本蒲力汗诺夫的《艺术论》，以救正我——还因我而及于别人——的只信进化论的偏颇。”[②]他的确是迫于论争的需要，在这一时期，把更多的时间和精力放在对新兴文艺理论的译介和研究上，但这是否意味着可以将其思想划分为前后两段呢？同样是在《三闲集·序言》中，鲁迅说：“我一向是相信进化论的，总以为将来必胜于过去，青年必胜于老人，对于青年，我敬重之不暇，往往给我十刀，我只还他一箭。然而后来我明白我倒是错了。这并非唯物史观的理论或革命文艺的作品蛊惑我的，我在广东，就目睹了同是青年，而分成两大阵营，或则投书告密，或则助官捕人的事实！我的思路因此轰毁，后来便时常用了怀疑的眼光去看青年，不再无条件的敬畏了。”[③]这里我们看到更多的是鲁迅对内心观念的某种扬弃，而不是前后思想观念简单的分裂；并且，他对于个人思想观念的反省，也并非单纯来自“唯物史观的理论或革命文艺的作品蛊惑”。鲁迅之为鲁迅，不仅有其思路“轰毁”的一面，还有其不变的一面；只看到前者，很容易把当时论争中鲁迅思想的复杂矛盾和内在紧张遮蔽掉，也在很大程度上制约了我们对鲁迅马克思主义文学批评独特性的认识。因此，重新回到文学论争的历史场域中来审视鲁迅的变与不变，特别是辨识他在论争中坚守、承续的思想观念，不仅对鲁迅马克思主义文学批评的研究，也对这一批评的中国形态的形成过程的研究，意义重大。

一、文艺与政治（革命）：歧途中的“文学的自觉”

文艺与政治的命题，包含有文艺与革命的关系，尤其是考虑到鲁迅文学

① 鲁迅：《答有恒先生》，《鲁迅全集》第三卷，人民文学出版社 1998 年版，第 453 页。

② 鲁迅：《三闲集·序言》，《鲁迅全集》第四卷，人民文学出版社 1998 年版，第 6 页。

③ 鲁迅：《三闲集·序言》，《鲁迅全集》第四卷，人民文学出版社 1998 年版，第 5 页。

批评活动的历史语境。马克思主义文艺理论传入中国后，这一重大命题一直是马克思主义文学批评家与其他批评家争议的焦点之一，其影响波及今日。

总体而言，在文艺与政治（革命）的关系上，鲁迅认同并接受马克思主义关于社会存在决定社会意识的基本观点，认为文艺是对社会生活的反映，社会生活是文艺的唯一来源，对文艺有着决定性的制约作用。鲁迅自身的文学创作经历和经验，也充分证明了这一点。他曾说："我以为文艺大概由于现在生活的感受，亲身所感到的，便影印到文艺中去。""……以前的文艺，好像写别一个社会，我们只要鉴赏；现在的文艺，就在写我们自己的社会，连我们自己也写进去；在小说里可以发见社会，也可以发见我们自己；以前的文艺，如隔岸观火，没有什么切身关系；现在的文艺，连自己也烧在这里面，自己一定深深感觉到；一到自己感觉到，一定要参加到社会去！"① 文艺家不可能躲进"象牙塔"以免于火的炙烤，一当他投身社会，就不免与政治（革命）发生纠葛；文艺如何处理与后者的关系，文艺家如何看待政治家的种种要求，于此情境中就变得至关重要。鲁迅在1927年发表的《文艺与政治的歧途》一文，代表着他对这一问题的基本认识；他在"革命文学"论争中所发表的针对性意见，是从这一基本认识出发的：

> 我每每觉到文艺和政治时时在冲突之中，文艺和革命原不是相反的，两者之间，倒有不安于现状的同一。惟政治是要维持现状，自然和不安于现状的文艺处在不同的方向。不过不满意现状的文艺，直到十九世纪以后才兴起来，只有一段短短历史。政治家最不喜欢人家反抗他的意见，最不喜欢人家要想，要开口。
>
> ……政治想维系现状使它统一，文艺催促社会进化使它渐渐分离；文艺虽使社会分裂，但是社会这样才进步起来。文艺既然是政治家的眼中钉，那就不免被挤出去。
>
> ……我以为革命并不能和文学连在一块儿，虽然文学中也有文学革命。但做文学的人总得闲定一点，正在革命中，那有功夫

① 鲁迅：《文艺与政治的歧途》，《鲁迅全集》第七卷，人民文学出版社1998年版，第115、118页。

做文学。①

鲁迅的基本观点是，首先，文艺离不开政治（革命），因为政治是社会生活的一部分；“象牙塔”总是在现实中的，文艺家纵然自以为可以躲进去，也逃不开政治的影响。其次，文艺与政治（革命）时时处于冲突之中，因为政治要维系现状以维护统治。政治家要求文艺家的服从或妥协，文艺家的使命则是促进社会的进步，不应当跟随政治家的风向标。“政治家既永远怪文艺家破坏他们的统一，偏见如此，所以我从来不肯和政治家去说”②。最后，文学中虽有革命（文学革命），但革命——亦即政治革命——并不能与文学连成一块。鲁迅这里有两层意思，一是说文学革命与政治革命是两回事，两者不可能是完全同步的，更不能混为一谈。二是文学需要在政治中保持“闲定”，因为鲁迅一向认为文学是“余裕的产物”；保持“闲定”也就是保持与政治的距离，以免被裹挟而去，失去文学的本来面目。

既然文学与政治（革命）存在如此密切关系，“革命文学”的倡导者就必须首先厘清这一问题。但是，在“革命文学”论争中，太阳社、创造社一些成员机械地照搬马克思主义文艺理论中有关文学对现实的干预这一观点，一味地强调文学应该为政治（革命）服务。1928 年，蒋光慈在《太阳月刊》上发表《关于革命文学》一文，专门讨论“革命文学”的定义及内容。他认为，革命的作家不但要表现时代，并且能够在忙乱的斗争生活中，寻出创造新生活的原素。“倘若仅仅只反对旧的，而不能认识出新的出路，不能追随着革命的前进，或消极地抱着悲观态度，那么这个作家只是虚无主义的作家，他的作品只是虚无主义的，而不是革命的文学。这种作家只是社会斗争中的落伍者，他所表现只是不稳定的中间阶级的悲哀。”蒋光慈把批判的矛头直接指向鲁迅：“有很多的作家，他们虽然也攻击社会的不良，虽然有时也发几声反抗呼喊，但是始终在彷徨，彷徨……寻不出什么出路，这对于作者本身

① 鲁迅：《文艺与政治的歧途》，《鲁迅全集》第七卷，人民文学出版社 1998 年版，第 113、114、117 页。

② 鲁迅：《文艺与政治的歧途》，《鲁迅全集》第七卷，人民文学出版社 1998 年版，第 117 页。

的确是很悲哀的事情。”① 创造社则提出“一切文艺都是宣传”的观点，认为文学是政治的传声筒。李初梨发表《怎样地建设革命文学》一文，明确提出文学的任务就是“反映阶级的实践和意欲”，并把文学当作组织的革命的工具去使用，认为五四以来那些重在描写与揭示生活现实的作品已经落伍过时，要彻底抛弃，新文学队伍也要按阶级属性重新划线站队。② 郭沫若则作《留声机器的回音》（署名麦克昂）一文，提出“文艺是政治的留声机”一说，表示完全赞同李初梨的观点，认为“语丝派”作家不是革命的作家。③

针对太阳社、创造社不顾中国的实际状况，“左”倾教条主义地套用马克思主义文艺理论的错误，鲁迅从论争之初，就一直坚持在文学的政治主义偏向中恪守文学的纯粹，不断强调文学的自律性。在写于1927年的《革命时代的文学》一文中，鲁迅将革命对文学的影响分为大革命之前、大革命时代和大革命成功后三个阶段来说明，认为当时的中国是没有“革命文学”的，也没有所谓的“平民文学”。同年10月，鲁迅又作《革命文学》一文，指出当时对“革命文学”的误解：“……世间往往误以两种文学为革命文学：一是在一方的指挥刀的掩护之下，斥骂他的敌手的；一是纸面上写着许多‘打，打’，‘杀，杀’，或‘血，血’的。”④ 鲁迅列举唐朝的穷措大想做富贵诗，多用些“金”“玉”“锦”“绮”字面，自以为这就是富贵诗，殊不知适见其寒蠢。那些以为时时叫嚷着“打打杀杀”就是“革命文学者”也同样如此：“‘打，打’，‘杀，杀’，听去诚然是英勇的，但不过是一面鼓。即使是鼙鼓，倘若前面无敌军，后面无我军，终于不过是一面鼓而已。”“我以为根本问题是在作者可是一个‘革命人’，倘是的，则无论写的是什么事件，用的是什么材料，即都是‘革命文学’。从喷泉里出来的都是水，从血管里出来的都是血。”⑤ 他认为，在革命时代有大叫“活不下去了”的勇气，才可以做“革命文学”；倘若只有破坏而不顾建设，则很容易落入对“革命文学”的失望。

---

① 蒋光慈：《关于革命文学》，《蒋光慈文集》第四卷，上海文艺出版社1988年版，第170、171页。

② 李初梨：《怎样地建设革命文学》，《文化批判》第2号，1928年2月15日。

③ 麦克昂：《留声机器的回音》，《文化批判》第3号，1928年3月15日。

④ 鲁迅：《革命文学》，《鲁迅全集》第三卷，人民文学出版社1998年版，第543页。

⑤ 鲁迅：《革命文学》，《鲁迅全集》第三卷，人民文学出版社1998年版，第544页。

无论是太阳社还是创造社，在鲁迅看来，都太过于激进和浪漫，或者说天真。他们都没有结合中国国情，而是对马克思主义文艺理论加以主观上的发挥，对“革命文学”的倡导也就容易沦为标语与口号。至于说到“一切文艺都是宣传”，鲁迅主张辩证地看待，“我是不相信文艺的旋乾转坤的力量的，但倘有人要在别方面应用他，我以为也可以。譬如‘宣传’就是”①。他并没有完全否定文艺的宣传功能：

美国的辛克来儿说：一切文艺是宣传。我们的革命的文学者曾经当作宝贝，用大字印出过；而严肃的批评家又说他是“浅薄的社会主义者”。但我——也浅薄——相信辛克来儿的话。一切文艺，是宣传，只要你一给人看。即使个人主义的作品，一写出，就有宣传的可能，除非你不作文，不开口。那么，用于革命，作为工具的一种，自然也可以的。②

与此同时，他认为革命时代的文学是脆弱的、无力的，原因在于把文艺等同于宣传，完全不顾及文艺自身的特质：

但我以为当先求内容的充实和技巧的上达，不必忙于挂招牌。……一说“技巧”，革命文学家是又要讨厌的。但我以为一切文艺固是宣传，而一切宣传却并非全是文艺，这正如一切花皆有色（我将白也算作色），而凡颜色未必都是花一样。革命之所以于口号，标语，布告，电报，教科书……之外，要用文艺者，就因为它是文艺。③

可见，在文学与政治（革命）关系上，鲁迅更多地强调回到文学本身的特质去思考，认为用文章来“宣传，鼓动，煽动”革命，“这样的文章是无力的，因为好的文艺作品，向来多是不受别人命令，不顾利害，自然而然地

① 鲁迅：《文艺与革命》，《鲁迅全集》第四卷，人民文学出版社 1998 年版，第 83 页。
② 鲁迅：《文艺与革命》，《鲁迅全集》第四卷，人民文学出版社 1998 年版，第 84 页。
③ 鲁迅：《文艺与革命》，《鲁迅全集》第四卷，人民文学出版社 1998 年版，第 84 页。

从心中流露的东西；如果先挂起一个题目，做起文章来，那又何异于八股，在文学中并无价值，更说不到能否感动人了。为革命起见，要有'革命人'，'革命文学'倒无须急急，革命人做出东西来，才是革命文学"①。关于大革命之于文学的影响，鲁迅划分出三个阶段：一是从叫苦和鸣不平的文学转为愤怒的文学。止于前者的文学没有力量，等于喊冤；"至于富有反抗性，蕴有力量的民族，因为叫苦没用，他便觉悟起来，由哀音而变为怒吼。怒吼的文学一出现，反抗就快到了；他们已经很愤怒，所以与革命爆发时代接近的文学每每带有愤怒之音；他要反抗，他要复仇"。二是大革命时代忙着革命，没有空闲谈文学、写文学，文学暂归沉寂。三是大革命之后会产生两种文学，讴歌革命的赞歌和悼亡旧社会的挽歌，但中国没有这两种文学，"中国社会没有改变，所以没有怀旧的哀词，也没有崭新的进行曲，只在苏俄却已产生了这两种文学"。② 此后大约出现"平民文学"，但现在中国也没有：

> 在现在，有人以平民——工人农民——为材料，做小说做诗，我们也称之为平民文学，其实这不是平民文学，因为平民还没有开口。这是另外的人从旁看见平民的生活，假托平民底口吻而说的。
>
> 现在中国底小说和诗实在比不上别国，无可奈何，只好称之曰文学；谈不到革命时代的文学，更谈不到平民文学。现在的文学家都是读书人，如果工人农民不解放，工人农民的思想，仍然是读书人的思想，必待工人农民得到真正的解放，然后才有真正的平民文学。③

鲁迅认为不能夸大文学的作用力，"中国现在的社会情状，止有实地的革命战争，一首诗吓不走孙传芳，一炮就把孙传芳轰走了。自然也有人以为文学于革命是有伟力的，但我个人总觉得怀疑，文学总是一种余裕的产物，可以表示一民族的文化，倒是真的"④。文学总是"余裕的产物"，是鲁迅始

① 鲁迅：《革命时代的文学》，《鲁迅全集》第三卷，人民文学出版社 1998 年版，第 418 页。

② 鲁迅：《革命时代的文学》，《鲁迅全集》第三卷，人民文学出版社 1998 年版，第 419、420 页。

③ 鲁迅：《革命时代的文学》，《鲁迅全集》第三卷，人民文学出版社 1998 年版，第 422 页。

④ 鲁迅：《革命时代的文学》，《鲁迅全集》第三卷，人民文学出版社 1998 年版，第 423 页。

终坚守的一个观点，而且他坚信，这样的文学反而能自觉地存在，并按其自律性发展壮大。同时，鲁迅深受日本厨川白村和夏目漱石的影响，他对前者《文学的苦闷》中的观点运用得很到位。

鲁迅在借鉴和吸收外来的思想理论，包括文艺理论时，既看到自己与别人共同的东西，也投射了自身的东西。这些自身的东西，才是鲁迅内化了的，也是从鲁迅内心爆发出来的，也是鲁迅不变的东西。借用竹内好的话来说，只有看到这些，才能看到鲁迅自身的影子。日本学者山田敬三认为：“鲁迅对外国文化的接受，常常是把构造上的差异抽象化了以后才进行取舍的。这一点，不仅是鲁迅的敌人，就连他的朋友也常常会忽略的。而且这种忽略，在以革命文学论战为开端的而后的思想意识斗争中，常常投下复杂的影子。”①然而，要抓住鲁迅身上影子一样的东西却是不易的。鲁迅是带着批判的维度来讲文学是无力的，对此，竹内好有过独到的分析。他指出，所谓无力，是对政治的无力；如果反过来说，对政治有力的东西不是文学。“文学对政治的无力，是由于文学自身异化了政治，并通过与政治的交锋才如此的。游离政治的，不是文学。文学在政治中找见自己的影子，又把这影子破却在政治里，换句话说，就是自觉到无力，——文学走完这一程，才成为文学。”②政治会变换文学的色彩，但文学也从政治中选择出了自己。竹内好认为：“政治与文学的关系不是从属关系，不是相克关系，迎合政治或白眼看政治，都不是文学。所谓真的文学，是把自己的影子破却在政治里。可以说，政治与文学的关系，是矛盾的自我同一关系。”③竹内好洞察出鲁迅的内在思维结构，指出理解鲁迅的思想需要进行转换。但是，这里的转换并不能单纯地理解为思想的“转变”；用黑格尔的话说，是“否定之否定”。这样的转换就是所谓“二次性转换”，文学需要经过这样一种否定和转换才能实现其自觉。

在看待文学与政治（革命）的关系时，鲁迅自始至终恪守文学的纯粹，这是他的不变，也是他一生的挣扎所在。在学者汪晖看来，鲁迅是一种思想

① ［日］山田敬三：《鲁迅世界》，韩贞全、武殿勋译，山东人民出版社1983年版，第210页。

② ［日］竹内好：《近代的超克》，李冬木、赵京华、孙歌译，生活·读书·新知三联书店2005年版，第134页。

③ ［日］竹内好：《近代的超克》，李冬木、赵京华、孙歌译，生活·读书·新知三联书店2005年版，第134页。

性的存在，“这个存在充满了各种复杂的矛盾与悖论，但矛盾与悖论的相互作用又推动着鲁迅对真理、对民族、对人类、对人生的不懈的寻找。任何一种真理性观念的达致都不意味着鲁迅完全解除了矛盾，彻底告别了过去，恰恰相反，他的全部痛苦和惶惑并没有简单地消逝，而是由于新的因素的进入而改变了旧有的文化心理结构”①。伴随鲁迅一生的矛盾和悖论，就是鲁迅精神的独特所在；反映与投射到他的文学批评之中，就成为中国马克思主义文学批评的特色。鲁迅的文学批评中交织着新与旧、爱与恨、进与退、传统与现代、幻灭与重生等矛盾与冲突，它们此消彼长，相互渗透，很难说达到思想精神的内在统一。不过，鲁迅思想与精神的出发点与落脚点，是为了探求中国现实社会的出路与民族自身解放的道路。“革命文学”论争作为适时的契机，将鲁迅的文学批评推向一个新的高度。他不仅在激烈的论战中冶炼自己的理论和方法，而且，他以马克思主义文艺理论作为审视点，结合自身对文学的认识与理解，找到一条克服“革命文学”片面性的途径。对此，日本学者丸山升指出：“鲁迅的文学观之所以新，最主要在于他对于马克思主义，不是将自已整个投入其中，也不是相反地全部拒绝，而且他的接受方式也没有陷入浅薄的折中主义，而是成功地接受了马克思主义的本质内容。”②学者艾晓明对此也给予高度评价：“在马克思主义文学批评对文学运动的推动方面，也许没有什么比鲁迅研究的进展更能说明问题了。”③鲁迅的文艺思想和文学批评，不仅是从“文学革命”到“革命文学”运动中关键的连接点，也是从“革命文学”到左联成立后的理论论争的过渡点。特别是在“革命文学”论争中，鲁迅结合自身的文学与革命的心路历程，以及中国的实际状况，恪守“文学的自觉”来审视文学与政治（革命）的关系，为正确理解这两者的关系发挥了建设性的作用。这在中国早期马克思主义文学批评中，是难能可贵的。

---

① 汪晖：《反抗绝望：鲁迅及其文学世界》（增订版），生活·读书·新知三联书店 2008 年版，第 178 页。

② [日]丸山升：《鲁迅·革命·历史——丸山升现代中国文学论集》，王俊文译，北京大学出版社 2005 年版，第 44 页。

③ 艾晓明：《寻找与确立——二、三十年代马克思主义文学批评概观》，《中国现代文学研究丛刊》1987 年第 2 期。

二、文艺的阶级性：“都带”与“只有”及“超阶级”

来源于社会生活的文艺不可能脱离政治而存在，也就不可能具有超阶级性。差异只在于，在社会矛盾激烈、阶级冲突尖锐的历史时期，作为社会上层建筑的政治的斗争，会集中表现为阶级的斗争；反映在文艺上，那些具有现实主义情怀和批判精神的作家，其作品中的阶级立场和倾向会更为凸显。此外，正如鲁迅从个人创作和阅读经验出发所做的判断，“……看人生是因作者而不同，看作品又因读者而不同……”①读者，包括批评家，看取或进入作品的角度不同，对作品所体现的或隐或显的阶级性的理解，可能会大相径庭，甚至否认作品中阶级性的存在。概言之，鲁迅对文艺阶级性的认识，经历了从基于自身丰厚的人生经验和文学经验而得出的朴素认知，到自觉接受马克思主义理论的影响，在文学批评中凸显鲜明的阶级意识和阶级立场，再到为新兴的无产阶级文学呐喊的过程。

1932 年 12 月，鲁迅在自序《自选集》时，回顾自己的创作历程，说明当初开手做小说时，对“文学革命”并无怎样的热情，为什么又提笔呢？“想起来，大半倒是为了对于热情者们的同感。这些战士，我想，虽在寂寞中，想头是不错的，也来喊几声助助威罢。首先，就是为此。自然，在这中间，也不免夹杂些将旧社会的病根暴露出来，催人留心，设法加以疗治的希望。但为达到这希望计，是必须与前驱者取同一的步调的，我于是删削些黑暗，装点些欢容，使作品比较的显出若干亮色……”他觉得，这些作品可称为“遵命文学”，“不过我所遵奉的，是那时革命的前驱者的命令，也是我自己所愿意遵奉的命令，决不是皇上的圣旨，也不是金元和真的指挥刀”。②此前亦即同一年 4 月，鲁迅在为《二心集》所作“序言”中，明确指出自己“只是原先是憎恶这熟识的本阶级，毫不可惜它的溃灭，后来又由于事实的教训，

① 鲁迅：《俄文译本〈阿 Q 正传〉序及著者自叙传略》，《鲁迅全集》第七卷，人民文学出版社 1998 年版，第 82 页。

② 鲁迅：《〈自选集〉自序》，《鲁迅全集》第四卷，人民文学出版社 1998 年版，第 455—456、455 页。

以为惟新兴的无产者才有将来，却是的确的”[①]。也就是说，鲁迅后来的创作依然是“遵命文学”，也依然遵奉的是“革命的前驱者的命令”，即无产阶级革命者的命令。

鲁迅对文艺阶级性的认定，与他对文学有所谓“永久不变的人性”的观点的否定，与他对文学的“普遍性”的辩证理解，是密不可分的。国人所熟知的《文学和出汗》(1928) 一文，就是他对梁实秋宣扬“文学当描写永远不变的人性”的批驳，其间贯穿着马克思主义历史唯物论的思想，“譬如出汗罢，我想，似乎于古有之，于今也有，将来一定暂时也还有，该可以算得较为‘永久不变的人性’了。然而‘弱不禁风’的小姐出的是香汗，‘蠢笨如牛’的工人出的是臭汗。不知道倘要做长留世上的文字，要充长留世上的文学家，是描写香汗好呢，还是描写臭汗好?”[②]如果文学家不做出选择，历史当会做出裁决；文学的阶级性不会因为文学家的不承认、不认同而自动消失。如果人类历史中不存在“永久不变的人性”，文学自身是否具有某种“普遍性”，因而可以久长流传下去呢？鲁迅并未完全否认文学的“普遍性”的存在，但“普遍性”不等同于“永久性”。这主要是因为，“普遍性”来自读者的体验，而读者的体验是会变化的。他说：

> 文学虽然有普遍性，但因读者的体验的不同而有变化，读者倘没有类似的体验，它也就失去了效力。
>
> 文学有普遍性，但有界限；也有较为永久的，但因读者的社会体验而生变化。……一有变化，即非永久，说文学独有仙骨，是做梦的人们的梦话。[③]

鲁迅认为，文学的“普遍性”并不具有一个恒定不变的衡量标准，需要靠读者的体验来判断。读者的体验既带有极强的个人性，也具有一定的社会性，即具有“社会体验”的性质；读者对文学的阅读和接受，不可能不受到

① 鲁迅:《〈二心集〉序言》,《鲁迅全集》第四卷，人民文学出版社 1998 年版，第 191 页。

② 鲁迅:《文学和出汗》,《鲁迅全集》第三卷，人民文学出版社 1998 年版，第 557—558 页。

③ 鲁迅:《看书琐记》,《鲁迅全集》第五卷，人民文学出版社 1998 年版，第 531 页。

时代精神、社会风尚、文学趣味等的影响。马克思、恩格斯曾指出：“人们的观念、观点和概念，一句话，人们的意识，随着人们的生活条件、人们的社会关系、人们的社会存在的改变而改变，这难道需要经过深思才能了解吗？”① 因此，认为文学的“普遍性”具有“永久性”，无异于痴人说梦。从创作者一方来说，鲁迅认为：

>……文学要普遍而且永久，恐怕实在有些艰难。“今天天气……哈哈哈！”虽然有些普遍，但能否永久，却很可疑，而且也不大像文学。于是高超的文学家便自己定了一条规则，将不懂他的“文学”的人们，都推出“人类”之外，以保持其普遍性。文学还有别的性，他是不肯说破的，因此也只好用这手段。然而这么一来，“文学”存在，“人”却不多了。②

由于文学以人为描写对象、为指归，现实中的人是个个不同，每一个人在不同阶段也有变化，因此，主张文学的“普遍性”实际上是要取消“别的性”，其中自然包括阶级性。鲁迅指出：

>文学不借人，也无以表示“性”，一用人，而且还在阶级社会里，即断不能免掉所属的阶级性，无需加以“束缚”，实乃出于必然。自然，“喜怒哀乐，人之情也”，然而穷人决无开交易所折本的懊恼，煤油大王那会知道北京检煤渣老婆子身受的酸辛，饥区的灾民，大约总不去种兰花，像阔人的老太爷一样，贾府上的焦大，也不爱林妹妹的。“汽笛呀！”“列宁呀！”固然并不就是无产文学，然而“一切东西呀！”“一切人呀！”“可喜的事来了，人喜了呀！”也不是表现“人性”的“本身”的文学。倘以表现最普通的人性的文学为至高，则表现最普遍的动物性——营养，呼吸，运动，生

① ［德］马克思、恩格斯：《共产党宣言》，《马克思恩格斯文集》第2卷，人民出版社2009年版，第50—51页。

② 鲁迅：《看书琐记（二）》，《鲁迅全集》第五卷，人民文学出版社1998年版，第534页。

殖——的文学，或者除去“运动”，表现生物性的文学，必当更在其上。倘说，因为我们是人，所以以表现人性为限，那么，无产者就因为是无产阶级，所以要做无产文学。①

在阶级社会里，不存在抽象的“人性”，只存在具体的“人性”——阶级性。因此，无产者不仅应当拥有无产文学，而且理应理直气壮地表现其鲜明的阶级性。作家对此应有清醒的认识，不应把它当作“束缚”。鲁迅的结论是：“我想，普遍、永久、完全，这三件宝贝，自然是了不得的，不过也是作家的棺材钉，会将他钉死。”②

鲁迅有关文艺阶级性的具体论述，主要体现在有关“革命文学”的论争、对左联无产阶级文学的指导意见、与“第三种人”“自由人”的论争等中。对于“革命文学”，如前所述，鲁迅极为反感的是那些仅凭对唯物史观的肤浅理解，就以“革命文学家”自诩，摆出一副“惟我是无产阶级!”面孔的人，以致“革命文学”在他们手中蜕变为时兴的题目和空洞无物的口号。鲁迅指出：“大概以弄文学而又讲唯物史观的人，能从基本的书籍上一一钩剔出来的，恐怕不很多，常常是看几本别人的提要就算。而这种提要，又因作者的学识意思而不同，有些作者，意在使阶级意识明了锐利起来，就竭力增强阶级性说，而别一面就也容易招人误解。”③又说：“现在的人们既然神经过敏，听到‘俄’字便要气绝，连嘴唇也快要不准红了，对于出版物，这也怕，那也怕；而革命文学家又不肯多绍介别国的理论和作品，单是这样的指着自己的鼻子，临了便会像前清的‘奉旨申斥’一样，令人莫名其妙的。”④他译介马克思主义文艺理论，其目的“就也要献给这些速断的无产文学批评家，因为他们是有不贪‘爽快’，耐苦来研究这些理论的义务的”⑤。他以自

① 鲁迅：《“硬译”与“文学的阶级性”》，《鲁迅全集》第四卷，人民文学出版社 1998 年版，第 204 页。

② 鲁迅：《答〈戏〉周刊编者信》，《鲁迅全集》第六卷，人民文学出版社 1998 年版，第 147 页。

③ 鲁迅：《文学的阶级性》，《鲁迅全集》第四卷，人民文学出版社 1998 年版，第 126 页。

④ 鲁迅：《现今的新文学的概观》，《鲁迅全集》第四卷，人民文学出版社 1998 年版，第 136 页。

⑤ 鲁迅：《“硬译”与“文学的阶级性”》，《鲁迅全集》第四卷，人民文学出版社 1998 年版，第 210 页。

己的翻译和阅读体验，不断匡正创造社、太阳社对“革命文学”即“无产阶级文学”的错误认识，同时坚持不懈地阐释如何全面、完整地理解文学的阶级性内涵：

……在我们所见的无产文学理论中，也并未见过有谁说或一阶级的文学家，不该受皇室贵族的雇用，却该受无产阶级的威胁，去做讴功颂德的文章，不过说，文学有阶级性，在阶级社会中，文学家虽自以为“自由”，自以为超了阶级，而无意识底地，也终受本阶级的阶级意识所支配，那些创作，并非别阶级的文化罢了。

据我所看过的那些理论，都不过说凡文艺必有所宣传，并没有谁主张只要宣传式的文字便是文学。诚然，前年以来，中国确曾有许多诗歌小说，填进口号和标语去，自以为就是无产文学。但那是因为内容和形式，都没有无产气，不用口号和标语，便无从表示其“新兴”的缘故，实际上也并非无产文学。①

在鲁迅看来，“革命文学”之所以沦为题目或口号而未有实际效应，反而会让人生厌，主要原因有两个：一是逃避现实，宣扬真正的文学家是“超时代”的。他说：“现在所号称革命文学家者，是斗争和所谓超时代。超时代其实就是逃避，倘自己没有正视现实的勇气，又要挂革命的招牌，便自觉地或不自觉地必然地要走入那一条路的。身在现世，怎么离去？这是和说自己用手提着耳朵，就可以离开地球者一样地欺人。社会停滞着，文艺决不能独自飞跃，若在这停滞的社会里居然滋长了，那倒是为这社会所容，已经离开革命……”② 二是机会主义者的心态，以此口号谋一己之私利。他说：

中国的有口号而无随同的实证者，我想，那病根并不在“以文艺为阶级斗争的武器”，而在“借阶级斗争为文艺的武器”，在“无

① 鲁迅：《“硬译”与“文学的阶级性”》，《鲁迅全集》第四卷，人民文学出版社 1998 年版，第 205—206 页。

② 鲁迅：《文艺与革命》，《鲁迅全集》第四卷，人民文学出版社 1998 年版，第 28 页。

产者文学”这旗帜之下，聚集了不少的忽翻筋斗的人，试看去年的新书广告，几乎没有一本不是革命文学，批评家又但将辩护当作“清算”，就是，请文学坐在“阶级斗争”的掩护之下，于是文学自己倒不必着力，因而于文学和斗争两方面都少关系了。

无产者文学是为了以自己们之力，来解放本阶级并及一切阶级而斗争的一翼，所要的是全般，不是一角的地位。就拿文艺批评界来比方罢，假如在“人性”的“艺术之宫”（这须从成仿吾先生处租来暂用）里，向南面摆两把虎皮交椅，请梁实秋钱杏邨两位先生并排坐下，一个右执“新月”，一个左执“太阳”，那情形可真是“劳资”媲美了。①

这里尤其值得注意的是鲁迅对“无产者文学”的真正意图及其作用的阐述，即它并非只是无产者自己的文学，只为无产阶级鼓与呼，是要以其革命性打破文学僵死的格局，并为推动社会变革、推动人类的解放而斗争。这是马克思主义文学批评家的胸怀的体现。

此外，从马克思主义经济基础决定上层建筑的理论出发，鲁迅对文学阶级性的两点阐述也值得注意。第一点是文学不能脱离阶级性，并不是说“只有”阶级性。他说：

在我自己，是以为若据性格感情等，都受“支配于经济”（也可以说根据于经济组织或依存于经济组织）之说，则这些就一定都带着阶级性。但是“都带”，而非“只有”。所以不相信有一切超乎阶级，文章如日月的永久的大文豪，也不相信住洋房，喝咖啡，却道“唯我把握住了无产阶级意识，所以我是真的无产者”的革命文学者。②

否认文学的阶级性而宣扬抽象的人性，是没有看到或有意忽视无论是作

① 鲁迅：《“硬译”与“文学的阶级性”》，《鲁迅全集》第四卷，人民文学出版社 1998 年版，第 207—208 页。

② 鲁迅：《文学的阶级性》，《鲁迅全集》第四卷，人民文学出版社 1998 年版，第 127 页。

为创作者、阅读者，还是作为文学表现的核心的人，其性格、情感等都受到社会经济组织的支配和影响。这也就是马克思所说的，“人的本质不是单个人所固有的抽象物，在其现实性上，它是一切社会关系的总和”①。偏执地认定文学“只有”阶级性的“革命文学者”，则是既不了解马克思主义理论的真义，也不顾中国社会生活的实际状况。因此鲁迅提出的第二点是，须认清政治与文艺的关系，即“政治先行，文艺后变”。他说：

各种文学，都是应环境而产生的，推崇文艺的人，虽喜欢说文艺足以煽起风波来，但在事实上，却是政治先行，文艺后变。倘以为文艺可以改变环境，那是“唯心”之谈；事实的出现，并不如文学家所豫想。所以，巨大的革命以前的所谓革命文学者还须灭亡，待到革命略有结果，略有喘息的余裕，这才产生新的革命文学者。为什么呢，因为旧社会将近崩坏之际，是常常会有近似带革命性的文学作品出现的，然而其实并非真的革命文学。例如：或者憎恶旧社会，而只是憎恶，更没有针对于将来的理想；或者也大呼改造社会，而问他要怎样的社会，却是不能实现的乌托邦；或者自己活得无聊了，便空泛地希望一大转变，来作刺戟，正如饱于饮食的人，想吃些辣椒爽口。更下的是，原是旧式人物，但在社会里失败了，却想另挂新招牌，靠新兴势力获得更好的地位。②

文学“应环境而产生”，正说明文学受制于社会生活的事实，不可能超脱产生它的土壤。鼓吹文艺可以改变环境是“唯心”之谈，真正的“唯物”论者，一方面要意识到文艺与政治时时处于冲突之中，革命文学会遭到旧政权、旧势力的残酷压迫与殊死抵抗；另一方面，要祛除投机心态，树立切实可行的目标。只有目标明确，才有可能做持久战斗的准备，就像他对左联作家所期望的那样，“我们急于要造出大群的新的战士，但同时，在文学战线

① 马克思：《关于费尔巴哈的提纲》，《马克思恩格斯文集》第1卷，人民出版社2009年版，第501页。

② 鲁迅：《现今的新文学的概观》，《鲁迅全集》第四卷，人民文学出版社1998年版，第134页。

上的人还要‘韧’”①。

鲁迅对左联提出的指导性意见，正是出于对空头“革命文学家”的深入观察和深刻反思。《对于左翼作家联盟的意见》（1930）一文阐述的核心问题，是左联作家既要防“左”，更要防“右”。这是因为，“倘若不和实际的社会斗争接触，单关在玻璃窗内做文章，研究问题，那是无论怎样的激烈，‘左’，都是容易办到的；然而一碰到实际，便即刻要撞碎了。关在房子里，最容易高谈彻底的主义，然而也最容易‘右倾’”②。左联自觉接受马克思主义先进理论的武装，立志在文学中为无产者服务，以实现改造社会的理想；如若闭门造车，极容易将马克思主义理论变成教条，从而失去其现实意义。然而更为重要的是，“左”的教条主义者一旦走出门外，遭遇残酷现实的迎头痛击，会立刻产生原有理想、目标的幻灭感，变得无所适从。鲁迅指出：

> 革命是痛苦，其中也必然混有污秽和血，决不是如诗人所想像的那般有趣，那般完美；革命尤其是现实的事，需要各种卑贱的，麻烦的工作，决不如诗人所想像的那般浪漫；革命当然有破坏，然而更需要建设，破坏是痛快的，但建设却是麻烦的事。所以对于革命抱着浪漫谛克的幻想的人，一和革命接近，一到革命进行，便容易失望。③

鲁迅的论述不仅体现出他身上一以贯之、从未改变的最清醒的现实主义精神，而且特别强调革命的本义并非只是破坏，更需要建设；建设比破坏，更需要脚踏实地，也更需要“韧”的精神。鲁迅对革命中的建设与破坏的理解，具有唯物辩证法的色彩，同样也是他思想观念中不变的一面的体现。例如，早在1925年发表的《再论雷峰塔的倒掉》中，他就指出：“无破坏即无

---

① 鲁迅：《对于左翼作家联盟的意见》，《鲁迅全集》第四卷，人民文学出版社1998年版，第237页。

② 鲁迅：《对于左翼作家联盟的意见》，《鲁迅全集》第四卷，人民文学出版社1998年版，第233页。

③ 鲁迅：《对于左翼作家联盟的意见》，《鲁迅全集》第四卷，人民文学出版社1998年版，第233—234页。

新建设，大致是的；但有破坏却未必即有新建设。”① 在与《对于左翼作家联盟的意见》同样发表于1930年的《〈浮士德与城〉后记》中，受卢那察尔斯基剧本的启发，鲁迅说：“新的建设的理想，是一切言动的南针，倘没有这而言破坏，便如未来派，不过是破坏的同路人，而言保存，则全然是旧社会的维持者。”② 他以建设而非破坏，作为“一切言动的南针”，实际上也就区别了“新的阶级”即无产阶级，与其他阶级在革命的性质和目的认识上的不同。在1934年的《〈引玉集〉后记》中，鲁迅又说：“我已经确切的相信：将来的光明，必将证明我们不但是文艺上的遗产的保存者，而且也是开拓者和建设者。”③可见，鲁迅反对将革命单纯理解为破坏，除了因为破坏者只是图一时之痛快，更因为建设需要有明确的目标，并且必须通过持久的一点一滴的努力，才能达成。鲁迅对左联提出的第一点希望即是“对于旧社会和旧势力的斗争，必须坚决，持久不断，而且注重实力。……在中国也有过许多新的运动了，却每次都是新的敌不过旧的，那原因大抵是在新的一面没有坚决的广大的目的，要求很小，容易满足”④，同时提出要注意扩大战线，造就更多的新的战士。

在肯定文艺的阶级性和宣扬文艺的“永久性”“普遍性”之外，是否存在选择“第三条道路”的“第三种人”呢？这是左联在与“第三种人”“自由人”论争中的焦点，也是马克思主义文学批评家必须做出明确回答的。在这场论争中，鲁迅主要批驳的对象是被左联戴上“第三种人”帽子的苏汶。鲁迅的发言既体现着他对文学阶级性的一贯清醒的认识，同时，作为左联的领导者之一或者说是灵魂人物，他的言论也代表着左联的立场和态度。首先，鲁迅并不否认左联理论家和批评家曾经犯过错误，“甚至于化为民族主义文学的小卒，书坊的老板，敌党的探子的”，但是左翼文坛需要一面克服错误，一面继续“向文艺这神圣之地进军”⑤，不会因为这些错误或者他人的

---

① 鲁迅：《再论雷峰塔的倒掉》，《鲁迅全集》第一卷，人民文学出版社1998年版，第192页。

② 鲁迅：《〈浮士德与城〉后记》，《鲁迅全集》第七卷，人民文学出版社1998年版，第356页。

③ 鲁迅：《〈引玉集〉后记》，《鲁迅全集》第七卷，人民文学出版社1998年版，第418—419页。

④ 鲁迅：《对于左翼作家联盟的意见》，《鲁迅全集》第七卷，人民文学出版社1998年版，第235页。

⑤ 鲁迅：《论“第三种人”》，《鲁迅全集》第四卷，人民文学出版社1998年版，第439页。

指责而止步不前。左翼文坛能够一直存在自有它的理由，同时，左翼作家也抱定了更广大、更切实的目标，“不但要那同走几步的‘同路人’，还要招致那站在路旁看看的看客也一同前进”①。他对苏汶观点的最有力反驳，体现在如下一段：

> 生在有阶级的社会里而要做超阶级的作家，生在战斗的时代而要离开战斗而独立，生在现在而要做给与将来的作品，这样的人，实在也是一个心造的幻影，在现实世界上是没有的。要做这样的人，恰如用自己的手拔着头发，要离开地球一样，他离不开，焦躁着，然而并非因为有人摇了摇头，使他不敢拔了的缘故。②

极力否认文学阶级性的人，如梁实秋等，确实是为自己心造一个幻影；也可以说，他们通过心造的幻影，在文学与复杂的现实之间，造了一座虚幻的墙。因此，从理论上说，鲁迅的反驳是无懈可击的。问题在于，被戴上“第三种人”帽子的苏汶，是否极力否认文学的阶级性，或者，他是否有可能像鲁迅曾指出的那样，也认为文学“都带”阶级性，并不意味着文学“只有”阶级性。实际上，苏汶并非不承认文学的阶级性。他在答复易嘉（瞿秋白）的文章中说：

> 我们现在不必空空地谈论文学有没有阶级性，像这样初步的问题是谁也会得这样回答：文学是有阶级性的。这个，我当然也承认。在这里，问题是应该这样分别提出的：(A)，所谓阶级性是否单指那种有目的意识的斗争作用？(B)，反映某一阶级的生活的文学是否必然是赞助某一阶级的斗争？(C)，是否一切非无产阶级的文学即是拥护资产阶级的文学？③

① 鲁迅：《论“第三种人”》，《鲁迅全集》第四卷，人民文学出版社1998年版，第439页。
② 鲁迅：《论“第三种人”》，《鲁迅全集》第四卷，人民文学出版社1998年版，第440页。
③ 苏汶：《“第三种人”的出路——论作家的不自由并答复易嘉先生》，见吉明学、孙露茜编：《三十年代“文艺自由论辩”资料》，上海文艺出版社1990年版，第153—154页。

很显然，苏汶并未否定文学的阶级性，他只是不愿意“空空地谈论”，故将此问题分为三个方面，并逐一做了回答。[①]针对第一点，他说：

> 在天罗地网的阶级社会里，谁也摆脱不了阶级的牢笼，这是当然的，因此作家也便有意无意地露出了某一阶级的意识形态。文学之有阶级性者，盖在于此。然而我们不能进一步说，泄露某一阶级的意识形态就包含有一种有目的的意识的斗争作用。意识形态是多方面的，有些方面是离阶级利益很远的……假定说，阶级性必然是那种有目的的意识的斗争作用，那我便敢大胆地说，不是一切文学都是有阶级性的。[②]

同样，苏汶也承认生在阶级社会里，“谁也摆脱不了阶级的牢笼”。但是，这里集中讨论的是他所言的“阶级的意识形态”，不是宽泛意义上的“意识形态”，因此，他转而又去解释“意识形态是多方面的”，有些自相矛盾。即便如此，苏汶提出的“所谓阶级性是否单指那种有目的的意识的斗争作用？”这一问题，确实值得当时与之对垒，乃至剑拔弩张的左翼理论家思考。毕竟，文学有无阶级性，与文学的阶级性是否单指“阶级斗争”，是不同的问题。当然，苏汶的文章是对易嘉的回应，鲁迅之所以如此反驳，主要原因在于，他已将苏汶与个别人的论争，上升到苏汶与整个左翼文坛的指导方针的论争，进而视之为文坛的一种值得关注的动向。

因此不难理解，在大半年之后发表的《又论“第三种人”》（1933）中，

---

① 在与上文同刊、同期发表的《答舒月先生》一文中，苏汶也指出“阶级性”三个字太笼统，认为它至少有三方面的意思：“（1）出于某一阶级者之手（因此不免在意识形态上有这阶级的特征）；（2）以某一阶级为描写对象；（3）为某一阶级的斗争服务。”他说：“出于A阶级而为B阶级服务的作家可以有，例如欧美的一些革命作家（几乎全体）以及新俄的一部分新兴作家。写A阶级生活而为B阶级服务的也有——这是积极反叛自己阶级的方面说。同时，消极地反叛自己阶级而并不明显地为其他阶级服务的作家也是存在的。”参见苏汶：《答舒月先生》，见吉明学、孙露茜编：《三十年代“文艺自由论辩”资料》，上海文艺出版社1990年版，第178页。

② 苏汶：《“第三种人”的出路——论作家的不自由并答复易嘉先生》，见吉明学、孙露茜编：《三十年代“文艺自由论辩”资料》，上海文艺出版社1990年版，第154页。着重号原有。

鲁迅一面继续驳斥“第三种人”的观点，一面卫护左翼理论家：

> 左翼理论家无论如何“愚蒙”，还不至于不明白“为艺术的艺术”在发生时，是对于一种社会的成规的革命，但待到新兴的战斗的艺术出现之际，还拿着这老招牌来明明暗暗阻碍他的发展，那就成为反动，且不只是“资产阶级的帮闲者”了。至于“忠实于自己的艺术的作者”，却并未视同一律。因为不问那一阶级的作家，都有一个“自己”，这“自己”，就都是他本阶级的一分子，忠实于他自己的艺术的人，也就是忠实于他本阶级的作者，在资产阶级如此，在无产阶级也如此。这是极显明粗浅的事实，左翼理论家也不会不明白的。①

然而，作为左翼理论家的鲁迅明白这道理，或者，他认为反对左翼理论家的苏汶不理解这“极显明粗浅的事实”，并不意味着其他的左翼理论家，或者以左翼理论家自居的人都明白这道理。这也是事实，本著前文对此已有讨论。至少，易嘉（瞿秋白）、周起应（周扬）等人对苏汶的反驳，并不能令人完全信服，不同程度存在着苏汶所言“因曲解别人而起的诡辩和武断”。况且，关于“为艺术的艺术”的问题，苏汶在如下论述中也谈及：

> 在资本主义社会里，并不是每一个作家都是资产阶级利益的拥护者；而事实却恰相反，他们大都是站在反资产阶级的立场上（纵然未见得是无产阶级的立场）。不信，我们可以翻出浪漫运动以后的文学史来看，在浪漫主义旗帜下可以产生了歌颂叛逆的拜伦，宣传无神论的雪莱，社会主义者的乔治·桑……像这些作家，纵然有他们的个人主义，英雄主义，但你能说他们是资产阶级的代言人吗？在写实主义以至自然主义的旗帜下，产生了鼓吹农奴解放的屠格涅夫，毫无怜惜地暴露了资本主义社会的丑态的左拉……像这些

---

① 鲁迅：《又论“第三种人”》，《鲁迅全集》第四卷，人民文学出版社 1998 年版，第 532 页。

作家，纵然有他们的人道主义，悲观主义，但你能说他们是资产阶级的代言人吗？甚至于如左翼所痛骂的艺术至上派，分析到终极，也是对于资本主义的消极的反动。①

就文学史而言，苏汶的所谓“艺术至上派”分析到终极，是对资本主义的消极反动的观点，并无不妥。但是，在中国特殊历史环境中，在黑暗笼罩、窒息、扼杀一切进步力量和革命文学的社会氛围中，左翼认为“艺术至上派”客观上起着帮助资产阶级统治者的作用，因而予以抨击，也是出于对现实的理智而清醒的认识与判断。或者说，左翼所希望于文艺家的，绝不仅仅是对资产阶级的“消极的反动”，而热盼犹疑、摇摆的他们能转变立场，成为无产阶级文学的“同路人”。正是在这个意义上，鲁迅提出左翼理论家有分析、批判“第三种人”的真面目的任务：

所谓“第三种人”，原意只是说：站在甲乙对立或相斗之外的人。但在实际上，是不能有的。人体有胖和瘦，在理论上，是该能有不胖不瘦的第三种人的，然而事实上却并没有，一加比较，非近于胖，就近于瘦。文艺上的“第三种人”也一样，即使好像不偏不倚罢，其实是总有些偏向的，平时有意的或无意的遮掩起来，而一遇切要的事故，它便会分明的显现。如纪德，他就显出左向来了；别的人，也能从几句话里，分明的显出。所以在这混杂的一群中，有的能和革命前进，共鸣；有的也能乘机将革命中伤，软化，曲解。左翼理论家是有着加以分析的任务的。②

不过严格地说，这是鲁迅所理解的“第三种人”的所谓“原意”，与左翼其他理论家对此的理解相同，然而却并不是苏汶的“原意”。苏汶的原话是：

① 苏汶：《“第三种人”的出路——论作家的不自由并答复易嘉先生》，见吉明学、孙露茜编：《三十年代“文艺自由论辩”资料》，上海文艺出版社1990年版，第155页。

② 鲁迅：《又论“第三种人”》，《鲁迅全集》第四卷，人民文学出版社1998年版，第534页。

在“智识阶级的自由人”和“不自由的、有党派的”阶级争着文坛的霸权的时候，最吃苦的，却是这两种人之外的第三种人。这第三种人便是所谓作者之群。

作者，老实说，是多少带点我前面所说起的死抱住文学不肯放手的气味的；否则，他也决不会在成千成万的事业中选定了这个最没出息的事业（也许说职业好一点吧）来做。只要张开眼睛来看，不写东西的便罢，写一点东西的都斤斤乎艺术的价值便可知道。甚至如史铁儿先生所说“一举成名天下知”这一类下意识，平心而论，也人人多少有一点。究竟人非圣贤，同时也并非个个是马克斯和列宁。

人各有其道，人各以其道非他人之道。你说着我所不要听的话，我说着你也不要听的话。联句正联得起劲呢。只有作者，有其道而不敢言，更不敢拿来非他人之道。他只想替文学，不管是搧动的也好，暴露的也好，留着一线残存的生机，但是又怕被料事如神的指导者们算出命来，派定他是那一阶级的狗。①

苏汶的原意是讥刺“书呆子马克斯主义者”胡秋原，与崇尚“目前主义”和“行动”的左翼文坛理论指导者互不服气，以至站在理论之外的、“死抱住文学不肯放手”的“作者”无所适从。他没有料到此文会引火上身，自己被左翼理论家扣上“第三种人”的帽子，而且确实“被料事如神的指导者们算出命来”。最早把这顶帽子奉送给苏汶的是易嘉（瞿秋白）。他在《文艺的自由和文学家的不自由》中说道：

为什么“不敢言”呢？为什么这样可怜，这样怨苦呢？

因为他自己以为是“第三种人”。……这些作者——“斤斤乎艺术的价值”的——就是所谓第三种人。他们的爱人——那“卖淫妇的文学”被资产阶级或者无产阶级夺了去了！

① 苏汶：《关于〈文新〉与胡秋原的文艺论辩》，见吉明学、孙露茜编：《三十年代“文艺自由论辩”资料》，上海文艺出版社1990年版，第99、101页。

> 作者呢，也不是什么“第三种人”。作者——文学家也不必当什么陪嫁的丫鬟，跟着文学去出嫁给什么阶级。每一个文学家，不论他们有意的，无意的，不论他是在动笔，或者是沉默着，他始终是某一阶级的意识形态的代表。在这天罗地网的阶级社会里，你逃不到什么地方去，也就做不成什么“第三种人”。①

瞿秋白否定苏汶文中所言的“作者”是“第三种人”，却独把它送给了苏汶，却又认为他做不成。鲁迅的意见与瞿秋白是一致的。苏汶后来辩解道：

> 我在《关于〈文新〉与胡秋原的文艺论辩》那篇文章里，曾经无意中用了“第三种人”这四个字来指作家。这是极偶然的，意思不过是说，有左翼文坛那样的马克斯列宁主义者，有胡秋原先生那样的学院式马克斯主义者，而作家，既非前者，又非后者，那便随便地说是“第三种人”。却不料易嘉先生会在这四个字上大做文章，说什么，“在阶级社会里做不成第三种人”。
>
> 据我现在想来，这“第三种人”未必一定做不成，而且确实已经存在了。只有从狭意的阶级文学理论的立场上看来，这“第三种人”才会必然地做不成。然而我在前面已经说明了，“文学有阶级性”这句话是不应当这样去理解的。
>
> 这“第三种人”，容我给加上一个解释吧，实在是指那种欲依了指导理论家们所规定的方法去做而不能的作者。②

当然，苏汶的自我辩解在当时激烈的论争语境中是无力的，他已然成为“第三种人”——要求文艺脱离阶级性而存在的人——的典型代表。就连被

---

① 瞿秋白：《文艺的自由和文学家的不自由》，《瞿秋白文集　文学编》第三卷，人民文学出版社1989年版，第69、70页。着重号原有。

② 苏汶：《“第三种人”的出路——论作家的不自由并答复易嘉先生》，见吉明学、孙露茜编：《三十年代“文艺自由论辩”资料》，上海文艺出版社1990年版，第161、162页。着重号原有。

他驳斥的胡秋原也说："实际上，现在所被了解的'第三种人'，据我所知，是与当初的意义，稍有不同的。"他认为，"第三种人者，实际上就是一种Radicals，事实如此，也应该如此"。①

1934年，鲁迅在为英文刊物《现代中国》撰写《中国文坛上的鬼魅》一文时，将"第三种人"的出现列为"鬼魅"之一，可见苏汶的文章对他刺激之深。鲁迅写到，在民族主义文学家完成了为自己送丧的任务之后，革命文学不仅没有动摇，并且发达起来，也得到读者的相信——

> 于是别一方面，就出现了所谓"第三种人"，是当然决非左翼，但又不是右翼，超然于左右之外的人物。他们以为文学是永久的，政治的现象是暂时的，所以文学不能和政治相关，一相关，就失去它的永久性，中国将从此没有伟大的作品。不过他们，忠实于文学的"第三种人"，也写不出伟大的作品。为什么呢？是因为左翼批评家不懂得文学，为邪说所迷，对于他们的好作品，都加以严酷而不正确的批评，打击得他们写不出来了。所以左翼批评家，是中国文学的刽子手。
>
> 至于对于政府的禁止刊物，杀戮作家呢，他们不谈，因为这是属于政治的，一谈，就失去他们的作品的永久性了；况且禁压，或杀戮"中国文学的刽子手"之流，倒正是"第三种人"的永久的文学，伟大的作品的保护者。②

这里，鲁迅使用"他们"，表明"第三种人"并非只是苏汶一个，某种程度上还原了苏汶所说"作者群"的"原意"。鲁迅言辞之激烈，包括认为"第三种人"诬蔑左翼批评家"为邪说所迷"，是"杀戮'中国文学的刽子手'"等，既是其一贯的行文风格，也说明他确实没有将这场论争当作正常的文艺理论、文学批评的争鸣，而视之为文坛的一种动向，乃至"逆流"，是需要

① 胡秋原：《第三种人及其他》，见吉明学、孙露茜编：《三十年代"文艺自由论辩"资料》，上海文艺出版社1990年版，第459、461页。

② 鲁迅：《中国文坛上的鬼魅》，《鲁迅全集》第六卷，人民文学出版社1998年版，第155—156页。

加以清算和迎头痛击的。学者吴晓东认为，尽管在后来，尤其是1949年后以阶级斗争为纲的历史叙述中，左翼与“第三种人”“自由人”的论战，往往被上升到两个敌对阵营生死攸关的斗争，但是当时“论争的双方，虽然都秉持着一种大是大非的原则问题进行认真的当然也不乏剑拔弩张的争论，但显然不是一种敌我的关系。按照鲁迅当年的期望，有可能是一种‘同路人’的关系。鲁迅说：‘左翼作家并不是从天上掉下来的神兵，或国外杀进来的仇敌，他不但要那同走几步的“同路人”，还要招致那站在路旁看看的看客也一同前进。’连看客尚可以‘一同前进’，团结与感召‘同路人’同行，当然更在情理之中了”①。但是，从《中国文坛上的鬼魅》一文来看，鲁迅是否会将他所认为的、蔑称左翼批评家是“中国文学的刽子手”的人视为“同路人”，并不是一件很容易下判断的事。

三、文艺的大众化：“将文字交给一切人”

尽管鲁迅以“文艺的大众化”为题的文章仅有一篇，集中探讨此问题的文章也不多，不过，这正表明文艺的大众化在鲁迅那里并不是一个临时性、应急性的策略或任务，是他文艺思想中不变的一面，贯穿在他的创作、翻译与文学批评之中。因此，在左联发起的文艺大众化运动中，在有关“国防文学”的论争中，鲁迅都积极地参与讨论，对文艺的大众化的原则、方法，对何以要用“民族革命战争的大众文学”取代“国防文学”等，都做出明确而具体的分析。

鲁迅对文艺的大众化的观点，可以用他自己的话“将文字交给一切人”②来概括。它指涉了文艺家、翻译家和读者三方：文艺家在直面现实的同时，要以通俗易懂的现代中国文来写作，考虑读者大众的阅读需求；翻译家在译介文字上亦需考虑此问题；读者需要识字，也需要在文艺家、翻译家的帮助

① 吴晓东：《从苏汶的视角观照：“文艺自由论辩”重释》，《文艺争鸣》2016年第7期。

② 鲁迅：《门外文谈（七）》，《鲁迅全集》第六卷，人民文学出版社1998年版，第95页。

下逐渐提高文艺鉴赏素养。鲁迅的这一观点，既体现出明确的马克思主义文学批评的阶级意识，也呈现着马克思主义文学批评要求文艺面向更广大的社会生活，表现底层被压迫民众活生生的现实的平民意识。

早在1925年，鲁迅在谈及自己为何会译介爱罗先珂的作品时说："其实，我当时的意思，不过要传播被虐待者的苦痛的呼声和激发国人对于强权者的憎恶和愤怒而已，并不是从什么'艺术之宫'里伸出手来，拔了海外的奇花瑶草，来移植在华国的艺苑。"[①] 翻译家译介作品当会有所择取，有所侧重；这种择取和侧重，与鲁迅对中国现实和文学现状的体察有关。在他看来，与其以翻译来追新逐奇，或做锦上添花的工作，毋宁以之撕破社会的种种假面，向被漠视、被虐待的劳苦大众投去同情的目光，倾听他们的呼声。数年后，鲁迅回顾了自己与俄国"文字之交"的情形，以及从中所获的莫大的教益和启迪。他说："那时就知道了俄国文学是我们的导师和朋友。因为从那里面，看见了被压迫者的善良的灵魂，的酸辛，的挣扎；还和四十年代的作品一同烧起希望，和六十年代的作品一同感到悲哀。我们岂不知道那时的大俄罗斯帝国也正在侵略中国，然而从文学里明白了一件大事，是世界上有两种人：压迫者和被压迫者！"[②] 俄国十月革命及其代表先进方向的文学，还有马克思主义学说对中国社会及其文学的巨大影响，自不待言；鲁迅当年作为文学家、翻译家、批评家的多重身份和丰富经验，使他在文学的各个领域把目光聚焦于"被压迫者的善良的灵魂，的酸辛，的挣扎"，并在血雨腥风之中，始终坚信未来的光明。当他向俄国读者和"同路人"介绍自己的作品《阿Q正传》时，认为文坛不能只回荡着"几个圣人之徒的意见和道理"，应该向俄国觉醒的无产者文学一样，深切关注"默默的生长，萎黄，枯死了，像压在大石底下的草一样，已经有四千年"的百姓[③]，并且把自己放在百姓之中。在中国如同在俄国一样，这是一项艰巨的事业：

要画出这样沉默的国民的魂灵来，在中国实在算一件难事，因

① 鲁迅：《杂忆》，《鲁迅全集》第一卷，人民文学出版社 1998 年版，第 224 页

② 鲁迅：《祝中俄文字之交》，《鲁迅全集》第四卷，人民文学出版社 1998 年版，第 460 页。

③ 鲁迅：《俄文译本〈阿 Q 正传〉序及著者自叙传略》，《鲁迅全集》第七卷，人民文学出版社 1998 年版，第 81—82 页。

为，已经说过，我们究竟还是未经革新的古国的人民，所以也还是各不相通，并且连自己的手也几乎不懂自己的足。我虽然竭力想摸索人们的魂灵，但时时总自憾有些隔膜。在将来，围在高墙里面的一切人众，该会自己觉醒，走出，都来开口的罢，而现在还少见，所以我也只得依了自己的觉察，孤寂地姑且将这些写出，作为在我的眼里所经过的中国的人生。①

“画出这样沉默的国民的魂灵来”是鲁迅文学创作中始终不变的核心，也促使了他对同声相求的此类域外文学，包括木刻、版画等域外艺术的不遗余力的推介。围在高墙之内的沉默的国民能走出来开口说话，固然是最理想的局面，但在此之前，自觉与之“有些隔膜”的文艺家拿起笔来勉力写出国民的生存状态，也是他们的职责和使命所在。因为，正如鲁迅后来所言，这些即便缺乏“艺术性”的记载，也可以作为一个时代的记录留存下去，供后人了解。鲁迅自己的创作受到译作，尤其是俄国文学译作的很大影响。作为译者，他对翻译也有自己的看法。1932 年，在与瞿秋白讨论翻译问题时，鲁迅认为“首先要决定译给大众中的怎样的读者”，并将读者分为四类，以区别对待。即便如此，他主张不能让读者“像吃茶淘饭一样几口可以咽完，却必须费牙来嚼一嚼”。那么——

为什么不完全中国化，给读者省些力气呢？这样费解，怎样还可以称为翻译呢？我的答案是：这也是译本。这样的译本，不但在输入新的内容，也在输入新的表现法。中国的文或话，法子实在太不精密了……要医这病，我以为只好陆续吃一点苦，装进异样的句法去，古的，外省外府的，外国的，后来便可以据为己有。②

为更广大的读者考虑，译者须注意针对不同的读者群确定不同的译法；

① 鲁迅：《俄文译本〈阿 Q 正传〉序及著者自叙传略》，《鲁迅全集》第七卷，人民文学出版社 1998 年版，第 82 页。

② 鲁迅：《关于翻译的通信》，《鲁迅全集》第四卷，人民文学出版社 1998 年版，第 381—382 页。

但这种考虑是为了让读者易于接受而不是讨好读者。译者还需借助翻译改善“中国的文或话”，同着读者一起提高本国语法的精密和思想表达的准确。就瞿秋白在信中所提翻译须用“绝对的白话”，“应当用中国人口头上可以讲得出来的白话来写”[①]，鲁迅指出：“这白话得是活的，活的缘故，就因为有些是从活的民众的口头取来，有些是要从此注入活的民众里面去。”[②]瞿秋白在文艺的大众化运动中，不仅仅要求作家，而且也要求翻译家“绝对的正确”和“绝对的中国白话文”，使用老百姓口头上正在使用的白话，读起来能够听得懂的语言，显然是片面的、偏激的。鲁迅则以辩证的态度看待这一问题：白话既要从民众的口头取来，又要注入到民众里面去。他尤其强调这样的白话须是“活的”，有盎然的生机才有生动的表现力；而只有采取既取来又注入的方式，才能确保白话是“活的”。

从文艺创作一面来说，在语言方式上，鲁迅自始至终强调作家使用“活的”白话，也就是“现代的活人的话”。这也是他赞赏瞿秋白在文艺的大众化运动中，极力提倡使用“现代中国白话文”的内因。他在谈到五四运动在打破“沉默的国民的灵魂”，试图改变长久以来“无声的中国”的现状时，认为胡适之提倡“文学革命”用意，在于“我们不必再去费尽心机，学说古代的死人的话，要说现代的活人的话；不要将文章看作古董，要做容易懂得的白话的文章。然而，单是文学革新是不够的，因为腐败思想，能用古文做，也能用白话做。所以后来就有人提倡思想革新。思想革新的结果，是发生社会革新运动。这运动一发生，自然一面就发生反动，于是便酿成战斗……”[③]虽然瞿秋白等马克思主义批评家认为五四“文学革命”不彻底，但是，这场运动激发了思想革新和社会革新，功莫大焉。鲁迅将推动文学革命前行的希望寄托在青年人身上，如他一贯所做的那样，而青年人首要的任务是大胆、勇敢地发声，说自己的话：

> 我们要说现代的，自己的话；用活着的白话，将自己的思想，

---

① 瞿秋白：《论翻译——给鲁迅的信》，《瞿秋白文集　文学编》第一卷，人民文学出版社1985年版，第509页。着重号原有。

② 鲁迅：《关于翻译的通信》，《鲁迅全集》第四卷，人民文学出版社1998年版，第384页。

③ 鲁迅：《无声的中国》，《鲁迅全集》第四卷，人民文学出版社1998年版，第13页。

感情直白地说出来。但是，这也要受前辈先生非笑的。他们说白话文卑鄙，没有价值；他们说年青人作品幼稚，贻笑大方。

青年们先可以将中国变成一个有声的中国。大胆地说话，勇敢地进行，忘掉了一切利害，推开了古人，将自己的真心的话发表出来。——真，自然是不容易的。……只有真的声音，才能感动中国的人和世界的人；必须有了真的声音，才能和世界的人同在世界上生活。①

鲁迅并未把五四“文学革命”看作只是文学领域中的运动，也并非只是从文学史的角度来看待其贡献，而是把它看作是社会有机整体的组成部分，尤其是关注这一整体内各种因素的相互影响。这是马克思主义文学批评观的体现。同时，他也并非只是注意文学语言形式的选择，而是认为只有“活着的白话”才能表达“真心的话”，语言形式与说话者/作文者思想情感的价值取向密切相连。鲁迅这里对“真”的强调，实际上就是他自己的翻译原则“宁信而不顺”②的“信”的另一种表述。这也源自他对中国人精于“瞒和骗”的痛恨：“中国人向来因为不敢正视人生，只好瞒和骗，由此也生出瞒和骗的文艺来，由这文艺，更令中国人更深地陷入瞒和骗的大泽中，甚而至于已经自己不觉得。”③他热望青年能以“真”走出这瞒和骗的大泽，正视现实，不计利害。当然，如同译作一样，在创作中选择“活的白话”也有对读者大众阅读实际状况的考虑。他在《文艺的大众化》（1930）一文中说，“文艺本应该并非只有少数的优秀者才能够鉴赏，而是只有少数的先天的低能者所不能鉴赏的东西”，“但读者也应该有相当的程度。首先是识字，其次是有普通的大体的知识，而思想和情感，也须大抵达到相当的水平线。否则，和文艺即不能发生关系。若文艺设法俯就，就很容易流为迎合大众，媚悦大众。迎合和媚悦，是不会于大众有益的”。④不过，鲁迅的立论总是建立在他对中国社会的理智而清醒的研判上。他认为，由于中国社会长期存在的教育的

① 鲁迅：《无声的中国》，《鲁迅全集》第四卷，人民文学出版社1998年版，第15页。

② 鲁迅：《关于翻译的通信》，《鲁迅全集》第四卷，人民文学出版社1998年版，第382页。

③ 鲁迅：《论睁了眼看》，《鲁迅全集》第一卷，人民文学出版社1998年版，第240—241页。

④ 鲁迅：《文艺的大众化》，《鲁迅全集》第七卷，人民文学出版社1998年版，第349页。

不平等问题，读者的阅读水平参差不齐，因此，“应该多有为大众设想的作家，竭力来作浅显易解的作品，使大家能懂，爱看，以挤掉一些陈腐的劳什子”①。他也早已认识到文人喜欢高谈阔论，一遇实际的困难就会哄散而去，所以，“若是大规模的设施，就必须政治之力的帮助，一条腿是走不成路的，许多动听的话，不过文人的聊以自慰罢了”②。总体而言，鲁迅前期在文艺的语言形式上，虽然并不主张俯就或牵就读者，但还是倾向于创作者向读者基本的水平线接近或靠拢，目的在一点一滴地扩展阵地，尽量减少旧文化余毒的扩散。这同样是“韧”的战斗精神的体现。倘若走向极端，完全以大众的水平为基准，则会成为大众的“新帮闲”，贻害大众文艺。鲁迅后期对“新国粹派”的批驳正是如此。他说：

> 读书人常常看轻别人，以为较新，较难的字句，自己能懂，大众却不能懂，所以为大众计，是必须彻底扫荡的；说话作文，越俗，就越好。这意见发展开来，他就要不自觉的成为新国粹派。或则希图大众语文在大众中推行得快，主张什么都要配大众的胃口，甚至于说要“迎合大众”，故意多骂几句，以博大众的欢心。这当然自有他的苦心孤诣，但这样下去，可要成为大众的新帮闲的。
>
> 新国粹派的主张，虽然好像为大众设想，实际上倒尽了拖住的任务。不过也不能听大众的自然，因为有些见识，他们究竟还在觉悟的读书人之下，如果不给他们随时拣选，也许会误拿了无益的，甚而至于有害的东西。所以，“迎合大众”的新帮闲，是绝对的要不得的。③

解决这一问题的方法，或者说，文艺的大众化的正确路径，是鲁迅从历史经验出发所得出的具有现实性的意见：

---

① 鲁迅:《文艺的大众化》,《鲁迅全集》第七卷，人民文学出版社 1998 年版，第 349 页。

② 鲁迅:《文艺的大众化》,《鲁迅全集》第七卷，人民文学出版社 1998 年版，第 350 页。

③ 鲁迅:《门外文谈（十一）》,《鲁迅全集》第九卷，人民文学出版社 1998 年版，第 101、102 页。

> 由历史所指示，凡有改革，最初，总是觉悟的智识者的任务。但这些智识者，却必须有研究，能思索，有决断，而且有毅力。他也用权，却不是骗人，他利导，却并非迎合。他不看轻自己，以为是大家的戏子，也不看轻别人，当作自己的喽罗。他只是大众中的一个人，我想，这才可以做大众的事业。①

“他只是大众中的一个人”，这既是鲁迅对从事大众文艺事业的人的准确定位，也是他对文艺家从事创作所提出的希望。这首先是因为，大众文艺面向广大的底层民众，描写的主要对象也是在苦难、屈辱中挣扎，在挣扎中希冀光明未来的他们，是革命文学即受难者的文学，鲁迅称之为“第四阶级文学”②。这种文学是面向大多数的文学。关闭在书房里的智识者虽然以精英或高雅自居，很讨厌多数，“但多数的力量是伟大，要紧的，有志于改革者倘不深知民众的心，设法利导，改进，则无论怎样的高文宏议，浪漫古典，都和他们无干，仅止于几个人在书房中互相叹赏，得些自己满足”③。不过遗憾的是，由于历史的原因，倡导文艺的大众化和无产阶级文学的左翼作家中，并没有出身于工农者。这使得他们在描写底层民众的生活时，如同鲁迅自己所反思的，总是有些“隔膜”。因此，文艺家需要转变思想观念和立场态度，深入到民众中去，成为他们的一员。鲁迅说：

> ……倘不深入民众的大层中，于他们的风俗习惯，加以研究，解剖，分别好坏，立存废的标准，而于存于废，都慎选施行的方法，则无论怎样的改革，都将为习惯的岩石所压碎，或者只在表面上浮游一些时。④

以出身论，左翼作家与民众在受教育程度、文化修养、识见上确实有很大的差异，但从无产阶级文学的宗旨、任务来说，则它本身就属于民众的文

---

① 鲁迅：《门外文谈（十一）》，《鲁迅全集》第九卷，人民文学出版社 1998 年版，第 102 页。
② 鲁迅：《文艺与革命》，《鲁迅全集》第四卷，人民文学出版社 1998 年版，第 83 页。
③ 鲁迅：《习惯与改革》，《鲁迅全集》第四卷，人民文学出版社 1998 年版，第 223 页。
④ 鲁迅：《习惯与改革》，《鲁迅全集》第四卷，人民文学出版社 1998 年版，第 224 页。

学。这一点，在五位左联作家被秘密杀害后，变得更加醒目；无产阶级文学家与民众同命运、共呼吸的事实，也昭然若揭。鲁迅在悲痛之余说道："但无产阶级革命文学却仍然滋长，因为这是属于革命的广大劳苦群众的，大众存在一日，壮大一日，无产阶级革命文学也就滋长一日。我们的同志的血，已经证明了无产阶级革命文学和革命的劳苦大众是在受一样的压迫，一样的残杀，作一样的战斗，有一样的运命，是革命的劳苦大众的文学。"①

当然，文艺家并非只有站到无产阶级文学家的行列或自我认同了这一身份，才能从事大众文艺或革命文学的工作——这一想法本身就与文艺的大众化或无产阶级革命文学的目标相抵牾，后者需要联合更广大的文艺家一同前进，尤其是在当权者日趋残暴，黑暗遮盖大地之时。鲁迅更为看重的是创作者是否具有战斗的勇气和精神，并无意对作品的描写对象或题材做出限制。他说："如果是战斗的无产者，只要所写的是可以成为艺术品的东西，那就无论他所描写的是什么事情，所使用的是什么材料，对于现代以及将来一定是有贡献的意义的。为什么呢？因为作者本身便是一个战斗者。"②战斗者不会苟安于现状，不会为自保而沉默，这是最重要的。他在信中回复青年作家沙汀和艾芜有关小说题材的问题时说：

> ……就目前的中国而论，我以为所举的两种题材，却还有存在的意义。如第一种，非同阶级是不能深知的，加以袭击，撕其面具，当比不熟悉此中情形者更加有力。如第二种，则生活状态，当随时代而变更，后来的作者，也许不及看见，随时记载下来，至少也可以作这一时代的记录。所以对于现在以及将来，还是都有意义的。不过即使"熟悉"，却未必便是"正确"，取其有意义之点，指示出来，使那意义格外分明，扩大，那是正确的批评家的任务。③

第一种题材自然很理想，但第二种题材即写"生活状态"，同样具有意

① 鲁迅：《中国无产阶级革命文学和前驱的血》，《鲁迅全集》第四卷，人民文学出版社 1998 年版，第 283 页。

② 鲁迅：《关于小说题材的通信》，《鲁迅全集》第四卷，人民文学出版社 1998 年版，第 367 页。

③ 鲁迅：《关于小说题材的通信》，《鲁迅全集》第四卷，人民文学出版社 1998 年版，第 368 页。

义，其意义在于可做“时代的记录”，创作者由此成为时代的见证者。以阶级立场来衡量，第二种题材未必“正确”，但在批评家的指示下，那意义会随着时代的变更和久远而凸显出来。

鲁迅不同意周扬所提“国防文学”口号，主张以“民族革命战争的大众文学”取代它，首先是出于建立抗日统一战线的政治需要。同时，他将这一文学视为无产阶级革命文学的发展，“是无产革命文学在现在时候的真实的更广大的内容”①。在创作题材方面，鲁迅不仅希望左联作家，也希望其他派别的作家，不要自缚手脚，自我划定某种范围。只要统一在抗日的总目标下，作家可以发挥各自所长，共同前进。他说：

……我想现在应当特别注意这点：民族革命战争的大众文学决不是只局限于写义勇军打仗，学生请愿示威……的作品。这些当然是最好的，但不应这样狭窄。它广泛得多，广泛到包括描写现在中国各种生活和斗争的意识的一切文学。因为现在中国最大的问题，人人所共的问题，是民族生存的问题。所有一切生活（包含吃饭睡觉）都与这问题相关……懂得这一点，则作家观察生活，处理材料，就如理丝有绪……什么材料都可以，写出来都可以成为民族革命战争的大众文学。也无需在作品的后面有意地插一条民族革命战争的尾巴，翘起来当作旗子。因为我们需要的，不是作品后面添上去的口号和矫作的尾巴，而是那全部作品中的真实的生活，生龙活虎的战斗，跳动着的脉搏、思想和热情，等等。②

这一文学，同样可以视为左联领导下的文艺的大众化运动的进一步发展。为争取更广大的民众，不仅需要得到一切文艺家的支持，也需要这样的文艺关注“一切生活”，进而把民众的目光聚焦到民族生存上去。

---

① 鲁迅：《论现在我们的文学运动——病中答访问者，O.V. 笔录》，《鲁迅全集》第六卷，人民文学出版社 1998 年版，第 590 页。

② 鲁迅：《论现在我们的文学运动——病中答访问者，O.V. 笔录》，《鲁迅全集》第六卷，人民文学出版社 1998 年版，第 591—592 页。

四、文学批评的建设："真切的批评"

"文艺必须有批评；批评如果不对了，就得用批评来抗争，这才能够使文艺和批评一同前进，如果一律掩住嘴，算是文坛已经干净，那所得的结果倒是要相反的。"①鲁迅一向重视文学批评对文艺的推动作用。他的文学批评，多以杂感、序跋、通信等形式出现，极少有专门探讨文学批评的性质、功能、方法等方面的长篇大论。即使是在1927年之后，自觉接受马克思主义文艺理论的鲁迅，也极少在文学批评中直接引用马克思主义者的言论。他也从未自称马克思主义批评家。他曾在《对于左翼作家联盟的意见》(1930)一文中说，"我那时就等待有一个能操马克斯主义批评的枪法的人来狙击我的，然而他终于没有出现"②。或许，三年后写出《〈鲁迅杂感选集〉序言》的瞿秋白，较为符合他对"能操马克斯主义批评的枪法的人"的期望。尽管如此，鲁迅的那些散见在瞿秋白所称"社会论文"中的有关文学批评的真知灼见，他对"不平家"的批判，对"真切的批评"的想望，对于中国马克思主义文学批评形态的建设，对于今天中国文艺批评的发展繁荣，仍然具有极其重要的价值。

若论鲁迅对文艺批评现状的不满，乃至愤懑，首当其冲的是"恶意的批评"。1924年，鲁迅在《未有天才之前》一文中，痛斥顶着"批评家"名头，实为"不平家"的"恶意的批评"。这些人"作品才到面前，便恨恨地磨墨，立刻写出很高明的结论道，'唉，幼稚得很。中国要天才！'"鲁迅说："恶意的批评家在嫩苗的地上驰马，那当然是十分快意的事；然而遭殃的是嫩苗——平常的苗和天才的苗。幼稚对于老成，有如孩子对于老人，决没有什么耻辱；作品也一样，起初幼稚，不算耻辱的。因为倘不遭了戕贼，他就会生长，成熟，老成；独有老衰和腐败，倒是无药可救的事！"③"恶意的批

① 鲁迅：《看书琐记（三）》，《鲁迅全集》第五卷，人民文学出版社1998年版，第551页。

② 鲁迅：《对于左翼作家联盟的意见》，《鲁迅全集》第四卷，人民文学出版社1998年版，第236页。

③ 鲁迅：《未有天才之前》，《鲁迅全集》第一卷，人民文学出版社1998年版，第168页。

评”的本意不在尽批评的职责，以个人学识和涵养导引文学创作，而是逞一时之强，图一时之痛快。这种“不平家”在文学批评史上绵延不绝，20世纪80年代以后出现的“酷评”，就拖曳着这类人的阴影。鲁迅则始终对文坛的“嫩苗”予以不吝笔墨的鼓励和扶持。他的这种文学批评的态度绝非用“善意”可以概括的，他始终把击破“无声的中国”的希望寄予青年人身上。他对萧红、白莽等青年作者新作的评价为人所熟知。例如他在为白莽的《孩儿塔》所作“序言”中写道：

> 这《孩儿塔》的出世并非要和现在一般的诗人争一日之长，是有别一种意义在。这是东方的微光，是林中的响箭，是冬末的萌芽，是进军的第一步，是对于前驱者的爱的大纛，也是对于摧残者的憎的丰碑。一切所谓圆熟简练，静穆幽远之作，都无须来作比方，因为这诗属于别一世界。①

“恶意的批评”属于“别一世界”的批评，是挂着“批评”名号的伪批评。

鲁迅所不满的第二种批评可称“教训的批评”。他在《对于批评家的希望》（1922）一文中说，批评家对于文艺的热烈的好意是应该感谢的，但不可滥用批评的权威。“我不敢望他们于解剖裁判别人的作品之前，先将自己的精神来解剖裁判一回，看本身有无浅薄卑劣荒谬之处，因为这事情是颇不容易的。”他寄望于批评家的，一是有正常人的常识；更进一步的，增长见识，不要画地为牢。二是就事论事，“批评家若不就事论事，而说些应当去如此如彼，是溢出于事权以外的事，因为这类言语，是商量教训而不是批评”。② 所谓“就事论事”，并非他后来所言“就诗论诗”之意，是指批评家应专注于作品本身的面目如何，以及为何如此；要求创作者“应当去如此如彼”，属于脱离作品的自言自语，失去了文学批评的功效。但不幸的是，“应当去如此如彼”的所谓“批评家”，至今仍时时出没于文坛中。

---

① 鲁迅：《白莽作〈孩儿塔〉序》，《鲁迅全集》第六卷，人民文学出版社1998年版，第494页。

② 鲁迅：《对于批评家的希望》，《鲁迅全集》第一卷，人民文学出版社1998年版，第401、402页。

第三种需要反对的批评是方法和态度失当的批评。就方法而言，这种批评习惯于道德上的穿凿附会。“我以为中国之所谓道德家的神经，自古以来，未免过敏而又过敏了，看见一句‘意中人’，便即想到《金瓶梅》，看见一个‘瞟’字，便即穿凿到别的事情上去。”就批评态度而言，这种批评是援引多数以作恫吓。①

鲁迅所热切期待的文学批评，可用“真切的批评”来概括。就这一说法从所出的语境而言，它指的是真正的马克思主义文学批评。1929 年，在为卢那察尔斯基文艺评论集《文艺与批评》所做译者后记中，鲁迅说：“……我们也曾有过以马克斯主义文艺批评自命的批评家了，但在所写的判决书中，同时也一并告发了自己。这一篇提要（指《关于马克斯主义文艺批评之任务的提要》——引者注），即可以据以批评近来中国之所谓同种的‘批评’。必须更有真切的批评，这才有真的新文艺和新批评的产生的希望。”②鲁迅所言“以马克斯主义文艺批评自命的批评家”，当是指太阳社、创造社的“革命文学”倡导者。他们对马克思主义文学批评并没有真切的研究，自然无法产生“真切的批评”。此后的 1930 年，鲁迅在《我们要批评家》一文中，反对“广告式批评”和“阿猫阿狗”式批评，反复申明“我们所需要的，就只得还是几个坚实的，明白的，真懂得社会科学及其文艺理论的批评家”③，其中的“社会科学”也明确指向马克思主义的相关理论。他热切希望“志在改革，向旧的堡垒取攻势的”诗人小说家与批评家团结协作，携手共进，而不是自己扭打起来，一任袖手俯首的敌人获得“无声”的胜利。

鲁迅不仅期望批评家能够静下心、埋下头认认真真地钻研马克思主义文学批评的原则和方法，并且结合中国的实际予以灵活运用，而且，就他自己所主张和运用的批评方法而言，也是与马克思主义文学批评中的社会历史方法相吻合的。他说：

① 鲁迅：《反对“含泪”的批评家》，《鲁迅全集》第一卷，人民文学出版社 1998 年版，第 403、404 页。

② 鲁迅：《〈文艺与批评〉译者后记》，《鲁迅全集》第十卷，人民文学出版社 1998 年版，第 302 页。

③ 鲁迅：《我们要批评家》，《鲁迅全集》第四卷，人民文学出版社 1998 年版，第 240 页。

> 世间有所谓“就事论事”的办法，现在就诗论诗，或者也可以说是无碍的罢。不过我总以为倘要论文，最好是顾及全篇，并且顾及作者的全人，以及他所处的社会状态，这才较为确凿。要不然，是很容易近乎说梦的。①

鲁迅所提三个“顾及”，是要求文学批评把作家作品当成整体，并且将之放在社会历史的整体系统中加以考察，尤其注意作品（全篇）——作者（全人）——社会状态诸要素之间紧密、互动的关系。这样的批评才是“真切的”。

“真切的批评”在批评标准上也要“真切”，不能模棱两可，更不能丧失标准而随意臧否。后者是批评之“乱”的根源所在。针对所谓“文人相轻”，鲁迅说：

> 凡批评家的对于文人，或文人们的互相评论，各各“指其所短，扬其所长”固可，即“掩其所短，称其所长”亦无不可。然而那一面一定得有“所长”，这一面一定得有明确的是非，有热烈的好恶。②

“明确的是非”即是批评的标准；若无此前提，则“热烈的好恶”会蜕变为“恶意的批评”，好恶愈热烈则批评愈不堪卒读。批评之“乱”的典型表现就是在各个时代都会出现的“骂杀”与“捧杀”。鲁迅说：

> 其实所谓捧与骂者，不过是将称赞与攻击，换了两个不好看的字眼。指英雄为英雄，说娼妇是娼妇，表面上虽像捧与骂，实则说得刚刚合式，不能责备批评家的。批评家的错处，是在乱骂与乱捧，例如说英雄是娼妇，举娼妇为英雄。
>
> 批评的失了威力，由于“乱”，甚而至于“乱”到和事实相反，

① 鲁迅：《“题未定”草（七）》，《鲁迅全集》第六卷，人民文学出版社 1998 年版，第 430 页。

② 鲁迅：《“文人相轻”》，《鲁迅全集》第六卷，人民文学出版社 1998 年版，第 299 页。

这底细一被大家看出，那效果有时也就相反了。①

批评家的“乱骂与乱捧”即是批评无标准的体现，只凭一己的快意恩仇。批评的标准在批评家那里并非一成不变或一劳永逸的，但标准的变化应有迹可循，可以辨认，就此可以看出批评家成长或堕落的轨迹。鲁迅亦曾说过：“无论古今，凡是没有一定的理论，或主张的变化并无线索可寻，而随时拿了各种各派的理论来作武器的人，都可以称之为流氓。”②无标准的批评家实则是批评界的“流氓”。

“真切的批评”需要批评家承担起应尽的责任，发挥批评应有的功能。鲁迅认为，“批评必须坏处说坏，好处说好，才于作者有益”③，因此，“批评家的职务不但是剪除恶草，还得灌溉佳花，——佳花的苗”④。出于对“恶意的批评”的痛恨，鲁迅更希望批评家对于青年作家要有更多的“诱掖奖劝”。同时，批评也要发挥分辨、厘清作品的好坏、优劣的功能，有明确的价值判断。他说：

我是主张青年也可以看看“帝国主义者”的作品的，这就是古语的所谓“知己知彼”。青年为了要看虎狼，赤手空拳的跑到深山里去固然是呆子，但因为虎狼可怕，连用铁栅围起来了的动物园里也不敢去，却也不能不说是一位可笑的愚人。有害的文学的铁栅是什么呢？批评家就是。⑤

批评不仅对创作有着推动或校正的作用，而且对于读者，尤其是青年读者，有着明辨是非、正误的不可替代的功能。

早在1939年，李何林在他编著的《近二十年中国文艺思潮论：一九一七——一九三七》中，对瞿秋白的“转变说”就提出异议。他认为鲁

① 鲁迅：《骂杀与捧杀》，《鲁迅全集》第五卷，人民文学出版社1998年版，第585页。
② 鲁迅：《上海文艺之一瞥》，《鲁迅全集》第四卷，人民文学出版社1998年版，第297页。
③ 鲁迅：《我怎么做起小说来？》，《鲁迅全集》第四卷，人民文学出版社1998年版，第514页。
④ 鲁迅：《并非闲话（三）》，《鲁迅全集》第三卷，人民文学出版社1998年版，第152页。
⑤ 鲁迅：《关于翻译（上）》，《鲁迅全集》第五卷，人民文学出版社1998年版，第296—297页。

迅思想的进步，不能称之为“转变”，而应该是“扬弃”。“他扬弃了他的‘只信进化论的偏颇’，奠定了‘史的唯物论’的根基；是他的思想的进步，并不是什么‘转变’。这也因为他根本没有反对过革命文学。”① 鲁迅曾说，“我在‘革命文学’战场上，是‘落伍者’”②，他的确不是“革命文学”口号的最早提出者和倡导者。但李何林认为，“鲁迅接受马克思列宁主义及其文艺思想的影响，了解苏联文艺情况，不但并不比同时代的创造社诸人迟，而且当别人刚刚开始一般地强调文学与革命的关系，一般地提倡文学应该为革命服务时（1926年），他已强调文艺家应该参加实际的革命斗争，并且要经得起革命的考验了”③。从1925年鲁迅为任国桢译《苏俄的文艺论战》所写前记，便可知晓他对苏俄文艺的历史发展与现实情形的把握，而1928年创造社与太阳社还在为“革命文学”的发明权或领导权相互争夺。由此不难理解，“革命文学”论战初始，鲁迅为何会遭到各方笔尖的围剿。其中来自所谓马克思主义文艺者内部的攻击与诘难，对他构成的挑战最大，也将他置于两面受敌的境地之中。

无论是持“转变”说、“扬弃”说，还是竹内好所言“二次性转换”说，我们都可以看到，鲁迅是通过不断的自我否定而重新进行自我选择、自我更新，并在此过程中获得了“文学的自觉”。“文学的自觉”是鲁迅的文学批评区别于同时代马克思主义文学批评家的最显著特征，也是中国马克思主义文学批评弥足珍贵的财富。

---

① 李何林编著：《近二十年中国文艺思潮论：一九一七——一九三七》，陕西人民出版社1981年版，第175页。

② 鲁迅：《文坛的掌故》（并徐匀来信），《鲁迅全集》第四卷，人民文学出版社1998年版，第122页。

③ 李何林：《鲁迅文艺思想的发展》，《李何林全集》第1卷，河北教育出版社2003年版，第7页。

参考文献

一、著作

《马克思恩格斯文集》第 1 卷、第 2 卷、第 10 卷，人民出版社 2009 年版。

冯雪峰：《论文集》（上），人民文学出版社 1981 年版。

《雪峰文集》第二卷，人民文学出版社 1983 年版

《周扬文集》第一卷，人民文学出版社 1984 年版。

《瞿秋白文集　文学编》第一——四卷，人民文学出版社 1985 年版、1986 年版、1989 年版。

《瞿秋白文集　政治理论编》第二卷，人民出版社 1988 年版。

《蒋光慈文集》第四卷，上海文艺出版社 1988 年版。

《李何林全集》第一卷，河北教育出版社 2003 年版。

《鲁迅全集》第一——七卷、第九——十一卷，人民文学出版社 1998 年版。

中国李大钊研究会编注：《李大钊全集》第一——五卷，人民出版社 2006 年版。

任建树主编：《陈独秀著作选编》第一——二卷，上海人民出版社 2014 年版。

胡秋原：《唯物史观艺术论——朴列汉诺夫及其艺术理论之研究》，神州国光社 1932 年版，上海书店 1980 年版。

苏汶编：《文艺自由论辩集》，现代书局 1933 年版。

李何林编著：《近二十年中国文艺思潮论：一九一七——一九三七》，陕西人民出版社 1981 年版。

吉明学、孙露茜编：《三十年代"文艺自由论辩"资料》，上海文艺出版社 1990 年版。

姚守中、马光仁等编著：《瞿秋白年谱长编》，江苏人民出版社 1993 年版。

李敏生编：《中华心——胡秋原政治 · 文艺 · 哲学文选》，社会科学文献出版社 1995 年版。

李敏生主编：《胡秋原学术思想研究》，社会科学文献出版社 1996 年版。

汪晖：《反抗绝望：鲁迅及其文学世界》（增订版），生活 · 读书 · 新知三联书店 2008 年版。

朱立元等:《马克思主义文艺理论中国化研究》,经济科学出版社 2009 年版。

王铁仙主编:《瞿秋白传》,人民出版社 2011 年版。

童庆炳主编:《20 世纪中国马克思主义文艺理论研究》,北京大学出版社 2012 年版。

[英] 特里·伊格尔顿:《马克思主义与文学批评》,文宝译,人民文学出版社 1980 年版。

[英] 赫胥黎:《天演论·导言二广义》,严复译,商务印书馆 1981 年版。

[日] 山田敬三:《鲁迅世界》,韩贞全、武殿勋译,山东人民出版社 1983 年版。

[英] 特雷·伊格尔顿:《二十世纪西方文学理论》,伍晓明译,陕西师范大学出版社 1986 年版。

[德] 汉斯·萨尼尔:《雅斯贝尔斯》,张继武、倪梁康译,生活·读书·新知三联书店 1988 年版。

[法] 茨维坦·托多洛夫:《批评的批评》,王东亮等译,生活·读书·新知三联书店 1988 年版。

[美] M.H. 艾布拉姆斯:《镜与灯:浪漫主义文论及批评传统》,郦稚牛等译,北京大学出版社 1989 年版。

[斯洛伐克] 玛利安·高利克:《中国现代文学批评发生史(1917—1930)》,陈圣生、华利荣等译,社会科学文献出版社 1997 年版。

[美] 史景迁:《天安门:知识分子与中国革命》,尹庆军等译,中央编译出版社 1998 年版。

[美] 托马斯·库恩:《科学革命的结构》,金吾伦、胡新和译,北京大学出版社 2003 年版。

[日] 竹内好:《近代的超克》,李冬木、赵京华、孙歌译,生活·读书·新知三联书店 2005 年版。

[日] 丸山升:《鲁迅·革命·历史——丸山升现代中国文学论集》,王俊文译,北京大学出版社 2005 年版。

二、论文

陈独秀:《法兰西人与近世文明》,《青年杂志》第一卷第一号,1915 年 9 月 15 日。

胡适:《文学改良刍议》,《新青年》第二卷第五号,1917 年 1 月 1 日。

李初梨:《怎样地建设革命文学》,《文化批判》第 2 号,1928 年 2 月 15 日。

麦克昂:《留声机器的回音》,《文化批判》第 3 号,1928 年 3 月 15 日。

胡秋原:《文艺史之方法论:欧洲文艺思潮史绪论》,《读书杂志》创刊号,1931 年 4 月。

艾晓明:《寻找与确立——二、三十年代马克思主义文学批评概观》,《中国现代文学研究丛刊》1987 年第 2 期。

朱成甲:《李大钊的早期哲学思想——泛青春论》,《天津师范大学学报》(社会科学版)1989 年第 2 期。

温儒敏:《历史选择中的卓识与困扰——论冯雪峰与马克思主义批评》,《学术月刊》1994年第5期。

邹华:《冯雪峰文艺思想的历史启示——兼论现实主义在中国现代文学发展中的两种形态》,《中国现代文学研究丛刊》2004年第4期。

钱文亮:《伦理与诗歌伦理》,《新诗评论》2005年第2辑,北京大学出版社2005年版。

刘东:《贱民的歌唱》,《读书》2005年第12期。

柳冬妩:《打工:一个沧桑的词》,《天涯》2006年第2期。

柳传堆:《想象的革命图景与虚拟的知识阶级叙述——论冯雪峰的革命观与知识分子观》,《文史哲》2006年第5期。

张炯:《马克思主义与中国文学研究》,《海南师范大学学报》(社会科学版)2009年第1期。

裴高才:《胡秋原的早期思想与活动》,《武汉文博》2010年第4期。

张景兰:《"艺术正确"与历史困境——论"文艺自由论辩"中胡秋原与左联理论家的分歧》,《江海学刊》2010年第5期。

姜新立:《胡秋原对马克思主义的研究》,《哲学评论》2011年第1期。

孙文宪:《试析马克思主义批评与其中国形态的关系》,《华中学术》第三辑,华中师范大学出版社2011年版。

孙文宪:《范式与马克思主义文学批评的中国形态》,《华中学术》第四辑,华中师范大学出版社2011年版。

胡亚敏:《马克思主义文学批评中国形态的内涵探略》,《华中学术》第四辑,华中师范大学出版社2011年版。

胡亚敏:《马克思主义文学批评"中国形态"三问》,《华中学术》第五辑,华中师范大学出版社2012年版。

孙文宪:《回到马克思:研究马克思主义文学批评中国形态的理论前提》,《华中学术》第五辑,华中师范大学出版社2012年版。

黄念然:《论"左联"的马克思主义文艺理论中国化探索》,《社会科学辑刊》2016年第4期。

吴晓东:《从苏汶的视角观照:"文艺自由论辩"重释》,《文艺争鸣》2016年第7期。

张钊贻:《〈辱骂和恐吓决不是战斗〉背后的几个问题——"左联"的矛盾、"第三种人"论争与鲁迅"同路人"立场》,《文史哲》2018年第1期。

李金花:《20世纪30年代胡秋原与左翼论争再思考》,《东岳论丛》2018年第6期。

侯敏:《"自由人"论争中的朴列汉诺夫》,《中国现代文学研究丛刊》2018年第9期。

[巴西]特奥托尼奥·多斯桑托斯:《马克思主义理论构想与中国经验》,陶文昭、邹积铭等译,《教学与研究》2005年第10期。

[德]顾彬:《"只有中国人理解中国"?》,王祖哲译,《读书》2006年第7期。

[德]顾彬:《我看当代德国哲学》,《读书》2011年第2期。

三、其他

董学文:《李大钊的文学思想》，2006 年 10 月 30 日，见 http://cpc.people.com.cn/GB/69112/71148/71165/4972590.html。

郭双林:《章士钊与〈甲寅月刊〉》,《团结报》2015 年 3 月 26 日。

胡亚敏:《马克思主义文论研究的学术规范和理论创新》,《文艺报》2010 年 1 月 4 日。

郝日虹:《探寻马克思主义文学批评“中国形态”的当代构建》,《中国社会科学报》2012 年 10 月 31 日。

王巍:《应重视中国经验的马克思主义化》,《学习时报》2013 年 2 月 4 日。

附录：文学观念变迁中的马克思主义文学批评

20 世纪被称为“批评的时代”。一个世纪以来，各种批评流派、批评理论竞相涌现，不仅丰富了文学理论的发展，也极大地推动了文学观念的变革。概括而言，文学观念的变革主要体现在：一是多元化文学观的形成。无论是从历史发展的维度，还是着眼于当下文学创作的实际面貌及其走向，文学已呈现出多元化的态势，这已成为人们的共识。那种把文学定于一尊的想法和做法，都显得不合时宜，宽容与理解、对话与交流、探索与实验成为文学领域里的常态。与之相应，回答“文学是什么”这样的问题，既显得十分困难又让人饶有兴味。二是文学自足论的确立。与 20 世纪“语言的转向”相伴随的，是文学由“外部的研究”向“内部的研究”的转变。尽管人们对“外部”/“内部”的说法及其界定多有争议，但是，文学作为一门语言的艺术，具有区别于其他社会意识形态和艺术类型的基本性质和特征，其存在的依据只能从其自身寻找，这些也为人们所普遍接受。三是开放性的文学视野的建构。将文学纳入更广阔的文化领域审视，关注文学与诸种社会文化的复杂纠缠与深层联系，是 20 世纪中叶以来文学研究的新的变化。这种变化当然是建立在承认文学具有自身“合法性”存在的基础上的。上述三个方面是相互依存、密切联系的：多元化文学观的形成，使得人们可以从不同的角度、以不同的方式认识和研究文学；而正是由于文学研究经历了由“外”向“内”，继而从相对封闭的文本研究向开放性的文化研究的转变，文学作为一个复杂、多变而又充满独特魅力的精神世界的特征，被再次醒目地凸显出来。

改革开放四十年来，中国文学在借鉴西方与回归传统的交叉路径中发生了巨大的变化，文学研究和文学批评也经历了思想解放所带来的喜悦，观念变革所引发的阵痛。在求新、求变的共同心理驱使下，马克思主义文学批评既面临着危机，也迎来了重新焕发生机与活力的契机。“过时论”或“落伍论”是面对它的最常见的一种心态；造成这种心态的根源则在于，把它简单等同于庸俗社会学批评或狭隘的政治意识形态批评，或者，认为它已失去了分析、判断当前文学现象的能力。马克思恩格斯并没有专门论述文学的著作，对文学作品的分析、评价也都夹杂在其他论著或书信中，因此，系统地梳理、归纳其文学见解，在原有的语境中厘清其真实含义固然重要，但更重要的是吸取他们在文学批评中体现的精神实质，以期对当代文学批评有所纠偏。其中，现实性、批判性和前瞻性是马克思主义文学批评的三个十分重要的精神特征。

现实生活是文学艺术的源泉，这是马克思主义文学批评的一个基本准则，无论是在马克思《致拉萨尔》（1859 年 4 月 1 日），还是在恩格斯《致敏·考茨基》（1885 年 11 月 26 日）、《致玛·哈克奈斯》（1888 年 4 月初）等书信中，都充分体现了他们对文学现实性问题的思考和阐发。马克思主义文学批评的现实性包含相辅相成的两方面，一是重视文学作品所反映的现实内容是否真实、典型，二是关注文学作品所发挥的现实作用。可以说，现实性是衡量文学作品艺术性的一个重要标准。

今天，大概没有谁否认现实是文学艺术的源泉；而且常见的情形是，越是那些看起来与“现实”相隔甚远，被人们称为具有先锋性、独创性的艺术家，越是强调现实之于文学艺术的巨大作用。比如，拒不承认“魔幻现实”一说，对拉丁美洲的现实情有独钟，认为“现实是比我们更好的作家”，作家的天职和光荣“在于设法谦卑地模仿它，尽我们的可能模仿好”的马尔克斯；① 坚称自己的作品与现实之间有条割不断的脐带，就像胎儿与母亲的关系一样的马蒂斯；② 激励妇女“把自己的目光投向私人关系和政治关系以外，投向诗人所试图探讨解决的有关我们的命运和生活意义的更广博的问题”，

① ［哥伦比亚］加西亚·马尔克斯：《再次小议文学与现实》，见［哥伦比亚］加西亚·马尔克斯：《两百年的孤独——加西亚·马尔克斯谈创作》，朱景冬译，云南人民出版社 1997 年版，第 165 页。

② 参见［法］马蒂斯：《画家笔记》，见何太宰选编：《现代艺术札记·美术大师卷》，欧阳英译，外国文学出版社 2001 年版，第 31—32 页。

从而承担起“社会牛虻”角色的伍尔芙；[①] 等等。因此，韦勒克明确指出，过去的整个艺术都把目标对准现实，无论我们怎样缩小“现实”的含义或者强调艺术家创造性的力量，“现实”在艺术、哲学以及日常用法中，都是一个“充满价值”的词。[②] 但是，对于本土的许多写作者而言，现实却是一个充满“危险”的词，或者，是一个因饱受政治意识形态“污染”而需要审慎对待的词。这种基于历史的经验教训所产生的讳言现实乃至回避现实的心态，赢得了广泛的同情和理解而被普遍接受，“远离现实”成为在写作中蔓延的、彼此心照不宣的某种“要领”。这些人也许无意否认文学与现实之间的复杂纠缠，但对掺杂在“现实”中的“杂质”的过度警觉，使他们轻易地将文学面对现实时可能做出的多种选择一笔勾销。这种心态背后所隐含的，是一些貌似“一贯正确”的似是而非的文学观念。首先，认为文学在贴近或选取重大现实题材时，会自觉不自觉地屈从于意识形态的需要，从而使文学蜕变为意识形态的宣教工具。对意识形态，尤其是政治意识形态因素“干扰”写作的恐惧，使不少写作者本能地采取消解或对抗的姿态与立场；至于这样的姿态、立场是否已然成为一种“集体无意识”，因而成为一种新的、重新束缚写作的意识形态，则很少被顾及。如同法国批评家托多洛夫所言，“文学并不反映意识形态，它就是一种意识形态”[③]。试图把文学从意识形态中“剥离”出来的愿望和冲动，不过是一种自欺欺人的幻觉。另一方面，恰恰由于恐惧的其来有自、“合情合理”，由于某种幻觉的顽固、持久，使得原本是出于消解、对抗政治意识形态的目的而采取的写作策略，逐渐在写作者内心转化为写作的“内在法则”，即：“真正”的文学应当是远离现实的。我们从中清楚地看到的是，在两种截然相反的对待现实的立场、方式中，其内含的一元化思维模式的高度一致：一种是完全、彻底地屈从于意识形态的意旨——哪怕这样的意旨是出于一己的臆想——而心甘情愿地放弃个人对现实

---

① ［英］弗吉尼亚·伍尔芙：《妇女与小说》，见［英］弗吉尼亚·伍尔芙：《伍尔芙随笔全集》（Ⅳ），黄梅等译，中国社会科学出版社 2001 年版，第 1634 页。

② ［美］R. 韦勒克：《文学研究中现实主义的概念》，见刘象愚选编：《文学思潮和文学运动的概念》，中国社会科学出版社 1989 年版，第 216 页。

③ ［法］茨维坦·托多洛夫：《批评的批评》，王东亮等译，生活·读书·新知三联书店 1988 年版，第 180 页。

的思考、判断；另一种则固执于消解与对抗，而轻易地抽空了现实的复杂内涵。两者对于各自的“文学信念”的“坦然”，并无二致。与上述观念相关，另一种普遍流行的观念，是把现实理解为个人的或自我的现实；或者，认为只有个人心理感受到的现实才是真实的、有意义的，与己无关的现实是无足轻重的。写作立足于个人，立足于个人的现实生活，这是毫无疑义的，但这只是写作的开始，不是写作的目的，更不是它的全部内涵。如果写作仅仅意味着封闭自我，“躲进小楼成一统，管他春夏与秋冬”，那么，这样的“自我”、“个人”的意义和价值大可怀疑。提出“纯诗”说的法国象征主义诗人瓦雷里曾说：“我由衷地认为，如果每个人不能了解自己生活以外的其他许多生活，他就不能了解自己的生活。”[①] 倡导“描写躯体”的法国女性主义者埃莱娜·西苏认为，写作要遵循的特定发展途径是有的，那便是“自己(self)的道路”；但是，“人必须在自己之外发展自己。……那是一个同难于相处的世界融合一体的自己”。[②] 在她看来，从自我、躯体开始的女性写作，最终是为了过渡到“世界”，为了从“潜意识场景”转换到“历史场景”；也只有这样的写作，才能把我们载向我们自身无法到达的境界。

在文学与现实的关系上，还有一种人们非常熟悉的论调，即认为文学固然要介入现实，但它有自己的“艺术法则”或“审美属性”。由于这种论调常以不言自明的“常识”的面目出现，带有很大的迷惑性和欺骗性。首先，它以凸显语言在文学写作中特殊功能的方式，掩盖了一个基本事实，即：文学对现实的反映从不意味着对现实的原样复制；即使是在最古老的“模仿说”中，在亚里士多德的《诗学》中，“模仿”一词也不包含有要求文艺作品所反映的现实与“世界”一模一样的含义。更重要的是，任何一种文学观念都产生于特定的历史语境，都是某一时期人们对于文学的认识和概括；人们也是从这些特定的文学观念出发，把一些文本称为文学，而把另外的文本当作文学领域里的“杂草”。以“语言的艺术”为名义，维护所谓文学的“自足性”或“艺术性”，同样是某种文学观念的体现。简单地说，这种观念反映

① ［法］保罗·瓦莱里：《诗与抽象思维》，见［法］保罗·瓦莱里：《文艺杂谈》，段映虹译，百花文艺出版社 2002 年版，第 283 页。

② ［法］埃莱娜·西苏：《从潜意识场景到历史场景》，见张京媛主编：《当代女性主义文学批评》，北京大学出版社 1992 年版，第 224 页。

的是20世纪下半叶以来，在西方文学理论的强势影响之下，人们所普遍接受的对于文学的认识，它同样具有特定的历史性。问题在于，持这种观念的论者，有意无意地抹去了其观念的特定性一面，将其打扮成永恒不变的“真理”，有效地遮掩了它对文学多元化生态所造成的危害：通过将自我认同的特定的文学观念上升为文学的普遍法则或范式，从而以美学/诗学标准的名义，将异己的、具有差异性的写作排斥在“文学”序列之外。本雅明曾指出，“创造性”原则对于创作者来说是一个沉重的负担，“这种过重的负担是最危险的东西，因为它以阿谀奉承抬高了创作者的自我估价，有效地遏制着他对敌意的社会秩序的关注”；“到前所未知的深度去发现新东西”，“这种意象产生于集体无意识。它是错误意识的精髓。流行时髦是错误意识不知疲倦的促成者。这种新奇的幻觉被反映在无限相同的幻觉中，就像一面镜子反照在另一面镜子里一样”。① 警惕以“艺术创造”的名义，弱化文学对现实社会的关注程度，进而放弃文学的批判现实、警醒大众的功能，同样是马克思主义文学批评给予我们的启示。

批判性是马克思主义文学批评的另一个重要的精神特征。这种批判性从总体上说，固然是服务、服从于政治斗争与社会变革的需要，但是就文学作品而言，则常常体现为一种阅读、鉴赏中的不满足感、意犹未尽感，显示出批评家作为作家的“诤友”的坦诚和率真。从文学批评的角度说，这种批判性的锋芒主要体现在：

一是批评标准的明确。恩格斯在评价《济金根》时对拉萨尔说：“您看，我是从美学观点和历史观点，以非常高的、即**最高的**标准来衡量您的作品的，而且我必须这样做才能提出一些反对意见，这对您来说正是我推崇这篇作品的最好证明。”②“美学观点和历史观点”，是马克思主义文学批评一以贯之的批评标准，从未含混也从未动摇过。标准的明确带来的是眼光的犀利和观点的鲜明，而且，这种从“最高的标准”出发所提出的“反对意见”，一方面是对作家作品的肯定和褒扬；另一方面也是希望作家作品能臻于完美，

---

① ［德］本雅明：《发达资本主义时代的抒情诗人》，张旭东、魏文生译，生活·读书·新知三联书店1989年版，第89、190—191页。

② ［德］恩格斯：《致拉萨尔》（1859年5月18日），《马克思恩格斯全集》第29卷，人民出版社1972年版，第586页。黑体为原文所有。

而不是为了显示批评家的所谓“权威”，更不是为了显示自己真理在握。

二是批评方法的明晰。批评方法是批评标准的具体化，或者说，是批评标准在批评实践中的实际运用。恩格斯称赞乔治·桑、欧仁·苏、查·狄更斯等作家“无疑地是时代的旗帜”①，而批判卡尔·倍克“歌颂胆怯的小市民的鄙俗风气……然而并不歌颂倔强的、叱咤风云的和革命的无产者”②，是因为前者的作品中充分反映大城市“下等阶层”的生活和命运、欢乐和痛苦，并以此构成作品的主要内容；而后者只歌颂“穷人”，却没有塑造出在他们中间正在崛起的决不妥协、勇于抗争的无产者形象。各种批评方法有其所长亦有其所短，马克思主义文学批评中所运用的社会历史批评方法，虽然屡遭所谓忽视“艺术性”的指摘，但在揭示作品所反映社会现实的深度、广度方面，却拥有巨大的洞察力；而且，也正是由于批评方法的明晰，面对不同的作品才会表现出爱憎分明的立场和态度。

反观当代文学批评，无原则的“吹捧”和耸人视听的“酷评”屡见不鲜，批评的权威性和公信力正在逐步丧失，它的批判性的精神锋芒自然无从显现。造成此种状况的原因固然是多方面的，但从文学批评自身的建设和发展来说，无外乎这样几个方面：首先，是缺乏稳定的、有效的批评立场和标准。批评家的立场和标准当然不是一成不变的，但在变的过程中体现的是其文学观念和见解的成熟、完善，而不是“无可无不可”的虚无主义态度。批评立场和标准的缺失，一方面使得批评滑入“炒作”的泥淖；另一方面也会陷入托多洛夫所说的“纯多元论批评”的深渊，而导致事实上的立场和标准的离散。其次，批评立场和标准的游移、模棱两可带来的是批评方法的含混、模糊，而后者又导致了批评结论的不可靠、不可信。在文学批评中，人们通常比较关注批评的结论，也时常就某一结论争论不休，而容易忽视结论之所由来。比之于结论，推导出结论的过程更为重要；而在这一过程中，批评家使用了什么样的批评方法，此一方法与结论之间是否有必然的、合理的

① ［德］恩格斯：《大陆上的运动》（1844 年 1 月），《马克思恩格斯全集》第 1 卷，人民出版社 1956 年版，第 594 页。

② ［德］恩格斯：《诗歌和散文中的德国社会主义——卡尔·倍克“穷人之歌”，或“真正的社会主义”的诗歌》（1846—1847 年），《马克思恩格斯全集》第 4 卷，人民出版社 1958 年版，第 223—224 页。

联系，则更值得推究，也更利于对话机制的形成。

文学批评不仅是对作品的阐释和评价，而且在这一过程中，应当体现出批评家的前瞻性。这是马克思主义文学批评的另一个重要特征。正如韦勒克所指出的，“现实”确实在一个“充满价值”的词，不仅仅是过去，今天也同样如此。这与马克思主义文学批评对现实主义文学的推崇、对作品的社会历史内涵的重视所产生的持久影响力，是分不开的。马克思认为：“理性向来就存在，只不过它不是永远以理性的形式出现而已。因此，批评家可以把任何一种形式的理论意识和实践意识作为出发点，并且从现存的现实**本身的**形式中引出作为它的应有的和最终目的的真正现实。”① 文学批评亦不例外。尤其在今天，在许多人以“多元化”为幌子而试图使文学沦为单纯的娱乐、消遣乃至玩物的时代，文学所应当具备的揭示、批判社会现实，关注人的现实生存的功能和品格，值得我们认真反思。萨特曾倡导一种“介入”的文学，并且身体力行。托多洛夫则在《批评的批评》中，提倡对文学的开放式理解，认为最能说明文学特性的是“文学公开承认了它的异质性这个事实：文学既是小说也是宣传手册，既是历史也是哲学，既是科学也是诗”。他不无激愤地指出：

> 两百年来，浪漫派以及他们不可胜数的继承者都争先恐后地重复说：文学就是在自身找到目的的语言。现在是回到（重新回到）我们也许永远不会忘记的明显的事实上的时候了，文学是与人类生存有关的、通向真理与道德的话语。让那些害怕这些大词的人见鬼去吧！萨特说：文学是对社会与人生的揭示。他说得对。如果文学不能让我们更好地理解人生，那它就什么也不是。②

承认文学的“异质性”，承认文学是为了让我们更好地理解人生，也就是承认现实的多样性，承认文学家在表现现实时的多种可能性；表现方式上

① ［德］马克思：《致卢格》（1843 年 9 月），《马克思恩格斯全集》第 1 卷，人民出版社 1956 年版，第 417 页。黑体为原文所有。

② ［法］茨维坦·托多洛夫：《批评的批评》，王东亮等译，生活·读书·新知三联书店 1988 年版，第 178 页。

的多种可能性，反过来会加深、拓宽或改变我们对既定现实的认知。因此，马克思主义文学批评中提出的典型论、艺术真实论、倾向论等，对于今天的文学创作和批评仍然具有很强的指导意义。此外，马克思主义文学批评与他们在政治、经济、历史等方面的研究及其社会实践活动紧密相连，马克思在对资本主义社会研究中所提出的“异化”理论，这些对于后来的学者、理论家，包括文学批评家，同样产生了不可忽视的影响。

在文学观念已然发生重大变化，新的批评流派与批评理论不断涌现的今天，如何正确看待马克思主义文学批评的历史地位和现实作用，如何从中吸取宝贵的精神财富以建设富有本民族特色的文学批评学，确实值得深入探讨。也许，重要的不是我们拥有什么样的文学观念，而是要经常把自己的观念“对象化”，进行审视和批判。文学观念既然有特定的历史性，那么，它的嬗变不是直线式的，有曲折，有反复。此外，如同我们不能简单地说新的文学一定比旧的文学好，今天的文学一定比过去的文学杰出一样，文学观念的嬗变也不具有进化论的意义。马克思主义文学批评所体现的现实性、批判性和前瞻性的精神特征，不仅不会随着时间的流逝而黯淡，而且将为当代文学批评提供充足的精神动力。

后　记

本著是在著者承担的国家社会科学基金重大项目“马克思主义文学批评的中国形态研究”（11&ZD078）子课题结项成果的基础上，经修订完成的。比之结项成果，修订后的书稿增加了两章内容，约五万字。

本著从中国早期马克思主义文学批评家中选择了七位具有代表性者，进行专题研究。采用这种方式，一方面是出于项目总体研究框架的考虑，即避免与另一子课题“马克思主义文学批评中国形态的历史进程”在研究思路和内容上的交叉、重复；当然也是因为著者认为，这种方式可以将注意力更加集中在批评家及其批评文本上，既切近“文学批评”之本义，也希望能在“细读”批评文本的过程中，描述和评价马克思主义文学批评中国形态的生成和发展。1942年5月，毛泽东的《在延安文艺座谈会上的讲话》发表后，中国马克思主义文学批评进入新的历史阶段。本著所称“早期”，即指《在延安文艺座谈会上的讲话》发表之前的阶段。

西方现代“文学批评”这一术语，通常情况下，可涵盖“文学（文艺）理论”。不过，正如勒内·韦勒克在《文学批评的术语和概念》中所辨析的，“文学理论”与“文学批评”的区别还是存在的：前者更接近广义的“诗学”，后者在狭义上是指对具体文学作品的研究，重点是在对它们的评价上。乔纳森·卡勒在《理论中的文学》中也提出，应当“把批评当作是一种写作实践来对待”，“人们对在某个特定领域应该如何工作的感觉是从各种关键文本中实现出来的可能性引申出来的”。在中国早期马克思主义文学批评家所处历史语境中，“文学批评”通常被理解为在一定的“文学理论”指导下所展开的对文学作品的阐释、分析和评价；马克思主义学说，包括马克思主义文艺理论的译介和传播，是中国马克思主义文学批评得以发生的前提。当然，本著所研究的七位批评家的情况并不完全一样，有些批评家如李大钊、陈独秀，较少涉及对具体作家作品的评论；随着马克思主义文学批评在中国的发展，也随着五四“文学革命”向无产阶级“革命文学”的转变，越来越多的批评家如瞿秋白、冯雪峰、鲁迅等人积极投身于批评实践，通过对大量作家作品的评介来扩大马克思主义文艺理论和文学批评的影响。因此，本著在整体研究上采取的是文学观念 / 思想——文学批评观念 / 理论——文学批评实践的逻辑思路，并将研究重心向后两者倾斜。简言之，批评家的文学观念 / 思想——对“什么是文学”的认识和回答——是研究其批评观念 / 理论、批评实践的背景材料，后两者之间则存在相互印证的关系：一定的批评观念 / 理论指导批评家对作家作品的选择及其评价；在批评实践即批评文本中显示着批评家的某种批评观念 / 理论，而这种批评观念 / 理论又与其文学观念 / 理论有着或隐或显的联系。

以历史发展为线索，通过对文献的梳罗爬剔来确认某位批评家属于马克思主义文学批评家，或者，经由对批评文本的“寻章摘句”来证明它的马克思主义文学批评的性质，并不是本著的任务——这自然并不意味着著者轻视已有的同类研究，事实上，正是这类研究成果成为本著得以展开的前提——著者亦不曾设想以本著所选择的七位研究对象，来构成有关中国早期马克思主义文学批评研究的严密体系。某种意义上，在本著所限定的历史阶段内，即便就本著的研究主旨——“中国形态”——而言，学术意义上的所谓“严密体系”难以存在。也因此，或许除了胡秋原，本著选择的批评家不会引起任何异议。本著的主要任务，如前所述，是尽可能地聚焦于批评家的批评实践，通过对大量批评文本的“细察”，来考察马克思主义文学批评的基本原则、方法是如何渗透、转化在批评写作中，并逐渐形成其“中国形态”，以及在此过程中，有哪些经验与教训值得今天中国的文艺批评和马克思主义文学批评家借鉴、汲取和反思。

本著作为国家社科基金重大项目的最终成果，得益于项目首席专家胡亚敏教授、孙文宪教授，以及研究团队的指导和相互的切磋、砥砺。在研究对象的选择上，著者得到了导师王先霈教授有益的建议和具体的指点。本著的部分章节，曾以论文形式刊发于《华中师范大学学报》（人文社科版）、《湖北大学学报》(哲社版)、《中外文论与文化》集刊、《华中学术》集刊等处，部分论文被人大复印资料《文艺理论》转载。谨在此一并致以真诚的谢意。

魏天无

2019年6月10日

武昌素俗公寓旁